Norbert Hummelt

1922

Norbert Hummelt

1922

Wunderjahr der Worte

Luchterhand

Die Welt ist alles, was der Fall ist.
Wittgenstein

INHALT

PROLOG
Die Wunderkammer

Was vor hundert Jahren war, kann keiner mehr erzählen. Niemand, mit dem man sprechen könnte, weiß es noch aus eigenem Erleben. Was einmal wichtig genug erschien, um es aufzuschreiben, steht in Büchern, vorausgesetzt, es wurde auch gedruckt und die Bücher sind noch aufzutreiben. Manches ist dokumentiert in Bild- und Schallarchiven, selten das, was man gerade sucht; die historischen Ereignisse, oder jene, die als solche gelten, sind leicht abrufbar, aber sie sind nicht das gelebte Leben. Mit Glück finden sich handgeschriebene Briefe. Die mündliche Überlieferung aber reicht kaum so weit hinab, dass sich die Stimmung eines einzigen Tages, ein Vorgang, ein Gespräch, ein Mienenspiel heraufholen ließe, so wie es vielleicht überhaupt nur Gedichten gelingt. Die Eltern lebten damals noch nicht, heute sind sie verstorben, und ihre Eltern, die damals jung waren, liegen lange schon im Grab.

Manche Dinge von vor hundert Jahren aber können wir uns vorstellen, weil sie lange Zeit auf die gleiche Weise gehandhabt wurden, oder doch so lange, dass sie unser Leben noch berühren konnten. So sehe ich die Handgriffe vor mir, die meine Großmutter, damals eine junge Frau von noch nicht 23 Jahren, am 2. Februar des Jahres 1922 ausgeführt haben wird, einem Donnerstag, an dem die nächtlichen Bodentemperaturen im westlichen Deutschland leicht unter dem Gefrierpunkt lagen. An diesem Tage war Mariä Lichtmess, das Fest der Darstellung des Herrn im Tempel, und damit kamen in katholischen Häusern die Bräuche der Weihnachtszeit in einem Akt des Aufräumens zum Abschluss. Meine Großmutter räumte die Krippenfiguren zusammen, im Wohnzimmer der Parterrewohnung in der Schillerstraße 29 in Neuss am Rhein. Sie nahm dabei jede Figur einzeln von der mit grünlich grauem Packpapier und Moos bedeckten, auf der Anrichte liegenden Sperrholzplatte, wickelte sie vorsichtig in dünne Servietten (wie man ein Neugeborenes in Windeln wickelt) und ließ sie bis zum nächsten Weihnachtsabend im Karton verschwinden. Ich habe diesen Vorgang später oft genug bezeugt und selbst verrichtet, um es mir vorstellen zu können, wie Hirten und Schafe, Ochs und Esel und die Heilige Familie in einem Seifenkarton verschwanden sowie die Heiligen Drei Könige mitsamt Kamel, die zuletzt gekommen waren, am Epiphaniastag, dem 6. Januar. Ich habe dieses Einpacken stets als schalen Akt der Entzauberung empfunden. Was aber jene junge Frau gedacht haben mag, die einmal meine Großmutter werden sollte, wer kann es wissen? Ihre Mutter war im Jahr zuvor gestorben, sie führte den Haushalt für ihre Brüder und ihren Vater, der im Einwohnerbuch 1922 für Neuss und Umgebung als Tagelöhner geführt wird, so dass auch diese Prozedur nun ihr oblag, unter den Augen ihrer hochbetagten Großmutter, die sich im letzten Lebensjahr befand und die man bei uns die Hundertjährige nannte, obwohl sie abweichenden Urkunden zufolge erst 99 oder gar erst 96 war, als sie im Sommer 1922 starb.

Ich muss zu solchen Bildern Zuflucht nehmen, weil ich nie mit meiner Großmutter darüber gesprochen habe, wie es war, als sie jung war. Dabei war sie meine einzige überlebende Verwandte, die ich zu einer Zeit, als ich selbst schon erwachsen war, über den Ersten Weltkrieg und die Zeit danach hätte befragen können. Sie war ja meine Großmutter und schien nie jung gewesen zu sein, dabei wirkte sie mit ihren bis ins hohe Alter schwarzen streng geflochtenen Haaren zugleich auf mich, als könne sie, wie die Sibylle von Cumae, nicht sterben. Eine einzige Erinnerung an mündlich Erzähltes verbindet sich mit meiner Großmutter und dem Jahr 1922. Sie soll in diesem Jahr das letzte Mal in ihrem Leben in Köln gewesen sein, das doch weniger als eine halbe Bahnstunde von Neuss entfernt liegt, und danach überhaupt nie wieder verreist sein. Es hat mich stets beeindruckt, wie sich ihr Lebenskreis immer enger um sie schloss und wie gelassen, wie selbstbestimmt sie damit umging. Nachdem sie aus Gründen, die mir nicht bekannt sind, frühzeitig entschieden hatte, die Stadt nicht mehr zu verlassen, in der sie geboren worden war, mochte sie uns eines Tages auch nicht mehr besuchen kommen. Sie stellte dann auch die Kirchgänge ein, und da sie nie zum Arzt ging und das Einkaufen die Sache meiner im Haus verbliebenen Tante war, wird sie die enge Wohnung im Hochparterre viele Jahre überhaupt nicht mehr verlassen haben, bis es dann so weit war, dass sie im Krankenbett in jenem Wohnzimmer residierte, in dem zur Weihnachtszeit die Krippe stand. Dieses Zimmer war zugleich das Bücher- und Bilderzimmer, und es war und blieb die Wunderkammer meiner Phantasie. An Sonntagnachmittagen, nach dem Kaffeetrinken, saß ich oft in diesem

Zimmer und nahm eines der Bücher aus dem Regal, besonders gern die Bildbände aus der Reihe der Blauen Bücher im Verlag Langewiesche-Brandt, und blätterte darin. Ich kann mich nicht erinnern, meine Großmutter jemals in einem Buch lesen gesehen zu haben. Ihr genügte die Tageszeitung. Sie saß nur da und saß uns vor und schien darüber selbst zu einem Bild zu werden, das an der Wand der Wunderkammer hätte hängen können. Eigentlich weiß ich über sie viel weniger als über die Dichter, die vor hundert Jahren schrieben und die ich mir als Begleiter und Gewährsleute zu eigen machte.

In das Wohnzimmer meiner Großmutter drang nie ein Sonnenstrahl, Vorhänge dichteten es zur Straße ab, und auch die Zeit verging darin anders. Die Uhr mit dem Westminsterschlag ging immer deutlich nach, Kalenderblätter wurden nicht beizeiten abgerissen.

Und doch war es ein Teil der Welt und war es auch an jenem Donnerstag, dem 2. Februar 1922, als ein irischer Schriftsteller in einem italienischen Restaurant in Paris gleich zwei Dinge auf einmal zu feiern hatte: seinen vierzigsten Geburtstag und das Erscheinen seines neuen Romans. Dass es sich zugleich um den Tag Mariä Lichtmess handelte, wird James Joyce dennoch bewusst gewesen sein, denn er war streng katholisch aufgewachsen. Am selben Tag versuchte ein aus Prag gebürtiger Dichter deutscher Sprache namens Rainer Maria Rilke in seinem Refugium, einem alten Wohnturm im Schweizer Kanton Wallis, die lange unterbrochene Arbeit an Elegien fortzuführen, die er ein Jahrzehnt zuvor auf einem Schloss an der Adria begonnen hatte, als ihn der fieberhafte Drang nach einem neuen Werk überkam und er nun ein Sonett nach dem anderen schrieb. Thomas Stearns Eliot, ein junger amerikanischer Dichter, der in London lebte, war an diesem Abend zum Essen verabredet und konnte vom frischen Abschluss eines langen Gedichts berichten, das ihm ohne die Hilfe eines Freundes nicht gelungen wäre.

Vorgänge weit außerhalb der großmütterlichen Wunderkammer, kein Buch dieser Autoren stand dort jemals im Regal, und nur in meinem Kopf besteht diese merkwürdige Verbindung. Und immerfort geschehen unendlich viele Dinge gleichzeitig in dieser Welt, stehen in Beziehung zueinander oder tun es nicht. Franziska Kemmerling, meine Großmutter, räumte die Krippenfiguren zusammen. Sie hatte niemals ein Zimmer für sich allein, und dass es Frauen gab, die nichts anderes taten als Bücher schreiben, wird ihr an diesem Abend kaum in den Sinn gekommen sein, an dem die englische Schriftstellerin Virginia Woolf, in Hörweite der echten Glocken von Westminster, mit Fieber im Bett lag und an ihren unvollendeten neuen Roman dachte, während ihre Kollegin Katherine Mansfield in Paris auf Heilung ihres Lungenleidens hoffte und unausgesetzt in ihr Tagebuch schrieb.

Wenige Jahre nach Ende des bis dahin furchtbarsten aller Kriege waren die weitaus meisten Menschen in Europa damit befasst, sich über Wasser zu halten und nicht noch tiefer ins Elend zu rutschen. Die Gräben zwischen den verfeindeten Nationen waren noch tief, und besonders Deutschland war international isoliert und kam unter der Last der im Versailler Vertrag festgelegten Reparationszahlungen dem wirtschaftlichen Zusammenbruch immer näher. Das bereitete den Boden für extreme Ideologien. Aufruhr und politische Morde waren an der Tagesordnung, die Zeitungen kündeten nahezu allmorgendlich davon.

Rückhaltlos neu zu denken konnte aber auch sehr fruchtbar sein. In den Künsten herrschte eine große Aufbruchsstimmung. Alte Übereinkünfte galten nicht mehr, das Ausmaß der Zerstörung hatte den Horizont weit aufgerissen. Das Medium, das die meisten Menschen erreichte, sie trösten und begeistern konnte, war zweifellos der Film, die stärksten Signale der Erneuerung aber kamen aus der Literatur. Wenn die Welt schon aus den Fugen war, konnte man ihr mit traditionellen Erzählformen nicht mehr beikommen. Neue literarische Formen, Bewusstseinsstrom und innerer Monolog, Zitatmontage und Fragment, Explosion der Stile und Vielzahl der Stimmen waren besser geeignet, das Zerbrochene zu fügen. Und wenn die Gegenwart öde und unfruchtbar war, dann ließ sich ihr im Rückgriff auf alte Mythen ein Spiegel vorhalten, ironisch oder elegisch, alles war möglich, alles erlaubt, wenn es nur frisch und großartig war.

Besonders in der angelsächsischen Welt spricht man von 1922 als dem *Annus mirabilis* der Klassischen Moderne. Was für ein Wunderjahr 1922 für die Literatur werden sollte, wie radikal neu darin gedacht und geschrieben werden würde, das konnte damals wohl nur Ezra Pound überblicken, der von Paris aus den großen Umbruch organisierte. Und selbst er konnte nicht planen, was sich in den Nachbarkünsten noch ereignen sollte in der kurzen Zeitspanne, die zwischen dem Erscheinen von Joyce' Roman *Ulysses* Anfang Februar und Eliots Gedicht *The Waste Land* Mitte Dezember verstrich: Wassily Kandinsky ging ans Bauhaus, Walt Disney brachte den ersten Zeichentrickfilm heraus, Ludwig Wittgenstein den *Tractatus*, Louis Armstrong revolutionierte den Jazz … während Albert Einstein auf Vortragsreisen rund um die Erde das neue physikalische Weltbild erklärte, vor hellauf begeisterten Zuhörerscharen. In den Metropolen, in London, Moskau, Paris und Berlin aber suchten die von Krieg und Wirtschaftskrise gebeutelten Europäer Zerstreuung im Nachtleben, in Tanztheatern und Varietés; Tänzerinnen wie Anita Berber und Valeska Gert erprobten auf der Bühne ein befreites weibliches Körpergefühl und waren ihrer Zeit weit voraus.

Der 2. Februar 1922 war ansonsten ein nahezu normaler Tag. In Italien trat die Regierung zurück, und in Deutschland streikten die Eisenbahner. Wegen dieses Streiks, so berichtete die *Neuß-Grevenbroicher Zeitung* in einer Notiz gleich unterhalb des Wetterberichts, seien die Ränge bei der Reichstagssitzung am Vortag noch weniger gefüllt gewesen als gewöhnlich, da die Abgeordneten es vorgezogen hätten, morgens nach Hause zu fahren, ehe überhaupt kein Zug mehr fuhr. Überall in Europa aber blieb es nun schon wieder eine Stunde länger hell als zur Zeit der Wintersonnenwende.

I.

Post am Sonntag

Der 1. Januar 1922 war ein Sonntag. In Berlin empfing Reichspräsident Friedrich Ebert erstmals seit Kriegsende das Diplomatische Corps. Auf den Schiffen der deutschen Kriegsmarine wurden die Kriegsflaggen des Kaiserreiches eingeholt. In der Presse konnte man Berichte über eine Hungersnot in Russland lesen, von der Millionen Menschen bedroht waren, besonders an der Wolga und im Süden des Landes. Eine Missernte, eine große Dürreperiode im Sommer 1921 war vorausgegangen. »Täglich sterben Tausende an Hunger und Seuchen«, stand in der *Frankfurter Zeitung*. »Berge von Leichen türmen sich stellenweise auf.« Es stehe protokollarisch fest, dass Leichenteile zur Stillung des Hungers benutzt worden seien, nachdem man sich lange mit einem aus gemahlenen Baumrinden, Steppengras und Eicheln gebackenen Brot begnügt habe. Eine Springflut zerstörte weite Teile des Strandes von Westerland auf der Nordseeinsel Sylt. Dabei wurden zwei Lesehallen hinweggespült, auch das Strandcasino war gefährdet.

In Lausanne wiederum, dem Hauptort des Schweizer Kantons Waadt, bestieg ein hochgewachsener Mann den

Zug, um nach Paris zu reisen. Dort war er mit seiner Frau verabredet. Er hatte mehrere Wochen in nervenärztlicher Behandlung verbracht, während dieser Zeit aber auch den Schlussteil eines längeren Gedichts geschrieben, das ihm nicht leichtfiel und in dem viel von Dürre die Rede war, wenn auch mehr im spirituellen Sinn. In Paris hoffte er, es einem Kollegen zeigen zu können, der ihm womöglich dabei zur Hand gehen würde, dieses Gedicht druckfertig zu machen.

Eine gute Bahnstunde östlich von Lausanne erhielt ein anderer Dichter an diesem Tage Post. Woran wir ablesen können, dass in diesen in dieser Hinsicht gesegneten Zeiten die Post sogar an Sonn- und Feiertagen kam. Die Post brachte ein Paket, und was darin war, ergriff Rainer Maria Rilke über die Maßen. In seinem winterfesten Turm, dem Château de Muzot oberhalb von Sierre im Kanton Wallis, den er mit Hilfe seiner gegenwärtigen Geliebten, Baladine Klossowska, gefunden hatte, am liebsten jedoch allein bewohnte, hoffte er, endlich weiter an diesen Elegien schreiben zu können, die ihm vor zehn Jahren zugefallen waren, als er auf dem viel herrlicheren Schloss Duino der Fürstin Marie von Thurn und Taxis am Nordufer der Adria lebte, und die seither in seinem Kopf herumspukten und jede andere nennenswerte literarische Arbeit blockierten. Er hatte sich einen ganzen Weltkrieg lang und seither schon wieder mehr als drei Jahre darum bemüht, war aber in all dieser Zeit so gut wie nicht vorangekommen. Was nicht zuletzt daran lag, dass er diese Elegien, deren Anfang ihm, so meinte er, von einer nichtmenschlichen Stimme während eines Sturmes eingesagt worden war, für derart bedeutend und großartig hielt, dass sogar er, Rilke, es vielleicht nicht schaffen könnte, sie aus der großen Wolke, die über ihm schwebte, herunterzuladen.

Nun aber kam dieses Paket. Es enthielt den handschriftlichen Bericht vom Sterben einer jungen Frau, verfasst von deren Mutter. Ihr Name war Wera Ouckama Knoop, und sie war mit gerade neunzehn Jahren an Leukämie gestorben. Das war nun bereits zwei Jahre her. Rilke war ihr vor Jahren in München begegnet, sie war eine Spielgefährtin seiner Tochter Ruth gewesen, und nachdem diese sich kürzlich verlobt hatte, hatte er den Kontakt zu Weras Mutter wiederaufgenommen. Weiter wäre vielleicht nichts geschehen, wenn Wera nicht auch Tänzerin gewesen wäre. Rilke beschrieb sie später in einem Brief: »Dieses schöne Kind, das erst zu tanzen anfing und, bei allen, die sie damals sahen, Aufsehen erregte, durch die ihrem Körper und Gemüt eingeborene Kunst der Bewegung und Wandlung –, erklärte ihrer Mutter unvermutet, daß sie nicht länger tanzen könne oder wolle ...« Aus dieser eben begonnenen Bewegung, aus all dem, was verheißungsvoll erschienen war, so wie ein junges Leben immer Verheißung darstellt, hatte sie der Tod gerissen. Das war eine Mischung, die einen Dichter wie Rilke anziehen musste, an der sich seine Phantasie entzünden konnte. Ob dies dann aber auch wirklich geschieht, ist eine ganz andere Frage. Während des Krieges waren so viele Menschen gestorben, so viele waren noch jung gewesen, viele unter ihnen gewiss auch künstlerisch veranlagt. Selbst ein so sehr um Rückzug bemühter Mensch wie Rilke konnte nicht anders, als davon Kenntnis zu nehmen, und doch hatte das seine Elegien (abgesehen von der vierten, die er im November 1915 in München schrieb) nicht vorangebracht. Diesmal aber lagen die Dinge anders. Sicher nicht ohne Absicht hatte er Weras Mutter brieflich »um irgendein kleines Ding« gebeten, »das Wera lieb gewesen ist, womöglich eines, das wirklich bei ihr war«. Vielleicht hatte Rilke an eine Locke gedacht, eine Haarspange, ein Strumpfband, all das trauen wir ihm zu, um daran eine Art Voodoo-Zauber zu vollführen. Stattdessen aber kam ein ausführlicher Bericht, Gertrud Ouckama Knoop schickte ihm ihre Aufzeichnungen, die sie während der Krankheit ihrer Tochter angefertigt hatte. Die Aufzeichnungen selbst sind nicht erhalten, es sollen sechzehn eng beschriebene Seiten gewesen sein, ohne begleitende Karte. Ein wenig fragt man sich, warum sie in die Paketpost gegangen waren. Lagen vielleicht noch Socken bei, Kerzen, eine Flasche Wein? Wein eher nicht, denn Rilke trank mäßig bis gar nicht, was zu den unbegreiflichen Zügen an ihm gehört. Kerzen aber wurden in Muzot immer dringend gebraucht, es gab nämlich kein elektrisches Licht, und Rilke schrieb gern in der Nacht, weil »da doch die großen fremden Gedanken« bei ihm aus und ein gingen, wie er in der ersten Elegie geschrieben hatte. Noch dazu war die Zeit der Raunächte, der dunkelsten Tage im ganzen Jahr.

»Ich träumte, ich sei mit Grandma nach Ägypten gesegelt – ein leuchtend weißes Schiff«, notiert Katherine Mansfield am Neujahrstag in London in ihr Tagebuch. Schiffsreisen gehörten zu ihren frühesten Kindheitseindrücken; bereits als Säugling und dann wieder mit fünf Jahren hatte sie Überfahrten von ihrer Heimatstadt Wellington in Neuseeland nach Picton auf der Südinsel erlebt. Diese Welt lag für sie weit entfernt, nur in ihren Träumen hatte sie Zugriff darauf, und in ihrem Schreiben. Am Nachmittag arbeitet sie an einer neuen Kurzgeschichte, »Das Taubennest«. »Ich war nicht aufgelegt zum Schreiben; es schien unmöglich. Und doch, als ich drei Seiten fertig hatte, waren sie ganz in Ordnung.«

T. S. Eliot war mittlerweile in Paris angekommen. Die letzten Monate waren überhaupt nicht gut für ihn gewesen, und sein ohnehin angespannter Zustand, den er in den stets korrekten Anzügen nur notdürftig verstecken konnte, hatte ihn an den Rand eines Zusammenbruchs geführt. Gewohnt, mehr auf die neurotischen Zustände seiner Frau Vivien als auf seine eigenen zu achten, hatte er sich doch einmal um sich selbst kümmern müssen und ließ sich für drei Monate krankschreiben. Das brachte ihn endlich einmal weg von der aufreibenden Arbeit bei der Lloyds Bank in London, wo er im Colonial and Foreign Department mit der Abrechnung deutscher Vorkriegsschulden befasst war. Von Mitte Oktober 1921 an hatte er sich, zuerst zusammen mit seiner Frau, in Margate einlogiert, einem Seebad an der Küste von Kent. Die Ärzte hatten ihm strikte Erholung verordnet, auch durfte er am Tag nur zwei Stunden lesen und dies nur zu seiner Unterhaltung, aber eine solche Unterhaltung gibt es für einen Dichter nicht, wenn er sich von seinen Büchern fernhalten soll. Das Einzige, das ihm hätte helfen können, war das Schreiben. Vivien reiste nach zwei Wochen wieder ab, und an einem seiner einsamen Tage von Margate, vielleicht Anfang November, nahm Eliot an der Strandpromenade in einem Unterstand Platz, dem Nayland Rock Shelter, und sah hinaus auf das Meer. Vielleicht sah er das Meer nicht einmal, sondern schaute nur vor sich hin. Er hatte etwas zu schreiben dabei und notierte in einer jähen Aufwallung seiner Kraft rund fünfzig knappe Zeilen am Stück. Das war für Eliot sehr viel. Er war zu allen Zeiten ein Dichter, der sehr wenige Verse schrieb, und ein Schaffensrausch, wie Rilke ihn in seinem Leben einige Male erlebte, war für Eliot ganz und gar außerhalb seiner Reichweite. Aber was er hier aufschrieb, das hatte Substanz, es kam aus einer Bedrängnis heraus, wie sie größer nicht hätte sein können, und er tat eigentlich nichts, als diese Bedrängnis mit Sachlichkeit und Wahrhaftigkeit auf den Punkt zu bringen: *In Margate Sands. / Ich kriege nichts / Mit nichts zusammen. / Die Nägel kaputt, die Hände schmutzig.* Eliot war zu dem Schluss gelangt, dass es eigentlich nicht Depressionen waren, unter denen er litt, sondern Abulie – ein Zustand negativer Kälte, in den er sich sein Leben lang schon eingeschlossen fühlte, aber »nothing wrong with my mind«, wie er an den Schriftstellerkollegen Richard Aldington schrieb. Die Abulie gilt nicht als eigenständige Krankheit, sondern als Symptom anderer Grunderkrankungen wie Depression oder schizophrene Psychose, und geht mit einer Schwäche der Sensibilität einher, auch mit wortkarger Sprache mit langen Pausen bis hin zur Stummheit und einer Unfähigkeit zu langen Monologen. Fürchterlich, wenn's einen hat, schlimm auch für die anderen, aber dem Gedicht, an dem Eliot arbeitete, sollte das alles sehr zugutekommen. Die Kur in Margate reichte jedenfalls nicht, und auf Empfehlung einer Freundin, Lady Ottoline Morrell, die in London einen Salon unterhielt, hatte Eliot sich an Dr. Roger Vittoz in Lausanne gewandt, der irgendetwas Gutes an ihm bewirkt haben musste. Vittoz war kein Analytiker. Es gehörte zu seinen Methoden, den Kopf eines Patienten in seine Hände zu nehmen und ihn zu bewegen, bestärkende Worte und Vorstellungen mehrfach laut auszusprechen. Eliot wollte eigentlich schon an Heiligabend abreisen, aber er verlängerte für eine Woche, und in dieser letzten Woche konnte er auch schreiben. Vivien fand, er sehe viel besser aus, und Eliot war begierig, in Paris zusammen mit Ezra Pound am Manuskript zu arbeiten. Denn ohne ihn, den nimmermüden Impresario, die Mutter der Kompanie der modernen Dichter, den Eliot *chère maître* nannte, hätte er gar nicht gewusst, was er von diesem ganzen Sack Fragmente eigentlich halten sollte, den er unter dem etwas ulkigen Titel *He Do The Police In Different Voices* angehäuft hatte. So sollte es am Ende nicht heißen, aber wie dann? Bevor es aber an die Arbeit ging, trafen sie sich noch mit James Joyce zum Essen, und auch darauf hatte Eliot sich gefreut.

Rilke war es ausgesprochen recht, mit niemandem zum Essen verabredet zu sein. Baladine, seine Geliebte, die nur zu gern bei ihm in Muzot gewesen wäre, hatte er vorsorglich nach Berlin expediert. Um dabei selbst ein gutes Gewissen zu haben, hatte er ihr zu Weihnachten einen extralieben Brief geschrieben, der sie wissen ließ, dass er zu arbeiten habe und dazu der Einsamkeit bedurfte. Seine Haushälterin Frida Baumgartner würde zur Mitternachtsmesse gehen, darauf freute er sich schon im Voraus, »so werd ich ganz allein im stillen Hause sein, von halb elf an«. Schließlich hatte er sich ja nicht umsonst für einen derart abgelegenen Ort entschieden. Das Château de Muzot, ein Wohnturm aus dem 13. Jahrhundert und nur dem Namen nach ein Schloss, stand und steht noch immer auf nicht zu steiler Höhe unweit von Sierre, über dem Tal der Rhone. Wie er in dem Patrizier Werner Reinhart aus Winterthur einen großzügigen Freund fand, der das Anwesen nur von einem Bild her kannte, aber es doch gleich mietete und später kaufte, damit Rilke dort seine ersehnte Ruhe haben könnte, gehört zu den vielen glücklichen Fügungen in dessen Leben. Rilke im Torbogen, Rilke mit Baladine auf dem Balkon, der hinter der Mauer des Weingartens aufragende Turm mit dem gestuften Giebel: Diese Fotos fehlen in keiner Rilke-Biographie. Baladine suchte die Stoffe aus, die über den Fenstern zu hängen kamen, wählte die Farben, in denen die Wände gestrichen wurden, Rilke hing seine aus Russland mitgebrachten Ikonen auf; eine annehmliche kleine Behausung für zwei, aber wohnen wollte er dort allein. Und je weiter die Menschen von ihm entfernt waren, desto lieber schrieb er ihnen. Am 4. Januar dankte er Gertrud Ouckama Knoop mit dem ihm eigenen Überschwang für das Traurige, das sie ihm zugesandt hatte. »Läse man dies und es beträfe irgendein junges Mädchen, das man nicht gekannt hat, so wär's schon nahe genug. Und nun geht's Wera an, deren dunkler, seltsam zusammengefaßter Liebreiz mir so unsäglich unvergeßlich und so unerhört heraufrufbar ist, daß ich, im Augenblick, da ich dies schreibe, Angst hätte, die Augen zu schließen, um ihn nicht mit einem Male mich, in meinem Hier- und Gegenwärtigsein, ganz übertreffen zu fühlen …« Man verliert irgendwie aus dem Blick, wovon die Rede ist, und halb dichtet er wohl schon. Und immer wieder schaut er diese Ansichtskarte an, die seine liebende Baladine ihm bei ihrem letzten Besuch dagelassen hat. Die Reproduktion einer Federzeichnung von Cima da Conegliano, einem venezianischen Künstler, sie zeigt den Gott Orpheus, wie er musizierend unter den Tieren des Waldes sitzt. Ein Zufall? Nein, ein Wink natürlich.

Wie hatte doch Stefan George formuliert: »winke sind / Von alters her die sprache der götter.«

Ein Essen mit James Joyce

Sie werde künftig keine Rezensionen mehr schreiben, diesen guten Vorsatz notiert Virginia Woolf am 3. Januar in Richmond an der Themse in ihr Tagebuch; die Redakteure pfuschten ihr zu sehr in ihre Artikel hinein, von denen viele anonym erschienen. So konnte es nicht weitergehen, es lenkte vom eigenen Schreiben ab, und ärgerlich war es noch dazu.

Katherine Mansfield vertraut dem Tagebuch jeden Morgen ihre Träume an. Oft spielen Schiffe und der Strand darin eine Rolle. Sie lebt weit weg von ihrer Heimat, unterstützt zwar von ihrem Vater, aber fallen gelassen von ihrer Mutter. Diese hatte Katherine, als sie mit zwanzig Jahren ungewollt schwanger war, noch unter ihrem Geburtsnamen Kathleen Beauchamp, ins bayerische Bad Wörishofen verfrachtet, wo sie unbemerkt entbinden sollte, sie dort aber allein gelassen. Ein Koffer, den sie auf einen Schrank wuchten wollte, erwies sich als zu schwer; eine Fehlgeburt war die Folge. Fortan war sie nur noch in ihrem Schreiben zu Hause. *In einer deutschen Pension* nannte sie 1911 ihr erstes Buch, veröffentlicht unter ihrem neuen Namen, der sie berühmt machen sollte.

Am Freitag, dem 6. Januar, begannen in Cannes die Verhandlungen zwischen dem Deutschen Reich und dem Obersten Rat der Alliierten. Sie betrafen den Aufschub der Reparationszahlungen, die Deutschland nach dem Vertrag von Versailles zu leisten hatte, und dauerten eine ganze Woche, bis sie ergebnislos abgebrochen wurden. Deutschland wurde durch Walther Rathenau vertreten, der immerhin erwirken konnte, dass nun statt zwei Milliarden Goldmark pro Jahr alle zehn Tage 31 Millionen abzustottern waren. Diese kleine Einigung führte in Frankreich zum Rücktritt des Premiers Aristide Briand, dem man das Entgegenkommen gegenüber den Deutschen übelnahm. Briand hatte am Rande der Konferenz gerade noch mit seinem britischen Amtskollegen Lloyd George Golf gespielt. Die Presse untertitelte die Bilder mit den Worten: »Sie hatten nichts Besseres zu tun.« Ob von diesen Dingen auch bei Tisch die Rede war, als Joyce, Eliot und Pound in Paris dinierten? Eliot verstand zweifellos mehr von Geld als Joyce, wenn man damit Haushalten meint, und kannte sich sogar beruflich mit deutschen Schulden aus, Pound wiederum hegte sehr eigene Ansichten, was den Kapitalverzinsungszwang betraf. Aber es gab noch einen vierten Mann am Tisch, den amerikanischen Verleger Horace Liveright. Pound hatte das Essen arrangiert, um für seine Protegés Türen zu öffnen.

Ein Essen mit James Joyce, das war für Eliot inzwischen eine leichtere Übung als im August 1920, als er erstmals das Vergnügen mit dem irischen Kollegen gehabt hatte. Eliot, der schon länger ein Bewunderer der in Zeitschriften vorabgedruckten Kapitel aus *Ulysses* war, hatte darauf gebrannt, die Bekanntschaft des Autors zu machen. Als er wieder einmal eine Visite in Paris plante, schrieb er einen sehr höflichen ersten Brief an den sechseinhalb Jahre Älteren.

Lieber Mr Joyce, Ezra Pound hat mir ein Päckchen für Sie übergeben. Ich werde am Sonntag, dem 15., in Paris sein und am Mon-

tag wieder abreisen. Ich werde im Hôtel d'Élysée wohnen, Rue de Beaune 3, wo Pound war. Ich hoffe, Sie können mit mir an diesem Abend dinieren. Bitte. Können Sie mich dort so um halb sieben, sieben treffen? Sie nehmen das Päckchen an sich, und ich wäre sehr erfreut, Sie endlich kennenzulernen. Sie werden keine Zeit haben zu antworten. Aber bitte kommen Sie. Mit freundlichen Grüßen, T. S. Eliot.

Was in diesem Päckchen war, das er überbringen sollte, das wusste Eliot freilich nicht, und zurückhaltend, wie er war, wird er Pound auch nicht danach gefragt, sondern es als eine diskrete diplomatische Mission betrachtet haben. Joyce kam in das Hotel, und die Geschichte dieses Abends hat der Dritte im Bunde, der Maler und Schriftsteller Wyndham Lewis, überliefert. Eliot wird vor diesem Treffen nervös gewesen sein, da es ihm etwas bedeutete, Joyce kennenzulernen. Umgekehrt dürfte sich Joyce keine großartigen Gedanken gemacht haben, denn dieser Eliot, von dem ihm Pound nun schon seit Jahren erzählte, interessierte ihn im Grunde nicht. Erstens, weil ihn andere Schriftsteller insgesamt nicht besonders interessierten. Zweitens, weil es sich um Lyrik handelte, die Joyce von seinem Anspruch auf literarische Innovation merkwürdig ausnahm. Er hatte mit Gedichten debütiert, der Sammlung *Chamber Music,* diese Gedichte waren recht hübsch, nachromantisch, hochmusikalisch, traditionell gereimt, so dass sie auch seiner Frau Nora gefielen. Danach hatte er nur noch vereinzelt Gedichte geschrieben, zarte, fragile Strophen, aus Erlebnisanlässen, aber weit entfernt von der grundstürzend modernen Prosa, die er im *Ulysses* entwarf. Ob er Eliots 1917 erschienenes Debüt *Prufrock and Other Observations* je gelesen hatte, das ebenso wie die *Ulysses*-Vorabdrucke in Zeitschriften von Pound lanciert worden war, ist stark zu bezweifeln – zur Vorbereitung der Paketübernahme am 15. August 1920 aber jedenfalls nicht.

Im Hôtel d'Élysée erschien Joyce – wie Lewis festhielt, in Lacklederschuhen, mit starken Brillengläsern, schmalem Oberlippenbärtchen – mit seinem Sohn Giorgio, mit dem er wortreich Italienisch sprach, und wahrscheinlich hatte er nicht vor, lange zu bleiben. Er reichte Eliot seine Rechte zu einem schlaffen Händedruck, wurde aber munterer, als er sah, dass auch Wyndham Lewis dabei war, Mitbegründer des Vortizismus (einer englischen Kunstrichtung, die vom Kubismus inspiriert war). Joyce und Lewis waren beide vom selben Jahrgang, und sie kannten sich schon. Pech für Eliot, der von der Unterhaltung abgeschnitten war und von Joyce als »Ihr Freund Eliot« bezeichnet wurde. So hielt er sich erst einmal an seine Mission und übergab mit zeremonieller Geste das Päckchen: »Dies ist das Päckchen, das ich in meiner Notiz erwähnte.« – »Aha«, gab Joyce gelangweilt zurück, »dies ist also das Päckchen, das Sie in Ihrer Notiz erwähnten?« – »Ja, so ist es.« Joyce stellte nun das Päckchen auf den Tisch in der Hotellobby, wo sie saßen. Es war von dem in jeder Weise kunstreichen Ezra Pound aber so geschickt verknotet worden, dass ein Taschenmesser nötig schien, es zu öffnen. »Ah, Sie benötigen ein Taschenmesser?«, erbot sich Eliot sogleich sehr eifrig. »Ich fürchte nur, ich habe keins.« Leider hatte auch Giorgio keins dabei, was sein Vater nicht verstehen wollte. Schließlich musste eine Nagelschere herhalten, und dann kam endlich der Inhalt des Päckchens ans Licht. Eingewickelt in braunes englisches Packpapier kam ein Paar alter brauner Schuhe auf dem gutbürgerlichen französischen Tisch zu stehen, nebst verschiedenerlei nicht näher definierter Leibwäsche, was die ganze Tischgesellschaft in einige Verlegenheit stürzte. »Oh!«, entfuhr es Joyce. Dann ließ er die Schuhe stehen und setzte sich wieder hin, wie zuvor die Beine übereinanderschlagend.

Eliot hielt das für den passenden Moment, um die Frage nach dem Dinner wieder aufzubringen. Dabei, so beschreibt Lewis, habe er, mit seinem Bostoner Akzent, wie ein junger US-Präsident gewirkt, in dessen Gesicht sehr langsam ein Mona-Lisa-Lächeln aufsteigt. Um die Sache voranzubringen, wollte Joyce nun seinen Sohn mitsamt den Schuhen heim zu Nora schicken, der Giorgio ausrichten sollte, dass der Vater heute nicht zum Abendessen käme. Giorgio aber weigerte sich vehement, sich schicken zu lassen, und Joyce musste seine ganze angekratzte väterliche Autorität aufbringen, um ihn samt den Schuhen aus dem Gruppenbild verschwinden zu lassen. Sobald dies jedoch geglückt war, drehte er auf und verwandelte sich – so knapp er auch immer bei Kasse war, denn sonst hätte Pound wegen der Schuhe ja keinen Aufwand betreiben müssen – in einen höchst spendablen und zuvorkommenden Gastgeber, der es sich nicht nehmen lässt, die besten Weine und Speisen im Restaurant auf seinen Deckel zu nehmen. Dabei kehrte er, der sonst Stunde um Stunde an einem einzigen Satz seines Romans feilen konnte, so sehr den lustigen Iren heraus, dass schwer zu entscheiden blieb, wieweit dies alles eine Pose war. Zweifellos war es irritierend für Eliot, jemandem zu begegnen, der noch höflicher sein konnte als er selbst, ohne es damit völlig ernst zu meinen, und das nach Belieben einzusetzen wusste. Eliot fand dieses Benehmen schlicht arrogant.

Nun hatte Joyce eigentlich schon seit Monaten nichts anderes mehr zu tun, als die Fahnen seines in Kürze erscheinenden Buches durchzusehen, die laufend zwischen Paris und Dijon hin- und hergingen, aber immer noch voller Druckfehler waren. In Dijon saß Maurice Darantière, der Meisterdrucker, in Paris er selbst und Sylvia Beach, Inhaberin des Buchladens Shakespeare and Company, die sich aus Begeisterung für ihren Lieblingsautor erboten hatte, ein Buch herauszubringen, das weder in Großbritannien noch in den USA erscheinen konnte. In beiden Ländern war der Roman als obszön verboten worden, bevor er überhaupt fertig war – dafür hatte der Vorabdruck einzelner Episoden in den Zeitschriften *Little Review* und *The Egoist* gesorgt.

Natürlich muss man dafür den nachwirkenden viktorianischen Geist der Prüderie verantwortlich machen, nicht umsonst war es in den USA eine puritanische Liga, die sich diesem angeblich ruchlosen Buch in den Weg warf, aber Joyce, der von Jesuiten erzogen worden war und seinem katholischen Glauben nicht zuletzt wegen der heuchlerischen Sexualmoral abgeschworen hatte, legte es auf solche Konfrontationen zweifellos auch an. In dem Bestreben, ganz frei zu sein und keiner Autorität zu gehorchen, war der Gebrauch von tabuisierten Wörtern, Ideen und Vorstellungen ein unwiderstehlicher Test, um herauszufinden, wie weit er auf seinem Weg schon gelangt war – und wie rückständig die Welt um ihn herum. Schon bei der endlos verzögerten Publikationsgeschichte seiner Kurzgeschichtensammlung *Dubliner* wollte er sich einzelne Worte, die Anstoß erregten, nicht abhandeln lassen (es waren so harmlose Vokabeln wie *bloody* dabei), und er wies völlig zu Recht die Selbstzensur der Geschichte »Eine Begegnung« zurück, in der ein erwachsener Mann in Sichtweite zweier Knaben masturbiert. Das las sich im Text wiederum recht dezent und man konnte es beinahe überlesen; wenn man es aber einmal erkannt hatte, dann nicht mehr. In seinem autobiographischen Roman *Porträt des Künstlers als junger Mann* ließ Joyce sein Alter Ego Stephen Dedalus den berühmt gewordenen Schwur tun: *Ich will nicht länger dem dienen, an das ich nicht länger glaube, ob es sich nun mein Zuhause, mein Vaterland oder meine Kirche nennt; und ich werde mich in einer Form des Lebens oder der Kunst ausdrücken, so frei wie ich kann und so vollständig wie ich kann, und zu meiner Verteidigung nur jene Waffen gebrauchen, deren Gebrauch ich mir erlaube: Schweigen, Exil und Schläue.* Deshalb hatte er von Dublin fortgemusst und war nacheinander nach Triest, Zürich und Paris gegangen, um sich radikal freizuschreiben, und diese Befreiung sollte nun im *Ulysses* gipfeln, der auf vorher nicht gekannte Weise das unzensierte Bewusstsein seiner Figuren sichtbar machte, ihre unorthodoxen Gedanken, Wünsche, Ängste und Obsessionen.

Das alles fand die Amerikanerin Sylvia Beach furchtbar faszinierend, die eigentlich einen französischen Buchladen in New York hatte eröffnen wollen, sich dann aber für einen amerikanischen Laden in Paris entschied. Ermuntert von ihrer Freundin, der literarischen Buchhändlerin Adrienne Monnier, die ihr auch den Drucker Darantière vermittelt hatte, als sich Sylvia Beach zu ihrer verlegerischen Großtat entschloss. Sylvia Beach fand James Joyce darüber hinaus auch sehr nett, und ganz anders als Eliot fand sie ihn keine Spur arrogant. (Es wäre auch sehr unklug von ihm gewesen, dies ihr gegenüber zu sein.) Shakespeare and Company führte stets das Allerneueste und Modernste, was es an englischsprachiger Literatur gab, und war auch eine Leihbücherei, denn nicht jeder, der ein Buch lesen wollte, konnte sich auch leisten, es zu kaufen. (Joyce gab, was er entliehen hatte, selten zurück.) Der Laden befand sich damals in der Rue de l'Odeon 12, am linken Seineufer, im 6. Pariser Arrondissement, gleich in der Nachbarschaft des Buchladens von Adrienne Monnier. In dieser 176 Meter kurzen Straße sammelten sich in den zwanziger und dreißiger Jahren all die berühmten amerikanischen Exilautoren, Gertrude Stein und Ernest Hemingway, Ezra Pound und Thornton Wilder, John Dos Passos und Sherwood Anderson und wie sie alle hießen, die dann als *Lost Generation* berühmt werden sollten.

Heute und schon seit vielen Jahren liegt die Buchhandlung gleichen Namens in der Rue de la Bûcherie am Seine-Kai in Sichtweite von Notre-Dame, und angezogen von ihrem Ruhm ging ich in den achtziger Jahren dorthin und erkundigte mich nach der Adresse von Samuel Beckett, man gab mir auch Antwort, aber ich hatte sie mir nicht recht gemerkt und wusste nicht, ob Rue Saint Jacques oder Boulevard Saint Jacques und stand eine Stunde lang ergebnislos vor einem Haus in einer von beiden, ohne auf Samuel Beckett zu treffen.

Joyce hatte wie gesagt nichts anderes zu tun, als die Druckbögen von Darantière zu korrigieren, aber das sah er selbst anders. Er konnte nämlich nicht aufhören und nutzte die Fahnen zum Weiterdichten, und statt zu korrigieren, schrieb er immer mehr Text hinzu. Das tat er vornehmlich im Liegen, das Bett war sein bevorzugter Ort zum Schreiben, und nicht nur darunter litt die Lesbarkeit seiner Handschrift –

was die Stenotypistinnen, die seinen Text abschrieben, schier zur Verzweiflung brachte. Der Hauptgrund hierfür war sein Augenleiden. Joyce hatte ein Glaukom, auch als Grüner Star bekannt, und so wie Beethoven ausgerechnet sein Gehör verlieren musste, befand sich der Meister der Schrift schon in der Mitte seiner schöpferischen Jahre in einem Prozess allmählichen Erblindens. Joyce hatte außerdem Anfälle von Iritis, Regenbogenhautentzündung, einer furchtbar schmerzhaften Angelegenheit. In Zürich war Joyce einmal mitten in einem Iritisanfall operiert worden.

Sylvia Beach beschreibt in ihren Memoiren voller Bewunderung, mit welcher Geduld er die Krankenhausbehandlungen auf sich nahm, bei denen gelegentlich Blutegel zum Einsatz kamen und die ihn mitten in der Fertigstellung seines entscheidenden Buches trafen. Aber auch von solcher Agonie ließ er sich nicht abhalten, seine Gedächtnisübungen zu machen. Joyce hatte seit seiner Jugend die Angewohnheit, große Mengen Text auswendig zu lernen, besonders Verse. So hielt er sich im Krankenhaus damit aufrecht, Walter Scotts »The Lady of the Lake« zu rezitieren. Es mag uns bei der Lektüre des *Ulysses* dämmern, in welchem Ausmaß Joyce beim Schreiben dieses Romans auf seine Memorierungskünste angewiesen war – die schiere Dichte der Verweise, die sein Buch so unerschöpflich machen, erforderte, all diese Bezüge *im Kopf* zu haben, während wir uns heute mit Suchfunktionen so bequem auch durch größte Textmengen bewegen und jedes von uns gerade benötigte Detail auffinden können.

Joyce aber hatte sein Buch und alles, was dazu wichtig war, im Kopf, das war sein Speicher, und es wäre ihm wohl auch möglich gewesen, Fehlendes aus dem Kopf heraus neu zu schreiben, wenn es verloren gegangen oder ins Feuer geworfen worden wäre – was mit einigen Seiten des Circe-Kapitels (der weitaus längsten Episode des Romans) tatsächlich geschah. Nachdem nämlich die neunte Circe-Stenotypistin das Handtuch geworfen hatte, musste Sylvia Beach ihre Schwester bitten, sich in die Handschrift ihres Autors einzulesen, und nachdem auch diese Schwester keine Zeit mehr hatte, kam eine Freundin zum Einsatz. Als diese aber einige Seiten aus dem Manuskript ihren Freund sehen ließ, war der über deren Inhalt so entsetzt, dass er sie kurzerhand in den Kamin warf (die Episode spielt in einem Bordell). Nun hatte Joyce aber keinerlei Sicherungskopie, die einzige Abschrift des Kapitels, die es überhaupt gab, befand sich auf dem Atlantik auf dem Weg zu John Quinn, dem New Yorker Rechtsanwalt, der notleidenden modernen Schriftstellern ihre Manuskripte abkaufte (und in dessen Besitz später auch das Manuskript von Eliots *Waste Land* gelangte, das über Jahrzehnte darin verschollen blieb). Wie Sammler aber nun mal so sind, wollte Quinn seinen Kauf nicht mehr herausrücken und fand sich nur widerstrebend bereit, eine weitere Abschrift erstellen zu lassen, um den Fortgang der Herstellung nicht länger zu blockieren. Unter solchen Schwierigkeiten ging ein großes Werk dem Druck entgegen, so umkämpft und angefeindet war schon vor Erscheinen ein einzelnes seiner Kapitel, noch dazu eines, das man, trotz einiger ganz unerhörter Szenen, bis heute nur mit einer Mischung aus Staunen und Strapaze lesen kann.

Dass unter den vier Herren, die Anfang Januar 1922 in Paris um einen Restauranttisch saßen, mindestens zwei waren, deren Werke einmal so etwas wie die Kronjuwelen der literarischen Moderne darstellen sollten, war ihnen auf recht unterschiedliche Weise bewusst. James Joyce war sich nur bei einem sicher, nämlich bei sich selbst, und schloss Gleichrangigkeit von vornherein aus. Eliot war sich bei Joyce sicher, bei sich selbst freilich noch nicht, hielt aber auch sehr viel von Pound. Pound war sich bei Joyce und Eliot sicher und hatte deshalb den New Yorker Verleger Liveright hinzugebeten, seine eigenen Ansprüche hielt er stolz zurück. Liveright war geneigt, die Dinge wie Pound zu sehen, und machte den beiden anderen ein Angebot. Während Joyce aber schon vor dem Nachtisch ablehnte, sollte sich die Sache mit Eliot hinziehen, genau genommen war sein Text ja auch noch längst nicht fertig. Dass es aber hinter den sieben Bergen einen deutschsprachigen Dichter gab, der in Kürze ein ebenso bedeutendes, ebenso herausforderndes, wenn auch völlig andersartiges Werk vollenden würde, ahnte in Paris an diesem Abend niemand, und Rilke selbst konnte nur darauf hoffen.

Ach, wie schön war's auf Duino

»Die ganze Nacht von Besuchen in fremden Häusern geträumt, leeren Zimmern, Nr. 39, Fahrten auf und ab im Aufzug etc.«, notierte Katherine Mansfield am 8. Januar 1922 in ihr Tagebuch. Am selben Tag trat Éamon de Valera von seinem Amt als vorläufiger Präsident der Irischen Republik zurück. Er protestierte damit gegen den mit Großbritannien geschlossenen Friedensvertrag. Der in Paris lebende irische Autor James Joyce hatte derweil andere Sorgen. Am 9. Januar schrieb er an den Maler Myron C. Nutting, den er wegen der richtigen Farbe für seinen Buchumschlag um Hilfe bat. *Ulysses* sollte in den Nationalfarben Griechenlands erscheinen, weiß auf blauem Grund. Denn die Wanderungen des Protagonisten Leopold Bloom wiederholten auf ironische Weise die Irrfahrten des Odysseus nach der Eroberung von Troja, nur beschränkten sich die Wege Blooms auf die Stadt Dublin und den 16. Juni 1904 samt der Nacht zum folgenden Tag, während Odysseus zehn Jahre lang auf dem Mittelmeer unterwegs gewesen war. Es musste jedenfalls das richtige Blau sein, und zur Anschauung hatte Joyce dem Maler eine griechische Flagge geschickt, damit er dieses Blau anrühren konnte. »Miss Beach möchte diese Farbe, wenn möglich, gern morgen haben. Das Blau ist in Ordnung, aber vielleicht etwas verblasst, weil die Flagge einige Zeit in der Sonne hing.«

Rilke schrieb in Muzot wieder einmal einen Brief an seine mütterliche Freundin, die Fürstin Marie von Thurn und Taxis. »Ich bin jetzt endlich mit der mühsamen Aufarbeitung meiner Briefrückstände fertig, hunderte und hunderte lagen angehäuft, und kann an Innerlicheres denken.« Innerlicheres meinte, sich den Elegien wieder anzunähern, die vor genau zehn Jahren auf Schloss Duino über ihn gekommen waren. Duino aber war im Weltkrieg zerstört worden, die Mauern standen nicht mehr, hinter die er sich zurückgezogen hatte, und nun galt es, »den dortigen Erinnerungen so nah als möglich zu kommen, an sie anzuschließen, sie fortzusetzen, das Verlorene mindestens in mir wieder aufzubauen!« Den zerstörten Mauern von Duino entsprachen die Elegienfragmente, die er nun seit Jahren mit sich herumtrug, ohne dass ihm bisher eingefallen war, wie es weitergehen könnte.

Kommt man heute nach Duino, dann ist es wiederum die Zerstörung, die man sich nicht vorstellen kann. Längst steht das, wie Rilke es treffend beschrieben hatte, *immens am Meer hingetürmte Schloss*, mit seinen gelben Mauern, wieder auf dem Felsen hoch über dem Golf von Triest, noch immer ist es im Besitz der Familie von Thurn und Taxis, oder Torre e Tasso, wie sie auf Italienisch heißen. Wenn man, nach halbstündiger Fahrt von Triest, aus dem Bus steigt, ist man zunächst überrascht, dass gleich vor dem Burgtor das alte Fischerdorf beginnt. Die exponierte Lage und das große, von Rilke so ersehnte Einsamkeitsgefühl erschließt sich aber sogleich, wenn man das Tor passiert hat. Denn der Weg führt auf das Schloss zu, und was hinter dem Schloss liegt, ahnt man schon, es ist nichts als der Himmel und das Meer.

Aber linker Hand verlockt ein Hinweisschild, den Gang zum Schloss noch aufzuschieben und einer anderen Spur zu folgen, in eine Phase der Geschichte, die Rilke nicht mehr erleben musste. 1943 wurde das wiedererbaute Duino von der Wehrmacht besetzt, die Hakenkreuzflagge wehte vom Turm, und Zwangsarbeiter der Organisation Todt mussten einen gewaltigen Bunker graben, hundert Stufen tief kann man hinabsteigen, und dann öffnet sich der Berg und man tritt hinaus unter Stechpalmen und Zypressen und hat von unten den Blick den Burgberg hinauf und sieht das weite blaue Meer und den Küstenweg nach Sistiana.

Ein damals fünfjähriger Junge, dessen Familie zu den Bediensteten auf Duino gehörte, erinnert sich an die unterirdischen Explosionen und wie er seine Kindheit auf dem

Schloss erlebte: »Am liebsten hatte ich aber die Aussicht vom Fenster zu den Felsen nach Sistiana. Wenn ich zu den Felsen und zum Meer blickte, hatte ich manchmal das Gefühl, ich könnte fliegen.«

Das lässt sich an diesem Ort gut nachvollziehen, und schon etwas weniger befremdlich mutet es nun an, wie Rilke sich von dort an Engel wenden konnte, oder diese sich an ihn, und dass es just die auf Duino entstandenen ersten beiden Elegien sind, in denen das Wort Weltraum vorkommt. Aber nicht bloß der Raum weitet sich vor Duino, sondern auch die Zeit. In Ruinen liegt, seit Jahrhunderten, die alte Burg unten am Wasser, auf einem kleinen Sporn, mit der vorgelagerten Dante-Insel und dem nur vom Meer her sichtbaren Stein, der Weiße Dame genannt wird. Dass der Autor der *Göttlichen Komödie* dort gewesen sein soll, wird nur einer von vielen magisch anmutenden Reizen gewesen sein, die es dem damals 36-jährigen Dichter im Winter 1911/12 umso attraktiver machten, die Einladung der Fürstin anzunehmen. Marie von Thurn und Taxis-Hohenlohe war nicht zuletzt eine der reichsten Frauen Österreichs, das Stammschloss ihrer Familie lag in Böhmen, und dort war Rilke ebenso gern gesehen wie in ihrer nicht weniger luxuriösen Etagenwohnung in Venedig, nach dort war es von Duino ja nur ein Sprung. Beschweren konnte Rilke sich wahrlich nicht. Nur wartete er auch damals wieder einmal auf den Neuanfang des Schreibens, das ihm nach dem Abschluss seines Romans *Die Aufzeichnungen des Malte Laurids Brigge* abhandengekommen war. Nur kein Neid, sage ich mir stets, wenn ich mir all die noblen Wohnungen vergegenwärtige, die Rilke von Damen und gelegentlich auch von Herren aus adligen wie aus großbürgerlichen Kreisen so bereitwillig angeboten worden waren. Die Gastgeber hofften dabei auf seine Gesellschaft, er hoffte darauf, möglichst ungestört bleiben zu dürfen, was nicht in jedem Fall auf eine Win-win-Situation hinauslief.

Im Januar 1912 war es still geworden auf Duino, und die anderen Gäste, wie der Philosoph Rudolf Kassner, auch er ein Günstling der Fürstin und einer von Rilkes wenigen männlichen Freunden, hatten sich verzogen. Es mehrten sich um ihn die zeichenhaften Ereignisse, Rilke dachte über die Geister Verstorbener nach, von denen es hieß, sie gingen auf Duino um, und besonders hatte ein rätselhaftes Naturerlebnis auf ihn eingewirkt. Er hatte sich im Park des Schlosses an einen starken alten Baum gelehnt und dabei das immer drängendere Gefühl gehabt, als sei eine Energie da, die ihn hinüber auf die andere Seite zöge – in den anderen, ans hiesige Leben angrenzenden Bereich. Wenn man so etwas erlebt, dann muss man schreiben, anders hält man es nicht aus. Und ein wenig hatte Rilke sich auch schon warm geschrieben, mit dem Zyklus *Das Marien-Leben,* aber er wollte noch mehr. Was dann geschah, hat Marie von Thurn und Taxis in ihren Erinnerungen an Rilke beschrieben. Es fing mit einem Brief an, den er beantworten musste, einem Geschäftsbrief, über den er sich geärgert hatte. In so einer Lage kann man eigentlich nicht dichten. Aber es ging ein starker Wind, eine Bora, das war gut so, denn es pustete dem Dichter die Stirn frei.

Rilke ging ganz in Gedanken versunken auf und ab, da die Antwort auf den Brief ihn sehr beschäftigte. Da, auf einmal, mitten in seinem Grübeln, blieb er stehen, plötzlich, denn es war ihm, als ob im Brausen des Sturmes eine Stimme ihm zugerufen hätte: »Wer, wenn ich schriee, hörte mich denn aus der Engel / Ordnungen?« … Lauschend blieb er stehen. »Was ist das?«, flüsterte er halblaut … »was ist es, was kommt?« Er nahm sein Notizbuch, das er stets mit sich führte, und schrieb diese Worte nieder und gleich dazu noch einige Verse, die sich ohne sein Dazutun formten.

Das ist die berühmte Ursprungsgeschichte der Elegien, sie klingt ein wenig nach Pfingstwunder, nach moderner Heiligenlegende. Die Fürstin freute sich an so einer tollen Geschichte, schließlich handelte es sich um *ihr* Schloss, nach diesem waren die Elegien am Ende benannt, und sie betrachtete Rilke als *ihren* Dichter. Im Grunde ist es merkwürdig, wenn wir es uns klarmachen: Die Stimme, die Rilke da hörte, rief etwas, das nur aus *seiner* Warte Sinn ergab, eben nicht von jemandem aus, der »der Engel Ordnungen« angehörte. Also hatte er seinen eigenen unterdrückten, im Irrealis formulierten Schrei von außen gehört, und es ist eigentlich diese leicht schräge Verschiebung, die das Ereignis beglaubigt.

Nicht zufällig hatte sich Rilke in dieser Zeit mit dem Gedanken an eine Psychoanalyse getragen, seine alte Freundin Lou Andreas-Salomé, die im Begriff stand, sich von Freud zur Analytikerin ausbilden zu lassen, hatte ihm einen Therapeuten empfohlen, und Rilke hatte sogar erwogen, das mit dem Schreiben ganz sein zu lassen. Das kam ihm nun wieder sehr abwegig vor, denn was er da begonnen hatte, war schon in den ersten Versen ausreichend komplex, um ihn ganz allein zu beschäftigen, und zwar so, als sei er viele.

Draußen, auf den zum Meer gewandten Terrassen des Schlosses, steht ein weißer Steintisch, daneben ein Schild, das behauptet: *La terrazza dove R. M. Rilke ha scritto le »Elegie*

Duinesi« – Die Terrasse, wo R. M. Rilke seine Duineser Elegien geschrieben hat. Das ist so nicht ganz richtig, denn im Winter von Duino entstanden nur die ersten zwei, nebst ein paar Stücken, Versgruppen, Ansätzen. Vor allem aber fragt man sich, ob es Rilke an diesem Tisch zum Schreiben nicht zu kalt war, erst recht, wenn die Bora wehte. War er wenigstens in dicke Decken gehüllt?

In Muzot schaute Rilke nun auf diese Stücke, Versgruppen, Ansätze, die seit geschlagenen zehn Jahren auf sein Eingreifen warteten. Wie sollte er aus ihnen das Schloss wieder erbauen, wie konnte er sein Werk zu Ende bringen? Wie schön war es doch auf Duino gewesen! Woran er freilich gar nicht denken konnte, war, dass er in jener Zeit nur eine halbe Busstunde entfernt von James Joyce gewohnt hatte. Dieser schlug sich in Triest damals schon seit sieben Jahren als Sprachlehrer an der Berlitz School durch, um seine Frau und ihre beiden kleinen Kinder zu ernähren, und war mit seiner Situation als Schriftsteller mit Recht völlig unzufrieden. Der Streit um die Publikation der *Dubliner* zog sich seit Jahren endlos hin, und das *Porträt des Künstlers* war auch noch nicht fertig. Wer war überhaupt James Joyce? Rilke hatte den Namen noch nie gehört, er las ohnehin nicht gern Englisches, und wenn er überhaupt einmal einen Ausflug von Duino aus machte, dann fuhr er nach Venedig und nicht nach Triest. Und wer war Rilke? Joyce hatte den Namen noch nie gehört. Dabei wäre dessen *Malte Laurids Brigge* für ihn interessant gewesen, ein Bildungsroman wie das *Porträt des Künstlers,* an dem er schrieb. Aber er las nicht gern Deutsches, obwohl er es konnte, er ließ es aus Protest gegen diese erzkatholischen Habsburger, auf deren Territorium er sich leider befand, er lernte lieber Italienisch, und das war auch die Sprache, die er und Nora zu Hause mit den Kindern redeten. Außerdem war Joyce unendlich weit davon entfernt, auf so ein Schloss eingeladen zu werden, wie man es Rilke zu Füßen legte, er pfiff auch darauf, er fühlte sich als Sozialist, schon allein, weil er das älteste von dreizehn Kindern war. Dabei hätten sie sich schon zehn Jahre früher in Paris über den Weg laufen können, Anfang des Jahrhunderts, als Joyce vor seinem Elternhaus und der Kirche und Rilke vor Clara Westhoff und ihrer gemeinsamen Tochter davongelaufen war.

An diese Dinge aber dachte jetzt niemand, Joyce nicht, der es nicht abwarten konnte, ob sein Buch auch pünktlich zu seinem vierzigsten Geburtstag fertig werden würde, und Rilke nicht, als er den Brief an die Fürstin frankiert hatte und nach draußen sah, in den Schnee. Es war immer noch der 9. Januar 1922.

Der bessere Handwerker

In London scheint am 10. Januar die Sonne und taut den letzten Schnee von den Dächern. In Paris waren Eliot und Pound nun schon ein paar Tage an der Arbeit, in Pounds Studio in der Rue Notre-Dame-des-Champs 70. Vivien war nach Lyon abgereist, Eliot hatte sich im Casino de Paris eine Vorstellung der Mistinguett, einer legendär langbeinigen Sängerin, angesehen, und so gab es nichts, was die beiden Männer hätte aufhalten können. Außer vielleicht das Manuskript selbst, das sich in einem schwierigen Zustand befand. Sicher, auch Rilke hatte es mit Fragmenten zu tun, aber was sollte denn Eliot sagen? Alles, was er hatte, waren Fragmente, und ob sie überhaupt jemals so etwas wie einen Zusammenhang ergeben könnten, war ausgesprochen fraglich. Er hatte zwar die Idee, mehrere große Teile zu bilden, vier oder fünf. Aber jeder dieser Teile bestand wieder aus lauter kleineren Passagen, die voneinander sehr verschieden waren. Es gab gereimte Strophen, erzählerische Stücke und jede Menge versprengtes Zeug, gedrechselte Zitatmontagen, Undefinierbares.

Rilke hatte mit seinen Fragmenten etwas ganz anderes vor: Ihm ging es um das »Anheilen der Bruchstellen«, wie er sich ausdrückte, er wollte einfach weiterschreiben, wo er hatte abbrechen müssen, und am Ende sollte es so aussehen, als habe es niemals eine Störung gegeben – so, wie ein Knochen nach einem Bruch zusammenwächst, und am Ende ist alles heil. Und so klingen sollte es auch, getragen von einer einzigen Stimme, der des Dichters nämlich, der im Zustand der Erleuchtung spricht.

Das war für Eliot utopisch. Es lagen viel zu viele verstreute Knochen, Stücke und Splitter herum, als dass sich daraus noch eine heile Figur hätte bilden lassen. Das stand so ähnlich sogar in den Versen selbst formuliert. »Du siehst doch nur/Einen Haufen zerbrochener Bilder«, »Mit diesen Bruchstücken stützte ich meine Trümmer«. Tatsächlich konnte man sich so gut wie jedes der Bruchstücke in seiner Mappe wie von einer anderen Stimme gesprochen vorstellen, nur die des Dichters war irgendwie nicht dabei.

Genau das fand nun Ezra Pound ausgesprochen gut, ja, er fand es großartig. In dieser Fragmentierung lag etwas ganz

Neues, darin lag das radikal Moderne, um das es ihm ging. So musste man jetzt schreiben, in diesem heillos kaputten Europa. Eliot hatte es drauf, es steckte da in seinem Manuskript, man musste es nur richtig herausholen und stark machen. Und Pound war nicht zimperlich darin, Eliot zu zeigen, wie das gehen sollte. Er strich ganze Passagen einfach weg, umfangreiche Teile, die Eliot wichtig gewesen waren, sonst hätte er sie nicht abgetippt. Etwa zehn Tage lang währte dieses Lektorat, das man als die wohl großartigste Kooperation bezeichnen darf, die zwei Dichter je am Manuskript eines von ihnen vollführten. Am Ende schnitt Pound rund die Hälfte der Verse weg. Entscheidend ist freilich, *wo* er das Messer ansetzte. Mehrere weitschweifige Passagen, die nach Eliots Vorstellung zum ersten, dritten und vierten Teil gehören sollten, strich er ganz, darunter breit erzählerische ebenso wie ziseliert gereimte. Man sieht daran, dass es Pound nicht darum ging, das Gedicht in eine bestimmte Richtung zu drängen, in die es vorher nicht unterwegs gewesen wäre. Er holte einfach das Beste hervor und schied das nicht so Gute aus. Gottfried Benn sagte einmal, Lyrik müsse exorbitant sein oder gar nicht – was aber exorbitant ist und was nicht, ist sehr die Frage.

Pound konnte das am Werk des anderen messerscharf erkennen. Zum Beispiel kappte er die ziemlich langweilige Eröffnungsszene, die Schilderung einer Sauftour. »Wir tranken uns erst mal warm, als wir in Toms Laden waren«, so hätte es nach Eliots Plan losgehen sollen. Aber Pound hatte den viel besseren Anfang schon entdeckt: »April is the cruellest month« – »April ist der übelste Monat von allen«. Vom vierten Kapitel, »Death By Water«, ließ er so gut wie gar nichts stehen, dafür gefiel ihm sehr, was Eliot aus Lausanne mitgebracht hatte. »What The Thunder Said« sollte dieser Schluss heißen, und man sieht heute in der Faksimile-Edition des lange verschollenen Manuskripts, wie Pound an den Rand geschrieben hatte: »O. K. from now on I think.« Eliot hätte jetzt ziemlich bedient sein können, als er Mitte des Monats nach London zurückkehrte, denn leicht ist es ja für einen Autor nicht, sich derart gerupft zu finden, aber nach allem, was wir wissen, nahm er den fachlichen Rat seines Freundes dankbar an. Das heißt, ein wenig verschnupft war er schon. Das lag an der Grippewelle, die durch Europa rollte und auch ihn erfasst hatte, was er für den Rest des Monats in keinem Brief zu erwähnen vergaß.

Auch Virginia Woolf liegt krank danieder und freut sich überhaupt nicht auf ihren vierzigsten Geburtstag. Wie soll man sich auch freuen, wenn die Kraft nicht da ist, weder zum Lesen noch zum Schreiben.

Die lungenkranke, 33-jährige Katherine Mansfield ist fieberhaft bei der Arbeit. Es ist der beste Weg, um ihre Schmerzen zu betäuben. Die Kurzgeschichte »Eine Tasse Tee« schreibt sie über vier bis fünf Stunden in einem Rutsch. Eine andere Geschichte, »Das Puppenhaus«, ist von der amerikanischen Zeitschrift *The Dial* angenommen worden. Bevor sie in die Post geht, muss sie noch sauber abgeschrieben werden, und dafür ist ihr Mann als Schreibkraft zuständig. »Ein scheußlicher, kalter Tag … Jack und ich ›tippten‹. Ich hasse das Diktieren, aber ich finde die Geschichte immer noch gut. Ist sie es?« So etwas fragt sich ein Autor immer, besonders, wenn der Schreibprozess noch nicht lange zurückliegt. Ihre Lunge ächzt. Sie überlegt, nach Paris zu gehen. Sie hat von einem russischen Arzt gehört, der sie womöglich heilen könnte.

Es ist der 15. Januar, und Rilke tritt ein wenig auf der Stelle. »Als ich der so besonderen Post des Neujahrstages Erwähnung that«, schreibt er etwas gestelzt an seine Schweizer Freundin Nanny Wunderly, »hatte ich vor allem die Aufzeichnungen im Sinn, die mir gerade an diesem Tage von Frau Ouckama Knoop zukamen«, aber das wussten wir eigentlich schon. Rilke lässt außerdem wissen, dass er das Zeitunglesen eingestellt habe, ausgenommen die *Nouvelle Revue Française.* So musste ihm entgehen, dass am 17. Januar die Eisenbahnverwaltung in Berlin der privaten Gesellschaft Siesta die Vermietung von Sitzkissen an Reisende erlaubte. Wer über eine Strecke von 600 Kilometer ein solches Kissen nutzen wollte, musste dafür 24 Mark bezahlen. Die Wiederwahl des Kölner Oberbürgermeisters Konrad Adenauer zum Ersten Vorsitzenden des Preußischen Staatsrats musste Rilke tags drauf ebenso verborgen bleiben. Er las auch nicht, dass nach einem Bericht der Nationalen Vereinigung des farbigen Volkes in den USA im vergangenen Jahr 63 Personen zumeist schwarzer Hautfarbe gelyncht worden waren, hauptsächlich in den Südstaaten, in Georgia und Mississippi. Die Kapuzenmänner des Ku-Klux-Klans waren dafür verantwortlich. Neun Menschen waren verbrannt worden, vier davon bei lebendigem Leib.

Am selben Tag beschließen die deutschen Hochschulen, künftig den Tag der Reichsgründung an jedem 18. Januar festlich zu begehen. An diesem Tag war im Jahre 1871 Wilhelm I. im Spiegelsaal von Versailles zum deutschen Kaiser proklamiert worden. Seit drei Jahren lebte man nun in einer Republik, aber die wird an den deutschen Hochschulen keineswegs bejubelt. Dort gedeiht viel eher revanchistisches Gedankengut, und Juden haben einen immer schwereren Stand.

Am 20. Januar steht die Sarotti-Schokoladenfabrik in Berlin-Tempelhof in Flammen. Das Feuer war im Packraum ausgebrochen, 1 500 Beschäftigte konnten sich ins Freie retten, alle kamen mit dem Schrecken davon. Der Grippekranke von London hat sich inzwischen nicht abhalten lassen, das von Pound mit viel blauer Tinte versehene Gedicht zu revidieren, und die neue Version zur Begutachtung nach Paris geschickt. Während er noch auf Antwort wartet, unternimmt er vom Bett aus erste Schritte, das noch nicht ganz zu Ende gedachte Werk an geeigneter Stelle unterzubringen. »Ich werde in Kürze ein Gedicht von etwa 450 Zeilen fertig haben, in vier Teilen, und hätte gern gewusst, ob es etwas für den *Dial* ist oder nicht«, schreibt er aus seiner Wohnung in Hampstead, Clarence Gate Gardens 9, nach Wien an Scofield Thayer, der für die angesehene amerikanische Zeitschrift als Herausgeber tätig ist, »und wenn ja, dann teilen Sie mir bitte mit, wie viel Sie zahlen würden.« Über Thayer, der eine Zeit in Oxford gewesen war, hatte Eliot 1915 auch Vivienne Haigh-Wood kennengelernt (sie selbst verkürzte ihren Vornamen zu Vivien), die er dann allzu schnell geheiratet hatte. Es wäre möglich, schlägt Eliot ganz pragmatisch vor, das Gedicht über vier Ausgaben des *Dial* zu verteilen. »Es wird dreimal durchs Sieb gegangen sein, durch Pounds und durch meins, ehe es seine endgültige Form gefunden hat. Ich hoffe, Sie werden spirituell und auch physisch von Wien profitieren. Grüßen Sie bitte Schnitzler von mir.« Thayer ließ sich in Wien gerade selbst durchs Sieb gehen, Freud persönlich analysierte ihn.

Grippewelle

Am Vormittag des 22. Januar läuteten in der gesamten katholischen Welt die Glocken. In Rom war der Papst gestorben, Benedikt XV., Giacomo della Chiesa, der Friedenspapst, der die Völker Europas mitten im Krieg dazu aufgefordert hatte, das Morden einzustellen. In den frühen Morgenstunden war der frühere Erzbischof von Bologna einer Influenza erlegen, im Alter von nur 69 Jahren. Da die Glocken zu einer Zeit zu läuten begannen, in der sie sonst schweigen, wussten die Gläubigen und auch die Ungläubigen sofort, was die Uhr geschlagen hatte. Und da es 1922 noch keinen Rundfunk gab, war diese Form zur raschen Übermittlung einer Nachricht einzigartig. Die Glocken läuteten auch in Neuss am Rhein, allerdings nicht vom Turm der neu erbauten Dreikönigenkirche, in deren Bannkreis meine Großmutter lebte, denn deren Glocken waren im Weltkrieg beschlagnahmt und eingeschmolzen worden, weil man mit dem Metall etwas anderes vorhatte. Aber vom Quirinusmünster läuteten sie, im Herzen der alten Stadt, wo Franziska als Kind gelebt hatte, in der Oberstraße. Ihr sechs Jahre altes Brüderchen war dort, Anfang des Jahrhunderts, zu Tode gekommen, als erstes Opfer der neuen Straßenbahn, die über den Rhein nach Düsseldorf fuhr. Nun war der Papst gestorben, und überall, wo man die Glocken hörte und die Nachricht sich herumsprach, strömten die Menschen in die Andachten.

Die Glocken läuteten auch in Paris, aber James Joyce wird keine Träne vergossen haben, obwohl dieser Papst Giacomo geheißen hatte, also James. Seitdem er sich von den Jesuiten losgesagt hatte, die ihn zu einem der ihren hatten machen wollen, war ihm alles Kirchliche gleichsam offiziell verhasst. Sogar als seine Mutter im Sterben lag, hatte er sich geweigert, an ihrem Krankenbett zu beten. Das beschäftigte ihn freilich so, dass es in das erste Kapitel von *Ulysses* einging. In Triest war es ihm ein Dorn im Auge gewesen, dass seine beiden Schwestern, die zeitweise mit zum Haushalt gehörten, ganz so wie in Dublin in die Messe gingen, und dass seiner Nora der Anblick eines Geistlichen auf der Straße keineswegs so abscheulich war wie ihm, ärgerte ihn am meisten. Trotzdem besuchte er ab und an eine Messe, ohne mitzufeiern, der Riten wegen, die ihn als Kind verzaubert hatten, und im *Ulysses* hatte er die Liturgie nach Kräften parodiert.

Rilke war schon als junger Mann aus der Kirche ausgetreten, und auch dies hatte mit seiner Mutter zu tun. Phia Rilke war eine bigotte Frömmlerin, ihr religiös hochmusikalischer Sohn ging sehr frei und schöpferisch damit um, und das Letzte, was er sein wollte, war ein Christ. Die Glocke, die nun aus Sierre den Berg heraufschallte, wird ihn vielleicht im Schreiben eines Briefes unterbrochen haben, so dass er versonnen vom Stehpult aufsah und sich halblaut fragte, *was ist es, was kommt?*

Auch Eliots Mutter, Charlotte Champe Stearns Eliot, war übersteigert religiös, anders als Phia Rilke aber nicht auf katholische, sondern auf unitarische Art. Der Unitarismus ist eine nüchterne, intellektuelle, auf moralische Verantwortung zielende Variante der christlichen Religion und zeichnet sich, laut Eliot, durch »emotionale Reserviertheit« aus. Dogmen wie der Glaube an die Dreieinigkeit und die Fleischwerdung werden im Unitarismus abgelehnt, es war eher ein spiritueller Mangel, mit dem er aufwuchs, anders als die rituelle Überdosis, die Joyce bei den Jesuiten und Rilke von seiner Mutter verabreicht worden war.

Alle drei Dichter arbeiteten sich auf je eigene Weise an ihrer religiösen Herkunft ab. Joyce hatte mit dem Katholizismus gebrochen und verwendete ihn als ästhetisches Reservoir. Rilke setzte eine eigene poetische Spiritualität in die Welt, wobei er eine quasireligiöse Emphase beibehielt. Eliot war noch auf der Suche, er befasste sich mit fernöstlichen Weisheitslehren und mit der Philosophie seiner Zeit. Im Moment jedoch nicht, denn er lag noch immer mit einer Grippe danieder. Dass man den künftigen Verlagsleiter von Faber and Faber einmal scherzhaft den Papst vom Russell Square nennen würde, lag noch ebenso unerkennbar vor ihm wie der Umstand, dass er von Pius XII. zu einer Privataudienz empfangen werden sollte, dereinst, in 25 Jahren.

Ebenfalls am 22. Januar schreibt Katherine Mansfield an Ottoline Morrell, sie werde sich nach Paris begeben, um sich von dem russischen Arzt Iwan Manoukhin behandeln zu lassen. »Ich zittere, wenn ich an die Zeit denke, die wir *un*glücklicherweise im Bett verbringen. Sie scheint mir unverhältnismäßig lang. Nächsten Montag eile ich nach Paris, um zu sehen, ob jener Russe mich braten, kochen oder auf andere befriedigende Weise zubereiten kann.«

Mansfield stammte aus einer wohlhabenden Familie der britischen Kronkolonie Neuseeland, hatte sich aber als junge Frau für ein unabhängiges Leben in England entschieden. Mit ihrem umtriebigen Temperament machte sie es sich und anderen nicht immer leicht. Ihrem ersten Ehemann war sie bereits am Hochzeitstag davongelaufen, erlebte eine Fehlgeburt, verliebte sich bisweilen heftig in Männer und Frauen und war von ihrer Mutter aus dem Testament gestrichen worden. Inzwischen war sie mit dem Kritiker und Herausgeber John Middleton Murry verheiratet, einem Freund Eliots. Sie verfasste ausschließlich Kurzgeschichten und hatte es darin zu einer Meisterschaft gebracht, die auch von Kritikern anerkannt wurde. Mit großer Sicherheit wählte sie Situationen, die schlaglichtartig eine Existenz erhellten, erzählte sie dicht und in filmischer Plastizität, mit kühnen Schnitten. Sie feilte an ihren Texten wie ein Lyriker an seinem Gedicht. Seit fünf Jahren litt sie nun an Tuberkulose, und bisher hatte keine Therapie geholfen. Manoukhin stand im Ruf, auf diesem Gebiet eine Koryphäe zu sein, nach eigener Aussage hatte er in Russland 8 000 Tuberkulosekranke durch Röntgenbestrahlung der Milz geheilt. Deshalb also nun Paris.

Die Eminenz der literarischen Avantgarde aber war zweifellos Ezra Pound. Aufgewachsen in Idaho, hatte er Vergleichende Literaturwissenschaft und Romanistik an der University of Pennsylvania und am Hamilton College im Staat New York studiert und sich dabei so sehr in die Welt der klassischen Bildung verliebt, dass er einen weiteren Verbleib im kulturlosen Nordamerika als unzumutbar empfand und nach Europa ging. Zuerst hatte er in Venedig gelebt, der Stadt, in der er einst auch sterben würde – aber bis dahin hatte er noch ein halbes Jahrhundert Zeit und unfassbar viel zu tun, denn er erachtete es als seine Aufgabe, nicht nur sein eigenes Werk, sondern auch das seiner ganzen Generation zu beaufsichtigen – genauer gesagt derjenigen, die er für begabt hielt, und das waren nicht viele. Nachdem er einige Jahre lang die Londoner Szene auf Vordermann gebracht, Imagismus und Vortizismus propagiert, Joyce und Eliot promotet und sogar aus dem alten Romantiker W.B. Yeats einen veritablen modernen Dichter gemacht hatte, verlegte er seinen Lebensmittelpunkt nach Paris. Dort hatte er sich inzwischen Eliots neues Typoskript angesehen und schrieb ihm am 24. Januar einen ebenso begeisterten wie entschiedenen Brief. »Caro mio: VIEL besser schon. Dein Instinkt hat Dich dazu gebracht, die verbliebenen Überflüssigkeiten an den Schluss zu setzen. Du solltest Dich von ihnen trennen, sie ganz rausschmeißen, oder zumindest für jetzt. Wenn Du sie behalten MUSST, dann hol sie besser nach vorn, vor den April, den grausamsten Monat. Das GEDICHT endet mit Shantih Shantih Shantih.« Das war eine Schlussformel aus den *Upanishaden*, die so viel wie »Der Friede, welcher höher ist als alle Vernunft« bedeutet, und das war für Pound der beste Schluss. Die »Überflüssigkeiten« bestanden aus drei kurzen Gedichten, von denen Eliot noch nicht ganz lassen konnte. Auch hatte er vorgehabt, ein Zitat aus Joseph Conrads Roman *Herz der Finsternis* als Motto voranzustellen, das mit dem Ausruf schloss: »The horror! The horror!« Conrad sei dafür vielleicht nicht gewichtig genug, merkte Pound an und machte noch einmal deutlich, was für ihn das Gedicht war: »Das Ding läuft jetzt von April bis Shantih ohne Bruch, 19 Seiten lang, und das wäre dann das längste Gedicht der englischen Sprache. Versuch nicht, alle Rekorde zu brechen, indem Du es noch drei Seiten länger machst.«

Was er aber insgesamt davon hielt, sagte er so: »Complimenti, you bitch« – »Glückwunsch, Du Miststück. Ich bin von den sieben Eifersüchten geplagt.« Und hing noch ein gereimtes Gelegenheitsgedicht an, das zeigte, wie er seine Rolle bei dieser Arbeit definierte: »Ezra performed the caesarean operation – Ezra hat den Kaiserschnitt ausgeführt.«

Eliot schrieb postwendend zurück. Er könne die Glückwünsche umso dankender annehmen, da er extrem bedrückt gewesen sei, und dann hatte er ja noch die Grippe. Aber sollte er das vierte Kapitel nicht lieber ganz herausnehmen, in dem von Phlebas, dem Phönizier, berichtet wurde, wie er ertrank? Es war einmal ellenlang gewesen, und Pound hatte davon nur 14 Zeilen stehen lassen. Schöne Grüße übrigens von Vivien, die wieder im Lande sei und ihm ausrichten ließ, wenn sie gewusst hätte, wie *bloody* England sei, dann wäre sie gar nicht erst wiedergekommen.

Täglich vermeldete die *Times* höhere Zahlen an Grippekranken, auch die Zahl der Todesfälle stieg, und man sprach schon wieder von einer Epidemie. Die Spanische Grippe, die mehr Tote als der gesamte Weltkrieg gefordert hatte, war noch in frischer Erinnerung. Virginia Woolf musste auch ihren vierzigsten Geburtstag im Bett verbringen, was ihrer düsteren Stimmung entsprach. Das war am 25. Januar, sie war genau acht Tage älter als James Joyce. Aber ihr neues Buch, das sie in diesem Frühjahr hatte veröffentlichen wollen, in der Hogarth Press, die sie mit ihrem Mann Leonard gegründet hatte, war immer noch eine Baustelle.

Ihren zuletzt veröffentlichten Roman *Nacht und Tag* hatte Katherine Mansfield als völlig veraltet empfunden (und dies auch in einer Kritik so geschrieben), und das wurmte Virginia Woolf enorm. Dabei waren sie befreundet gewesen; eine sehr ambivalente Freundschaft. Beide teilten sie das Gefühl, die jeweils andere sei die einzige Frau, mit der sie sich ernstlich über das Schreiben austauschen konnten. Im Grunde hätten sie Verbündete sein sollen in einer Welt, die nach wie vor von Männern dominiert wurde und in der Frauen zumeist als Geliebte, Gattinnen oder Patroninnen vorkamen, aber nur selten als anerkannte Künstlerinnen. Andererseits empfand Woolf einen geradezu körperlichen Widerwillen gegenüber ihrer Kollegin, deren Odeur sie einmal mit dem Moschusgeruch einer Zibetkatze verglichen hatte. Dennoch hatten die Woolfs Geschichten von Mansfield in ihrem Verlag gedruckt. Nun aber stand deren neueste Sammlung, *Das Gartenfest und andere Geschichten,* vor der Veröffentlichung, und Virginia fürchtete, wenn ihr eigener neuer Roman, *Jacobs Zimmer,* erst im Herbst erschiene, würde sie selbst darin nur noch eine sterile Übung sehen können (und andere vermutlich auch). Und schon vor zwei Jahren hatte sie befürchtet, das, was sie literarisch vorhatte, ein multiperspektivisches Erzählen, mit Schnitten wie im Film, ganz nah am Bewusstsein ihrer Figuren, könne besser von James Joyce besorgt werden. Was half es ihr schon, dass sie als die geistreichste Gastgeberin von London galt? Ihre Freunde, die Bloomsburys, diesen reichlich versnobten Zirkel ehemaliger Cambridge-Absolventen, konnte sie an ihrem Geburtstag nicht um sich scharen, denn das Fieber war wieder zurück.

Virginia Woolf hatte den Anspruch und das Talent, mitzuhalten mit den modernsten Schriftstellern ihrer Zeit, und es nagte an ihr, dass sie bislang ihr Potential noch nicht ganz ausgeschöpft hatte. Von klein auf hatte sie sich benachteiligt gefühlt, und das nicht ohne Grund. Das englische Schulsystem sah eine höhere Bildung für Mädchen noch nicht vor, und so musste sie mitansehen, wie ihre Brüder aufs College und an die Uni gehen durften, sie und ihre ältere Schwester Vanessa, die spätere Malerin, jedoch nicht. Aufgefangen und unterstützt wurde Virginia von ihrem Vater, der sich nach dem frühen Tod der Mutter persönlich um ihre Bildung kümmerte. Leslie Stephen war Historiker und hatte ein enzyklopädisches Werk, das *Dictionary of National Biography,* herausgegeben. An Büchern war also zu Hause kein Mangel. Nachdem auch der Vater gestorben war, zogen die Geschwister in ein Haus am Gordon Square im Londoner Stadtteil Bloomsbury, nahe der Universität. 1906 verstarb Bruder Thoby an Typhus. Die Schwestern suchten sich eine Wahlfamilie. Ein künstlerischer und intellektueller Freundeskreis, der als Bloomsbury Group berühmt werden sollte, scharte sich um sie. Dazu gehörten der Kunstkritiker Clive Bell, mit dem Vanessa eine Ehe und zwei Kinder hatte und in den auch Virginia immer mal wieder verliebt war, der Maler Roger Fry, in den Vanessa sich verliebte, Duncan Grant, der Männer liebte, aber Vanessas Lebensgefährte wurde, Leonard Woolf, der Virginia heiratete und für immer bei ihr blieb, der Schriftsteller Lytton Strachey, der Ökonom John Maynard Keynes, der Schriftsteller Edward Morgan Forster, der Virginias guter Freund, und Vita Sackville-West, die ihre Geliebte werden sollte. Die Bloomsburys waren progressiv in jeder Hinsicht, sie lebten unbürgerlich, verbanden eine Neigung zum Sozialismus mit höchsten ästhetischen Ansprüchen und feierten all dies an den Wochenenden auf einer Farm in Sussex. Virginia vermisste sie.

Wie die *Times* schrieb, zeichnete sich die Epidemie von 1922 dadurch aus, dass sie auch das Herz angriff und mit

Atemlosigkeit, Nervosität und Gliederschmerzen einherging. Virginia fühlte sich entsprechend. Nun war sie also vierzig Jahre alt und konnte sich nicht einmal dazu bringen, Proust zu lesen, wie es alle taten, nachdem die englische Übersetzung erschienen war. »Jeder liest Proust«, schrieb sie an ihren Freund E. M. Forster, »ich sitze still und höre mir ihre Berichte an. Es muss eine grandiose Erfahrung sein, aber ich schrecke noch davor zurück, aus Furcht, überschwemmt zu werden und mit der entsetzlichen Ahnung, dass es mit mir immer weiter bergab gehen wird und ich niemals mehr hochkomme.« Drei verschiedene Weisen der Furcht, unterzugehen, scheinen hier auf einmal angesprochen: Virginias Scheu vor dem Eintreten in Prousts Romanwelt als dem übergroßen, verschlingenden Text, ihre ernstlich gefährdete körperliche Gesundheit und die Depressionen, unter denen sie zeitlebens litt.

Anderen Menschen ging es auch nicht gut, zum Trost fuhren sie in Urlaub. Zu diesen gehörte Franz Kafka. Er traf am 27. Januar im tschechischen Riesengebirge ein, in einem Luftkurort namens Spindelmühle nahe der polnischen Grenze. Gemeinsam mit seinem Arzt Dr. Otto Hermann, der sich mit Frau und Tochter im Hotel Krone einlogiert hatte; Kafka hatte sich ihnen angeschlossen. Wie Eliot hatte er von seinem Arbeitgeber, der Arbeiter-Unfall-Versicherungsanstalt in Prag, eine dreimonatige Krankschreibung erhalten. Er wollte die Gelegenheit nutzen, um etwas zu tun, was er seit Jahren nicht mehr geschafft hatte, nämlich schreiben. Er befand sich in einem psychisch äußerst angegriffenen und labilen Zustand, und nur das Schreiben konnte ihm Erlösung bringen. Er hatte eine vage Idee und außerdem einige

Blätter weißes Papier mit hergebracht. Nicht vorauszusehen war, wie hoch der Schnee liegen würde, und schon die Vorstellung, wie Kafka im zweispännigen Schlitten das Dorf erreicht, eine steinerne Brücke passiert und feststellen muss, dass sein Koffer während der Fahrt beschädigt wurde und er auf einer Tafel im Hotel fälschlich als »Dr. Josef Kafka« angekündigt ist, wirkt wie der Anfang zu einem Roman, der nur von Kafka sein kann. Und diesen Roman, seinen dritten, den er *Das Schloß* nennen würde, begann Kafka schon wenige Stunden nach Ankunft in Spindelmühle zu schreiben.

Fieberhaft wie zehn Jahre zuvor die Erzählung »Das Urteil« und auf einzigartige Weise so, als sei er in die Welt entrückt, von der er erzählte. Zwar gab es in Spindelmühle kein Schloss, aber die Atmosphäre, die er dort vorfand, das Fremdheitsgefühl, das er wie kein anderer moderner Autor in seinen Sätzen einfing, lagen gleichsam in der Luft, die er zu atmen bekam: »Es war spät abend, als K. ankam. Das Dorf lag in tiefem Schnee. Vom Schloßberg war nichts zu sehen, Nebel und Finsternis umgaben ihn, auch nicht der schwächste Lichtschein deutete das Schloß an. Lange stand K. auf der Holzbrücke, die von der Landstraße zum Dorf führte, und blickte in die scheinbare Leere empor.« Das sind die ersten Sätze des Romans, der Fragment geblieben ist und der erzählt, wie ein Mensch sich unendlich einem Ziel annähert, ohne es jemals zu erreichen – ohne dass er je erfährt, weshalb ihm diese Erfüllung verwehrt bleibt.

Kafka, der als Versicherungsbeamter das Maschinenhafte der modernen Gesellschaft aus der Nähe kannte, baute diese Erfahrung in den labyrinthischen Endlosschleifen seiner Romane bedrängend nach. Aber er erfuhr, wie Rilke, das Schreiben als das ganz Andere – als Teilhabe an einer mythischen, rauschhaften Welt. Fernab von den zeitgleichen Schreiberfahrungen eines präzisen Sprachartisten wie Joyce, der stundenlang an einzelnen Sätzen feilte und den Rausch vorwiegend nach Feierabend suchte.

Schwer leidend hat auch Marcel Proust das Jahr begonnen. Während jeder, der etwas auf sich hält, die schon erschienenen Bände *Auf der Suche nach der verlorenen Zeit* verschlingt (Joyce ausgenommen), fühlt sich ihr Autor seelisch wie körperlich kaum in der Lage, die fehlenden zu vollenden; als Nächstes muss *Sodom und Gomorrha II* druckfertig gemacht werden. Proust verlässt nur selten sein korkgetäfeltes Reich, um ins Ritz zu gehen oder auf eine Party. Am 28. Januar aber nimmt er zu seinem eigenen Erstaunen am Ball zum achtzehnten Geburtstag seiner Nichte teil. »Aufs Ganze gesehen hat meine Anwesenheit nicht ganz so ernüchternd gewirkt wie die Auferstehung des Lazarus. Allerdings werde ich nach Hause ins Grab zurückkehren.«

Pound antwortet wieder postwendend. Eliot soll die Geschichte mit Phlebas unbedingt behalten. Der sei ein integraler Bestandteil des Gedichts, er werde ja schon in der Passage mit den Tarotkarten angekündigt als ertrunkener phönizischer Seemann, und sei absolut notwendig für das Ganze. Man fragt sich, wie Eliot das selbst nicht sehen konnte. Pound kannte sich in seinem Gedicht definitiv besser aus als er selbst.

Bei Rilke fragt man sich, wie er jemals wieder ins Schreiben kommen will, wenn er sich dauernd ablenken lässt wie ein Schulkind bei den Hausaufgaben. Eine Frau von Wedel hat ihm Aufnahmen jener Büste der Nofretete geschickt, die vor zehn Jahren am Ostufer des Nils entdeckt worden war, und schon richtet er seinen Blick nach Ägypten: »Was war das für ein Moment der Windstille in der großen ägyptischen Zeit? Welcher Gott hielt den Atem an, damit diese Menschen um den vierten Amenophis so zu sich kamen … Und wie schloß sich wieder, gleich hinter ihnen, die Zeit, die einem ›Seienden‹ Raum gegeben, es ›ausgespart‹ hatte?« Das wüsste man gern. Allerdings gab es dringendere Sorgen.

Seit Ende des Krieges waren die westlichen Regionen Deutschlands entlang des Rheins von alliierten Truppen besetzt, die das öffentliche Leben und die kommunalen Verwaltungen überwachten. Am Niederrhein waren das die Belgier, um Köln und Bonn die Engländer, bis nach Koblenz und entlang der Mosel die Amerikaner und im Südwesten die Franzosen. Besonders diese hatten in ihren Truppen auch farbige Soldaten, und dagegen wandte sich eine vom Reichsverband der Rheinländer am 29. Januar in Berlin veranstaltete Kundgebung. Afrikanische Soldaten wurden pauschal bezichtigt, deutsche Frauen zu überfallen, und ein »Deutscher Notbund gegen die schwarze Schmach« plakatierte seinen Hass auf Frankreich, das den Nachbarn »durch Bewachung mit den Bajonetten farbiger Kolonialkrieger« grausam demütige.

In Neuss waren belgische Truppen stationiert, welche Begegnungen es mit ihnen gab und ob auch Soldaten aus dem Kongo darunter waren, davon habe ich nie etwas gehört, wie überhaupt das mündliche Erzählen vor vielen Dingen haltmacht. Und niemals wurde mir berichtet, dass es Landsturmsoldaten aus Neuss gewesen waren, die im August 1914 das Feuer in der belgischen Universitätsstadt Leuwen eröffnet hatten, was zu einer viertägigen Feuersbrunst führte, der die berühmte Universitätsbibliothek mit all ihren Schätzen und bis auf das gotische Rathaus die gesamte Altstadt zum Opfer fiel. Die deutsche Heeresleitung sprach vom »Strafgericht von Löwen«, die Deutschen aber waren in der Welt fortan als Hunnen bekannt. Ich weiß auch nicht, ob die Belgier, die in Neuss stationiert waren, das wussten. Ich stelle mir vor, wie meine Großmutter Franziska die Soldaten auf der Straße grüßte, wie es befohlen war, aber gar nicht verstand, was sie zu ihr sagten, da sie weder Französisch noch Niederländisch sprach, sie hatte nach der Volksschule nur Nähen gelernt.

Scofield Thayer lässt Eliot wissen, dass er für den Abdruck des Gedichts im *Dial* 150 Dollar bieten kann. Er hört es gern, dass Pound einen Blick darauf hat, und fragt, ob er das Gedicht mal sehen kann. Schnitzler hat den Namen Eliot schon gehört, viel gelesen hat er von ihm nicht. Was nicht weiter erstaunlich ist, denn so viel hat Eliot auch noch gar nicht veröffentlicht.

Am 31. Januar wird Walther Rathenau von Reichspräsident Ebert zum Minister des Äußeren ernannt. Nach der Konferenz von Cannes war damit zu rechnen gewesen. Rathenau soll Deutschland auch Anfang April auf der internationalen Wirtschaftskonferenz in Genua vertreten. Am selben Tag trifft Katherine Mansfield, in Begleitung ihrer Freundin und Geliebten Ida Baker, genannt L. M., in Paris ein. »Reisen ist furchtbar. Alles ist so schmutzig, und der Zug ist niederschmetternd«, schreibt sie in ihr Tagebuch. »Wir kamen spät in Paris an, aber es war wundervoll – wie es da aus dem Wasser auftauchte.«

James Joyce ist derweil schon ziemlich aufgeregt. »*Ulysses* wird wahrscheinlich übermorgen herauskommen«, schreibt er an seinen Freund, den Maler Frank Budgen. »Sie werden Ihr Exemplar bekommen, sobald das Postpaket ankommt. Ich habe an den letzten Druckbogen bis heute früh gearbeitet und bin erschöpft.« Sobald aber das Buch da ist, wird es Menschen geben, die es missverstehen. »Das Bedauerliche ist«, sagt Joyce zu der jungen Kollegin Djuna Barnes, die er im Café Aux deux Magots trifft, »das Publikum wird von meinem Buch eine Moral verlangen und sie darin auch finden – oder schlimmer noch, man wird darin womöglich etwas sehr Ernsthaftes erblicken, und ich gebe Ihnen das Ehrenwort eines Gentlemans darauf, dass sich darin nicht eine einzige ernsthafte Zeile findet.«

II.

Orpheus singt

Am 1. Februar 1922 treten in Deutschland die Eisenbahner in den Streik. Etwa 700 000 Arbeiter und Beamte legen für eine Woche die Arbeit nieder, nachdem die Reichsregierung in den Lohnverhandlungen ein Ultimatum der Eisenbahnergewerkschaften abgelehnt hat. Für die von alliierten Truppen besetzten Gebiete entlang des Rheins gilt dies nicht, denn dort herrscht absolutes Streikverbot. Es war also auch an diesem Tag möglich, von Neuss nach Köln mit dem Zug zu fahren, aber meine Großmutter tat das nicht, sie hatte auch gar keine Veranlassung dazu.

In Paris bekommt James Joyce wieder einmal Post aus Dijon. Maurice Darantière, der Meisterdrucker, schreibt: »Drei Exemplare von *Ulysses* sind heute Abend per Eilpost an Miss Beach abgegangen. Der ganze Betrieb hat sich sehr über Ihren Brief vom 30. Januar gefreut. Wir schätzen uns glücklich, Ihnen das erste Exemplar am 2. Februar überreichen zu können.« Joyce ist davon nicht beruhigt. Er ist so sehr fixiert darauf, sein Buch zu seinem vierzigsten Geburtstag in Händen zu halten, dass er der Post unmöglich trauen kann. Er bittet daher Miss Beach, in Dijon anzurufen und weitere Exemplare zu erbitten, die dem Schaffner des Schnellzuges Dijon – Paris am nächsten Morgen mitgegeben werden sollen.

Auch in Moskau ist man misstrauisch. Eine Mehrzahl der Leser der *Prawda* spricht sich dagegen aus, dass Lenin persönlich an der Wirtschaftskonferenz in Genua teilnimmt, man fürchtet ein Attentat.

Rilke in Muzot fürchtet derweil gar nichts mehr. Er hat im Grunde alles beisammen, was er benötigt, um endlich arbeiten zu können. Den richtigen Ort, die richtige Zeit, und ungestört ist er auch noch, wenn man von den pausenlos eingehenden Briefen absieht. Und dann passiert es. Wir wissen den Tag, wenn auch nicht die Stunde, zu der das Dichten zu ihm zurückkehrt, es ist der 2. Februar, und wie es schon auf Duino war, als er vor den ersten Elegien mal eben *Das Marien-Leben* schrieb, so ist es auch in Muzot zuerst ein unvermuteter Nebenschauplatz, an dem die Schleusen sich öffnen. Nicht umsonst hatte er nun schon seit Wochen immer wieder auf diese Ansichtskarte geblickt, mit Orpheus und den Tieren im Wald. Mit Orpheus hatte er sich schon früher beschäftigt, damals in Paris, als er die *Neuen Gedichte* schrieb. In einem längeren Poem, »Orpheus. Eurydike. Hermes«, hatte er auf Rilke-Art den Mythos nacherzählt, wie da der Sänger, der seine an einem Schlangenbiss verstorbene Frau so sehr vermisste, dass er ihretwegen samt seiner Leier in den Hades abgestiegen war, nun, mit einer Sondergenehmigung der Göttin Persephone in der Tasche, ihr aus dem Totenreich wieder vorausging, sich aber nach ihr nicht umdrehen durfte, was er dann natürlich doch tat. In diesem Gedicht wird von Eurydike gesagt, sie sei gar nicht recht in Stimmung gewesen, wieder an die Erdoberfläche und zurück zu ihrem Orpheus zu kommen, denn immerhin war sie tot und damit schon genug beschäftigt: »Sie war in einem neuen Mädchentum / und unberührbar; ihr Geschlecht war zu / wie eine junge Blume gegen Abend.« War das, was für Eurydike so schön gesagt war, nicht eigentlich der Zustand jeder jungen Toten? Also zum Beispiel auch der von Wera Ouckama Knoop? Und war es nicht genau seine, Rainer Maria Rilkes Aufgabe, davon zu singen, und zwar jetzt?

Natürlich hatte Sylvia Beach ganz nach dem Wunsch ihres Lieblingsautors gehandelt, und schon um sieben Uhr in der Frühe stand sie am Bahnhof und ließ sich vom Schaffner zwei Exemplare des Buches aushändigen, um dessentwillen sie überhaupt Verlegerin geworden war. Eines brachte sie mit dem Taxi innerhalb von zehn Minuten zu Joyce, das andere stellte sie in ihrem Laden aus. So konnten sich schon ab 9 Uhr morgens die Eingeweihten vor dem Schaufenster in der Rue de l'Odeon 12 die Nasen plattdrücken: Da lag oder stand es, *Ulysses,* das neue Buch von James Joyce, das der vielleicht berühmteste Roman des 20. Jahrhunderts werden sollte, wenn auch bei weitem nicht der meistgelesene.

Wenn so ein Buch endlich gedruckt ist, kann das einen Autor allerdings auch melancholisch machen. Es ist dann seiner Berührung entzogen, er kann nichts mehr daran ändern, der Schaffensprozess ist abgeschlossen. Genau am anderen Ende, nämlich am Anfang des schöpferischen Vorgangs, stand am selben Abend Rilke. Lange genug war er blockiert gewesen, und nun strömte das Neue mit einer Leichtigkeit aus ihm hervor, die einzigartig war. Auf einmal fügte sich eins ins andere, und etwas, das er sich gar nicht zu schreiben vorgenommen hatte, stand plötzlich da auf dem Papier.

Da stieg ein Baum. O reine Übersteigung!
O Orpheus singt! O hoher Baum im Ohr!
Und alles schwieg. Doch selbst in der Verschweigung
ging neuer Anfang, Wink und Wandlung vor.

Tiere aus Stille drangen aus dem klaren
gelösten Wald von Lager und Genist;
und da ergab sich, daß sie nicht aus List
und nicht aus Angst in sich so leise waren,

sondern aus Hören. Brüllen, Schrei, Geröhr
schien klein in ihren Herzen. Und wo eben
kaum eine Hütte war, dies zu empfangen,

ein Unterschlupf aus dunkelstem Verlangen
mit einem Zugang, dessen Pfosten beben, –
da schufst du ihnen Tempel im Gehör.

Das war nun keineswegs elegisch, es hatte mit den Elegien überhaupt nichts zu tun. Es war, die Strophenform verrät es, ein Sonett, zur Feier des Orpheus, des singenden Gottes, dessen Fähigkeit, zu den Tieren zu singen (und nicht etwa zu predigen, wie es Franziskus getan hatte), Rilke die ganzen letzten Wochen bildlich vor Augen gestanden hatte, dank der Postkarte von Baladine. Das Sonett feierte zugleich sich selbst, als durchbruchartiges Klangereignis, als »neuer Anfang, Wink und Wandlung«, und es feierte so die Hochstimmung, in die der Dichter durch dieses klingende Gelingen sich selbst versetzte.

Singen wäre an diesem Abend auch für James Joyce sehr

angebracht gewesen. Erstens war er Ire, zweitens besaß er eine anerkannt gute Tenorstimme und hatte in seiner Jugend ernsthaft über eine Gesangskarriere nachgedacht, und drittens gab es im doppelten Sinne etwas zu feiern. Aber die ganze Anspannung der letzten Wochen und Monate wollte nicht gleich von ihm abfallen, als er mit Nora und einigen seiner Freunde beim Italiener saß, bei Ferrari's. Statt zu singen, seufzte er und bekam beim Essen keinen Bissen runter. Die Nuttings waren mit dabei, der Maler hatte ihm ja das gewünschte Blau für den Umschlag gemischt, von dem in weißer Schrift der Name des Verfassers und des Buches abstachen, wie eine Insel in der Ägäis aus dem blauen Meer, und Helen Nutting hatte ihm am Morgen einen Strauß blauer Flockenblumen und weißer Nelken geschickt. Alle wollten das Buch sehen. Aber Joyce hatte es eingepackt unter dem Stuhl liegen und wollte nicht damit herausrücken. Erst nach dem Dessert holte er es hervor, wickelte es aus und ließ sich gratulieren. Die Kellner wollten wissen, ob er dieses »Gedicht« selber geschrieben hätte. Das war nun nicht zu leugnen.

Sieben von vierzig Jahren seines Lebens hatte er darauf verwendet, es zu erschaffen, darüber war ein Krieg vergangen, zweimal hatten sie die Stadt gewechselt und seine Augen waren dabei immer schlechter geworden. Was jetzt? Man zog weiter in ein anderes Café, und als es schloss, wollte Joyce noch nicht nach Hause. Aber Nora, die wusste, wie die Nacht enden könnte, wenn er in einer so schwierigen Stimmung war, bewegte ihn in Richtung Taxi.

Die ausgelassenere Feier fand an diesem Abend in Muzot statt, Rainer Maria Rilke feierte Orpheus, und dazu benötigte er weder Gäste noch eine gedeckte Tafel, sondern lediglich ein Stehpult, Schreibzeug, Kerzen und sich selbst. Die Feier dauerte nicht nur bis in die Nacht, sie ging einfach immer weiter. Zwischen dem 2. und dem 5. Februar brachte er 26 Sonette hervor, die ganz unangestrengt das eigentlich so strenge Formkorsett umspielten, jubelnde, leuchtende, weihevoll-verzückte Variationen auf den Orpheus-Mythos, auf den Frühling, auf alles Anfängliche und Sinnenfrohe. Die Gestalt Weras, der jungen Toten, die ihm so naheging, dass er angesichts ihrer zu verschwinden meinte, kam dabei als Person nur ganz am Rande vor. Sie war eingegangen in die große Feier der Wiedergeburt des Dichters aus dem Geist des musizierenden Gottes, der zwischen Unter- und Oberwelt frei flottiert war: »Nur wer die Leier schon hob / auch unter Schatten, / darf das unendliche Lob / ahnend erstatten.« Denn für Klagen war jetzt nicht die Zeit: »Rühmen, das ist's!« Dabei gelangen ihm Verse und Strophen, die die Rühmung auf bisher nicht ausreichend gewürdigte Dinge ausdehnten, diverse Obstsorten zum Beispiel. »Voller Apfel, Birne und Banane, / Stachelbeere … Alles dieses spricht / Tod und Leben in den Mund … Ich ahne … / Lest es einem Kind vom Angesicht, // wenn es sie erschmeckt. Dies kommt von weit. / Wird euch langsam namenlos im Munde?« Was für eine Frage, aber »Wartet …, das schmeckt … Schon ists auf der Flucht. / … Wenig Musik nur, ein Stampfen, ein Summen –: / Mädchen, ihr warmen, Mädchen, ihr stummen, / tanzt den Geschmack der erfahrenen Frucht! // Tanzt die Orange. Wer kann sie vergessen, / wie sie, ertrinkend in sich, sich wehrt, / wider ihr Süßsein. Ihr habt sie besessen. / Sie hat sich köstlich zu euch bekehrt.« So viel Party, so viel Smoothie, so viel Obst war nie in deutscher Dichtung. Es war ein Sonntag, als Orpheus vorläufig fertig hatte. Dass an diesem Tag in Berlin die Arbeiter der städtischen Gas-, Wasser- und Elektrizitätswerke in einen dreitägigen Ausstand traten, konnte Rilke herzlich egal sein. Berlin blieb für drei Tage ohne Gas und Strom, aber den hatte er in Muzot ohnehin nicht.

Weißer Rauch

Heute sei sie erstmals wirklich untersucht worden, schrieb Katherine Mansfield am 3. Februar an ihren Mann. Manoukhin und der französische Arzt stimmten darin überein, dass ihre Lunge keine tuberkulösen Kavernen ausgebildet hätte: »Sie prüften & prüften meine Lunge & sagten immer dasselbe. Das bedeutet, ich bin *absolut heilbar.* Mein Herz, das Rheuma, mit allem befasste man sich, alles wurde notiert & schließlich kam ich in einen andren Raum & machte eine séance.« Natürlich arbeitete sie auch in Paris. »Schrieb an einer Geschichte, las Shakespeare. Las Goethe, grübelte, betete«, notierte sie am 5. Februar. »Der Tag war kalt und schön. Aber ich fühlte mich krank und konnte den ganzen Tag nur still daliegen.«

Auch Virginia Woolf lag immer noch im Bett und war deprimiert. Sie wäre nur zu gern verreist. Ihre Schwester Vanessa war bei ihr gewesen, auf dem Weg nach Paris. Sie hielt es in London nicht länger aus, weil sie seit zwei Wochen mit niemandem über Malerei gesprochen hatte. Vanessa hatte ihr zu verstehen gegeben, dass sie, Virginia, für ein

Leben in Pariser Cafés viel zu gesetzt und komfortliebend sei. Außerdem machte Ralph, ihr Mitarbeiter, unten im Keller die Druckerpresse nicht richtig sauber.

»Ich hätte mich früher melden sollen, aber wir haben hier gleichzeitig und abwechselnd die Grippe gehabt, seit wir wieder zurück sind«, schrieb T.S. Eliot am 5. Februar an den Verleger John Rodker. Er hatte das vorläufig fertig redigierte Manuskript seines Gedichts erst einmal zur Seite gelegt und war nun mit einer anderen Seite seiner literarischen Tätigkeit befasst, dem Plan, eine eigene Zeitschrift herauszugeben. Dazu hatte er am Abend des 2. Februar bei Lady Rothermere diniert, der Frau des Londoner Zeitungsmagnaten Harold Harmsworth, Viscount Rothermere, die die Rolle der Geldgeberin bei diesem Projekt spielen sollte, doch das lief leicht anders als erwartet. »Ich hatte mit Lady Rothermere eine lange Diskussion über die Zeitschrift, und dabei ist herumgekommen, dass es *ihre* Zeitschrift werden soll, nicht meine, und dass sie das auf ihre Weise betreiben wird. Ich bin dankbar, die Verantwortung los zu sein, die mich schon belastet hatte. Ich habe mich bereit erklärt, die Akquise der Beiträge zu übernehmen, freilich nicht ihre Bezahlung: Aber ich werde mich dafür einsetzen, dass ein Maximum möglich sein wird.«

John Rodker, dem Eliot das schrieb, war wie er ein Dichter und Herausgeber. Er stammte aus einer jüdischen Familie und hatte während des Krieges aus Gewissensgründen den Kriegsdienst verweigert. Als Fahnenflüchtiger saß er im Gefängnis von Dartmoor ein. Nach dem Krieg hatte er für kurze Zeit einen Kleinverlag betrieben, die Ovid Press, und darin Eliots *Poems 1920* und Pounds Gedicht *Hugh Selwyn*

Mauberley veröffentlicht und sich mit dem Gedanken getragen, *Ulysses* herauszubringen. Eliot warb ihn nun als Beiträger für die geplante Zeitschrift und wünschte, er möge eine Kolumne übers Kino schreiben, gern auch über die Music Hall. Denn in die ging Eliot ausgesprochen gern.

Am 6. Februar, einem Montag, stieg weißer Rauch aus dem Schornstein der Sixtinischen Kapelle. Die Kardinäle in Rom hatten im vierzehnten Wahlgang einen neuen Papst gewählt. Achille Ratti, Erzbischof von Mailand, nannte sich fortan Pius XI. In seinem früheren Leben hatte er vorwiegend in Bibliotheken gearbeitet, der Ambrosianischen Bibliothek in Mailand und der Vatikanischen in Rom. Nun trug er plötzlich ein weißes Gewand und zeigte sich von der äußeren Loggia des Vatikans den Gläubigen auf dem Petersplatz, ein Ereignis, das zu diesen Zeiten noch nicht im Fernsehen übertragen werden konnte.

Am selben Tag traf der britische Okkultist, Bergsteiger und Dichter Aleister Crowley, der in Cefalù auf Sizilien eine sexualmagische Kommune unterhielt, in Paris ein. Crowley war heroinsüchtig, und da er sich für sehr mächtig hielt, wollte er auch seinen Entzug allein regeln. »Tu, was du willst, soll sein das ganze Gesetz«, war die Devise. Er begab sich nach Fontainebleau bei Paris. Kein Alkohol, Spaziergänge, gut essen, den Tag einteilen in Phasen mit und ohne Drogen, erstere immer weiter reduzieren, das war der Plan des Mannes, der sich das Große Tier 666 nannte. An diesem Tage ruhte Rilke, das war auch nötig, denn er hatte für den Rest des Monats noch viel vor.

Solche Flutungen neuer Gedichte, wie er sie in den vergangenen Tagen erlebt hatte, waren Rilke schon aus früheren Phasen seines Schreibens bekannt, aber er hatte es mit Erfolg auch anders versucht, besonders in der Phase der *Neuen Gedichte*, die er in Paris geschrieben hatte, angeregt von der Bildhauerkunst Rodins, dessen Sekretär er eine Zeit gewesen war. Da war er planmäßiger, kühler, kalkulierter vorgegangen und hatte sich auf einzelne Objekte kapriziert, etwa einen Panther im Käfig, ein Karussell im Park oder ein Standbild im Museum. Diese Art zu schreiben aber hatte sich irgendwann verbraucht, und nach der Erfahrung auf Duino kam für ihn nur noch die große, rätselhafte Inspiration in Frage – etwas, auf das man leider keinen Einfluss hat, da sie dem Bereich des Unverfügbaren angehört.

Joyce ging in der Arbeit am *Ulysses* ganz anders vor; er formte ihn aus der unendlichen Fülle von Einzelheiten, die er aus allen möglichen Lebens- und Wissensbereichen bezog, Homer und Shakespeare, Mythologie und Theologie, den Trivialitäten des modernen Alltags, und nicht zuletzt aus der Erinnerung an die Stadt Dublin, wie er sie gekannt hatte und wie sie in ihm aufbewahrt war.

Auch Eliot arbeitete vorwiegend mit Material, das er angesammelt hatte, ein frei fließendes Schreiben wie unter Diktat erlebte er nur selten. Je absichtsvoller man schreibt, desto mehr hat man es in der Hand, wie der Text am Ende aussehen soll, wie neuartig und wie modern zum Beispiel. Ezra Pound fand dafür irgendwann die Formel *Make It New!* und machte sie zu seinem Motto – zur Devise des Modernismus überhaupt. Allerdings hatte er sie bei einem chinesischen Kaiser gefunden, der sie in seine Badewanne eingraviert hatte, und so gehört das Alte als Baustoff des Neuen genauso zur Kunst, wie noch die archaischsten Formen des Schöpferischen zum nie Dagewesenen führen können. Letztlich kann man es sich ja nicht aussuchen, sondern wird gefunden von der einen oder anderen Methode. Kafka etwa hatte 1912, im Jahr des Brausens von Duino, in einer einzigen Nacht, acht Stunden lang, ohne abzusetzen, seine Erzählung »Das Urteil« geschrieben. »Die vom Sitzen steif gewordenen Beine konnte ich kaum unter dem Schreibtisch hervorziehen. Die fürchterliche Anstrengung und Freude, wie sich die Geschichte vor mir entwickelte. (...) Wie alles gewagt werden kann, wie für alle, für die fremdesten Einfälle ein großes Feuer bereitet ist, in dem sie vergehen und auferstehen.«

Das mit den steifen Beinen hätte Rilke am Stehpult nicht passieren können, aber das mit dem Feuer und den fremdesten Einfällen, Vergehen und Auferstehen, vom Gelingen überfallen werden kam ihm nah. Solches Ausgeliefertsein an einen Vorgang, der das Ich weit übersteigt, kann bedrohliche Züge annehmen, viele Dichter berichten davon. Bemerkenswert an Rilkes eben angebrochenem Wundermonat ist, wie gut gelaunt, wie freudig das alles vor sich geht, als sei der Rausch ihm eine leichte Übung.

Der 7. Februar ist gekommen, und an diesem Tag wird Rilke wieder zur Feder greifen, ohne vorher die internationale Presse studiert zu haben. Der *Osservatore Romano*, offizielles Organ des Vatikans, verbindet die Meldung der Papstwahl mit scharfen Angriffen auf die Reformation, die zu diesem Zeitpunkt ja auch erst rund vierhundert Jahre zurücklag. In London hält König George V. die Thronrede zur Eröffnung des Parlaments. Er lobt dabei die Ergebnisse der Abrüstungskonferenz von Washington, die eben zu Ende gegangen ist und bei der vor allem über die Reduzierung der Kriegsflotten verhandelt wurde. Außerdem ging es darum, Japan im ostasiatischen Raum nicht zu mächtig werden zu lassen. Von diesen Dingen verstand Rilke so wenig wie meine Großmutter, was man weder ihm noch ihr zum Vorwurf machen kann.

Bevor es mit dem Dichten weitergeht, findet Rilke aber noch Zeit, einen Brief an Gertrud Ouckama Knoop zu schreiben, und nicht nur das: Er legt dem Brief eine Abschrift der gerade erst geschriebenen Sonette bei. »Verehrte, liebe Freundin, in einigen unmittelbar ergriffenen Tagen, da ich eigentlich meinte, an anderes heranzugehen, sind mir diese Sonette geschenkt worden. Sie werden beim ersten Einblick verstehen, wieso Sie die Erste sein müssen, sie zu besitzen.« Überraschend ist hier nicht Rilkes übliche Ergriffenheit oder sein Drang, sie brieflich mitzuteilen. Nicht einmal der Umstand, dass er das gerade Geschriebene, kaum dass die Tinte trocken ist, für fertig und vorzeigbar erklärt, kann groß verblüffen – er begreift es ja als Geschenk, und an Geschenken bosselt man nicht weiter herum, anders als dort, wo sich die Verfasser für den Wortlaut skrupulös verantwortlich sehen, wie es bei Joyce und Eliot der Fall ist. Überraschend ist Rilkes Energie im Abschreiben. Er konnte diese Texte ja nicht eben mal durch den Kopierer ziehen, sie als Datei anhängen und dergleichen, nicht einmal einen Bogen Kohlepapier konnte er für einen Durchschlag einspannen, denn Rilke benutzte keine Maschine. Er schrieb das alles mit der Hand ab, das wird er diesen Monat noch öfter tun, und diejenigen, die das geschickt bekamen, werden sich sehr gefreut haben.

Nun hatte Rilke also 26 Sonette geschrieben, ohne vorher groß darüber nachgedacht zu haben; doch das war es ja nicht, worauf er all die Jahre so sehnsüchtig gewartet hatte. Am 7. Februar 1922 aber hatte alles Warten ein Ende. Mit herrlichen Versen, die zu den schönsten seines ganzen Werkes gehören, beginnt er die siebente Elegie. Sie gelten dem Gesang der Lerche im Frühjahr; den Balzruf des Vogels vergleicht er mit dem Werben des Dichters um eine Geliebte, wenngleich sich das nur in der Vorstellung abspielt. Denn der Dichter hat sich vorgenommen, es dem Vogel nicht gleichzutun, sondern das mit der Werbung sein zu lassen. »Wie er, so / w*ü*rbest du wohl, nicht minder –, daß, noch unsichtbar, / dich die Freundin erf*ü*hr, die stille, in der eine Antwort / langsam erwacht und *ü*ber dem Hören sich anwärmt, – / deinem erk*ü*hnten Gef*ü*hl die ergl*ü*hte Gef*ü*hlin.« Wenn das kein Vogelgesang in Worten ist, man achte nur auf die steigende Linie der ü-Laute, dann gibt es keinen. So wie die Lerche im Frühjahr über dem freien Feld immer höher steigt und dabei ihren Gesang in immer luftigere Höhen schraubt, so tut es Rilke mit seinen Versen: »O und der Fr*ü*hling begriffe –, da ist keine Stelle, / die nicht tr*ü*ge den Ton der Verk*ü*ndigung.«

Ganz so strahlend geht es nicht weiter. Die Elegien sind anders und bei weitem komplexer als die Sonette, sie verharren nicht auf einem Jubelton, sondern müssen wieder dunkel, klagend, problematisch werden, um sich dann erneut in Rühmungshöhe emporzuschwingen. So lässt Rilke eine Szene folgen, die beinah an einen Zombiefilm erinnert. Darin steht eine Schar von Mädchen von den Toten auf, weil der Dichter eben doch nicht ganz den Mund halten konnte, sondern seine werbende Stimme erklingen ließ, die so unwiderstehlich ist, dass sie nicht bloß die gemeinte Eine, sondern gleich einen Schwall früh Entschlafener in Bewegung bringt. »Siehe, da rief ich die Liebende. Aber nicht *sie* nur / k*ä*me … Es k*ä*men aus schw*ä*chlichen Gr*ä*bern M*ä*dchen und st*ä*nden …« Das ist nicht ganz geschmackssicher, aber es verblüfft, wie die fallende Linie der ä-Laute hier die Fanfare des Grauens anstimmt.

Berühmte Verse finden sich in dieser Elegie, die man als Kurzformeln für die Lebenslehre lesen kann, die Rilke in den Elegien insgesamt entwirft und die zugleich ein Spannungsfeld aufzeigen. »Hiersein ist herrlich«, einerseits, aber »Nirgends, Geliebte, wird Welt sein, als innen. Unser / Leben geht hin mit Verwandlung.« Also die Herrlichkeit der Welt muss verinnerlicht und verwandelt werden, sonst ist sie nicht zu retten. Ein beunruhigender Gedanke, den man heute noch ganz anders lesen kann, seit es Speicherplätze gibt, die über das Fassungsvermögen eines Einzelbewusstseins weit hinausgehen. Und gleichsam, als habe der Untergang schon komplett stattgefunden, bietet Rilke vor dem Über-Ich des Engels dar, was die Menschheit alles an Herrlichkeiten hervorgebracht hat, die Kathedrale von Chartres zum Beispiel. Mit diesem wahrlich beeindruckenden Panorama hätte er für heute Schluss machen können, am Abend des 7. Februar. Aber er konnte noch mehr und fing gleich im Anschluss mit der achten Elegie an: »Mit allen Augen sieht die Kreatur / das Offene.«

James Joyce, der mit allen Augen immer schlechter sah,

schrieb am 8. Februar aus seiner Wohnung in der Rue de l'Université 9 einen Brief an seine Mäzenin Harriet Shaw Weaver nach London. Er berichtet ihr genau, welche Exemplare mit welchen Nummern (die gesamte Auflage von 1 000 Stück ist nummeriert) bisher schon eingetroffen sind. »Ein Exemplar ist ausgestellt, die anderen drei wurden von Subskribenten mitgenommen, die in verschiedene Weltgegenden abreisen mussten. Seit bekannt gegeben wurde, dass das Buch heraus sei, ist der Laden im Belagerungszustand gewesen – Käufer fahren zwei- oder dreimal am Tag vor, und es sind keine Exemplare für sie da. Nach vielen Telegrammen und Telephongesprächen kommen anscheinend heute 7 und morgen 30 Exemplare. Einen nervenaufreibenderen Abschluss der Geschichte des Buches kann man sich kaum vorstellen!« Dabei fing, für den an moderner Literatur interessierten Teil der Weltbevölkerung (wie klein man sich ihn auch in Prozenten vorstellen muss), die Geschichte dieses Buches gerade erst an, und auch Joyce war mit seiner Arbeit bei weitem noch nicht fertig. Schon nach flüchtigem Hineinsehen hatte er feststellen müssen, dass eine alarmierend hohe Zahl von Druckfehlern nicht korrigiert worden war.

Wenn das Buch eine zweite Auflage erleben sollte, dann wusste er, was er zu tun hatte. Er glaubte zwar eigentlich nicht an weitere Auflagen, denn im Stillen befürchtete er, dass das Buch dafür viel zu langweilig sei. Aber in jedem Fall musste er sich an Weaver halten, die ihn schon seit 1914 unterstützte und sogar noch wichtiger für ihn war als die rührige Sylvia Beach. Dabei war sie eine engagierte Feministin, setzte sich für das Frauenwahlrecht ebenso wie für avantgardistische Autoren ein und hatte als Herausgeberin des inzwischen eingestellten Magazins *The Egoist* einige Kapitel aus *Ulysses* vorab publiziert. Sie werde, schrieb Joyce, das ihr zugedachte Exemplar frühestens Dienstag nächster Woche erhalten. Es trug selbstverständlich die Nr. 1.

Orkan

Am 8. Februar – die achte Elegie war gerade in trockenen Tüchern, die vielleicht dunkelste und mit die schönste des ganzen Zyklus, mit den bewegenden Versen: »Wer hat uns also umgedreht, daß wir, / was wir auch tun, in jener Haltung sind / von einem, welcher fortgeht? Wie er auf / dem letzten Hügel, der ihm sein Tal / noch einmal zeigt, sich wendet, anhält, weilt –, / so leben wir und nehmen immer Abschied«, war Rilke schon wieder in Brieflaune, und seine ohnehin famose Stimmung war noch verbessert worden durch die Ankunft eines zweiten Stehpults. Als er anderntags ein weiteres Sonett schreibt, »Frühling ist wiedergekommen. Die Erde / ist wie ein Kind, das Gedichte weiß«, schickt er auch das sogleich an Gertrud Knoop mit der Bitte, damit in ihrem Orpheus-Heftchen ein anderes Sonett zu überkleben, das ihm nun schon etwas peinlich ist. Das hat man davon, wenn man die Sachen zu früh in die Welt entlässt.

Der 9. Februar ist der passende Tag für die neunte Elegie. Während er die siebente und achte ganz neu und aus einem Guss geschrieben hat, kann er für die neunte auf Fragmente aus den Jahren 1912/13 zurückgreifen, der etwas weitschweifige Anfang (»Warum, wenn es angeht, also die Frist des Daseins / hinzubringen, als Lorbeer …«) war noch auf Schloss Duino entstanden. Das ersehnte Wunder des Anheilens glückt, und auch diese Elegie schreibt bruchlos die Themen fort, um die das Ganze kreist, das Hiersein, wie es ist und schwindet, wie die Tore zwischen Tod und Leben offen stehen, und was von dieser Welt vor den Augen des Engels bestehen kann, »Preise dem Engel die Welt«. Wer nun dieser Engel eigentlich ist, muss als Frage offenbleiben; ein christlicher Erzengel jedenfalls nicht, ein blumentragender Jugendstil-Engel, wie ihn Stefan George als Boten des *schönen Lebens* hatte auftreten lassen (»Da trat ein nackter engel durch die pforte«), ist er auch nicht: »Jeder Engel ist schrecklich«, urteilt die zweite Elegie. Rilke gab den Hinweis, der seine stehe den Engelgestalten des Islam näher als an denen des Christentums, aber eine Selbstdeutung ist auch nur eine unter anderen. Es ist wohl entscheidend, dass der Engel der Elegien keine Botschaft *bringt,* sondern gekommen ist, eine hervorzurufen. Dabei *kommt* er nicht mal, sondern ist als Drohung eines Kommens spürbar, als Richtung, in die gesprochen wird.

Und da erst Abend war und Rilke sah, dass es gut war, nahm er sich auch noch eine andere Baustelle vor, die sechste, die er Ende 1912 in Spanien begonnen und 1914 in Paris noch nicht fertig bekommen hatte und die der Gestalt des Helden geweiht war. Es fehlten nur ein paar Verse, sie zwischen die Bruchstücke zu fügen, am Ende reichten ihm zehn, und diese enthalten die ziemlich gewagte These, dass, wer ein Held ist, schon im Mutterleib »seine herrische Auswahl« trifft: »Tausende brauten im Schooß und wollten *er* sein, / aber sieh: er ergriff und ließ aus –, wählte und konnte.« So darwinistisch waren die Mechanismen der Auslese im Kampf ums Dasein bis dahin nicht in der Lyrik betrachtet worden, derartige biologische Vorgänge waren vorher kein Gegenstand einer Elegie, und wenn ich recht sehe, hernach auch nicht mehr. Auch das war Rilke 1922, unter dem Gewand des hehren hohen Tons, ein ziemlich schonungslos moderner Dichter.

Es war noch immer Abend, sicher schon spät zwar, aber es waren noch Kerzen da, und Rilke hatte sich noch nicht ganz ausgeschrieben, denn Briefe gingen eigentlich immer. Endlich war Baladine wieder an der Reihe, die er manchmal zärtlich Merline nannte und die nun, auf Französisch, folgende Zeilen erhielt: »Merline, ich bin gerettet! Was so schwer auf mir gelastet und mich am meisten geängstigt hat, ist getan – und glorreich getan, meine ich. Es waren nur wenige Tage: aber niemals habe ich einen ähnlichen Sturm des Herzens und des Geistes durchlebt. Ich zittere noch – in dieser Nacht glaubte ich ohnmächtig zu werden; aber *voilà,* ich habe gesiegt … Und ich bin hinausgegangen, um das alte Muzot zu streicheln, eben gerade, im Mondlicht.«

Baladine wäre sicher selbst gern in den Genuss der Zärtlichkeit gekommen, die Rilke dem dicken alten Wehrturm widmete, nur war sie bekanntlich nicht da. Die Formulierung gefiel Rilke so gut, dass er sie im nächsten Brief gleich weiterverwendete. Dieser ging an Anton Kippenberg, seinen Verleger, der schon einmal wissen sollte, dass es demnächst endlich wieder was zu drucken gab: »Mein lieber Freund, spät, und ob ich gleich kaum mehr die Feder halten kann, nach einigen Tagen ungeheuern Gehorsams im Geiste –, es muß … Ihnen muß noch heute, jetzt noch, eh ich zu schlafen versuche, gesagt sein: ich bin übern Berg!

Endlich! Die ›Elegien‹ sind da. Und können heuer (oder wann sonst es Ihnen recht sein mag) erscheinen. Neun große, vom Umfang etwa der Ihnen schon bekannten.« Dass er von Anfang an zehn hatte haben wollen und nicht neun, hatte er in diesem Moment vergessen; vielleicht dachte er an die Sache mit den neunten Sinfonien, über die gewisse Komponisten nicht hinausgekommen waren. »Und: mein lieber Freund : dies : daß Sie mir's gewährt haben, mir's geduldet haben : zehn Jahre! Dank!« Das hätte er auch nicht vergessen dürfen, denn er hatte in Kippenberg einen sehr geduldigen Verleger.

Während Rilke auf den Zinnen des Schaffensrauschs wandelt, ist Katherine Mansfield im tiefen Tal unterwegs. Sie hat für ihr selbstbestimmtes Leben als Schriftstellerin einen hohen Preis gezahlt, und je schwächer sie sich fühlt, desto häufiger kehren ihre Gedanken nach Neuseeland zurück. »Ein elender Tag. Nachts dachte ich stundenlang über die üblen Folgen der Entwurzelung nach. Bei jedem Abschied überantwortet man etwas Kostbares, das nicht sterben sollte, dem Tod.«

Am 10. Februar eröffnet das Graphische Kabinett in Berlin eine Ausstellung mit Werken des Malers und Zeichners Max Beckmann. 5 000 Polizisten werden von der Regierung in Belfast an die Grenze zwischen Nordirland und dem Irischen Freistaat entsandt, da es immer wieder zu Übergriffen südirischer Freiheitskämpfer kommt. Über derartige Vorkommnisse hätte James Joyce während der Jahre in Triest für die örtliche Tageszeitung, den *Piccola della Sera*, berichtet, denn durch das Schreiben solcher Artikel vermehrte er seine als Sprachlehrer an der Berlitz School erzielten Einkünfte.

Nun hat ihn der irische Propagandaminister gefragt, ob er nicht nach Irland zurückkehren wolle, er würde ihn gern für den Nobelpreis vorschlagen. Joyce weiß nur zu gut, dass er den niemals bekommen wird – für ein Buch, das zu beiden Seiten des Atlantiks als obszön verboten ist.

Rilke, der immer etwas zu früh meint, er sei schon fertig, verkündet indes seine Herrlichkeit nach allen Seiten. »Der Sieg! Der Sieg! Neun Elegien«, bekommt Nanny Wunderly zu hören. Man wagt kaum, sich auszumalen, was Rilke so alles getwittert hätte, wäre ihm dies schon möglich gewesen. Am 11. Februar geht es weiter. Er hatte schon auf Duino einen Anfang für eine letzte Elegie geschrieben, »Daß ich dereinst, an dem Ausgang der grimmigen Einsicht, / Jubel und Ruhm aufsinge zustimmenden Engeln …« Nun wusste er, was noch nachkommen müsste, und schrieb mit der sagenhaften Sicherheit jener Tage die zehnte Elegie, in deren Zentrum eine nicht wirklich überzeugende Jenseitswanderung steht, die ein toter Jüngling ins Leid-Land unternimmt. Sie hat einige schlagende Zeilen, wie etwa die Charakterisierung einer Kirche als »reinlich und zu und enttäuscht wie ein Postamt am Sonntag«, aber aufs Ganze gesehen trübte ihm die schon länger andauernde Jubelstimmung seine ohnehin nicht sehr ausgeprägte Fähigkeit zur Selbstkritik. Doch wie es in der Elegie selber heißt, »Was soll's?« – »Endlich, Fürstin«, so schreibt er am Abend an Marie von Thurn und Taxis, »endlich, der gesegnete, wie gesegnete Tag, da ich Ihnen den Abschluss – soweit ich sehe – der Elegien anzeigen kann: Zehn! Von der letzten, großen: von dieser letzten zittert mir noch die Hand! Eben, Samstag, den elften, um sechs Uhr abends, ist sie fertig! Das Ganze ist

Ihr's, Fürstin, wie sollt's nicht! Wird heißen: ›Die Duineser Elegien.‹« Damit war der Name in der Welt.

Natürlich sollte auch Lou Andreas-Salomé, seit vielen Jahren die Frau, die ihn am besten kannte, von Rilkes Glück erfahren. »Denk! Ich habe überstehen dürfen bis dazu hin. Durch alles. Wunder. Gnade. – Alles in ein paar Tagen. Es war ein Orkan, wie auf Duino damals: alles, was in mir Faser, Geweb war, Rahmenwerk, hat gekracht und sich gebogen. An Essen war nicht zu denken. Jetzt weiß ich mich wieder. Es war doch wie eine Verstümmelung meines Herzens, daß die Elegien nicht da waren. Sie sind. Sie sind.« Hier, in der Mitteilung an die Vertrauteste, rührt er den Kern dessen an, was die hemmungslose Feier seiner selbst begründet und gleich viel weniger abstrus erscheinen lässt. Dadurch, dass er sein wichtigstes Vorhaben zu einem so guten, glücklichen Ende bringen konnte, war etwas in ihm endlich wieder heil geworden. Gut, dass er das mit der Psychoanalyse damals sein gelassen hatte.

Nervennahrung

Im Petersdom wird die feierliche Krönungsmesse für Papst Pius XI. zelebriert. Für Eintrittskarten werden auf dem Schwarzmarkt horrende Preise erzielt; eine Außenübertragung findet nicht statt. Doch zeigt sich der Papst außerhalb des Protokolls den jubelnden Gläubigen auf dem Petersplatz, die zu Zehntausenden versammelt sind. In den Sonntagsmessen in aller Welt wird dieses Ereignis mitgefeiert worden sein, so auch in der Dreikönigenkirche zu Neuss am Rhein von meiner Großmutter Franziska. Ob sie daran innerlich Anteil nahm, ob es für sie ein besonderer Tag war, ich wage es zu bezweifeln, dringlicher war allemal das Mittagessen, das auf den Tisch gehörte, für ihren Vater, den Tagelöhner, für den jüngeren Bruder, der Vinzenz genannt wurde und ein Kaufmannsgehilfe war, für die bald hundertjährige Großmutter und für sich. Wenn überhaupt genug zum Kochen da war; wo es frische Kartoffeln aus Holland gab, wurde täglich in der Zeitung annonciert. Und weil sich so ein Essen nicht von selber kocht, wird Franziska auch an diesem Sonntag in die Abendmesse gegangen sein und nicht ins Hochamt. Aber gehen musste man, weil es immer so gewesen war, niemand stellte es in Frage. Und solche Dinge boten einen Schutz, der noch bis in meine Kinderzeit spürbar war, für einfache Leute, denen alles weggebrochen war, worauf sie sich einmal verlassen hatten, und die an den Erneuerungsfiebern der Kunst und der Literatur keinen Anteil nehmen konnten. Für andere, die nicht kirchlich gebunden waren, mochte die Zugehörigkeit zur Arbeiterklasse, zu einer Gewerkschaft, einer Partei oder einem Verein eine ähnlich bergende Rolle spielen. Doch galt für sie alle, was Walter Benjamin für die Lage der Menschen am Ende des Ersten Weltkriegs formuliert hat: »Eine Generation, die noch mit der Pferdebahn zur Schule gefahren war, stand unter freiem Himmel in einer Landschaft, in der nichts unverändert geblieben war als die Wolken, und in der Mitte, in einem Kraftfeld zerstörender Ströme und Explosionen, der winzige, gebrechliche Menschenkörper.«

In einem Kraftfeld der Ströme und Explosionen fühlte sich Rilke nun schon seit fast zwei Wochen, es war mehr aufbauend als zerstörend, sein eher zarter Menschenkörper konnte es mit all dem aufnehmen, und es hörte einfach nicht auf. Nun fiel ihm plötzlich ein, wie er im Sommer 1915 in der leerstehenden Villa Hertha Koenigs, einer vermögenden Schriftstellerin und Salonière, in der Widenmayerstraße im Münchner Stadtteil Lehel auf ein paar Monate hatte wohnen dürfen, mietfrei, versteht sich, als Wächter eines Kunstwerks, das dort hing, nämlich *Les Saltimbanques* von Picasso. Dieses Bild (das Original, versteht sich) sollte ihm damals Mut zum Schreiben machen, und das geschah jetzt auch, mit sechseinhalb Jahren Verzögerung. Picassos Darstellung der Artisten auf diesem Bild inspirierte ihn nun zu einer weiteren Elegie, einsetzend mit den Worten: »Wer aber *sind* sie, sag mir, die Fahrenden, diese ein wenig / Flüchtigern noch als wir selbst, die dringend von früh an / wringt ein *wem, wem* zu Liebe / niemals zufriedener Wille?« Auf diese komplizierte Frage hatte Rilke am Abend des 14. Februar zwar nicht die Antwort, aber die fertige Elegie. Im Überschwang dachte er daran, das sei jetzt die elfte, bis ihm wieder einfiel, dass es zehn sein mussten, und so tauschte er sie gegen das Gedicht »Gegen-Strophen«, das bisher die Startnummer fünf gehabt hatte, nun aber aus dem Zyklus ausgeschlossen wurde. Zu Recht, denn das darin geübte Nachdenken über Frauen und Männer (»ihr, der Eurydike Schwestern, / immer voll heiliger Umkehr / hinter dem steigenden Mann«) hätte das Gesamtniveau gesenkt. »Der ganze Tag war umgeworfen davon und es gab weder Essen noch sonst etwas Reguläres«, schrieb er tags drauf an Nanny Wunderly. Wie oft er es nicht gehört haben mag, dass Frida Baumgartner leise ins

Zimmer kam und ihm einen Obstteller und ein paar Brote hinstellte, ist nirgends verzeichnet.

Vielleicht hätte Lakritz geholfen, oder Gummitiere? Im Jahre 1922 erblickten nämlich nicht nur große Werke der Schriftliteratur das Licht der Welt, auch die orale Tradition wurde um eine bleibende Erfindung bereichert: den zuerst als Tanzbär, später als Goldbär bezeichneten Markenartikel der Firma Hans Riegel Bonn. Der 1893 in Friesdorf bei Bonn geborene Unternehmensgründer Johann »Hans« Riegel hatte mit einer Ausbildung als Bonbonkocher bei Kleutgen & Meyer in Friesdorf seine Laufbahn als Süßwarenhersteller begonnen. 1920 machte er sich selbständig und ließ seine Firma unter dem Namen Haribo ins Handelsregister eintragen; begonnen habe er, nach eigenen Worten, nur »mit einem Sack voll Zucker«, den man so kurz nach dem Krieg aber auch erst einmal haben musste. Für die bahnbrechende Erfindung eines lutschbaren Bären verwendete er zunächst noch Gummi arabicum statt Gelatine, dazu kamen noch Zucker, Wasser und Glukosesirup. Die frühen Tanzbären waren größer und weicher als ihre heute auf 1,5 Zentimeter Höhe geeichten Nachfahren. Rilke wäre gegen diese Erfindung, hätte sie ihn in Muzot erreicht, wohl immun gewesen, Joyce dagegen kaum und Eliot bestimmt nicht.

Dieser hatte inzwischen in London wieder seinen Dienst bei der Lloyds Bank angetreten, und es ging ihm nicht besonders gut. Das lag nicht zuletzt an den ehelichen Schwierigkeiten, die zwischen ihm und Vivien von Beginn an bestanden. Nach allem, was man wissen kann (und eigentlich kann man das in solchen Dingen nicht) harmonierten sie sexuell nicht miteinander. Eliot stand eine Gehemmtheit im

Wege; Vivien war eine Affäre mit Bertrand Russell eingegangen, der zugleich für sie beide ein väterlicher Freund war, zeitweise hatten sie sogar bei ihm gewohnt. Wie sich die Spannung zwischen ihnen aufladen konnte, zeigt sehr bewegend eine Passage in »Eine Runde Schach«, dem zweiten Abschnitt von *The Waste Land*. Sie gibt in dramatischer Form den scheiternden Dialog einer aufgedrehten Frau mit ihrem apathischen Gegenüber wieder. »›Bin heute abend völlig mit den Nerven runter. Ja, runter. Bleib bei mir. / Sprich mit mir. Warum sprichst du nie. Los, sprich. / Woran denkst du jetzt? Was denkst du? Was? / Ich weiß nie, woran du denkst. Los, denk.‹ // Ich denke, wir sind in der Rattenallee, / Wo die Toten ihre Knochen ließen.« An dieser Passage hatte Vivien mitgearbeitet, Tom, wie ihn seine Freunde nannten, hielt sie nicht vor ihr geheim, und sie selbst schrieb »wonderful!« an den Rand des Manuskripts. Nun aber konnte Vivien gar nicht mehr schlafen, die Ärzte rieten ihr, sich in ein Sanatorium zu begeben, und außerdem stand ein Umzug an. Pound wollte alldem nicht tatenlos zusehen. Er sah Vivien sehr kritisch und meinte, sie sei für seinen Freund nicht gut. Er hatte in Paris eigentlich auch von Mann zu Mann mit ihm reden wollen, es dann aber gelassen, übers Manuskript zu reden war da allemal leichter. Aber Eliot, so meinte Pound, musste auch von der Bank weg. Er fasste den Plan eines Fonds zu seiner Unterstützung, Bel Esprit geheißen. Dreißig Gönner sollten jährlich mit zehn Pfund Sterling dabei sein, dann wäre Eliot aus dem Gröbsten raus. Denn das Pfund war damals noch was wert.

Am 15. Februar stellt der deutsche Reichskanzler Joseph Wirth im Parlament die Vertrauensfrage. Er war für seine abwägende Haltung im Eisenbahnerstreik von rechts wie von links kritisiert worden. Den Linken war er zu hart, den Rechten zu nachgiebig erschienen. Für Wirth ging die Abstimmung gut aus, die Mehrheit der Abgeordneten sprach ihm das Vertrauen aus, und da die Züge wieder fuhren, gab es für die Parlamentarier keinen Grund mehr, zu Hause zu bleiben.

Geschlossen wurde an diesem Tag Castans Panoptikum, das erste deutsche Wachsfigurenkabinett, in der Kaiser-Galerie in der Friedrichstraße. Von den Brüdern Louis und Gustave Castan 1869 gegründet, hatte es ein halbes Jahrhundert lang die Schaulust der Berliner befriedigt. Neben der in solchen Schauen üblichen Galerie berühmter Persönlichkeiten gab es thematische Gruppenbilder wie Auerbachs Keller, mittelalterliche Folterkammern oder Darstellungen sogenannter fremder Völkerschaften zu bestaunen, darunter »Austral-Neger« und amerikanische Ureinwohner. Nun aber wurde der gesamte Wachsfigurenbestand versteigert, wozu Schausteller aus allen Reichsgegenden nach Berlin anreisten.

Rilke war schon wieder bei der Arbeit. Vom 15. Februar an schrieb er noch einmal acht Tage lang orphische Sonette. 29, die er gelten lässt, werden es am Ende sein. Auch noch einige andere bedeutende Gedichte außerhalb des Zyklus. Das war so etwas wie sein Workout nach dem Elegien-Kraftakt, alles ging nun so unfassbar, nein, *unsäglich* leicht, wie Rilke selbst zu sagen pflegte. Allmählich aus dem Rausch auftauchend, hat er nun aber auch wieder einen Blick für das Schreiben anderer. Der Verleger Kurt Wolff hat ihm eine Kiste Bücher geschickt, darunter ein besonderes.

»… nur das Buch Kafka's hab ich mir schon jetzt, gestern Abend, mitten in anderen Beschäftigungen, vorweggenommen. Ich habe nie eine Zeile von diesem Autor gelesen, die mir nicht auf das Eigenthümlichste mich angehend oder erstaunend gewesen wäre. Und da ich, wie Sie mich so freundlich erkennen lassen, wünschen darf, so merken Sie mich, bitte, immer ganz besonders für alles vor, was von Franz Kafka bei Ihnen an den Tag kommt. Ich bin, darf ich versichern, nicht sein schlechtester Leser.«

Kafka und Rilke, so unterschiedlich sie auch schrieben und so verschiedenartig ihre Leben als Schriftsteller waren – hier der begehrte Gast des Adels und der feinen Gesellschaft, dort der subalterne Versicherungsangestellte –, waren nicht nur durch ihre Geburtsstadt Prag in untergründiger Weise verbunden. Ein einziges Mal waren sie einander begegnet, 1916 in München, als Kafka zum ersten und letzten Mal eine Lesung außerhalb von Prag hielt, mit der er wenig glücklich war. Dafür freute ihn die Wertschätzung des berühmten Dichters. Rilke hatte Kafkas im Kurt Wolff Verlag erschienene Erzählungen gelesen, beurteilte sie differenziert und lobte besonders den »Heizer«. Dass sie jedoch beide im Winter des Jahres 1922, wenn auch weit voneinander entfernt, der eine im Riesengebirge, der andere im Wallis, ähnliche Durchbruchserfahrungen im Schreiben machen würden, ahnte weder der eine noch der andere. Kafka war inzwischen, Mitte Februar, aus seiner Vakanz in Spindelmühle nach Prag zurückgekehrt. Den Roman *Das Schloß* würde er niemals fertigstellen, aber was er davon hinterließ, hätte in Rilke einen ausgezeichneten Leser gefunden.

Fastenzeit

Ab dem 16. Februar gelten in Frankfurt am Main neue Brotpreise. Ein drei Pfund schweres Kommunalbrot kostet jetzt elf Mark, ein Brötchen fünfzig Pfennig. Rechnen muss fast jeder, aber viele Arbeitslose gibt es in Deutschland zu Beginn des Jahres noch nicht, denn wegen des fallenden Wertes der Mark sind deutsche Produkte im Ausland gut verkäuflich. In London kosten drei Dutzend Eier im Moment zehn Shilling und sechs Pence, wie Virginia Woolf in ihrem Tagebuch festhält. »Drei Dutzend = 36. Vier Eier zum Frühstück ergeben 28 pro Woche. Also bleiben 8 zum Kochen übrig. Ich esse jetzt jeden Abend ein Ei.« Das britische Unterhaus genehmigt den im Vorjahr geschlossenen Vertrag mit dem Irischen Freistaat. Die Autonomie des Südens wird darin mit dem Verlust der nördlichen Provinz Ulster erkauft, und das sorgt unter den irischen Nationalisten für Empörung. Eliot dankt Richard Aldington für positive Resonanz auf sein neues Gedicht. Nur zögerlich hat er begonnen, es herumzuzeigen, und manchen Freunden, wie Virginia und Leonard Woolf, enthält er es noch vor. Er verbringt das Wochenende mit John Middleton Murry, dem Ehemann von Katherine Mansfield, und kann sich endlich einmal aussprechen. Eine kranke Frau zu haben verbindet. Murry ist gerade aus Paris zurück, wo er für seine Frau eine Teekanne gekauft und mit ihr Schach gespielt hat. Zwei Tage später wird Vivien in ein Sanatorium außerhalb Londons eingewiesen. »Sie bleibt vielleicht nicht sehr lange«, schreibt er an Murry, »aber ich denke, mindestens für drei Wochen. Es ging jetzt nicht mehr anders. Man muss dafür sorgen, dass sie schläft.«

Virginia Woolf verbringt ihre Tage immer noch im Bett, empfängt aber viel Besuch, erwägt, Lord Byrons Briefe zu lesen, wofür sie das Buch zuerst aufschneiden müsste, und schreibt eifrig in ihr Tagebuch. »Ich wollte eigentlich über den Tod schreiben«, notiert sie am 17. Februar, »nur ist das Leben wie immer dazwischengekommen. Wie ich sehe, frage ich die Menschen gern über den Tod aus. Ich habe mir in den Kopf gesetzt, niemals 70 zu werden. Angenommen, sagte ich mir neulich, dieser Schmerz in der Herzgegend würde mich plötzlich auswringen wie einen Spüllappen & ich wäre tot? – Ich fühlte mich schläfrig, indifferent & ruhig; und dachte also, es wäre ziemlich egal, außer für L. (= Leonard). Dann löste ein Vogel oder ein Lichtstrahl vielleicht, oder ein Wacherwerden, den Wunsch in mir aus, allein zu leben – den Wunsch vor allem, am Fluss entlangzugehen & die Dinge zu betrachten.«

In Wilhelmshaven eröffnet eine Ausstellung, die die Auswirkungen des Versailler Vertrags auf Deutschland dokumentiert. Gezeigt wird vorwiegend statistisches Material. Für das Jahr 1922 belaufen sich die alliierten Forderungen auf 187,5 Milliarden Mark, das sind 75 Milliarden mehr als im Vorjahr. Weiter müssen 60 Prozent der Kohleförderung und 90 Prozent der Handelsflotte abgeführt werden, fast alle modernen Lokomotiven und Eisenbahnwaggons sowie jedes zweite Binnenschiff, die Hälfte des Milchviehbestands und ein Viertel dessen, was die chemische Industrie erzeugt. Die meisten Deutschen empfinden diese harten Maßnahmen als ungerecht. Die sonst jährlich im Februar oder März sich eröffnende Möglichkeit, für ein paar Tage alles zu vergessen, über die Stränge zu schlagen und Unterdrücktes auszuleben, besteht in den von den Alliierten kontrollierten Gebieten nicht, und gerade sie fallen mit den Kernzonen des rheinischen Karnevals zusammen. Weder in Köln noch in Düsseldorf oder Mainz sind Karnevalsumzüge erlaubt, zu einem Sturm auf die Rathäuser kommt es daher an Weiberfastnacht, dem 23. Februar, nicht. Am selben Tag kommt in Berlin der Film *Othello* in die Kinos. Unter der Regie von Dimitri Buchowetzki ist Werner Krauss in der Rolle des Jago zu sehen, Emil Jannings in der Titelrolle. Um in die Rolle des »Mohren von Venedig« zu schlüpfen, musste er schwarz geschminkt werden, was Kritikern damals noch nicht auffiel. Es wäre auch im Kölner Karneval nicht aufgefallen; seit etwa 1885, inspiriert vom Erwerb der Kolonien, herrschte im Karneval »Afrikafieber«.

Eliot stand im Verdacht, sich auf andere Weise zu maskieren. Es wurde gemunkelt, er benutze Veilchenpuder, um noch totenbleicher auszusehen, als er es ohnehin schon tat. Virginia Woolf hatte es von Clive Bell, der es von Mary Hutchinson hatte, die eine gute Freundin Eliots war. Vielleicht war es eine Baudelaire'sche Geste, denn der Dichter der *Blumen des Bösen,* mit dem die dekadente Richtung der modernen Lyrik angefangen hatte, war auch ein Rollenvorbild, was Make-up betraf.

Rein zufällig fiel es ebenfalls auf den Tag der Weiberfastnacht, dass die orphische Phase in Muzot zu Ende ging. Rilke musste nun aufpassen, nicht in ein Loch zu fallen. Seine gute Freundin Lou Andreas-Salomé hatte davor gewarnt, »aber ich falle schließlich in den hier schon näheren Frühling und dann: da ich die Geduld haben durfte, die lange, zu dem nun Erreichten hin –, wie sollte ich nicht eine kleine Nebengeduld leisten können, durch schlechtere Tage …« So hatte also gleich nach dem Rausch wieder die Fastenzeit begonnen. Das Warten, die schwerste und wichtigste Aufgabe für einen Dichter, hatte sich jedenfalls für Rilke mehr als gelohnt. Nun aber war der Hahn wieder zugedreht, wer immer ihn aufgedreht hatte. Und er konnte darüber nachdenken, wie das Ganze bei Kippenberg gedruckt werden könnte. Die zehn Elegien, vier alte und sechs neue, konnten auch ohne Beiwerk bestehen, wenn der Band dann auch kein sehr starker, will sagen: dicker würde. Die Fragmente, die den zweiten Teil hätten bilden können, müssten dann nur für immer in der Versenkung verschwinden. Mit solchen Überlegungen ist Rilke jetzt in einem ähnlichen Stadium wie einen Monat vorher Eliot, als er mit Pounds Hilfe sein wüstes Land sortierte, nur sieht Rilke, der viel erfahrenere Dichter, schon ohne zweite Meinung, wie es am besten wäre. Den Haufen der Sonette kann er noch nicht ganz sicher überblicken, er schickt sie an Katharina Kippenberg, seine Lektorin, mit der Erlaubnis auszuwählen – und wenn sie wolle, könne sie glatt die Hälfte weglassen.

Wenn es überhaupt etwas gibt, für das Eliot sich in diesen Wochen begeistern kann, dann ist es James Joyce' *Ulysses.* Der Roman war schon vor seinem Erscheinen ein mächtiger Einfluss für ihn gewesen, als er an *The Waste Land* schrieb, er hatte all die Vorabdrucke der einzelnen Episoden gelesen und einmal geäußert, das hätte er um seiner selbst willen besser nicht getan. Aber nicht alle Kolleginnen und Kollegen sind von dem Buch begeistert. Virginia Woolf ist es überhaupt nicht, für sie ist es ein Ärgernis, vor allem, weil

Joyce als Romanautor ihr Konkurrent ist. Während sie ihren neuen Roman noch nicht fertig hat, der ebenfalls mit den herrschenden Erzählkonventionen brechen soll, fühlt sie sich von Joyce gleichsam links überholt, oder rechts, wenn man die britische Straßenverkehrsordnung beachtet. Als Eliot einmal zum Tee da ist, im Hogarth House im noblen Richmond an der Themse, notiert sie in ihr Tagebuch, sie habe ihn nie so enthusiastisch erlebt. Wie könne man überhaupt noch irgendetwas schreiben, nach dem Wunder dieses letzten Kapitels? Damit ist Mollys Monolog gemeint, die berühmte, vierzig Seiten lange Passage ohne alle Interpunktion, die den Bewusstseinsstrom von Mrs Bloom ungeniert in Szene setzt, lustvoll, derb, respektlos, freizügig. Virginia Woolf hatte Joyce zwar noch gar nicht gelesen, sie fürchtete sich vor dieser Lektüre, aber die Darstellung gänzlich unneurotischer und noch dazu mutwillig ungebildeter Weiblichkeit aus Sicht eines männlichen Autors konnte ihr schon ungelesen nicht gefallen. Eliot sah das anders. Joyce habe das 19. Jahrhundert zur Strecke gebracht, die Nichtigkeit aller Stile ausgestellt und obendrein seine eigene Zukunft zerstört. Denn nach einem solchen Buch könne er gar nicht mehr weiterschreiben. Sicher, räumte Eliot ein, denn er wollte kein schlechter Gast sein, Einsichten in die Natur des Menschen wie bei *Krieg und Frieden* bekäme man nicht. Bloom habe einem nichts zu sagen. Was letztlich zeige, dass diese neue Methode, die Psychologie offenzulegen, nicht funktioniere – ein flüchtiger Blick von außen zeige oft doch mehr. Ob es nun ganz das war, was Woolf hören wollte, weiß man nicht, aber bleiben durfte er, sie mochte diesen gut erzogenen Amerikaner, zumal er keine

Romane schrieb. Nicht sehr amüsiert war sie wiederum vom aufgehenden Stern Katherine Mansfields, die soeben *Das Gartenfest und andere Geschichten* publiziert hatte – wenn sie auch krank war und das Erscheinen ihres Buches als Patientin in Paris erlebte. Es war ihr dritter Band, und er erlebte in kurzer Zeit drei Auflagen. Das musste aus Virginias Sicht nicht sein. Aber Eliot fand sie unterhaltsam, kurios, wenn auch verunsichernd, weil er immer irgendwie maskiert wirkte, nicht nur mit Veilchenpuder. »Ein passendes Gesicht zu schneiden für Gesichter, die man trifft«, war nicht nur J. Alfred Prufrocks Devise, sondern auch die seines Autors. »Eliot ist biegsam geworden wie ein Aal«, notierte Woolf in ihr Tagebuch.

Auch die Erzmutter der Avantgarde, Gertrude Stein, war nicht wirklich überglücklich über den *Ulysses.* Sie war acht Jahre älter als Joyce, residierte mit ihrer Lebensgefährtin Alice B. Toklas in der Rue de Fleurus in der Nähe des Jardin de Luxembourg und gehörte zu den Autoritäten rund um Shakespeare and Company, noch ehe Joyce in Paris auftauchte. Ihr Band *Zarte Knöpfe* mit seinen kubistischen Meditationen über Alltagsdinge hatte bereits 1914 einen neuartigen Umgang mit Sprache erprobt, und nun kam dieser Ire mit seinem verschrobenen Buch, das angeblich ein Großereignis sein sollte. »Sie war tief enttäuscht, als ich *Ulysses* herausbrachte«, hielt Sylvia Beach in ihren Memoiren fest. »Sie kam sogar mit Alice in meinen Laden, um mir mitzuteilen, sie hätten sich jetzt als Mitglieder bei der American Library auf dem rechten Seineufer eingeschrieben.« Joyce sei schon ein guter Autor, räumte sie ein, die Leute schätzten ihn, weil er unverständlich sei, aber sie sei schließlich zuerst da gewesen. Dass Joyce trotzdem niemals auf den Gedanken gekommen war, sie aufzusuchen, sprach gegen ihn. Einmal waren sie einander auf einer Party bei Eugène Jolas begegnet. Wie seltsam, man wohne im selben Viertel und habe sich noch nie gesehen, habe Joyce gesagt. Das hatte Gertrude Stein nur bestätigen können.

Eine Meinungsäußerung, die ihm ungleich wichtiger war, erhielt Joyce Ende des Monats aus Triest. Sie kam von seinem Bruder Stanislaus, der ihm vor vielen Jahren an die Adria gefolgt war. Beide hatten sie an der Berlitz School unterrichtet, sich den Haushalt mit Nora und den Kindern geteilt, zeitweise auch mit zwei ihrer Schwestern, und abends hatten sie zusammen in den Tavernen gesessen, besonders in der Altstadt beim alten römischen Torbogen, dem Arco di Riccardo, unterhalb der Burg San Giusto, wo die Abende in Triest auch heute noch am schönsten sind. Immer hatte Stanislaus auf Jim aufpassen müssen, nicht zuletzt, indem er ihm Geld lieh, und wenn er mit dem Trinken nicht hatte aufhören können, dann hatte er ihn nach Hause geschleift. Zum Dank, so empfand es Stanislaus, hatte sein Bruder ihn nie für voll genommen. Nun schrieb er ihm, was er von seinem Buch hielt. »Ich nehme an, ›Circe‹ wird als das grauenhafteste Ding, das jemals geschrieben wurde, in die Literatur eingehen, falls Du nicht etwas noch Schlimmeres als diese ›Agonie in den Puffs‹ auf Lager hast«, urteilte er über das längste und skandalträchtigste Kapitel. Lieber wäre es ihm, Jim schriebe wieder Gedichte. Denn auch das letzte Kapitel, das Eliot so unwiderstehlich findet, ist für Stanislaus nur »anstößiges arrogantes Geschmier«. Und dann erinnert er den Bruder, dass dieser ihm immer noch zehn Pfund schuldet. Wenn er das Geld brauche, solle er es behalten; aber er könne sich nicht denken, dass es so sei. Jim habe bei seiner Ankunft in Paris Geld bekommen und im letzten Brief ein weiteres Geschenk von 2000 Pfund erwähnt. »Du kannst zehn Pfund nicht zwei Jahre lang dringend nötig haben. Ich schon.«

III.

Auf und davon

Es gibt unendlich viele Weisen, sein Leben zu verbringen, hinsichtlich des Ortes aber gibt es eigentlich nur zwei: Entweder man bleibt, wo man ist, oder man geht fort. Menschen, die entschieden haben, ihr ganzes Leben am selben Ort oder zumindest im nahen Umkreis des Ortes zuzubringen, an dem sie aufgewachsen und vielleicht sogar geboren sind, haben es in gewisser Weise einfach, sie müssen sich nicht fragen, wo es nun als Nächstes hingeht. Ist man aber einmal fortgegangen, so ist es schwierig zu wissen, wann diese einmal begonnene Bewegung abgeschlossen ist; es bleibt ein Gefühl der Unruhe selbst dann, wenn man schon eine längere Zeit an einer Station geblieben ist. Natürlich gibt es Ausnahmen. Gottfried Benn, der an der Elbe geboren wurde und seine Kindheit östlich der Oder verbrachte, ging in jungen Jahren nach Berlin und fühlte sich dort so voll und ganz am rechten Ort, dass er wohl manchmal selbst vergaß, wo seine Wiege stand. Einer, der berühmt dafür ist, niemals von der heimischen Scholle gewichen zu sein (freilich nicht nur dafür), ist Immanuel Kant, den keine zehn Pferde je aus Königsberg wegbringen konnten. In dieser Hinsicht ist er meiner Großmutter vergleichbar (wohl auch nur in dieser). Das Fortgehen hat freilich von jeher den besseren Ruf. Wer sich physisch auf die Reise begibt, erweckt den Anschein, auch geistig beweglich zu sein, aber an Kant ist leicht zu sehen, dass es auch einen bewegungsarmen Weg zur Weisheit geben muss. Was nun die Wege der drei Dichter betrifft, die die großen Werke des Jahres 1922 hervorgebracht haben, so waren sie sich in einem einig, nämlich darin, dass es zu Hause nicht auszuhalten war.

Im Gegenteil war der Weg in die Fremde für alle drei die notwendige Bedingung, um sich als Schriftsteller so zu entfalten, wie sie es wollten und wie es ihnen mit der Zeit gelang. Dass die Moderne ein großer Aufbruch war, weg von überkommenen Gewohnheiten und hin auf etwas nie Dagewesenes, eine neue Formensprache, eine neue Weltsicht, eine neue Kunst, spiegelt sich also in der Energie der Lebensaufbrüche und in dem persönlichen Mut, aus den vorgezeichneten Bahnen auszubrechen und einen befreienden Schritt ins Ungewisse zu tun. Wie sich diese Fluchten vollzogen, welche Lebensformen die drei Dichter in der Fremde suchten und wie diese in ihren Werken Niederschlag fanden, ist jeweils sehr verschieden. Allerdings zog es sie alle in jungen Jahren mindestens einmal auf einige Zeit nach Paris. Den räumlich weitesten Weg legte dabei T. S. Eliot zurück, der aus Harvard, wo er studiert hatte, nach Europa ging und dortblieb, genau wie andere amerikanische Dichter seiner Generation, z. B. Ezra Pound, Gertrude Stein, Ernest Hemingway. Für ihn wurde London, wurde England zu einer Wahlheimat, er nahm 1927 die britische Staatsbürgerschaft an, und in seinem Spätwerk, den *Vier Quartetten*, spielt diese Hinwendung zu England wie auch zur anglikanischen Kirche eine tragende Rolle. Als er *The Waste Land* schrieb, war er noch nicht so weit, und es ist gerade die Unruhe, der Verlust von Bindung und Orientierung und die Suche nach einem Halt, die in diesem Werk vibrieren. Für James Joyce ging es vor allem darum, Irland hinter sich zu lassen und damit auch die katholische Kirche und seine verarmte Familie, die seiner Entfaltung allesamt im Wege standen. Sein Weg führte ihn eher zufällig nach Triest, Zürich und Paris, es waren jeweils Kriegsausbrüche, die seine Umzüge veranlassten, und während er sich an den Orten zurechtfand, an die es ihn verschlug, kreiste sein Schreiben umso mehr um Dublin.

Rainer Maria Rilke war der Unruhigste unter diesen dreien. Seine Reisewege aufzuzeichnen würde ein eigenes Buch erfordern. Er kam aus Prag und bereiste weite Teile Europas, ausgenommen die britischen Inseln. Hätte er dies vor dem Krieg getan, dann wäre sein Englisch besser gewesen, und er hätte Joyce und Eliot im Original lesen können. Rilkes Rastlosigkeit hatte nicht zuletzt erotische Gründe. In jungen Jahren hängte er sich an Lou Andreas-Salomé, mit der er nach Russland reiste und die ihn dann fortschickte, und von da an bewegte Rilke sich vor allem deshalb, um von Frauen wieder wegzukommen, die ihn eine Weile angezogen hatten. Der wichtigste Grund für seinen Drang nach Ortsveränderung lag jedoch in seinem Schreiben. Er brauchte schlicht Tapetenwechsel. Er war überzeugt von den energetischen Wirkungen, die von neuen Umgebungen auf sein Dichten ausgingen. Dass es ihn am Ende in die Schweiz verschlagen hatte, war gut für seine Elegien gewesen, wie die vergangenen Februarwochen gezeigt hatten. Außerdem musste er für sein Logis in dem einsamen alten Turm nichts bezahlen. Dieser Umstand wäre auch Joyce willkommen gewesen, aber die ländliche Abgeschiedenheit und die große Entfernung von Kneipen und Restaurants hätten ihn abgeschreckt, und für Eliot wäre eine solche von Gönnerhand gewährte Existenz untragbar gewesen. Er nahm es lieber auf sich, bei der Bank zu arbeiten, und als er von Pounds Plänen hörte, ihn von dort auszulösen, war er alles andere als erfreut.

So unterschiedlich die Lebenspläne und die Wünsche waren, die Rilke, Joyce und Eliot in die Fremde gehen ließen, so vergleichbar sind in mancher Hinsicht ihre Ausgangspunkte. Alle drei kamen aus einer größeren Stadt, aber nicht aus einer erstrangigen Metropole. Dublin war die Hauptstadt Irlands, doch Irland gehörte zu Großbritannien; das geschichtsträchtige Prag war zweifellos der Mittelpunkt Böhmens, das damals noch zu Österreich-Ungarn gehörte; und St. Louis, die Geburtsstadt T.S. Eliots, im US-Bundesstaat Missouri und am westlichen Ufer des Mississippi gelegen, war im späten 19. Jahrhundert eine aufstrebende Stadt, die nicht zuletzt deutsche Auswanderer anzog, nur lag es weit entfernt von den Zentren des universitären Lebens an der amerikanischen Ostküste. Leben aber ließ es sich hier wie dort. Die bedrückendste heimische Situation fand Joyce vor, die massenhafte Auswanderung aus Irland während der Großen Hungersnot in den vierziger Jahren des 19. Jahrhunderts war noch überall in lebendiger Erinnerung. Es war freilich nicht die materielle Armut, die ihn davontrieb, sondern die empfundene geistige Enge, und wenn er nicht Schriftsteller hätte werden wollen, dann hätte er im Herbst 1904 nicht bei Nacht und Nebel sein Land verlassen.

Einen solchen Aufbruch, ein radikales Fortgehen, bei dem man alles hinter sich lässt, gab es im Leben von Virginia Woolf nicht. Sie lebte in London, wo sie auch geboren war. Das brachte zwar manche Annehmlichkeit wie die Nähe ihrer illustren Freunde, aber die befreiende Selbstverständlichkeit, mit der ihre männlichen Kollegen losgezogen waren und die Brücken hinter sich verbrannt hatten, fehlte ihr, und je länger sie darüber nachdachte, desto stärker wurde ihr bewusst, wie dies alles mit ihrem Geschlecht zusammenhing. Es würde zwar noch sieben Jahre dauern, ehe sie in ihrem Essay *Ein Zimmer für sich allein* die benachteiligte Lage schreibender Frauen von Shakespeare bis zum 20. Jahrhundert ebenso präzise wie wirkmächtig durchleuchten würde. Die entscheidenden Erfahrungen dazu aber machte sie schon längst, und dazu gehörte, dass ihr der Zutritt zur akademischen Welt verwehrt geblieben war. Oxford und Cambridge waren Orte für Männer, die sich dort mit klassischer Bildung die Taschen vollstopfen konnten, was sich später auch auf ihren Konten bemerkbar machen würde. Eine philosophische Dissertation, wie Eliot sie hatte, lag außerhalb ihrer Reichweite, und das würde immer so bleiben, so viel sie auch schrieb.

»Warum tranken Männer Wein und Frauen Wasser? Warum war das eine Geschlecht so wohlhabend und das andere so arm? Welche Wirkung hat Armut auf Literatur?« Solchen Fragen ging Virginia Woolf nach, wenn sie am Wasser ging, am Ufer der Themse bei Richmond, wo sie mit ihrem Mann Leonard wohnte. Aber in den ersten Monaten des neuen Jahres war sie für jeden Spaziergang zu schwach, die Kraft reichte kaum für die Lektüre. »Eine Frau braucht Geld und ein eigenes Zimmer, um schreiben zu können.« Virginia Woolf hatte bisweilen ein solches Zimmer, aber ganz frei von Ruhestörungen war es nicht, denn die Anwesenheit ihres ebenfalls schreibenden Mannes war mit Geräuschen verbunden. »Ich schreibe, um den Kanarienvogel zu übertönen – Leonards Tipperei meine ich. Das kann ich nicht, wenn ich lese, nur wenn ich schreibe.« Woolf war in diesem Jahr, anders als Joyce und Eliot, nicht mit dauernden Umzugsplänen befasst, wenn sie auch oftmals im Bett arbeiten musste. Sie hatte sogar zwei Orte, zwischen denen sie pendeln konnte, neben Hogarth House in Richmond gab es Monk's House in Rodmell als Sommerhaus, aber das war es nicht allein, was es zum Schreiben brauchte. Der rückhaltlose Schritt hinaus, wie ihn auch ihre Kollegin Katherine Mansfield getan hatte, die für ein Leben in der Fremde den Bruch mit ihrer Familie riskiert hatte, war etwas, das ihr fehlte. Auch Edith Wharton, Verfasserin sozialkritischer Romane und zwanzig Jahre älter als Woolf, hatte ihre amerikanische Heimat verlassen und war nach Europa gegangen. Sie konnte sich das freilich leisten, sie stammte aus einer New Yorker Aristokratenfamilie. Als erste Frau überhaupt war sie mit dem Pulitzer-Preis ausgezeichnet worden; unmöglich war es also nicht, sich als Autorin durchzusetzen. Virginia Woolf musste sich ihren eigenen Raum erschreiben, sie musste es unbedingt.

Jeweils etwa sechs Jahre lagen zwischen Rilke und Joyce sowie Joyce und Eliot. Ein anderer Schriftsteller, der sein Leben lang nirgendwo ankommen sollte, war noch einmal sechs Jahre jünger als Eliot. Joseph Roth aus Brody in Galizien, einer Grenzstadt im ehemaligen Kronland der Habsburgermonarchie, hatte noch unter Kaiser Franz Joseph im Weltkrieg gedient, war nach einer Zwischenstation in Wien 1920 nach Berlin gekommen und nun dabei, sich einen Ruf als Journalist zu erschreiben. Er schrieb Artikel jeder Art, Kritiken, Glossen, Alltagsszenen, mit wunderbarer Beobachtungsgabe und leichter Hand, für die *Neue Berliner Zeitung – 12-Uhr-Blatt,* den Berliner *Börsen-Courier* und bald auch für die *Frankfurter Zeitung.* Dabei wohnte er meist in Hotels, lebte aus dem Koffer, schrieb in Cafés. Am 5. März 1922 aber ist Roth in Wien. An diesem Tag heiratet er Friederike Reichler, eine scheue junge Frau mit modischem Bubikopf, so alt wie das Jahrhundert und ein Jahr jünger als meine Großmutter. Sie war mit einem Sportreporter verlobt gewesen, bis sie Roth kennenlernte. Sie heiraten im Pazmanitentempel, einer Synagoge im 2. Wiener Bezirk, und Friedl, wie sie genannt wird, geht mit ihrem Mann nach Berlin. »Ich hätte nie geglaubt, dass ich ein kleines Mädchen so dauerhaft liebhaben könnte«, wird Roth ein paar Monate später an seine Cousine schreiben.

Am Aschermittwoch, dem 1. März, war diesmal nicht alles vorbei gewesen, denn es hatte sich zuvor, im rheinischen Karneval, erst gar nichts abgespielt, zumindest nicht auf offener Straße. Aber hinter verschlossenen Türen trotzte man den Verboten der Alliierten. Zwei neue Karnevalsvereine wurden in Köln 1922 gegründet, einmal die Fidelen Altstädter, zum anderen der Kleine Kölner Klub. Auf Initiative des Textilgroßhändlers Max Salomon schlossen sich darin jüdische Jecken zusammen, denn manche Karnevalsvereine nahmen schon keine jüdischen Mitglieder mehr auf.

Um Vereine geht es auch in Düsseldorf. Dort werden am 3. März neunzehn Mitglieder der rechtsextremen Organisation Consul von einem französischen Kriegsgericht zu mehrjährigen Gefängnisstrafen verurteilt. Bei den Verurteilten handelt es sich durch die Bank um Jugendliche. Die Anklage lautet auf Geheimverschwörung mit dem Ziel des Bürgerkriegs und der Revanche. Die Hauptangeklagten geben an, lediglich Leiter eines Kameradschaftsvereins gewesen zu sein, und vermeintliche Kampfübungen seien nur Spaziergänge mit Spielen gewesen.

Am selben Tag besetzen faschistische italienische Truppen den Freistaat Fiume an der Adria. Nach dem Krieg war dieses zwischen Italien und dem Königreich der Serben, Kroaten und Slowenen als Pufferzone geschaffene Ländchen um den Hafen von Rijeka schon einmal gewaltsam annektiert worden, und das von einem Dichter. Gabriele D'Annunzio, der Wagners Opern und Nietzsches Idee vom Übermenschen verinnerlicht und eine Liebesbeziehung mit Eleonora Duse unterhalten hatte, besetzte mit seinen Sturmtruppen, den *arditi*, die Stadt und übte fünfzehn Monate die Macht aus. Das reichte, um eine Briefmarke mit seinem Konterfei in Umlauf zu bringen, bis die italienische Regierung einschritt.

Auch die Natur bereitete Kummer. Infolge starken Eisgangs war es an der Oder bei Breslau zu einem Dammbruch gekommen, Dörfer standen unter Wasser und ihre Bewohner waren von der Außenwelt abgeschnitten. In Hermsdorf bei Berlin wehrten sich Anwohner gegen den vermehrten Holzeinschlag in den preußischen Wäldern. »Wir protestieren gegen die Waldverwüstung«, konnte man auf Transparenten lesen. In Muzot widmet sich Rilke der Gartengestaltung. Um ein bestimmtes Beet freizubekommen, lässt er die Obststräucher umpflanzen: »So hätt ich alles frei für Rosen! Wär das nicht herrlich?« Auch Künstler und Schriftsteller gehen in Berlin auf die Straße. Sie fordern die Abschaffung der Luxussteuer für Kunstwerke, da »die Kunst im weitesten Sinne des Wortes dem Volke gehört«.

Am 5. März wird in Berlin Friedrich Wilhelm Murnaus Film *Nosferatu – Symphonie des Grauens* uraufgeführt, ein klassisches Meisterwerk des deutschen Stummfilms. Es ist die Geschichte des Grafen Dracula aus Transsilvanien, die durch den Roman von Bram Stoker weltberühmt geworden war, aber aus Urheberrechtsgründen musste sich Murnau einen anderen Namen für seinen Film und den Vampir ausdenken. Die Außenaufnahmen, in denen das Schiff des Grafen Orlok in den Hafen von Wisborg einläuft, entstanden in der alten Hansestadt Wismar, aufgelassene Salzspeicher in Lübeck bildeten die Kulisse für Orloks neues Domizil, und die Bilder seines Schlosses hatte Murnau in den Karpaten gedreht. Max Schreck brillierte in der Rolle des kahlköpfigen Herrn der Ratten, der ungeachtet seiner Spinnenfinger und Fledermausohren zugleich eine erotische Faszination ausstrahlt, und der Film fesselt noch heute durch die unheilvolle Atmosphäre und den Sog, der von den Bildern ausgeht, je stummer, desto stärker. Auf ganz andere und doch nicht ganz unähnliche Weise sagte dieser Film dasselbe wie Eliots Gedicht vom *Öden Land*, dass es nämlich nirgendwo mehr sicher war in Europa und man sich nicht wehren konnte gegen den Ansturm der erschreckenden Bilder, wurden sie doch von einer unter Trümmern freiliegenden Sehnsucht herbeigerufen: »Zog eine Frau an ihren schwarzen Haaren / Und fiedelte wispernd im lila Licht / Und Fledermäuse unter Flügelschlagen / Pfiffen und zeigten ein Säuglingsgesicht.«

So manche Dinge lagen in der Luft, wie der Frühling oder auch die Zukunft. In Deutschland wird der Linienflug wiederaufgenommen, um den Besuch der Leipziger Frühjahrsmesse zu erleichtern. Kleinmotorige Maschinen können direkt neben dem Messegelände landen. In der *Berliner Illustrirten Zeitung* erscheint ein Bericht über spektakuläre Filmarbeiten vom Flugzeug aus. Aufgenommen von Fotografen, die sich auf den Tragflächen hatten festbinden lassen wie Odysseus am Mastbaum und mit Masken und Sauerstoffapparaten ausgerüstet waren. Und dann landete erstmals ein Flugzeug auf der Zugspitze, fünfzig Meter unter dem Gipfel.

Blick ins Chaos

Virginia Woolf kehrt langsam wieder ins Leben zurück. Sie hat sich einen zehnminütigen Spaziergang geleistet, gemäß den Anweisungen ihres Arztes Dr. Sainsbury. Sie hat sich vom Bett zum Sessel vorgewagt und ihr Manuskript hervorgeholt. »Heute Vormittag habe ich an *Jacob* geschrieben, & obwohl meine Temperatur noch nicht normal ist, gehe ich meinen Gewohnheiten nach: & nur darauf kommt es mir an«, notiert sie am 6. März. »Kein morgendliches Faulenzen & Dösen & keine morgendlichen Arztbesuche mehr, hoffe ich.« Frühlingsgefühle tragen das ihre zur Genesung bei. Virginia erwägt eine kleine Affäre mit ihrem vormaligen Schwager Clive Bell, der eigentlich mit Mary Hutchinson liiert ist, doch »der Moralkodex von Bloomsbury erlaubt die Wilderei«. Auch die Konkurrentin Katherine Mansfield braucht sie weniger zu fürchten, wenn nur die Laune stimmt. Dazu hat auch Eliot beigetragen, der sie und Leonard in seiner neuen Zeitschrift haben will. »Was macht es also schon, wenn K.M. in den Zeitungen hoch oben rangiert & schwindelnd hohe Verkaufsziffern erreicht? Ah, ich habe eine schöne Möglichkeit gefunden, um sie in ihre Schranken zu weisen. Je mehr Lob sie bekommt, desto überzeugter bin ich, dass sie schlecht ist.«

Der irische Schriftsteller George Bernard Shaw war bekannt dafür, gepfefferte Briefe zu schreiben, die den Adressaten nicht gefallen konnten, allen anderen aber großes Vergnügen bereiteten. Als Sylvia Beach 1921 zahlreiche Persönlichkeiten anschrieb und sie bat, durch Subskription den Druck des *Ulysses* zu ermöglichen, hatte sie von Shaw die folgende Antwort erhalten: Das Buch, von dem er Auszüge kenne, sei die abstoßende Aufzeichnung wirklicher Verhältnisse, Dublin und seine Einwohner betreffend, die er nur allzu gut kenne. Sie, Miss Beach, wäre wohl eine junge Barbarin, die das für Kunst hielte; er aber kenne diese Straßen, Läden und Gebräuche, und deshalb sei er vor ihnen im Alter von zwanzig Jahren nach London geflohen. Es sei zwar lobenswert, dass endlich jemand angewidert genug sei, um all das aufzuschreiben: In Irland pflege man Katzen stubenrein zu bekommen, indem man sie mit der Nase in ihren eigenen Unrat zwinge; Mr Joyce habe dasselbe Verfahren nun auf die menschliche Art übertragen. Falls sie aber meine, irgendein Ire, ein schon älterer noch dazu, gebe für ein Buch

150 Franc aus, dann kenne sie die Iren schlecht. Shaw war noch um etwas gebeten worden, nämlich für die britische Labour Party zu kandidieren. Er erklärte, es könne ihm nicht einfallen, einen Vorschlag in Erwägung zu ziehen, der darauf hinausliefe, seine Zuhörerschaft »von der ganzen zivilisierten Menschheit auf eine Handvoll wirrköpfiger, handelsbeflissener Herren im englischen Parlament« herunterzubringen, die noch dazu mit großem Bedacht dabei seien, Europa zu ruinieren. Es sei denn, die Partei könne ihm eine einstimmige Wahl und ein jährliches Gehalt von 4000 Pfund samt Pension garantieren.

Dass man sich nicht unter Wert verkaufen sollte, war ganz in Eliots Sinne. Am 8. März telegraphierte er an Scofield Thayer, er wolle nicht weniger als 856 Pfund für den Abdruck seines Gedichts, das immer noch keinen Titel hat. Thayer hatte ihm 150 Dollar angeboten. Auf welchen Umrechnungskursen auch immer er auf diese merkwürdige Zahl gekommen war, Eliots Ansprüche waren utopisch. Ein Zeichen, dass er, wie es im Gedicht hieß, »völlig mit den Nerven runter« war.

»Ich fürchte, Eliot ist mal wieder zusammengeklappt«, schrieb Pound, ebenfalls an Thayer. Das war beschwichtigend gemeint, denn Thayer war einfach sauer, weil Eliot sich weigerte, ihm das Manuskript zu schicken, das heißt, er weigerte sich nicht einmal, er tat es einfach nicht. Es sei ihm einfach physisch nicht möglich, seine Muskeln ausreichend zu kontrollieren, um einen Brief zu schreiben oder einmal quer durchs Zimmer zu laufen, entschuldigte ihn Pound. Auch Katherine Mansfield machte sich Sorgen. Eliot sei attraktiv, aber benehme sich pathetisch. Diese Langsamkeit, dieses Zögern, diese seitlichen Blicke. Für Pound stand fest: Eliot pfiff aus dem letzten Loch. Dabei war sein Gedicht ebenso gut wie der *Ulysses* – es gab so verdammt wenig Genialität, so wenige Sachen, bei denen man sicher sein konnte, dass sie standhalten, dass sie wirklich in die Literatur eingehen würden. Aber Pound hatte die Gabe, diese Sachen zu erkennen, und er verlangte von sich, sie persönlich auf den Weg zu bringen.

Ernest Hemingway hatte sich nicht gescheut, für den *Ulysses* zu subskribieren, und als das Buch erschienen war, gehörte er zu seinen begeisterten Lesern. »Joyce hat ein verdammt wundervolles Buch geschrieben. Es kommt sicher bald bei Ihnen an«, schrieb er am 9. März an Sherwood Anderson. Es gehe das Gerücht, Joyce und seine Familie stünden kurz vor dem Verhungern, aber sie tafelten jeden Abend bei Michaud's, was er und seine Frau sich nur einmal in der Woche leisten könnten. Gertrude Stein habe ihm erzählt, Joyce erinnere sie an eine alte Frau in San Francisco. Deren Sohn habe im Klondyke eine Menge Gold gefunden, und trotzdem habe die Alte händeringend gejammert: »Mein armer Joey! Mein armer Joey! Er hat so viel Geld!« Die Iren beklagten sich immer, aber man habe noch nie einen von ihnen verhungern gesehen. Offenbar hatte Hemingway noch nie von der großen Hungersnot der 1840er Jahre gehört, als eine Million Iren infolge der Kartoffelfäule verhungert waren.

Joyce kann tatsächlich nicht aufhören, sich zu beklagen. Diese Druckfehler, vor allem in den beiden letzten Kapiteln! Und wie Darantière mit Beleg- und Pressexemplaren knausert, schreibt er an Robert McAlmon, der sich gerade an der

Côte d'Azur befindet. Ob er ihm vielleicht eine hübsche Krawatte schicken könne? Und wo die Besprechungen blieben! Immerhin, am 5. März ist die erste im *Observer* erschienen, und gleich gingen 136 neue Bestellungen ein. Kein Grund zur Zufriedenheit. Und diese Journalisten! Ein Reporter habe ihn tatsächlich gefragt, woran er jetzt schreibe. Außerdem suche er eine neue Wohnung.

In Indien wird am 10. März Mahatma Gandhi verhaftet, der Anführer und Erfinder des gewaltlosen Widerstands gegen die britische Kolonialregierung. Anfang des Jahres hatte er in einigen Landesteilen zur Steuerverweigerung aufgerufen, widerrief dies aber, nachdem in Chauri Chaura eine aufgebrachte Menge zweiundzwanzig Polizisten getötet hatte. Gandhi wird zu einer sechsjährigen Haftstrafe verurteilt.

Eliot hat inzwischen, in Abwesenheit seiner Frau, den Wohnungsumzug von Clarence Gate Gardens in die Wigmore Street 12 bewältigt, in eine gehobene Gegend in der City of Westminster. Nur vorübergehend, die Wohnung gehört Lucy Thayer, Scofields Schwester, die eine Weile ins Ausland geht; Eliots können so die Wohnung in Clarence Gate Gardens untervermieten.

Doch nun ist Vivien aus dem Sanatorium zurück und liegt in der neuen Wohnung mit Fieber im Bett. Woran Eliot sich noch am ehesten aufrecht hält, ist sein geplantes Journal, für das Lady Rothermere ihm eine dreijährige Finanzierung zugesagt hat. Vierteljährlich soll es erscheinen und eine internationale Zeitschrift sein, in der nur die Besten und Modernsten publizieren sollen. Pound, auf den auch die Lady große Stücke hält, muss natürlich dabei sein, bitte mit einer

Kolumne aus Paris, gern auch mit seinen Cantos, und nicht zuletzt mit seinen Kontakten. Francis Picabia, Jean Cocteau, solche Leute, Maler und Schriftsteller, denn Lady Rothermere wünscht auch Illustrationen. Leider hat Wyndham Lewis sie noch nicht gemalt.

Eliot schreibt an André Gide, den er im Januar in Paris verpasst hat. Er schreibt an Valéry Larbaud, von dem er den Einführungsvortrag über James Joyce haben möchte, den dieser anlässlich einer Lesung bei Adrienne Monnier gehalten hat. Am 13. März schreibt Eliot einen Brief ins Tessin, an Hermann Hesse in Montagnola, auf Französisch. Er sei kürzlich in der Schweiz auf dessen Schrift *Blick ins Chaos* gestoßen, die ihn sehr beeindruckt habe, sein Freund Sidney Schiff prüfe bereits die Möglichkeit einer Übersetzung ins Englische. Für das geplante neue Journal seien die Kapitel leider zu lang, aber ob Hesse nicht etwas Kürzeres auf Lager habe? Es sei ihm wichtig, deutsches Denken und deutsche Nachkriegsliteratur seinen Landsleuten ins Bewusstsein zu heben, er sei für Empfehlungen sehr dankbar. Leider habe er, Eliot, seit acht Jahren kein Deutsch mehr gesprochen, aber er lese die Sprache noch immer fließend.

Tatsächlich hatte Eliot den Kriegsausbruch in Deutschland erlebt, in Marburg an der Lahn, wo er eine Summer School am Philosophischen Seminar besuchen wollte. Er wohnte bei einem evangelischen Pfarrer, dem Herrn Superintendenten Happich, und lobte in Briefen die fünf Mahlzeiten am Tag, die er dort vorgesetzt bekam. »Die Studenten erscheinen mir etwas tollpatschig und linkisch, sind jedoch auf furchtsame Weise höflich – die Deutschen sind mir immer als das höflichste Volk der Erde erschienen«, schrieb er seiner Cousine Eleanor. Kein Gedanke daran, dass diese Studenten bald Uniform tragen und unter Hurra-Schreien in Züge steigen würden, die sie an die Front brachten. Marburg bot Eliot ein überaus friedliches Bild. Er mochte die Lage der Stadt an einem steilen Hügel, das waldige grüne Umland, in dem er gern spazieren ging. Vom Lutherischen Kirchhof, an dem er wohnte, hat man bis heute einen schönen weiten Blick über die Stadt und das Lahntal, und sicherlich hätte Eliot auch die Bratwurst vom Schwälmer Sattelschwein geschmeckt, die man dort an Markttagen erwerben kann.

Nach Kriegsausbruch hatte er die Stadt zwei Wochen nicht verlassen dürfen, dann war er über Frankfurt und Köln nach Rotterdam gereist. Die deutschen Bahnbeamten, die Eliot schon zuvor ausgesucht höflich erschienen waren, hatten sich auch diesmal tadellos gezeigt. »Ach, Amerikaner – schön!«, quittierten sie bei der Fahrkartenkontrolle, wie er an seine Mutter schrieb. Offenbar hatte dieser gemütliche Eindruck die Jahre der Gewalt und der Feindschaft überdauert, so dass Eliot als einer der wenigen so kurz nach dem Krieg daran denken konnte, den Riss durch Europa zu überbrücken, und auch deutschsprachige Autoren für seine Zeitschrift haben wollte. Vollendet höflich, wie er selber war, stellte er sich Hesse als Beiträger des *Times Literary Supplement* und unbekannter Autor von Gedichtbänden vor.

Jemand, der keinen Brief von Eliot bekam, war Rilke, aber der wartete auch nicht darauf. In Muzot ist er nach all der Schreiberei im Februar nun mehr mit Haus und Garten beschäftigt. Außerdem hat er sich Stefan Georges *Drei Ge-*

sänge besorgt und findet, es stehe damit leider genauso, wie Eduard Korrodi, Feuilleton-Chef der *Neuen Zürcher Zeitung*, es dargestellt habe. Rilke las also doch ab und zu noch die Zeitung, er begann sich offenbar zu langweilen. Nur, was hatte Korrodi denn über George geschrieben? Wir wissen es an dieser Stelle nicht. George aber hatte in den *Drei Gesängen* einen Blick in die Zukunft gewagt. Es finden sich darin nämlich nicht nur Begriffe wie »völkisches Banner« oder »Neues Reich«, ein Gedicht trägt auch den Titel »Einem jungen führer im ersten weltkrieg«. Aber woher wusste George, dass dieser Krieg, den alle damals nur den Weltkrieg nannten, nicht der letzte bleiben sollte?

Hesses kleine Aufsatzsammlung *Blick ins Chaos* kreist um Russland, wo der mörderische Bürgerkrieg zwischen den Bolschewiki und den Weißen Armeen noch nicht lange zu Ende war. Mit Blick auf Dostojewskis *Die Brüder Karamasoff* sagt Hesse den Untergang Europas voraus, denn »der gefährliche, rührende, verantwortungslose, dabei gewissenszarte, weiche, träumerische, grausame, tief kindliche ›russische Mensch‹« stehe längst im Begriff, der europäische Mensch zu werden. Diese recht alarmierte Dostojewski-Lektüre, die deutlich von Oswald Spenglers *Untergang des Abendlandes* inspiriert war, sprach Eliot an. Später im Jahr würde er einen Absatz daraus seinen *Notes on The Waste Land* zugesellen. Rilke hätte darin nicht einstimmen können, denn dieser »russische Mensch«, den er auf seinen Reisen mit Lou Andreas-Salomé kennengelernt hatte, war für ihn ein positiv romantisches Ideal.

In Weimar tagt der Verein der deutschen Zeitungsverleger und protestiert gegen die Verteuerung des Papiers. Wilhelm

Furtwängler übernimmt die Leitung des Leipziger Gewandhausorchesters und der Berliner Philharmoniker. James Joyce bedankt sich bei Robert McAlmon. Dieser hatte ihm nicht nur die gewünschten Krawatten, gleich mehrere davon, sondern auch noch einen Ring geschickt, »sehr hübsch und bischöflich«. Das wäre doch wirklich nicht nötig gewesen!

Überzähliges Dasein

Ezra Pound lebt nun seit mehr als einem Jahr in Paris, und er hat, gelinde gesagt, keine Lust mehr auf England. Er hält gerade die englische Oberschicht für einen versnobten Haufen, der sich mehr für Autos als für Bücher interessiert und daher nicht als zivilisiert gelten kann, und einer Lady Rothermere, von der er nur weiß, dass sie Geld geheiratet hat, traut er kein ernsthaftes Interesse an Literatur zu. Das Einzige, was ihn in England interessiert, ist Eliot und dass dieser zum Schreiben kommt. Nicht zum Schreiben von Kritiken und Geschäftsbriefen, sondern zum Schreiben von Gedichten. Und vor allem muss er raus aus dieser Bank – aber dann alle Zeit auf eine Zeitschrift zu verwenden, noch dazu in England, sei keine Alternative. Schön und gut, wenn Eliot Abdruckhonorare für andere garantieren könne, wenn sie auch nicht gerade üppig seien, aber wie werde er denn eigentlich selbst bezahlt? Eine finanzielle Absicherung für ihn sei doch das Allermindeste, und völlige redaktionelle Freiheit noch dazu. Er, Ezra Pound, habe nicht das geringste Interesse, als kostenloser Auslandskorrespondent tätig zu sein. Es sei denn, er könne zehn Seiten pro

Heft füllen mit was immer er wolle, immer vorausgesetzt, die Kasse stimmt. Diesen Brief dürfe er Lady Rothermere ruhig zeigen.

Rechnen mussten nicht nur die Dichter. Ich frage mich, was meine Großmutter eigentlich jeden Tag so auf den Tisch brachte und woher die Dinge kamen, was sie kosteten. Milchsuppe mit Röhrennudeln, Sauerkraut mit weißen Bohnen und Kartoffeln, Grießpudding. Dinge, die sie noch gern aß, als sie schon alt war. Auf den Feldern rund um Neuss stand viel Weißkohl, und in der Stadt gab es mehrere Sauerkrautfabriken, Leuchtenberg, Sand, Rheins & Nolden. Man konnte nicht jeden Tag Sauerkraut essen, aber wenn es nichts anderes gab, dann schon. Auch schmeckte es erst so richtig gut, wenn man es wieder aufwärmte. Dazu musste, in Ermangelung eines Kühlschranks, der Topf zuvor in den Keller gebracht werden, wo auch die Waschbütte stand. In der Wohnung gab es nur einen einzigen Wasseranschluss, Spüle und Waschbecken in einem. Vielleicht gab es zum Nachtisch Obstkonserven, halbe Pfirsiche oder Schattenmorellen, denn die Nutzung des kleinen Gartens behielt sich der Vermieter vor. Und wo kam das Geld her, was brachte dem Vater die Tagelöhnerei, worin bestand sie, heute so, morgen so, und was brachte ein Kaufmannsgehilfe nach Hause? Die Männer schliefen oben in den Mansardenzimmern, Franziska teilte mit der Großmutter das Bett. Franziska musste dazuverdienen, mit Nähen, denn das hatte sie gelernt. Dazu ging sie zu einer Familie in der Bauerbahn, so hieß eine Straße am westlichen Stadtrand, nur ein paar Höfe standen dort. Auf dem Weg kam sie am Friedhof vorbei und konnte das Grab ihrer Mutter pflegen, welke

Blumen fortnehmen, Sträucher gießen und ein Licht anzünden, falls es eine Grablaterne gab.

Am 15. März liest Franz Kafka das erste Kapitel seines neuen Romans Max Brod vor. Am selben Tag ruft Ahmad Fuad, Sultan von Ägypten, sich zum König aus. Das Land steht seit dreißig Jahren unter britischer Oberherrschaft, da die Briten es den Osmanen weggenommen haben. Um ihren Einfluss zu wahren, beispielsweise den Suezkanal zu kontrollieren, haben sie der Unabhängigkeit des uralten Reiches zugestimmt, dem Land der ersten Hochkultur, wie kürzlich erst Oswald Spengler in seiner Kulturkreislehre befunden hatte. Ahmad Fuad gilt als probritisch, weswegen es bei seiner Proklamation in Kairo zu Protesten kommt; der Führer der nationalistischen Wafd-Partei, Sad Saghlul, befindet sich in Haft. Ägypten und das Empire arrangieren sich außerdem in der Herrschaft über den Sudan.

Eine Sonderstellung kommt der Ägyptischen Altertümerverwaltung zu, denn diese wird französisch kontrolliert. Zum Schutz vor Plünderern und um den Abtransport weiterer Altertümer zu verhindern, hatte der Franzose Auguste Mariette 1859 den sogenannten Antikendienst ins Leben gerufen und sich vom Vizekönig zu dessen Direktor ernennen lassen. Wer zum Beispiel im Tal der Könige graben wollte, musste sich eine Erlaubnis holen. Als einziger der uns hier beschäftigenden Dichter war Rilke in Ägypten gewesen. Ende 1910 hatte er sich von einer Jenny Oltersdorf, der unausgelasteten Gattin eines Pelzhändlers, zu einer Afrikareise einladen lassen. Er fuhr auf dem Nil, »an kleinen koptischen Klöstern, Steinbrüchen und Bergzügen« vorüber, kam nach Luxor, ritt ins Tal der Könige, ritt nach Karnak. Bei Kairo wurde er »dieser unerbittlich großen Dinge Aegyptens« ansichtig, der Pyramiden und der Sphinx von Gizeh, des großen Löwen mit dem Menschenhaupt. Diese gewaltigen Bilder waren ihm kürzlich wieder nahgekommen, als er die Elegien zu Ende brachte. »Wie du standest … beim Töpfer am Nil«, erinnert er sich in der neunten Elegie, und in der zehnten: »der erhabene Sphinx –: der verschwiegenen Kammer / Antlitz.« Der verschwiegenen Kammer Antlitz? Etwas sollte in Ägypten in diesem Jahr ans Licht kommen, an das im März noch niemand denken konnte.

In Chicago wird bei einem Großbrand ein ganzes Häuserviertel zerstört. In Berlin kommen Vertreter des französischen Roten Kreuzes und der Russischen Sowjetrepublik zusammen, um Hilfen für die große Hungersnot in Russland zu organisieren. In den belgisch besetzten Gebieten des Rheinlands wird der Belagerungszustand verschärft, nachdem ein belgischer Oberleutnant ermordet worden ist. Deutschland und die Schweiz trennen sich in einem Fußball-Länderspiel in Frankfurt 2:2, und in Schweden findet der erste Wasa-Lauf statt, eine Massenveranstaltung für Skilangläufer.

So etwas wie Langlauf hätte Rilke auch einmal probieren sollen, denn in den höheren Lagen des Wallis lag gewiss noch Schnee. Aber ihm ist, genau genommen, nach nichts zumute, seit der Schreibrausch und der erste Jubel über das Erreichte hinter ihm liegen. »Nach dem Abschluß einer lange anhaltend gewesenen künstlerischen Spannung und Absicht« fühle man sich leicht, aber zu leicht, und treibe zu irgendeiner Oberfläche hin, schreibt er an Elisabeth de Waal. Das Gefühl der Entlastung schlage allzu rasch »in ein Bewußtsein des Überzähliggewordenseins« um.

Joyce hat sich ein paar Wochen Zeit gelassen mit der Antwort an seinen Bruder. Sein Anwalt (nicht etwa er selber) werde Stannie einen Scheck über zehn Pfund schicken. Es täte ihm leid zu hören, dass er in Geldschwierigkeiten sei, aber… »Wie ist das möglich? Du wohnst ohne Familie in einer möblierten Wohnung, führst ein musterhaftes Leben und gibst allen Schülern in der Welt Unterricht. Bei mir ist das anders.« Und schon nimmt das irische Ritual seinen Lauf, und Joyce beklagt sich nach Kräften darüber, was er alles zu erdulden habe: »Die letzten sechs Monate, die ich am *Ulysses* zu tun hatte, arbeitete ich ohne Schreibtisch, ohne Bücher etc. hier im Schlafzimmer, wo drei von uns schlafen.« Als habe das eine mit dem andern nichts zu tun, rechnet er ihm alsdann vor, dass Miss Weaver ihm einmal 2000, dann 5000 und nun noch einmal 1500 Pfund überwiesen habe, »dazu die Überschreibung eines Landhauses irgendwo«. Armer Jim! In Worten, die er schon an andere schrieb, teilt er Stannie mit, dass ihn der irische Kultusminister für den Nobelpreis vorschlagen möchte. Ach ja, und dann komme er bei Gelegenheit mal nach Triest, um seine Sachen abzuholen.

Ein Nobelpreis wirkt freilich klein neben der Ehre, die Pound dem *Ulysses* in einem Brief an den amerikanischen Literaturkritiker H. L. Mencken zuerkennt. »Die christliche Ära endete um Mitternacht, vom 29. auf den 30. Oktober letzten Jahres. Sie leben jetzt im Jahr 1 nach Ulysses, wenn das für Sie ein Trost sein kann.« Am 29. Oktober 1921 hatte Joyce das Ithaka-Kapitel beendet und sein Buch für fertig erklärt.

20. März. Harry Graf Kessler diniert bei Einsteins, in der Haberlandstraße im Bayerischen Viertel in Schöneberg. Warburg und Mendelssohns sind auch da. Während Einstein beiläufig von seiner triumphalen Tournee durch die Staaten und Großbritannien berichtet, notiert Kessler das Verströmen von Güte und Einfachheit. Einstein, der ab Ende März in Paris Vorlesungen halten wird, ist ein wenig angespannt, weil er sich fragt, was dort von ihm erwartet wird. Er räumt ein, dass er gar nicht recht weiß, warum die Menschen seine Theorien so toll finden. Kessler gibt zu, dass er die Bedeutung der Relativitätstheorie mehr verspürt als versteht. Einstein sagt, er müsse sich das so vorstellen, wie wenn Käfer über eine Glaskugel krabbeln. Die sei für sie zwar endlich, aber grenzenlos.

Ein anderer Einwohner Berlins bedankt sich am 21. März für einen Strauß Tulpen. »Lieber Petit«, so redet Gottfried Benn, Arzt für Haut- und Geschlechtskrankheiten, Praxiswohnung in der Belle-Alliance-Straße in Kreuzberg, seine derzeitige Freundin Gertrud Zenzes an, »ich muß Dir sagen, daß ich noch nie so überwältigend schöne Tulpen in meiner Stube gehabt habe wie die grüngoldenen, die nun schon 2 Tage vollkommen unverändert frisch in immer noch gespannter Haltung u. elastischer Bewahrung die Erinnerung an Dich in ihren Blättern tragen. Wirst Du sie vor ihrem Tode noch einmal sehn?« Das klingt, als solle die Freundin dringend kommen, aber dann erklärt Benn ihr, dass er sie heute Abend gar nicht sehen kann. Ob sie auch am Donnerstag könne, oder lieber Freitag? »Sollte Do. eine Patientin hier bei mir liegen, so gehen wir ins Kino.« Benn muss haushalten mit seiner Zeit, und eigentlich muss er allein sein. Deshalb geht er auch immer nur am Sonntag auf eine Stunde zu seiner Frau Edith und der gemeinsamen Tochter Nele in die Passauer Straße am Ku'damm. Die Belle-Alliance-Straße ist seine feste Burg. Wenn niemand bei ihm liegt und auch das Wartezimmer leer ist, entsteht vielleicht ein Gedicht, das heißt, es entsteht überhaupt sehr selten, denn ein Gedicht wird gemacht. In der Stube zum Hinterhof, wo selbst die Tulpen Haltung bewahren.

Die Influenza-Epidemie hat in England und Wales in den ersten drei Monaten des Jahres 16 388 Menschen das Leben gekostet. Diese Zahl sei jedoch irreführend, schreibt die *Times,* da man die Todesfälle chronisch Kranker irrtümlich anderen Ursachen zugeschrieben habe. Stattdessen sei von 30 000 Toten auszugehen. Am 26. März werden in Großbritannien die Uhren eine Stunde vorgestellt. Virginia Woolf, die endlich wieder am Schreibtisch sitzt, notiert das in ihr Tagebuch. Während des Krieges war die Sommerzeit in Europa eingeführt und danach fast überall wieder abgeschafft worden. In Frankreich geschah das 1922, die Landwirte hatten gegen die Umstellung protestiert. Wenn es also nun von Big Ben zu Mittag schlägt, dann ist es auch in Paris und Muzot 12 Uhr.

Tom und Vivien kannten sich nun etwa sieben Jahre, und fast ebenso lange waren sie schon verheiratet. Und alle um sie herum hielten diese Ehe für ein komplettes Desaster. Aber es war nun einmal so, dass sich der förmliche, erotisch unerfahrene Amerikaner Hals über Kopf in die aufsehenerregende junge Engländerin verliebt hatte, damals, im ersten Kriegsjahr. Sie sei eine Frau gewesen, die auf Männer attraktiv wirkt, die man aber nicht so gerne seiner Mutter vorstellt, schreibt Lyndall Gordon. »Was für ein furchterregendes Wagnis ein kurzer Moment der Hingabe ist«, lautet ein bezeichnender Vers im Schlussteil von *The Waste Land.* Vivienne Haigh-Wood war sechs Monate älter als Eliot; sie schrieb poetische und Prosaskizzen, sie tanzte leidenschaftlich gern, und Russell, ihr Liebhaber, hielt sie für eine Schauspielerin. Viviens exaltierte, bisweilen vulgäre Art, ihre lebhafte Fröhlichkeit, die jäh in Anspannung und Depression umschlagen konnte, war vielleicht ein Vorschein ihres Krankheitsbildes, aber gewiss auch Teil der Anziehung, die sie auf Tom ausübte. Beider Eltern waren von der Hochzeit nicht in Kenntnis gesetzt und mussten im Nachhinein gewonnen werden, was im Falle der Haigh-Woods leichter gelang, denen Eliot mit seinen tadellosen Manieren zu versichern wusste, dass man sich auf ihn verlassen konnte, wenn er auch kein Geld besaß.

Im Falle der Eliots war das schwieriger. Zwei Tage nach der Hochzeit schrieb nicht etwa der junge Ehemann, sondern Pound einen langen Brief an Eliots Vater, um dessen Misstrauen gegenüber dem literarischen Weg des Sohnes zu zerstreuen. Die Flitterwochen des jungen Paares in Eastbourne blieben auf sechs Tage beschränkt. Sie sollen nicht glücklich gewesen sein, die Biographien schreiben dies Eliots Unbeholfenheit zu. Spuren davon, Anzeichen fehlenden Glücks in der körperlichen Vereinigung gibt es in vielen seiner Gedichte, und manchmal schlagen solche Schilderungen des Intimen ins Misogyne um. Bewegend ist die freudlose Sexszene im dritten Teil des *Öden Landes,* zwischen der Stenotypistin und dem Angestellten, »sie fühlt rein nichts und er sich aufgenommen«. Sie habe ihn geheiratet, um ihn zu inspirieren, aber das fruchte wohl nichts, sagte sie bei Tisch zu Russell, einen Monat, nachdem sie geheiratet hatten; Eliot sagte nichts dazu. Ende Juli 1915 machte er sich allein auf den Weg über den Atlantik zu seinen Eltern, da Vivien sich vor deutschen U-Booten fürchtete. Nun, im Frühjahr 1922, wollte sie einfach gar nicht mehr gesund werden, und Eliot schrieb an Lucy Thayer, Vivien müsse für lange Zeit aus London und auch aus England fort, zu ihrer Erholung und wohl auch zu seiner.

Auch Joyce sollte im April eine Weile ohne seine Frau sein, und diese Aussicht gefiel ihm überhaupt nicht. Er hasste es von jeher, wenn Nora mit den Kindern nach Irland fuhr, denn diese Reisen machten ihm Angst, weil er krankhaft eifersüchtig war und schon ihre kürzeste Abwesenheit ihn verunsicherte. Dazu hatte er zwar keinen Grund, denn Nora Barnacle, die er im Frühjahr 1904 kennengelernt hatte, als sie Zimmermädchen in Finns Hotel gewesen war, blieb ihm ihr Leben lang treu (und er ihr, einige stillschweigende Verliebtheiten in junge Mädchen abgerechnet, auch). Aber Joyce war auch eifersüchtig auf die Vergangenheit und auf alles, was die Einbildung ihm vorspiegeln konnte, dafür war er Schriftsteller.

In Galway, wo Nora aufgewachsen war, hatte sie einen Verehrer gehabt, dieser war an Tuberkulose erkrankt, aber seine Verliebtheit war so groß, dass er bei Wind und Wetter das Haus verließ, um für sie zu singen, und kurze Zeit später war er gestorben. Diese Geschichte, die Joyce erst nach einiger Zeit in Erfahrung gebracht hatte, inspirierte ihn zu der Novelle »Die Toten«, der letzten und längsten Erzählung in den *Dublinern*. Darin erfährt Gabriel Conroy, ein Mann in den besten Jahren, von der Jugendliebe seiner Frau; erfährt es in einer Neujahrsnacht, in dem Moment, da er sich ihr zärtlich nähern möchte, und erstarrt in machtloser Trauer. »Die Toten« enden mit der wunderbaren Schilderung nächtlich einsetzenden Schnees über ganz Irland, der auf »all die Lebenden und die Toten« fällt und auch auf das einsame Grab Michael Fureys.

Joyce hatte das so ergreifend geschildert, dass er die Sache erst recht nicht mehr vergessen konnte, und immer wenn Nora nach Irland fuhr, und obwohl sie nun schon seit achtzehn Jahren ein Paar waren, holten ihn diese Gefühle der Machtlosigkeit wieder ein. Was regelmäßig dazu führte, dass er ihr glühende Liebesbriefe schrieb, mit Worten, für die im Ehealltag längst nicht immer Raum war. Diesmal aber war es besonders schlimm, denn Nora war gegen seinen erklärten Willen abgereist und hatte sogar gedroht, gar nicht mehr zurückzukehren. Aus Galway hatte sie telegraphisch um Geld gebeten. Ängstlicher konnte Joyce nicht sein. »Mein Liebling, meine Liebste, meine Königin, ich springe aus dem Bett, um Dir dies zu senden. Dein Telegramm ist 18 Stunden später als Dein Brief abgestempelt, den ich eben erhalten habe. Einen Scheck für Deinen Pelz schicke ich Dir in ein paar Stunden, und auch Geld für Dich. Wenn Du dortbleiben möchtest, werde ich Dir diesen Betrag am Ersten jeden Monats schicken. Aber Du fragst mich ebenfalls, ob ich mit Dir nach London gehen würde. Ich würde überall in der Welt hingehen, wenn ich sicher sein könnte, dass ich dort mit Dir, Liebste, allein wäre, ohne Familie und ohne

Freunde. Entweder dies geschieht oder wir müssen uns für immer trennen, wenn es mir auch das Herz bricht. Offenbar ist es unmöglich, Dir die Verzweiflung zu beschreiben, in der ich mich befinde, seit Du fort bist. Gestern hatte ich im Laden von Miss Beach einen Ohnmachtsanfall, und sie musste mir rasch eine Arznei holen. Ich trage Dein Bild immer in meinem Herzen. Wie freut es mich zu hören, dass Du jünger aussiehst! O meine Liebste, wenn Du Dich doch nur jetzt zu mir kehren und das schreckliche Buch lesen wolltest, das mir das Herz in der Brust jetzt gebrochen hat, und mich zu Dir nähmest, allein, um mit mir zu machen, was Du willst!« Das also ist es, was zwischen ihnen steht, das schreckliche Buch, das er geschrieben hat und das sie partout nicht lesen will.

Was James und Nora nicht ausreichend im Blick hatten, war die politische Situation in Irland, die für einen Besuch gerade gar nicht günstig war. Die Spannungen zwischen den Befürwortern und den Gegnern des Anglo-Irischen Vertrags wuchsen von Tag zu Tag. Der lange Weg der Iren zur staatlichen Unabhängigkeit von Großbritannien ging in die entscheidende Runde. Im Januar hatte Éamon de Valera sein Amt als Präsident niedergelegt, weil er den im Vertrag festgeschriebenen Status Irlands als Dominion innerhalb des Commonwealth (womit der englische König Staatsoberhaupt blieb) ebenso wie die Abtrennung der Provinz Ulster nicht anerkennen wollte. De Valeras Gegenspieler war Michael Collins, der der provisorischen Regierung vorstand. Beide hatten am Osteraufstand 1916 teilgenommen, als im Dubliner Hauptpostamt in der O'Connell Street für ein paar Tage das Herz der Revolte schlug. Der Aufstand wurde niedergeschlagen und fünfzehn der Anführer erschossen. Für die Mythenbildung der Unabhängigkeitsbewegung war der Osteraufstand aber ein wichtiges Datum, es war zugleich die Geburtsstunde der IRA. William Butler Yeats, der mit einigen der Hingerichteten bekannt gewesen war, hatte das in einem berühmten Gedicht auf die bestechende Formel gebracht: »All changed, changed utterly: A terrible beauty is born« – »Alles änderte sich vollständig: Furchtbare Schönheit entstand«.

Im Unabhängigkeitskrieg hatte Collins de Valera noch aus dem Gefängnis befreit, nun standen sie einander als Feinde gegenüber. Collins führte die reguläre Armee des Freistaats, de Valera die radikalen IRA-Rebellen. Ende März treffen sich Vertreter beider Seiten in London, eingeladen von Kolonialminister Winston Churchill. Die Gewalt lässt sich nicht aufhalten. Nora, die in Galway bei ihrem Onkel Michael wohnt, gerät mitten hinein, als Kämpfer das Familienschlafzimmer beschlagnahmen, um von dort auf die Straße zu feuern. Als Joyce das hört, will er sofort ein Flugzeug chartern, um seine Familie zu retten, aber das ist nicht mehr nötig. Aus Angst um ihre Kinder hat Nora den Zug nach Dublin genommen. Als der Zug unter Beschuss gerät, weigert sich Giorgio, sich auf den Fußboden zu werfen. Die Sturheit hat er vom Vater, die Furchtlosigkeit nicht. Wer im Auge des Sturms aushalten will, muss sich schützen. William Butler Yeats bezieht Thoor Ballylee, einen alten normannischen Wehrturm in County Galway, mächtiger, vierschrötiger als Rilkes Zitadelle in Muzot, und wird von hier aus das Bürgerkriegsgeschehen beobachten. Rilke ist in den letzten Märztagen in Zürich, im Hotel Baur au Lac, weil er zum Zahnarzt muss.

IV.

Der übelste Monat

»April is the cruellest month«, so lautet der berühmte erste Vers aus *The Waste Land,* einem Gedicht, das Anfang April 1922 noch so gut wie niemand kannte. Jeder, der schon einmal im April in England gewesen ist, weiß dagegen, dass dies dort eigentlich der schönste Monat ist, weil überall die Narzissen blühen. Der Romantiker William Wordsworth hatte auf diese Blumen Verse geschrieben, die jedes Kind in der Schule auswendig lernte: »... and then my heart with pleasure fills / and dances with the daffodils.« Eliot aber war kein Romantiker. Er hatte der modernen Lyrik und sich selbst ins Stammbuch geschrieben, dass Dichtung nicht das spontane Überfließen machtvoller Gefühle sei, wie Wordsworth gesagt hatte, sondern eine Flucht vor dem Gefühl; nicht Ausdruck der Persönlichkeit, sondern ihre Auslöschung. Und für jemanden, der so empfand (wenn man das noch Empfinden nennen konnte), war das jährliche Erwachen der Natur keineswegs Erlösung, sondern eine Plage. »April ist der übelste Monat von allen, treibt / Flieder aus der toten Erde, mischt / Erinnerung mit Lust, schreckt / Spröde Wurzeln auf mit Frühlingsregen.« Wie viel besser wäre es, die Dinge ruhen zu lassen, sie nicht anzurühren: »Der Winter hat uns warm gehalten, hüllte / Das Land in vergeßlichen Schnee, fütterte / Ein wenig Leben durch mit eingeschrumpelten Knollen.«

Nicht alle hat der Winter warm gehalten. Die dauernde Geldentwertung in Deutschland trifft besonders alte Menschen, die von ihrer Rente nichts mehr übrig haben. Lange Schlangen bilden sich allabendlich in Berlin vor der Essensausgabe im städtischen Obdachlosenasyl; in Altersheimen wie in Berlin-Buch müssen sich acht Männer einen Schlafraum teilen. Reichspräsident Ebert fordert deshalb zu einer Spendensammlung für die Notleidenden auf. Dazu hat er am 1. April in sein Haus eingeladen. Die Vertreterin der Altershilfe, Alice Salomon, zeigt in einem Lichtbildervortrag, wie das Elend in den Städten um sich greift. Immer mehr alte Menschen sterben an Tuberkulose; auch die Selbstmordrate steigt. Karl I., letzter Kaiser von Österreich-Ungarn, stirbt in Funchal auf Madeira an den Folgen einer Lungenentzündung, nach Infektion mit der Spanischen Grippe, im Alter von nur vierunddreißig Jahren.

In Muzot werden die ersten Rosen gepflanzt. Eliot bedankt sich bei Sylvia Beach für die Übersendung eines broschierten *Ulysses*-Exemplars. Das ermögliche ihm, die ungebundenen Bögen eines anderen zurückzusenden; er entschuldigt sich, dass er schon begonnen habe, sie aufzuschneiden. Ein Gerücht besagt, einige englische Kritiker hätten sich Exemplare des *Ulysses* schicken lassen, um das Buch zu boykottieren. Eliot verspricht, dem nachzugehen. In Budapest kommen sechs Menschen bei einem Bombenattentat ums Leben, alle sind jüdischen Glaubens gewesen.

Albert Einstein brilliert auch am Collège de France. Auf

Französisch, ohne Manuskript. Das hinterlässt großen Eindruck. »Als wir Einsteins edles Angesicht sahen und seine langsame, sanfte Rede hörten, da war es, als entfaltete sich das reinste und feinste Denken vor uns«, schreibt *L'Humanité*. Seine zuerst 1905 in den *Annalen der Physik* veröffentlichten Theorien genießen mittlerweile Weltgeltung, daran muss er sich einfach gewöhnen. Eine britische Sonnenfinsternis-Expedition hatte 1919 den Beweis für die Richtigkeit der vorhergesagten Lichtablenkung im Gravitationsfeld erbracht. Die Nachfrage nach Vorträgen Einsteins ist enorm, und wann immer er selbst oder andere Wissenschaftler seine Theorien vor Publikum erklären, sind die Säle überfüllt. Auch das junge Medium Film macht sich um die Verbreitung seiner revolutionären Einsichten verdient. In 80 000 Trickaufnahmen werden Grundlagen der Relativitätstheorie für ein Laienpublikum begreiflich gemacht. Vier Vorlesungen in acht Tagen hält Einstein in Paris. Einen im Anschluss geplanten Vortrag an der Académie française sagt er ab. Grund ist die ablehnende Haltung einiger nationalistisch fühlender französischer Wissenschaftler. Sie verübeln ihm, dass er 1920 wieder die deutsche Staatsbürgerschaft angenommen hat, die er mit sechzehn Jahren abgelegt und zwischenzeitlich gegen einen Schweizer Pass eingetauscht hatte. Dabei war er stets ein Weltbürger geblieben, dem alles nationalstaatliche Denken zuwider war.

Am 3. April wird Josef Stalin aus Gori in Georgien zum Generalsekretär des Zentralkomitees der Kommunistischen Partei Russlands gewählt, auf persönlichen Vorschlag Lenins. Am selben Tag schreibt Eliot einen Brief an den New Yorker Verleger Alfred Knopf. Er bietet ihm ein noch titelloses langes Gedicht an, möchte aber zugleich nicht, dass dieses Gedicht bei Knopf erscheint. Das klingt kompliziert und ist es auch. Nicht erst seit er Ende Januar einen Vorstoß bei Thayer unternommen hatte, um das Gedicht für möglichst gutes Geld im *Dial* unterzubringen, sich mit diesem aber einstweilen überworfen hat, betreibt er mit seinem Manuskript ein sehr merkwürdiges Versteckspiel. Schon zu Jahresbeginn hatte er eine Offerte des Verlegers Horace Liveright erhalten. Das war bei jenem Essen mit Pound und Joyce in Paris gewesen, als das Gedicht noch nicht einmal lektoriert war. Liveright zeigte sich dennoch interessiert, er bezweifelte nur, ob das Gedicht lang genug sein könnte, um es als einzelnes Buch zu veröffentlichen. Ob Eliot nicht noch weitere Gedichte hinzufügen könne? Pound aber hatte Eliot davon überzeugt, sich von allen »Überflüssigkeiten« zu trennen, nichts drum herumzudrapieren, sondern ganz auf die Kraft der Verse zwischen »April« und »Shantih« zu vertrauen. Eliot wusste Anfang April noch gar nicht, wie viele Zeilen sein Gedicht überhaupt haben würde, denn – er hatte es bis jetzt noch gar nicht wieder sauber abgetippt. Kam er vor lauter Geschäftsbriefen auf der Suche nach renommierten Autoren für sein Journal nicht dazu, fürchtete er, dass das definitive Gedicht weniger großartig sein könnte, als Pound versicherte, oder war das schlicht ein Weg, sich selbst daran zu hindern, es überhaupt irgendjemandem zu schicken? Aber Knopf besitzt ein Optionsrecht auf weitere Bücher Eliots, weil er zuvor die amerikanische Ausgabe der *Poems 1920* und den Essayband *The Sacred Wood* veröffentlicht hat, und ganz kommt Eliot um den Schriftverkehr mit ihm nicht herum. Daher setzt er ihn nun über die schiere

Existenz des Gedichts und das Angebot Liverights in Kenntnis, mit der vorsichtigen Anfrage, ob Knopf sein Optionsrecht nicht lieber beim nächsten Prosaband zücken möchte. Nur, wenn Eliot sein Gedicht Liveright geben will, warum schickt er es ihm dann nicht?

Diese hamlethafte Zögerlichkeit gehört so gar nicht zum Temperament von William Butler Yeats, dem namhaftesten irischen Dichter dieser Zeit. Yeats ist nicht nur eine Institution in der englischsprachigen Lyrik seit nunmehr dreißig Jahren, er ist außerdem einer der Väter der keltischen Renaissance und mit den Freiheitskämpfern auf der Insel in mannigfacher Weise verbunden und verstrickt. Lange, allzu lange war er in die Revolutionärin Maud Gonne verliebt gewesen, hatte ihr mehrere Heiratsanträge gemacht, einen dann später auch ihrer Tochter Iseult, nur angenommen wurden sie nicht. Sehr zu seinem Glück aber hatte er in Georgie Hyde-Lees in bereits leicht vorgerücktem Alter eine Frau gefunden, die ihn schon deswegen begeisterte, weil sie medial veranlagt war und eine exzeptionelle Begabung zu automatischem Schreiben hatte, einer rätselhaften Inspirationsquelle, die um dieselbe Zeit auch die Surrealisten zu entdecken begannen. Yeats war zeitlebens von den Mächten des Irrationalen fasziniert, er hatte nicht nur die irische Feenwelt für die Bewusstwerdung der unterdrückten Nation genutzt und sie zum Gegenstand seiner Gedichte und Theaterstücke gemacht, er war auch schon vor der Jahrhundertwende Mitglied okkulter Geheimbünde wie dem Hermetischen Orden des Golden Dawn gewesen. Dadurch war er mit praktizierenden Magiern wie MacGregor Mathers und Aleister Crowley persönlich bekannt. Spiritistische Sitzungen gehörten ebenso zu seinem Alltag wie das kulturpolitische Engagement an der Seite Lady Gregorys, mit der er das Abbey Theatre in Dublin gegründet hatte.

All das hat sich mit seiner dichterischen Kraft bestens vertragen, und er war schon in jungen Jahren eine Art irischer Klassiker. Davon zeugen auf den ersten Seiten des *Ulysses* die Verse aus einem Yeats-Gedicht, die dem jungen Stephen Dedalus durch den Kopf gehen: *Und nimmer geh beiseit' und sinn' / Der Liebe bitterm Rätsel nach, / Denn Fergus lenkt die erz'nen Wagen …* Yeats war einer der Ersten, die das Talent von Joyce erkannt hatten, als dieser noch in Irland lebte, und hatte einige hilfreiche Dinge für ihn getan, aber er stand der Aristokratie nahe, die Joyce verabscheute. Pound wiederum hatte in seinem unbändigen Willen, gute Dichter noch besser zu machen, auch vor dem zwanzig Jahre älteren Yeats nicht haltgemacht. Er arbeitete eine Weile als sein Sekretär, war aber zugleich auch sein Lektor, und die straffer, kühler und moderner wirkenden Gedichte des Bandes *Responsibilities* von 1914 waren unter dem Einfluss von Pound entstanden. Pound wiederum hatte über Yeats Dorothy Shakespear kennengelernt, die seine Frau wurde. So hing alles mit allem zusammen.

Im April 1922 aber, während Joyce in Paris Noras Rückkehr entgegenfieberte, war Yeats, eben damit befasst, in dem alten Wehrturm Thoor Ballylee seine feste Burg zu errichten, von der ausbrechenden Gewalt schockiert. Anders als Joyce, der das Dublin von 1904 im *Ulysses* wie in einer Schneekugel fixiert hatte, fühlte er sich für die fortlaufenden Ereignisse literarisch verantwortlich. In den kommenden Wochen wird er Stoff für einen Zyklus sammeln: »Meditationen in Zeiten des Bürgerkriegs.«

Der Reichstag beschäftigt sich in der ersten Aprilwoche mit Frauenfragen. Genehmigt wird ein Gesetzentwurf, wonach künftig auch Frauen als Schöffen oder Geschworene zugelassen sind. Debattiert wird außerdem über die Frage, ob eine Beamtin mit einem unehelichen Kind für den Staatsdienst geeignet ist. Einigen können sich die Abgeordneten darüber nicht. Dafür, dass Rilke keine Zeitung liest, ist er erstaunlich gut informiert, zum Beispiel über die Vorlesungen Einsteins in Paris. »Und welchen Takt, welche Angemessenheit bewahrt er auf dieser ganzen Reise«, schreibt er an Nanny Wunderly, als habe er selbst mit zu Einsteins Entourage gehört. »Es ist doch ein Glück, daß dieser Mensch nun der erste ist, der von Deutschland wieder überall hinauskommt, er verbreitet den in Deutschland so seltenen Geruch einer großen Sache –, er vertritt sie, diese Sache, und in der Sachlichkeit liegt eine so tiefe, reine freie Versöhnung …« Niemand aber kam auf die Idee, Einstein auch nach Genua einzuladen, zu der am 10. April beginnenden internationalen Wirtschaftskonferenz, bei der die Deutschen erstmals seit Kriegsende wieder mit am Tisch sitzen dürfen.

Joyce ist nach wie vor in Wartestellung, was Besprechungen zum *Ulysses* angeht, und er zweifelt am Verstand gewisser Journalisten, die ihm seltsame Fragen stellen. »Ein Mensch, der das Buch angeblich besprechen soll (und es ganz gelesen hat) und dabei sehr genau sein will, fragt mich, ob der Vorname von Mrs. Bloom Milly oder Molly sei«, klagt er gegenüber Harriet Shaw Weaver. Dieser Leser hatte also nicht einmal kapiert, dass es sich um zwei verschiedene Personen handelte, denn Leopold Blooms Frau hieß Molly, ihrer beider Tochter aber Milly. »Ein anderer ›Kritiker‹, ein Amerikaner, der mich interviewen wollte (was ich ablehnte), erzählte mir, er habe das Buch mit großem Interesse gelesen, aber er könne nicht verstehen, was Bloom darin zu suchen habe.« Der Kritiker hatte erwartet, dass Stephen Dedalus der moderne Odysseus und damit die Hauptfigur sein werde, und zeigte sich enttäuscht, als Joyce ihn aufklärte. Und dann hatte er noch etwas über eine gewisse Penelope gehört und wollte wissen, ob das ein wirklich irischer Name sei. Mon Dieu! Leider hatte Joyce ein Buch geschrieben, bei dem die Chance, auf einen Leser zu treffen, der sich als ebenso klug und gebildet erweisen würde wie der Autor, gegen null tendierte.

Während sich in Genua die Mächtigen der Welt versammeln, freilich ohne die Vereinigten Staaten, die sich von der Konferenz abgemeldet haben, trifft Vivien wieder in London ein. Den Versuch, sich in Frankreich zu erholen, hat sie nach wenigen Tagen abbrechen müssen, da ihre Körpertemperatur konstant über 100 lag. Das meint natürlich Fahrenheit und wenn man es in Celsius umrechnet, ist man bei ungefähr 37,8 Grad. Genug, um zu spüren, dass etwas nicht stimmt. In schrecklich vollgestopften Zügen, so schreibt Eliot am 10. April an Sidney Schiff, habe sie reisen müssen. »Ich denke, sie hat gut daran getan, sich zu einer raschen Rückkehr zu entschließen, krank wie sie war. Sie hätte in einem Pariser Hotel nicht so schnell gesund werden können. Ich bedaure jetzt, dass ich sie zur Abreise drängte. Sie erinnern sich, sie war hier bis zum Schluss so krank gewesen und hatte sich nicht wirklich erholt.« Auch die Freundin Mary Hutchinson erhält am selben Tage Mitteilung.

Vivien würde sie zwar am liebsten sofort sehen, da sie tausend höchstwichtige Dinge mit ihr zu besprechen habe, aber es sei nun das Wichtigste, erst einmal ihre Temperatur herunterzubringen.

In mildem ligurischem Klima, aber ansonsten in durchaus frostiger Weise wird die deutsche Delegation um Reichskanzler Wirth und Außenminister Rathenau in Genua empfangen. Es ist vor allem die ablehnende Haltung Frankreichs, die die Aussichten auf eine Abmilderung der drückenden Reparationszahlungen von vornherein als illusorisch erscheinen lässt. Der neue französische Premier Poincaré drückt diese Haltung aus, indem er gar nicht anreist, er lässt sich von Jean Louis Barthou vertreten, dem Präsidenten der Reparationskommission – schon das ist ein deutliches Signal. Die Amerikaner wünschen sich mehr Bewegung in Europa, um die Wirtschaft wieder flottzumachen, aber sie sitzen nicht mit am Tisch, und der Brite Lloyd George traut sich in Rücksicht auf den französischen Verbündeten nicht, den Deutschen so weit entgegenzukommen, wie er es von sich aus vielleicht getan hätte. Allerdings sind die Deutschen in der Rolle der isolierten Macht nicht allein. Erstmals überhaupt sind Vertreter Sowjetrusslands zu einer solchen Konferenz geladen. Doch wird den Bolschewiken von den Westmächten ebenso die kalte Schulter gezeigt wie den im Krieg unterlegenen Deutschen.

Das Wetter schlägt um. Am Dienstag ist sogar noch einmal Schnee gefallen, jetzt steigt das Quecksilber auf über 20 Grad, und am Wetterhäuschen ist die Frau mit dem Schwarzwaldhut nach vorn gekommen, während der Mann mit dem Regenschirm sich nach drinnen verzogen hat. Die

Karwoche hat begonnen, und Franziska ist mit den Einkäufen für das Osterfest beschäftigt. Bis einschließlich Karsamstag beläuft sich das mit dem Essen auf das Nötigste, es gibt Knibbelbrei, Schnibbelkuchen, aufgebratenes Püree, Milchsuppe mit Pflaumen drin. Am Karfreitag ist sowieso nur eine sättigende Mahlzeit erlaubt. Aber für den Sonntag soll es etwas Besonderes sein. Auf Gut Hellenbroich, einem der Höfe in der Bauerbahn, wohin sie einmal die Woche zum Nähen geht, soll sie an Gründonnerstag einen Hasen bekommen. Sogar von etwas Bohnenkaffee ist die Rede. Sonst gibt es immer nur Kathreiners Malzkaffee.

In der Mannheimer Kunsthalle eröffnet an Gründonnerstag eine graphische Ausstellung. Unter dem Titel »Gesicht der Zeit« werden Arbeiten von Künstlern wie Munch, Kirchner, Nolde, Heckel, Kokoschka und Beckmann gezeigt. Welches ist aber das Gesicht der Zeit? Der *verlorene Sohn* auf dem gleichnamigen Gemälde von Giorgio de Chirico aus dem Jahr 1922 hat überhaupt keins. Sein roter grob geschnitzter Kopf hat keinen Ausdruck. Sein Körper ist der einer künstlichen Puppe, aus Versatzstücken geschraubt, verdrahtet und gelötet. Er ist ein *manichino,* eine Gliederpuppe, ein surrealer Bruder Pinocchio, der die Vereinsamung des modernen Menschen mit der visionären Kraft eines blinden Sehers der Antike verbinden soll. Eine solche Figur hatte de Chirico in dieser Zeit immer wieder gemalt. Als verlorener Sohn aber strahlt er nichts Seherhaftes aus, nurmehr Hilflosigkeit, wie er dem Vater unsicher entgegenstapft, wobei seine linke Hand, auf der Schulter des Vaters ruhend, das einzig Lebendige an ihm ist. Sein Vater ist aus hellem Marmor. Er ist der Uralte, fest in sich Ruhende, während der

Sohn ein künstlicher Apparat ist, hervorgebracht von einer neuen Zeit, die ihrer selbst nicht sicher ist.

Ein Uralter, dem die neue Zeit ganz und gar nicht behagt, ist auch Stefan George, obwohl erst 53 Jahre alt. Früh ergraut und mit einem schon greisenhaften Haupt ausgestattet, was seine anziehende Wirkung auf verträumte junge Männer allerdings nicht mindert. Am Gründonnerstag, dem 13. April, trifft er in Begleitung des erst 21-jährigen Johann Anton in Königsfeld im östlichen Schwarzwald ein. Im Februar war ihm dieser hoffnungsvolle Jüngling in Marburg präsentiert worden, von dem noch einmal anderthalb Jahre jüngeren Max Kommerell, der in dieser Zeit Georges Mädchen für alles wurde und dem langjährigen Lieblingsjünger Friedrich Gundolf den Rang ablief. Denn Gundolf, im Brotberuf berühmter Literaturprofessor in Heidelberg, hat sich erfrecht, seine Studentin Elli Salomon ernsthaft heiraten zu wollen, gegen den erklärten Willen des Meisters. George verzeiht so etwas nicht, wenn er seine Augen auch längst woanders hat. Der Hans, wie er Johann Anton nennt, erscheint ihm wie ein Prinz, und er findet, er habe sogar Ähnlichkeit mit ihm selber. Über die Ostertage hat man sich nun bei Edith Landmann einquartiert, einer der wenigen Frauen, die George gerne um sich duldet. Landmann hat in dem Luftkurort ihr krankes Töchterchen in Pflege gegeben. Die Luft ist wirklich gut an diesen Ostertagen, zumal niemand im Kreis um George weiß, wo der Dichter sich aufhält. Außer Johann Anton natürlich, der ihm nun täglich den Tee bereiten darf. Gottfried Benn muss dagegen auch zu Ostern allein sein. Deshalb schreibt er Gertrud Zenzes, diesmal als »liebstes Schnuckchen« angeredet, an Karsamstag einen besonders netten Brief, so wie Rilke es vor Weihnachten mit Baladine gehalten hatte.

Franziska aber muss nähen und am Ostersonntag den Hasen auf den Tisch bringen. Es ist jetzt abends wieder hell und warm, und auf dem kleinen Balkon, wo man die Ringeltauben rufen hört, hat sie in einem länglichen Blumenkasten Margeriten gesät. Jeden Morgen muss sie Vinzenz, ihren Bruder, wecken, damit er nicht zu spät zur Arbeit kommt. Sie steigt die Treppen hoch zu den Mansardenzimmern, klopft an der Tür und ruft seinen Namen. Sie klopft auch beim Vater, aber der hat seit Wochen keine Arbeit und steht nicht gerne auf. Die Großmutter trinkt ihren Kaffee im Bett und weicht sich eine Scheibe Zwieback ein. Für den Weg in die Bauerbahn braucht Franziska zu Fuß eine Dreiviertelstunde. Durch Schillerstraße und Dreikönigenstraße, an der Kirche vorbei, über die Schorlemerstraße, am Stadtgarten entlang. Die Obstbäume blühen jetzt in den Vorgärten und die Forsythien, und in den Beeten am Stadtgarten die Narzissen. Franziska geht in ihrem schwarzen Kleid wie alle Tage, ihre Mutter ist noch nicht ein halbes Jahr tot, und sie kann unmöglich eine helle Bluse tragen. Ein Stück am Nordkanal entlang, dann die Gladbacher Straße, die sich immer in die Länge zieht, nahe am Friedhof hört die Stadt auf, beim Kallenhof hat sie die Bauerbahn erreicht. Auf den Feldern, die kürzlich noch gefroren waren, wird der Dünger ausgebracht. Man kann Franziska auf Hellenbroich gut leiden, aber nähen muss sie, was man ihr hinlegt. Am Abend tritt sie den Rückweg an, mit dem Hasen im Gepäck und einer kleinen Blechdose mit Kaffeebohnen. Sie zündet noch ein Licht bei ihrer Mutter an. In der Kirche feiern sie das

Letzte Abendmahl, mit Fußwaschung und Ölbergwache, da kann sie mit dem Hasen in der Tasche nicht hinein.

Walther Rathenau ist nicht nur Reichsaußenminister, sondern auch ein guter Sohn. Deshalb schreibt er an hohen Feiertagen (so er nicht zu Hause ist) eine Postkarte an seine Mutter. Hier ist sein Gruß vom 16. April 1922: »Heute, am Ostersonntag, hab ich einen Ausflug nach Rapallo gemacht. Das Nähere in der Zeitung… Herzlichen Gruß, W.« Was war geschehen? Gegen halb drei Uhr in der Osternacht war der Minister, nein, nicht geweckt worden, denn er ging in seinem Zimmer unruhig auf und ab, weil die Verhandlungen in Genua mehr als schlecht liefen. Mitten in der Nacht aber klopfte es an seiner Tür. Draußen stand einer seiner Mitarbeiter, Adolf Georg Otto von Maltzahn, Leiter der Ostabteilung im Auswärtigen Amt. »Ich nehme an, dass Sie mir das Todesurteil bringen«, soll Rathenau zu von Maltzahn gesagt haben. Aber der hatte eine ganz andere Nachricht. Vor einer halben Stunde hatte er einen Anruf des sowjetrussischen Delegationsleiters erhalten. Georgi W. Tschitscherin bot den Deutschen Verhandlungen über ein deutsch-sowjetisches Wirtschaftsabkommen an, gleich morgen, also heute, solle man sich treffen. Von Maltzahn habe zuerst entgegnet, am Sonntag könne er nicht, da müsse er doch zur Kirche gehen. Als aber Tschitscherin das Wort von der Meistbegünstigungsklausel für Deutschland fallen ließ, setzte er sich über dieses Gebot hinweg und machte sich auf den Weg zu seinem Chef. Es ging also um ein bilaterales Handelsabkommen, in dem sich beide Länder verpflichteten, keinem weiteren Land bessere Bedingungen einzuräumen als dem jeweils anderen. Rathenau wollte die überraschende Offerte zuerst nutzen, um damit zu Lloyd George zu gehen und Druck auf die Westmächte auszuüben. Von Maltzahn aber sagte ihm, das könne er nicht machen, das sei ehrlos. Das sah Rathenau ein, und so wurde gleichsam noch in den Stunden der Auferstehung der besagte Ausflug nach Rapallo vereinbart, das eine halbe Autostunde östlich von Genua liegt. Dort trafen am Ostersonntag der deutsche Reichskanzler Joseph Wirth und sein Außenminister auf die sowjetische Gesandtschaft, bei Sonnenschein und unter Palmen, unter dem blauen ligurischen Himmel, und einigten sich in aller Eile auf ein wahrhaft historisches Abkommen. Beide Staaten verzichteten auf den Ersatz ihrer Kriegskosten und Kriegsschäden, leiteten die Aufnahme diplomatischer Beziehungen ein und gewährten einander Meistbegünstigung in ihren Wirtschafts- und Handelsbeziehungen. Deutschland war somit das erste Land, das die kommunistische Regierung Sowjetrusslands offiziell anerkannte, und machte dadurch selbst einen Schritt aus der Isolation, wenn auch in einer unerwarteten Richtung. All das konnte Mutter Rathenau anderntags in der Zeitung nachlesen. Was die Westmächte davon hielten, allerdings auch. Die hinter ihrem Rücken vereinbarte Allianz wird als Bedrohung empfunden, man sieht die Hunnen kommen, und die Konferenz von Genua steht kurz vor dem Abbruch.

Zwei Tage und drei Nächte lang hat er im Keller gehangen, vom Letzten Abendmahl bis zur Auferstehung. Jetzt holt Vinzenz den Hasen nach oben. Franziska hat noch niemals einen Hasen zubereitet. Es ist eine blutige Angelegenheit. Wie es geht, haben sie ihr auf dem Gut erklärt. Man solle einen jungen Hasen niemals beizen, seines feinen Geschmackes wegen, was bei einem alten Hasen stets geschehen müsse. Dieser Hase hier ist jung. Der Vater hat ihm schon das Fell abgezogen, ihm mit dem Beil den Kopf abgeschlagen. Vinzenz hat ihm den Hals, die Vorderläufe und die Brust abgeschnitten mit demselben Messer, das für Brot genommen wird. Es gilt nun, die Schenkelknochen mit dem Messerrücken zu zertrümmern, damit sie sich rund zusammenziehen während des Bratens. Dann wird der Hase auf den Rost gelegt und kommt bei guter Hitze in den Ofen. Man soll noch Speckscheiben auflegen, aber Speck ist keiner da, und den Saucenfonds mit Sahne verlängern, aber Sahne ist auch heute nicht im Haus. Dafür gibt es reichlich Kartoffeln und Apfelmus, das gibt es immer. Aller Augen warten auf Dich, o Herr, Du gibst ihnen Speise zur rechten Zeit. Du tust Deine milde Hand auf und erfüllest alles, was da lebt, mit Segen. Amen.

Zweckfreies Blühen

Am Ostersonntag hat der neue Papst der Stadt und dem Erdkreis seinen Segen gespendet. Vom Weltfrieden aber kann keine Rede sein. Am Ostermontag wird in Dublin ein Attentat auf den Regierungschef verübt. Michael Collins bleibt unverletzt, auch sonst ist niemand zu Schaden gekommen, aber die Unruhen im Land weiten sich aus. Am Dienstag werden in Berlin zwei türkische Politiker von Angehörigen einer armenischen Geheimorganisation ermordet. Sie gehörten zur türkischen Kriegspartei, die von den Exilarmeniern für den während des Weltkriegs in Ostanatolien verübten Völkermord verantwortlich gemacht wird. Ebenfalls am Dienstag wird in der oberschlesischen Stadt Gleiwitz ein Stadtverordneter und Führer der polnischen Partei Oberschlesiens von einem Unbekannten erschossen. Die Grenzen in Oberschlesien sind mehr als drei Jahre nach Kriegsende noch immer strittig.

Am Mittwoch kommen in Genua Wirth und Rathenau wieder mit Lloyd George zusammen; zumindest der Brite redet noch mit ihnen. Die Franzosen streben dagegen an, den Vertrag von Rapallo annullieren zu lassen. Angehörige der Deutschnationalen Volkspartei kritisieren den hohen Anteil von Juden in der deutschen Delegation.

Eliot verabredet sich mit Mary Hutchinson. Sie möchte sich bitte gegen Viertel nach fünf am Piccadilly einfinden, am Eingang zur Regent Street. Das sei für ihn am günstigsten, weil er ohnehin in der Gegend sei. Am Donnerstag schreibt er an Sidney Schiff, er habe eine Woche krank im Bett verbracht und stehe kurz davor, das mit der Literatur ganz sein zu lassen. Wie viel Kraft es koste, gegen die Zeit, die Müdigkeit, das Kranksein anzukämpfen, werde von keinem anerkannt. Am Freitag ist das schöne Osterwetter vorbei, die Temperaturen in Berlin fallen auf 3 Grad Celsius.

Dabei blüht in ganz Europa schon der Flieder, hervorgetrieben aus der toten Erde. Eliot sieht ihn auf dem Weg zur Lloyds Bank, Franziska sieht ihn, wenn sie mit ihrer Freundin Maria spazieren geht, im Stadtgarten und an der Obererft, wo eine Brücke über die Bahngleise führt. Ob sie manchmal ans Wegfahren denkt? Wenn man mit dem Zug von Neuss nach Köln fährt, dann kommt man in der Anfahrt auf den Kölner Hauptbahnhof an Häusern vorbei, die so dicht an die Bahnstrecke gebaut sind, dass man fast meinen kann, aus dem offenen Fenster mit der Hand hinüberzureichen in die Wohnungen der Menschen in diesen Häusern. Eine ähnliche Erfahrung mit der Berliner Stadtbahn beschreibt Joseph Roth in einem seiner wunderbaren Feuilletons, erschienen am 23. April 1922 im *Berliner Börsen-Courier.* Eine Fahrt mit der Stadtbahn, schreibt Roth, könne so lehrreich sein wie eine Weltumsegelung: »Denke ich mir die Hinterhöfe noch trostloser, ihre Fliederbäume noch verkümmerter und die Mauern noch ein paar Meter höher und die Kinder noch um wenige Schatten bleicher – so bin ich in New York gewesen und habe die Bitterkeit der größten Städte genossen.« Auf der Vorbeifahrt an Fenstern und Balkonen blickt er in Menschenleben, die er lesen kann für einen Augenblick, wie das geduldige Tun eines blonden Mädchens, das Sand aus kleinen Spielzeugschüsseln in einen rötlichen Blumentopf gibt. Er gewahrt einen alten Herrn, der unaufhörlich liest, und einen Jungen, der in den schimmernden Trichter eines Grammophons lauscht. Und er liest das Lebensgefühl der Menschen am Zustand ihrer Bäume ab: »Kein Fliederbaum in einem Hinterhof, der nicht trocknende Wäsche schleppte. Das macht das Traurige dieser Höfe: Wie selten ein Baum, der nur blüht, keinen Zweck hat, als auf Sonne und Regen zu warten und beides genießend zu empfangen, und Dolden trägt, blaue und weiße.«

Zweckfreies Blühen war das Geschäft der Dichterin Else Lasker-Schüler, die seit 1894 in Berlin lebte, mittlerweile dreiundfünfzig Jahre alt war und weiterhin ihren Platz als schreibende Frau behauptete, auf engstem Raum ihres Dachzimmers im Hotel Koschel in der Motzstraße am Nollendorfplatz, dem späteren Sachsenhof, wo sie seit 1918 wohnte.

Nach dem Krieg war sie durch die Uraufführung ihres Dramas *Die Wupper* am Deutschen Theater zu neuem Ruhm gekommen, reich wurde sie davon so wenig wie von ihren Gedichten. Im April 1922 kam sie als einzige Frau in der Reihe »Berlin und die Künstler« in der *Vossischen Zeitung* zu Wort und erläuterte ihre nur in der Großstadt mögliche Existenz. Ihr Schöpfertum sei unabhängig von jedem Lebensort, aber leben könne sie nur hier. Wer auch nur in sich einen Baum oder einen Pfad gefunden habe, dem komme die Stadt, in der er lebe, kaum in Betracht. Und erst recht gar nicht dem schaffenden Menschen, dem es vergönnt sei, vom Leuchtturm seines brausenden Herzens über eine Hauptstadt blicken zu dürfen, über Berlin, den unendlichen Häuseracker. Donnerwetter mutig sei es eben, mitten in der Stadt sich unter Verschiedenart der Menge zu begeben: »Aus unserer Stadt schallt der Schrei, das Getöse der Technik; die Furcht vor dem Tode trägt ein warnendes Gesicht hinter geschminkten leeren Masken, die Sehnsucht aber steigt sofort in den Mond.«

Das war gar nicht so weit weg von den Empfindungen, die den Großstadtbewohner T. S. Eliot dazu brachten, Veilchenpuder aufzulegen, wenn er sich in den Straßen Londons bewegte: »Ich fühlte mich weder / Tot noch lebendig, und alles war weg, / Als ich ins Herz des Lichts sah, die Stille. / *Öd' und leer das Meer.*« So hatte er es an einer besonders berührenden Stelle seines Gedichts formuliert.

In derart desolater Verfassung scheint Eliot auch in diesem April wieder zu sein. Ezra Pound wird jedoch niemals zulassen, dass er sich als Schriftsteller zur Ruhe setzt, er arbeitet vielmehr daran, ihn von allen anderen Belastungen freizustellen. Allerdings ist er an Eliots Niedergeschlagenheit nicht ganz unschuldig, denn eine Anzeige für die Spendenkampagne Bel Esprit hatte dessen Bedürftigkeit und angegriffene Gesundheit öffentlich gemacht, wodurch sich Eliot bloßgestellt fühlte und um sein Ansehen fürchtete, nicht zuletzt bei der Bank. Am 23. April tritt Pound erneut in Aktion und wirbt bei Thayer um Verständnis für Eliots Hartleibigkeit, was die finanziellen Bedingungen angeht. Er habe gehört, dass es für George Moore spezielle Konditionen beim *Dial* gebe, aber nicht für ihn, und das habe ihn ganz einfach aufgebracht. Doch sechs Bände Moore seien nichts gegen Eliots Gedicht, und außerdem sei Moore senil.

Der irische Schriftsteller George Moore war zu diesem Zeitpunkt siebzig Jahre alt. Er hatte mit seinen frühen Romanen durchaus provoziert, Tabus gebrochen, die Kirche kritisiert und sich einen Freiraum gegenüber traditionellen Moralvorstellungen erschrieben, galt aber nun als einer vom alten Schlag. Kampflos wollte er den jungen Avantgardisten jedoch nicht das Feld überlassen. Bei einem Essen im Restaurant Voltaire legte er am 25. April gegen Joyce los, wie sein Tischgenosse, ein gewisser Barrett Clark, festgehalten hat. Jemand habe ihm kürzlich ein Exemplar des *Ulysses* in die Hand gedrückt, er solle es unbedingt lesen. Aber wie solle man sich durch solches Zeug hindurchpflügen? Er habe hineingelesen, hie und da, aber sich fürchterlich gelangweilt. Joyce hielte sich offenbar für einen großen Romancier, weil er all die schmutzigen kleinen Wörter verwende. Ob Clark nicht wisse, dass er seine Ideen von Éduard Dujardin habe? Joyce sei ein Niemand aus den Docks von Dublin, keine Familie, keine Erziehung. Auch das *Porträt des Künstlers als junger Mann* habe man ihm einst geschickt, ein Buch ganz ohne Stil und Würde; so etwas habe er auch mal geschrieben, *Bekenntnisse eines jungen Mannes,* aber wozu das gleiche Buch noch mal schreiben, ohne es besser zu machen? *Ulysses* sei ein hoffnungsloser Fall, absurd, sich vorzustellen, es könne zu etwas Gutem führen, jeden Gedanken und jede Wahrnehmung eines Menschen aufzuzeichnen, dabei komme keine Kunst heraus – da könne man doch gleich das Londoner Telefonbuch abschreiben. Und wovon lebe dieser Joyce eigentlich, dessen Bücher sich nicht verkauften? Ob er vielleicht Geld habe? Das möge Clark doch bitte schön mal herausbekommen.

Éduard Dujardin war ein französischer Autor, der bereits im Jahre 1897 in seinem Roman *Die Lorbeerbäume sind geschnitten* eine Erzähltechnik erprobt hatte, die dem von Joyce im *Ulysses* geschaffenen Bewusstseinsstrom nahe kam. Während Joyce von Moores ungünstiger Meinung nichts erfuhr, konnte ihn die Rezension von Middleton Murry im *Atheneum* auch nicht fröhlich stimmen. Murry rieb sich zunächst an der bewundernden Feststellung Valéry Larbauds, Joyce habe mit seinem Roman Irland einen glanzvollen Wiedereintritt in die europäische Literatur verschafft. Europa? Joyce, so Murry, sei der Mann mit der Bombe, der die verbliebenen Reste Europas in die Luft jage. Seine Position sei die eines Anarchisten und sein Buch ein gewaltiger Akt der Selbstverletzung, ausgeführt von einem halbirren Genie, das alle Hemmungen und Begrenzungen abstreife. Dennoch handele es sich bei dieser transzendentalen Buffonerie um eine Großtat. So ist das mit den Rezensionen; erst wartet man drauf, und wenn sie dann kommen, ist es auch nicht gut.

Am Montag, dem 24. April, unterzieht sich Wladimir Iljitsch Lenin einer Operation. Entfernt wird eine Kugel, die vor Jahren bei einem Attentatsversuch in seiner Schulter stecken geblieben war. Wie die Ärzte in Moskau sagen, geht es dem Patienten gut. Die *Münchener Medizinische Wochenschrift* berichtet aus dem sächsischen Leisnig, die dortigen Ärzte seien übereingekommen, künftig nur noch die jeweils gültigen Brotpreise als Grundlage ihrer Honorarberechnungen zu verwenden. So wirft die bald einsetzende große Geldentwertung bei den Hellsichtigen schon ihre Schatten voraus.

Am Dienstag ist Reichspräsident Ebert auf einem Empfang der Kölner Gesangvereine zu Gast. Dabei betont er die Zugehörigkeit des Rheinlands zum Deutschen Reich. Das ist nötig, weil es im Rheinland seit Kriegsende auch eine separatistische Bewegung gibt, die für die Loslösung der Rheinlande von Berlin und für eine Rheinische Republik eintritt. Die Bewegung wird von Frankreich unterstützt, manchmal sagt man auch dem Kölner Oberbürgermeister Konrad Adenauer gewisse Sympathien in dieser Richtung nach. Immerhin ist Frankreich ein wenn auch laizistisches, so doch im Kern katholisches Land, die Strecke von Köln nach Paris ist unleugbar um rund 100 Kilometer kürzer als diejenige von Köln nach Berlin, und insgeheim hält man am Rhein auch nur die Gegenden für kultiviert, die einmal zum Römischen Reich gehört haben und in denen es traditionell auch mehr arbeitsfreie Tage gibt. Da trifft es sich, dass der amtliche preußische Pressedienst am Mittwoch erklärt, am kommenden Montag, dem 1. Mai, sei nicht schulfrei, weil es sich beim Tag der Arbeit nicht um einen gesetzlichen Feiertag in Preußen handele. Das kann den Menschen in der Rheinprovinz nicht gefallen. Allerdings beeilen sich die rheinischen Parteien, bereits am Donnerstag in Königswinter eine Entschließung zu verkünden, worin sie den separatistischen Bestrebungen eine klare Absage erteilen.

Eliot ist nach wie vor erschöpft und sucht nach einer Luftveränderung. Seit der Woche vor Ostern seien Vivien und er schon krank, schreibt er an Ottoline Morrell, sie seien dringend erholungsbedürftig, er könne aber nicht schon wieder einen Urlaub bei der Bank einreichen. Daher hätten sie vor, sich für ein paar Wochen ein Hotel außerhalb der Stadt zu suchen, gern in Brighton, das sie beide noch nicht kennen. Von dort aus komme er morgens bequem mit dem Zug in die Stadt. Ob sie ihm eines empfehlen könne? Es dürfe ruhig teuer sein, wenn man dann dort sei, könne man sich ja immer noch ein günstigeres suchen. An der Kanalküste gelegen ist Brighton, mit seinem imposanten Pier, das älteste und größte englische Seebad. Eines seiner Hotels, das Metropole, hat in *The Waste Land* sogar einen versteckten Auftritt, wenn Mr Eugenides, Kaufmann aus Smyrna, dem Erzähler gewisse Offerten macht: »... Und lud mich in demotischem Französisch / Zum Essen ein ins Cannon Street Hotel / Und übers Wochenende noch ins Metropole.« Tom und Vivien fuhren am Ende nie nach Brighton.

Am 26. April wird am Hessischen Landestheater in Darmstadt Hölderlins Übersetzung der Sophokles-Tragödie *Ödipus Tyrann* uraufgeführt, wie man liest, unter großem Beifall. Gewiss hatten Freuds Schriften dazu beigetragen, dass man beim Namen Ödipus sofort aufhorchte. Aber auch der Name des Übersetzers trug frischen Glanz. Hölderlin, fast achtzig Jahre tot, zuvor ein halbes Leben lang als Pflegefall im Tübinger Turm, war seit seiner Neuentdeckung im George-Kreis ein unvermuteter Gegenwartsdichter geworden, ein Kultautor. Norbert von Hellingrath, vor Verdun gefallen, hatte Hölderlins unbekanntes Spätwerk, freirhythmische Gesänge von ebenso großer Schönheit wie Dunkelheit, im Archiv der Württembergischen Landesbibliothek in Stuttgart gefunden und entziffert und unter Georges Aufsicht mit der Edition begonnen. 1915 hielt er in München zwei berühmt gewordene Vorträge, »Hölderlins Wahnsinn« und »Hölderlin und die Deutschen«, worin er diese zum Volk Hölderlins erklärte. Auch Rilke, der mit Hellingrath befreundet war, saß damals im Publikum. Das nationale Pathos war ihm fremd, aber die Vorstellung vom Dichter als Gefäß einer großen Offenbarung passte zu seinem Nachdenken über den seltsamen Auftrag, den er dem Engel der Elegien verdankte.

Eine solche Wiedergeburt eines zu Lebzeiten kaum bekannten und seither fast vergessenen Dichters hatte es noch nie gegeben. Welchen Ton deutschsprachige Dichter also um 1920 anschlugen, hing nicht zuletzt damit zusammen, wie sie es mit Hölderlin hielten. Das prophetische Reden, die ständige Anrufung der Götter und der hohe, ergriffene Ton waren für George wie für Rilke eine Bestätigung in ihrer ohnehin empfundenen Aufgabe, einer haltlos gewordenen Welt neue Mythen zu stiften. Auch der jung verstorbene Georg Trakl, der 1914 als überforderter Feldapotheker in der Schlacht von Grodek selbst fast wahnsinnig geworden war, zeigte sich von Hölderlin berührt.

Ganz anders Gottfried Benn, der als abgefallener Pastorensohn für die bei Hölderlin immer mitschwingende Religiosität keine Antenne hatte. Ganz anders auch der junge Brecht, der später von der »pontifikalen Linie« der deutschen Dichtung sprechen und das nicht positiv meinen wird. Johannes R. Becher wiederum, ein glühender Parteigänger der Kommunisten und wie Benn und Trakl in der berühmten *Menschheitsdämmerung* mit seinen Gedichten vertreten, hielt große Stücke auf Hölderlin. Während Brecht und Becher früh wussten, wo es für sie hingehen sollte, befand sich Benn 1922 in einer Lage, in der ihm rein gar nichts mehr gefiel, Blumen, Frauen und das Feierabendbier einmal ausgenommen. »Wie soll man da leben? Man soll ja auch nicht …« Ungeachtet seiner Apathie war Benn ein zugewandter und sozialer Arzt. Arbeitslose behandelte er umsonst und ebenso die Huren, die zahlreich zu ihm kamen, weil er sie ohne jeden Hochmut sah. Der Verleger Heinz Ullstein notiert in seinen Memoiren ein Gespräch mit einer Prostituierten in einem Café in der Belle-Alliance-Straße, in dem diese von ihren regelmäßigen Arztbesuchen sprach. Als Ullstein sich nach dem Namen des Arztes erkundigte, bekam er zu hören: »Ach, den kennen Sie doch nicht. Den kennen nur wir. Er ist ein netter Mann. Ein gewisser Dr. Benn.«

Das unabhängige Königreich Ägypten präsentiert seine neue Nationalflagge. Sie zeigt einen weißen Halbmond mit weißen Sternen auf grünem Grund, denn Grün ist in der islamischen Welt die Farbe des Kalifats. Das geschieht am Donnerstag, dem 27. April, und schon im Jahre 1922 ist der Donnerstag ganz offenbar der Tag, an dem neue Filme ins Kino kommen. An diesem Tag ist es Fritz Langs neues

Werk *Dr. Mabuse, der Spieler*. Ort der Premiere ist der Ufa-Palast am Zoo, und weil der Film Überlänge hat, viereinhalb Stunden, wird zunächst nur der erste Teil gezeigt: »Ein Bild der Zeit«. Was für ein Bild das ist und welche Botschaften von Langs Film ausgehen, machen schon die Zitate im Vorspann deutlich: »Es gibt keine Liebe, – es gibt nur Begehren! – Es gibt kein Glück, – es gibt nur Willen zur Macht!« Das klingt ganz nach einer wohlkalkulierten Mischung aus Nietzsche, Freud und »Babylon Berlin«, und tatsächlich ist Dr. Mabuse ein anerkannter Psychoanalytiker. Er spielt mit Menschen und Menschenleben, und unter dreizehn verschiedenen Masken nutzt er neben bewährten alten Techniken wie Mord, Raub und Falschmünzerei die neu zu Ehren gekommene Hypnose, um die Menschen in einer ebenso chaotischen wie vergnügungssüchtigen Welt zu manipulieren.

»Die Zeit nach dem Ersten Weltkrieg war für Deutschland eine Zeit der tiefsten Verzweiflung, der Hysterie, des Zynismus, des ungezügelten Lasters. Entsetzliche Armut war neben ganz großem und neuem Reichtum«, resümierte Lang, der mit seiner Frau Thea Harbou auch das Drehbuch für *Dr. Mabuse* geschrieben hatte. Wie Murnaus *Nosferatu* appelliert Langs *Dr. Mabuse* an die Ängste der Menschen, die sich, eben aus dem Krieg davongekommen, nun ungeschützt und orientierungslos einer neuen Zeit ausgeliefert sahen. Wenn es aber in Murnaus Vampirfilm eher Urängste sind, die angesprochen werden, so waren es in Langs Film Gefühle der Machtlosigkeit gegenüber einer undurchschaubar anonymen Größe, die als Bild der Zeit wahrgenommen werden konnte. Es war unmöglich geworden, das Ganze zu übersehen. Das beschrieb ein paar Jahre später auch Karl Jaspers in *Die geistige Situation der Zeit.* Die Schrift des Heidelberger Philosophen bedenkt, wie es um die Menschen in den modernen Industriegesellschaften nach dem Krieg bestellt war, und liest sich auch noch heute mit Gewinn, man sollte sie nur nicht aufschlagen, wenn man müde ist. Die Situation der Zeit wird demnach bestimmt durch Ausbreitung der Technik und Herrschaft der Masse: »Technik und Masse haben einander hervorgebracht. Technische Daseinsordnung und Masse gehören zusammen.« Weswegen sich der Einzelne nicht anders als unbedeutend und ausgeliefert fühlen kann, wie es Franz Kafka in seinen Romanen auf so beunruhigende Weise erzählt.

Woolfs waren über Ostern auf ihrem Landsitz Monk's House in Rodmell (East Sussex) gewesen, wo es weder Strom noch fließendes Wasser gab, dafür aber die idyllische Landschaft der South Downs. Allerdings musste das Wetter mitspielen. »Wir haben den schlimmsten Frühling, den es je gab«, notiert Virginia am 27. April, zurück in Hogarth House in Richmond. »27 Tage beißender Wind, blind machender Regen, Böen, Schneestürme, Stürme jeden Tag. So war Rodmell nur ein eingeschränktes Vergnügen.« Wie das Wetter, so lässt auch die politische Situation zu wünschen übrig. Woolf ist in ihren Urteilen unerbittlich, und Premierminister Lloyd George kann in ihren Augen überhaupt nichts: »Die ganze Politik wird heute von einer einzigen Persönlichkeit beherrscht, an die niemand glaubt.«

Freilich sollte auch Lloyd George, wie die meisten damaligen europäischen Regierungschefs, das Jahr 1922 nicht im Amt beenden. Nachhaltiger war da schon die neue Literatur, ob man sie mochte oder nicht. Am 29. April erscheint im *Outlook* eine weitere Rezension zu *Ulysses*, verfasst von Arnold Bennett, einem einflussreichen Kritiker. Er lobt die Circe-Episode und besonders Mollys Monolog; etwas Besseres habe er nie gelesen, und kaum jemals etwas, das ihm gleichkäme. Aufs Ganze gesehen aber findet auch Bennett den Roman verstiegen, langweilig, mutwillig obszön. Ihn zu lesen sei eine Strafe. Joyce halte es offenbar für wahres Künstlertum, den Lümmel zu geben. Mancher Leser könne diese Lektüre gar nicht erst zu Ende bringen, weil er unterwegs einen Schock erleide. Und mancher Leser dieser Rezension wird dann von dem Roman gleich wieder Abstand genommen haben. Joyce konnte es in diesem Fall gleichgültig sein, es gab Wichtigeres im Leben: Nora und die Kinder waren gesund wieder in Paris angekommen.

V.

Maifeiern

Am 1. Mai regnet es in Berlin in Strömen. 400 000 Menschen und fast ebenso viele Regenschirme sind im Lustgarten versammelt, um den internationalen Tag der Arbeit zu begehen. Wenn dieser Tag auch in Preußen und im Reich kein Feiertag ist (lediglich in den links regierten Ländern Sachsen, Thüringen und Hamburg ist das anders), so haben doch MSPD, USPD und KPD in ganz Deutschland zu gemeinsamen Kundgebungen aufgerufen, um den Achtstundentag zu sichern und für Freiheit und Sozialismus oder für den revolutionären Klassenkampf auf die Straße zu gehen (nur in Hamburg demonstrieren die Kommunisten für sich, weil sie sich auf den Erhalt der Republik nicht einigen können). »Jedermann weiß, dass dieser riesenhafte Wirtschaftskörper Groß-Berlin an die vier Millionen Menschen umfasst, aber dennoch kann man sich von der Zahl im Allgemeinen eine schlechte Vorstellung machen«, stand anderntags im *Vorwärts*, dem Zentralorgan der Sozialdemokratie, zu lesen. »Gestern aber, am 1. Mai, bekam man doch einen ungefähren Begriff von der Tatsache, dass Hunderttausende auf den Beinen waren, um ihren Willen zum Ausdruck zu bringen.« Die Demonstrationen verlaufen fast überall friedlich. Nur in Leipzig kommt es zwischen Angehörigen der Universität und jungen Arbeitern zu einer Prügelei um eine schwarz-rot-goldene Fahne. Bei den Demonstrationen zum Kampftag der Arbeiterklasse in Moskau fehlen erstmals seit der Oktoberrevolution Transparente, die die Weltrevolution einfordern.

Rilke, der in Muzot Besuch von Nanny Wunderly hat, wird sich nur noch entfernt an seine eigenen revolutionären Verstrickungen erinnern. Das war im Winter 1918/19 in München gewesen. Damals hatte er seine Wohnung in der Ainmillerstraße sogar für heimliche Treffen revolutionärer Schriftsteller geöffnet und Versammlungen besucht, bei denen Leute wie Max Weber und Erich Mühsam sprachen, aber auch einfache Soldaten. Er schätzte Kurt Eisner, der nach Ausrufung des Freistaats Bayern Ministerpräsident einer sozialistischen Republik geworden war. Doch Eisner wurde im Februar 1919 ermordet, wie kurz zuvor in Berlin Rosa Luxemburg und Karl Liebknecht von Ultrarechten ermordet worden waren. Die Münchner Räterepublik hielt sich nur bis Mai, und da Rilkes konspirative Wohnung unter deren Schutz gestellt worden war, fürchtete er nach einem Putsch von rechts um seine Sicherheit. So war er im Juni 1919 in die Schweiz gereist und hatte Deutschland für immer verlassen. Wie lange das her war, dieses Leben vor den Elegien! In der Welt draußen sah es anders aus. Die junge parlamentarische Demokratie in Deutschland war von Beginn an den Angriffen ihrer Feinde ausgesetzt, besonders denen der rechtsextremen Aufrührer, die frustrierte Weltkriegssoldaten um sich scharten. Die bisher gefährlichste Lage war während des Kapp-Putsches im März 1920 entstanden, bei dem man erstmals aufgemalte weiße Hakenkreuze sah. Der Putsch war durch einen von den Sozialdemokraten ausgerufenen Generalstreik abgewendet worden. Kapp stand in diesen Tagen in Berlin vor Gericht. In Weimar wurde am Maifeiertag ein Denkmal für die Märzgefallenen eingeweiht, das Bauhausdirektor Walter Gropius entworfen hatte. In Gestalt eines gefrorenen Blitzes aus Beton erinnerte es an acht Arbeiter und eine Arbeiterin. Dabei lehnte Gropius die Errichtung von Denkmälern eigentlich ab und plädierte dafür, die dafür benötigten Baustoffe für andere Zwecke zu verwenden, wie es dem ganz auf Funktionalität gerichteten Denken seiner Schule entsprach.

Am 2. Mai kommt *Sodome et Gomorrhe II* in die französischen Buchläden, die Fortsetzung von Marcel Prousts schon jetzt legendärem Romanwerk, dessen Ende er selbst noch gar nicht absehen kann. In den Pariser Salons reden nun alle über dieses neue Buch, was kein Wunder ist, denn es spielt ja zum großen Teil in ebendiesen. Proust läuft als literarisches Tagesgespräch dem irischen Emporkömmling James Joyce den Rang ab. Er könnte bester Laune sein und ist es auch, denn gute Freunde sind frisch in Paris eingetroffen: Violet und Sidney Schiff, zugleich Freunde der Eliots, werden ein paar Wochen in der französischen Hauptstadt sein. Nun könnte gebührend gefeiert werden, wenn nicht Prousts angegriffene Gesundheit wäre.

Der feinsinnige Konsument delikater Substanzen hat sich erst kürzlich angewöhnt, Koffein durch Adrenalin zu ersetzen, womit er die sedierende Wirkung seiner Lieblingsdroge Veronal auszubalancieren gedenkt. Um sich für seine

Freunde fit zu machen, gönnt er sich eine unverdünnte Dosis, was seine Kehle und sein Magen nicht so gut finden. Drei Stunden lang schreit er laut vor Schmerz und kann für Wochen nichts als kühles Bier und Eiscreme zu sich nehmen, die man ihm morgens und abends aus dem Ritz bringt. Dennoch lässt er es sich nicht nehmen, die Schiffs ein paar Tage nach ihrer Ankunft mit zu seiner Schwägerin Marthe und seiner Nichte Suzy zu bringen, deren achtzehnten Geburtstag er kürzlich gefeiert hat. Hoffentlich komme Suzy nie auf den Gedanken, *Sodom und Gomorrha* zu lesen, vertraut er ihnen an, das sei keine geeignete Lektüre für ein junges Mädchen.

Gottfried Benn begeht an diesem Tag in aller Stille seinen 36. Geburtstag, ohne auf Gäste oder Nichten irgendeinen Wert zu legen. Von Gertrud Zenzes hat er einen Brief erhalten, für den er sich auf recht sibyllinische Weise bedankt. »Meine Zusammenhänge mit der Welt sind wieder äußerst minimal. Suppen, von denen ich immer noch lebe, geben mir eine gewisse Schwebe; die Praxis ist schwach, selten unterbricht eine Klingel meine sehr erwünschte Dämmerung. Dein Gesicht ist weich, Deine Lippen auch, manchmal küßte ich es gerne; dann ist es wieder erloschen wie ein Schein, der sich entfernt.«

Eine andere Art der Schwebe erlebte Ernest Hemingway in einem Hotel in Genua, worüber er am 2. Mai im *Toronto Daily Star* berichtet. Hemingway war als Reporter nach Genua gekommen und hatte einen der begehrten Presseausweise ergattert, mit denen man sich unter die russische Delegation im Hotel Santa Margherita mischen konnte. Er bewundere den Arbeitseifer der Russen, von denen viele vor vier Jahren noch im Gefängnis gesessen hätten; seine besondere Verehrung aber gehöre dem britischen Premier Lloyd George. Dieser hatte erklärt, er ziehe solche Konferenzen einem Krieg vor; allerdings habe er, Lloyd George, nie erlebt, wie ein italienisches Badezimmer in die Luft fliegt, Hemingway dagegen schon. Der Autor war durch die Luft gewirbelt worden und gegen einen Schrank geknallt, nach anderen Aussagen bis in die Halle gesegelt. Ein Pförtner hatte vergessen, einen Korken aus der Sicherung zu ziehen, die für den Boiler in Hemingways Bad verantwortlich war.

Die Mauersegler sind wieder zurück. Überall in den Städten suchen sie ihre Brutplätze auf, landen kurz an schartigem Gemäuer, kreisen schreiend und in Schwärmen um die Türme. An den Kastanien gehen die ersten Kerzen auf, Franziska sieht sie, wenn sie am Stadtgarten vorbeigeht. Sie geht jetzt an manchen Tagen bis nach Büttgen, an der Windmühle vorbei, auch da ist ein Hof, wo ihre Nähkünste gebraucht werden, und wenn es spät wird, bleibt sie dort über Nacht und teilt sich das Bett mit dem Hausmädchen. Vor der Tür ist ein Maibaum aufgestellt, eine junge Birke mit Schleifen und Girlanden, von wem die sei, mag Mia ihr nicht sagen.

Flieder und Kastanien blühen auch in Venedig, wo sich Ezra Pound aufhält, der einmal Abstand braucht von Paris. Wie er sich für andere ins Zeug legt, ist bewundernswert. Im *Dial* erscheint in diesem Monat seine triumphale Besprechung des *Ulysses*. Alle Menschen sollten dieses Werk gemeinsam preisen, erklärt er ganz im Duktus eines Evangelisten; wer da nicht mit einstimme, müsse sich mit einem

Platz auf den intellektuell minderwertigen Rängen begnügen. Joyce wird das runtergegangen sein wie Butter. Ob er deswegen Pounds »Canto VIII« gelesen hat, ebenfalls in dieser *Dial*-Ausgabe, ist zu bezweifeln. Am 6. Mai erkundigt sich Eliot bei Leonard Woolf nach Virginias Befinden, wie er höre, sei sie wieder krank. »Ich bete, dass es nichts Ernstes ist, und hoffe, von ihrer Besserung zu hören. Bitte versichern Sie sie meines aufrichtigen Mitgefühls: Wir wissen, was dauerndes Kranksein bedeutet, und ich denke, das wissen nur sehr wenige Menschen.«

Die französische Bergwerksdirektion an der Saar entlässt am 7. Mai dreitausend deutsche Arbeiter, die nicht im Saargebiet wohnen. An den staatlichen Theatern in Budapest wird der Großteil jüdischer Schauspieler entlassen. Es gibt eine Quote für jüdische Theaterleute, die nicht überschritten werden darf. Am 9. Mai wird in Moskau der Patriarch verhaftet, ebenso der Erzbischof. Die Würdenträger der orthodoxen Kirche verweigern die Herausgabe von Ikonen, deren Verkauf den Hungernden in Russland zugutekommen soll. Das Hotel Santa Margherita in Genua wird trotz der Explosion in Hemingways Badezimmer weiter für die hohe Diplomatie genutzt. Vertreter Moskaus und des Vatikans treffen dort eine Vereinbarung, die auf die Anerkennung der Sowjets durch die Kurie hinausläuft. Zugleich werden zwölf Menschen in Moskau wegen Protests gegen die Enteignung von Kirchenbesitz zum Tode verurteilt.

Gespieltes Leid hat in Oberammergau Premiere. Die um zwei Jahre aufgeschobenen Passionsfestspiele in dem oberbayerischen Wallfahrtsort beginnen. Der Jesusdarsteller ist seit 1900 derselbe, die Maria wird immer jünger. Aus einer

Tradition, die bis in die Zeit des Dreißigjährigen Krieges zurückreicht, als die Dorfbewohner nach überstandener Pest ein Gelübde einlösten, ist eine Attraktion für Gäste aus aller Welt geworden, besonders für Amerikaner. Am Bahnhof werden sie schon abgeholt und in die Pension Edelweiß, ins Ambrosia oder in den Bayerischen Hof geführt. In Muzot könnte Rilke die Sektkorken knallen lassen, wenn er nicht lieber Tee trinken würde. Werner Reinhart hat den Kaufvertrag für das Château besiegelt. Rilke wird nie mehr umziehen müssen; erstaunlicher ist, dass er das auch gar nicht mehr will.

Noch etwas anderes könnte Rilke in diesen Tagen feiern, er tut es auch, freilich auf seine Weise. Seine Tochter Ruth heiratet nämlich, und das bedeutet zugleich, dass Rilke nun ein Schwiegervater ist, was für einen Mann, der schon die Vaterrolle als ihm nicht gemäß empfand, keine ganz leichte Übung ist. »Wenn Du mich nennst, wie Ruth mich von klein auf genannt hat – Väterchen –, so verpflichtet mich das, wie es mich ihr gegenüber in einem tiefsten Sinne ergreifend verpflichtet hat«, so hatte er letztes Jahr an Carl Sieber, den neuesten Verlobten seiner Tochter, geschrieben, »nicht nur, als ob mein Kind mich anrede, sondern ein mir auf große und geheimnisvolle Art verbundener, mich in seinem Vertrauen erhebender Mensch.« Schön gesagt, nur führt diese geheimnisvolle Verbundenheit im tiefsten Sinne Rilke nie so weit, den Mann an der Seite seiner Tochter überhaupt persönlich kennenzulernen. Zu der Hochzeit in dem niedersächsischen Künstlerdorf Fischerhude, wo Ruth bisher bei ihrer Mutter Clara wohnte, wird er ebenso wenig anreisen, wie er das neue Heim von Ruth und Carl in Alt-

Jocketa im Vogtland besuchen wird. Er möchte einfach nicht nach Deutschland. Eine Mitgift von 50 000 Mark, die Hälfte dessen, was Kippenberg ihm als seinen aktuellen Kontostand bei der Insel angezeigt hatte, ist allerdings ein großzügiges Geschenk. Auch stellt Rilke an den beiden Hochzeitstagen ein Bild der Brautleute in seinem Arbeitszimmer auf, und zur Zeit der Trauung zündet er für die Tochter vier Kerzen an, in der weißen Kapelle, oberhalb am Hang.

Unreal City

Eliot ist mittlerweile unter die Pendler gegangen, er hat sich, auf der Suche nach der guten Luft, mit Vivien ab dem 12. Mai im Castle Hotel in Tunbridge Wells einquartiert, einer kleinen Stadt in Kent. Da er jedoch keinen Urlaub hat, muss er von dort jeden Tag in die Bank und hoffen, dass ihn die Züge pünktlich in die Cannon Street bringen, mitten in der City of London. Von dort kann er seinen Arbeitsplatz bei Lloyds zu Fuß erreichen. Erholung stellen wir uns anders vor. Im Gegensatz zu Rilke, Joyce oder Pound war Eliot jedoch kein freier Schriftsteller, er konnte sich nicht morgens im Schlafanzug an den Schreibtisch setzen, es sei denn, er war krankgeschrieben. Um zu begreifen, wie Eliot die Welt sah, die er als das *Öde Land* bezeichnete, ist die Erfahrung des Reisens in den restlos überfüllten Zügen der London Underground, zur Zeit der Rushhour, eine Schlüsselerfahrung. Das lautlose Verschwinden im Anonymen, das Eintauchen in den Strom der Massen erlebte er gleich zweimal am Tag, und das änderte sich auch nicht, als er später seinen Arbeitsplatz bei der Bank gegen den im Verlag eintauschte. In den *Vier Quartetten* findet sich diese Beschreibung: »Nur ein Flackern / Über angespannten, gestressten Visagen / Verwirrt vor lauter verwirrter Verwirrung / Grillen im Kopf und bedeutungsleer / Apathisch, geschwollen, unkonzentriert / Menschen, Papierfetzen, wirbelnd im kalten Wind.« Und so zerrissen die Welt ist, die in *The Waste Land* besichtigt wird, so ist doch verblüffend, welche räumliche Dichte sich ergibt, wenn man die topographischen Bezüge in einen Stadtplan von London einträgt. Dann sieht man nämlich, wie sie sich in der City of London konzentrieren, die einst das römische Londinium war und heute wie zu Eliots Zeiten der Finanzdistrikt ist, das kalte Herz der Metropole. Und doch ist der jäh aufflackernde Realismus dieser Szenen durchschossen und durchkreuzt von anderen Bezügen, die ein viel älteres, fernes, zeitloses Geschehen heranholen und beides zugleich im Bild erscheinen lassen, da und nicht da – »Unreal City«, »Unwirkliche Stadt«, auf diese Formel hat Eliot das Phänomen gebracht, wie es sich anfühlt, als Geist in London unterwegs zu sein.

Er bedient sich dabei eines Kunstmittels, das er so virtuos gebraucht wie kaum ein anderer Dichter: der Zitatmontage. So schiebt sich in der Schlusspassage von Teil I, »Die Bestattung der Toten«, ein Vers aus Dantes »Inferno« in die Szenerie und ändert alles. *Unwirkliche Stadt, / Unter dem braunen Nebel eines Wintermorgens / Glitt eine Menschenmenge über London Bridge, so viele, / Das dacht' ich nicht, daß derart viele schon verblichen wären.* Die Verse aus dem III. Gesang von Dantes »Inferno« lauten in der Übersetzung Karl Vosslers: »und hinter ihr ein langer Menschenschweif / und so viel Volk, daß ich nicht glauben konnte, / es seien je so viele schon verblichen.« Es ist eine Prozession der Toten, die Dante, der Jenseitsreisende, vorüberwallen sieht, sein staunendes Entsetzen schwingt noch in den Versen mit. Doch es sind nicht die ob ihrer unverzeihlich bösen Taten Verdammten, die Dante sieht: Es sind die Gleichgültigen, die weder entschieden gut noch böse im Leben waren und daher weder in der Hölle noch im Himmel ihren Platz finden – sie bleiben auf ewig im Limbus, in der Vorhölle stecken.

Eliot nimmt dieses Bild und überträgt es in unmittelbare Gegenwart. *Gelegentliche kleine Seufzer wurden ausgehaucht, / Und jedermann sah starr vor seine Füße.* Der Strom der Menschen, die sich täglich und in zäher geduldiger Prozession zu ihren Arbeitsplätzen bei den Banken und Versicherungen in der City of London über diese Brücke bewegen, die steinerne Brücke, die schon im Mittelalter bestand, als einzige Themsebrücke der Stadt, und seither oft erneuert worden ist, dieser Strom der Lebenden ist für ihn ein Zug der Toten, verstärkt durch den braunen Nebel eines Wintertags, und diese Vision ist alarmierend.

Es liegt eine große Kraft in Eliots Gedicht, die sich die Wirksamkeit älterer Werke anverwandelt und völlig präsent macht und auch nach hundert Jahren noch schockartige Erfahrungen zeitigen kann. Es geht mir anders mit diesem Gedicht als mit den *Duineser Elegien*, in denen oft genug die Rede davon ist, dass die Tore zwischen Diesseits und Jenseits offen stehen. Aber bei Rilke scheint das ein literarischer Einfall zu sein, eine Setzung, von der die Verse uns überzeugen wollen. Bei Eliot geschieht es einfach, die Grenze wird real durchbrochen, die Verse sind wie eine Falltür, *Das dacht' ich nicht, daß derart viele schon verblichen wären.* Vielleicht, weil die Stimme Eliots in *The Waste Land* nie direkt erklingt, während man Rilkes Stimme in den Elegien oft aus großer Höhe sprechen hört.

Und einmal höre ich an einem Wintermorgen, Anfang 2020, als ich den südlichen Brückenkopf der London Bridge ersteige, unvermittelt eine Stimme reden, so wie bei Eliot die Stimmen plötzlich da sind, wie die des Predigers in der Wüste: »Menschensohn …« Es ist ein Prediger in apokalyptischer Mission, der sich dort mit einem Pappschild aufgebaut hat und jedem, der es hören möchte oder nicht, immer aufs Neue zuruft: »The torment of hell-fire is near.« Die Qual des Höllenfeuers ist nah, nur Jesus kann retten. Dass er gerade den Aufgang zur London Bridge zur Verkündigung seiner Höllenvision gewählt hat, gibt dem Gedicht auf wirklich unheimliche Weise recht.

Es ist eine merkwürdige Erfahrung des Geschobenwerdens, wenn man in der U-Bahn unterwegs ist oder im Strom einer Menge, die in derselben Richtung eine Brücke passiert. Man geht nicht, sondern gleitet, wie das Gedicht ganz richtig sagt. Und sieht dann, wie in einem Film, zur rechten Hand die Tower Bridge erscheinen, hinter ihr die Morgensonne, die aus dem alten Europa grüßt. Hat man so die Themse überquert, dann sieht man, fast verschwindend unter den aufragenden Bankentürmen, die Mauern von Magnus Martyr – einer der Londoner Stadtkirchen, die nach dem großen Stadtbrand von 1666 neu aufgebaut wurden und die Eliot in seinem Gedicht verewigt hat. *O City City, manchmal höre ich / Vor einer Bar in Lower Thames Street / Das süße Weinen einer Mandoline / Und wie sie klirren, wie sie schwir-*

ren drinnen / Wo Fischverkäufer mittags müßig gehen: wo die Mauern / Von Magnus Martyr stehen / In weiß-gold erstrahlendem ionischem Glanz. Es kommt mir, beim Betreten dieser Kirche, vor, als ginge ich nicht in sie hinein, sondern geradewegs in das Gedicht. Und doch geschieht das alles nur in meinem Kopf.

Vom süßen Schwirren einer Mandoline ist nichts zu hören, die alte Fischmarktatmosphäre ist an der Lower Thames Street nicht mehr auffindbar, außer im Namen einer ansteigenden Gasse, Fish Hill Street. Sie führt zu einer 61 Meter hohen Säule, die an den Ausbruch des Feuers erinnert, das einst an einem Septembertag in einer Bäckerei ausbrach, 61 Meter von der Säule entfernt. Wo genau Eliots Büro war, ist nicht leicht zu ermitteln, es gibt konkurrierende Adressen, wenn man nach der Lloyds Bank sucht. Peter Ackroyd, einer seiner Biographen, gibt die Adresse Cornhill 17 an. Dort war das Colonial and Foreign Department von Lloyds, wo Eliot nach dem Krieg, in der Zeit, als er an seinem langen Gedicht arbeitete oder besser gesagt versuchte, daran zu arbeiten, mit der Abrechnung deutscher Vorkriegsschulden befasst war.

Auf dem Weg zum Cornhill kann man Pfaden folgen, die im Gedicht verzeichnet sind. *Glitt hügelan und abwärts zur King William Street / Bis dahin, wo Saint Mary Woolnoth Stunden zählte / Mit einem dumpfen Nachhall auf dem neunten Schlag.* Die winzige Kirche Saint Mary Woolnoth, auch eine der von Christopher Wren nach dem Brand neu erbauten, liegt an der Ecke von King William und Lombard Street, sie hat bereits um kurz vor neun Uhr geöffnet, weil sich im Eingangsbereich ein kleines Café befindet mit italienischem

Kaffee und frischen Croissants. Im Innern der Kirche sticht eine große und mächtige Kanzel hervor, aber ganz vergebens warte ich darauf, dass Mary Woolnoth mir die Stunden schlägt, mit dem dumpfen Nachhall auf dem neunten Schlag. Dabei bin ich pünktlich zur Stelle – etwa zur selben Zeit, in der Eliot sich morgens an seinen Schreibtisch bei Lloyds begab. Er kam von etwas weiter oberhalb, aus der Moorgate Station der Northern Line: *Meine Füße sind in Moorgate, und mein Herz ist / Unter meinen Füßen.* So heißt es an einer besonders bewegenden Stelle, und geht so weiter: *Nach dem Vorfall / Heulte er. Versprach, ›von vorne anzufangen‹. Ich sagte nichts dazu. Was kann man schon verlangen?* Es ist eine dieser Stellen des Gedichts, die mitten ins Herz treffen, weil sie so ungezielt und von irgendwo auf irgendwen sich zubewegen in der Menschenmenge. Es wäre nichts damit gewonnen, solche Dialogfetzen nur Eliots eigenem Ehedrama zuzuordnen, ohne uns selbst und unser aller Traurigsein darin mit aufblitzen zu sehen.

Genau dort, *there,* an der Ecke von King William und Lombard Street, verortet Eliot einen der phantastischsten Momente des ganzen Gedichts. *Da traf ich einen, den ich kannte, und ich rief ihm zu: ›Stetson! / Der du mit mir zu Schiff vor Mylae lagst! / Der Tote, den du letztes Jahr im Garten pflanztest, / Sprießt er schon? Blüht er noch in diesem Frühjahr? Oder ist der Nachtfrost ihm nicht gut bekommen?‹* Was für eine Begegnung, was für ungeheuerliche Fragen. Wie cool ist das denn, wie hier Eliot Einheit und Gleichzeitigkeit aller Zeiten, von der Antike bis auf den gegenwärtigen Moment, in einen jähen Ausruf fasst: Da, mitten in der Menge, ist einer, der mit mir zu Schiff vor Mylae lag, kürzlich, wir erinnern uns, im Ersten Punischen Krieg – nur heute ist er Amerikaner und heißt Stetson. Es ist ein milder Wintertag, jeder in der Menge kann ein Stetson sein, damals, heute, immer. Ganz davon abgesehen, dass wir nicht wissen können, wer hier »ich« sagt, denn das wissen wir in *The Waste Land* nie.

Wenn es Momente gab, von denen Pound in diesem Gedicht noch einmal ganz besonders stark begeistert war, dann kommt dieser hier in Frage. *Unreal City*: Zweimal gebraucht Eliot im Gedicht diese Formel. Zuerst, als er im Strom der Menschen auf der London Bridge den Zug der armen Seelen wahrnimmt; dann beim Auftritt von Mr Eugenides, dem Kaufmann aus Smyrna. Dort, in der Cannon Street, kam Eliot an den mittleren Maitagen des Jahres 1922 morgens an, dort stieg er am Abend wieder ein, um zurück zu Vivien zu fahren, die auch in Tunbridge Wells krank daniederlag.

Gipfeltreffen

Am 15. Mai unterzeichnen die Regierungen Polens und des Deutschen Reichs ihre Einigung über die Teilung Oberschlesiens, die nach einer Volksabstimmung im März 1921 notwendig geworden war. Immer wieder war es zu gewaltsamen Übergriffen gekommen. Die östlichen schlesischen Industriegebiete mit den meisten Bergwerken und Bodenschätzen gehen an Polen. Wer vom Verhandlungsort Genf an diesem Tag zufällig nach Nürnberg muss, kann die neu eingerichtete Direktflugverbindung nutzen. Schnell geht das nach heutigen Maßstäben jedoch nicht, denn die Flugdauer beträgt neun Stunden. Am selben Tag ratifiziert der Sejm in

Warschau ein Handelsabkommen mit Frankreich, außerdem tritt ein geheimes politisch-militärisches Abkommen zwischen beiden Ländern in Kraft. Schneller als mit dem Flugzeug von Genf nach Nürnberg kommt übrigens der Rennfahrer Kenelm Lee Guinness über die Runden, der auf dem Brooklands-Kurs in Surrey mit einem mittleren Tempo von 215 Stundenkilometer einen neuen Weltrekord aufstellt.

Ach, der Rausch der Fortbewegung! Rilke schreibt an André Gide, dass er die Einladung zu einem Schriftstellertreffen in Pontigny nicht annehmen könne. Dort hätte er den in Marburg lehrenden Romanisten Ernst Robert Curtius treffen können, der die erste deutsche *Waste Land*-Übersetzung und einen Aufsatz über *Ulysses* verfassen wird. Überdies teilt Rilke mit, dass er Paul Valérys Gedicht »Entwurf einer Schlange« übertragen hat. Mit Valérys Gedichten hatte er sich schon im vergangenen Jahr befasst, das Gedicht »Der Friedhof am Meer« hatte er sehr gekonnt übertragen, und diese Arbeit suchte er nun fortzusetzen. Sehr vernünftig, denn die Rosen in seinem Garten wuchsen schließlich von allein.

Valéry, der angesehenste französische Lyriker dieser Jahre, verkehrte auch in Paris bei Shakespeare and Company, wo die amerikanischen Dichter sich die Klinke in die Hand gaben. Aber dies war eine Welt, von der Rilke, der so viele Jahre in Paris verbracht hatte, merkwürdig abgeschnitten war, beinah so, als liege sie auf einem anderen Planeten. Ihn kümmern mehr die nahen Dinge, wie das, was er am Leib trägt. Die Sommeranzüge sind dünn geworden. Rilke bittet daher Nanny Wunderly, sie ausbessern zu lassen, denn für Neuanschaffungen, schreibt er, fehlten ihm zurzeit die Mittel.

Am 16. Mai entschuldigt sich Joyce bei Harriet Shaw Weaver, er habe wegen Zahnschmerzen und Neuralgien längere Zeit nicht schreiben können. Für die Besprechung von Bennett habe er sich bedankt, glaube aber nicht, dass sie den Verkauf des *Ulysses* fördern werde, weil darin keine Angaben zum Verlag gemacht würden; denn darauf schaue er bei Rezensionen immer zuerst, dann, wie lang sie seien, und erst zum Schluss, von wem. Für die geplante englische Ausgabe bitte er Weaver um Korrekturen. Viel Hoffnung auf eine gute Kooperation mit dem Drucker könne er ihr nicht machen, dieser schere sich nicht um persönliche oder kommerzielle Dinge und sei nicht einmal durch herzzerreißende Briefe zu erweichen. Froh sei er, seine Familie heil aus Irland zurück zu wissen, wohin sie gegen seinen Willen gereist sei, sie seien sogar im Zug beschossen worden, aber die Kinder wollten eben manchmal ihre Großeltern sehen.

Am 17. Mai schreibt Eliot aus Tunbridge Wells einen Brief an Ottoline Morrell, die zufällig dort geboren ist. Es passe ihm gut, dass das geplante Wochenende bei ihr in Garsington auf Mitte Juni verschoben werden müsse, wie er von Wyndham Lewis höre, denn er werde in der Zwischenzeit verreisen. Sein Schwiegervater sei so nett, ihm einen zweiwöchigen Italienurlaub zu spendieren, und mit der Bank sei schon alles geklärt. Das komme eben zur rechten Zeit, um ihn vor einem weiteren Zusammenbruch zu bewahren. Am selben Tag schreibt er an Richard Aldington: »Ich weiß einfach nicht, was Ezra sich vorstellt.« Es geht wieder einmal um Bel Esprit, den von Pound für ihn erdachten Finanzierungsplan, der ihm peinlich ist und den er doch nicht einfach in den Wind schlagen kann. Auch

Aldington ist, wie Virginia Woolf, mit ähnlichen Überlegungen befasst, wie man Eliot helfen könnte. Was zeigt, dass es um die Freundschaft zwischen Schriftstellern in dieser Zeit nicht ganz so schlecht stand. Bevor Eliot verreist, muss er noch seine monatliche Kolumne für den *Dial* fertig machen, den »Brief aus London«, und der Himmel weiß, wie er diese Dinge eigentlich noch schafft. Nun aber freut er sich auf den Süden. Erst einmal soll es nach Lugano gehen, also ins Tessin, und er möchte von dort nach Italien hinüber, den alten Ezra ein paar Tage sehen, der sich aus Paris dorthin geflüchtet hat.

Manche Begegnungen zwischen den wirklich Großen, von den Fans lange und mit Spannung erwartet, enden mit einem enttäuschenden Remis. Die Gegner verlassen ihre Deckung nicht, niemand möchte in einen Konter laufen. So wollten auch beim einzigen Zusammentreffen zwischen James Joyce und Marcel Proust einfach keine Tore fallen. Joyce schätzte Proust nicht, er sagte einmal, der Leser beende dessen Sätze früher als ihr Verfasser; Proust hatte Joyce gar nicht erst gelesen. Eingefädelt hatten dieses Treffen die Schiffs. Nur für ein paar Wochen in Paris, nahmen sie sogleich die Fäden in die Hand, um die Lichtgestalten der Moderne an ihrer Tafel zu versammeln. Den Anlass bot die Premiere von Igor Strawinskys neuester Ballettmusik, *Le Renard,* aufgeführt am 18. Mai an der Pariser Oper.

Strawinsky lebte seit 1920 in Paris. Seine großen Werke waren schon zuvor dort aufgeführt worden, allen voran *Le Sacre du Printemps* im Jahr 1913; damals war es bei der Premiere zu Tumulten gekommen. Auch diesmal sorgte der Komponist, der als der größte seiner Zeit galt und vom selben Jahrgang wie Joyce war, für Stirnrunzeln im Publikum, weil er eine unbändige russische Folkloretruppe mit auf die Bühne gebracht hatte, und manche fanden das Stück zu albern. Den Schiffs kam es freilich auf die Gala danach an, zu der vierzig auserlesene Gäste ins Majestic in der Avenue Kleber geladen waren, darunter neben Strawinsky auch Pablo Picasso, der eine katalanische Faixa trug, eine Schärpe, die eigentlich um die Hüfte gewickelt gehört, nur trug Picasso sie um den Kopf. Schiff hätte es gern gesehen, wenn Picasso Proust gemalt hätte, er hätte dann das Bild gekauft, nur war das schwieriger zu arrangieren als so ein Abendessen, bei dem er Joyce und Proust, die größten Romanciers der Zeit, endlich miteinander bekannt machen wollte.

Doch hatten diese sich bis zum Hauptgang noch gar nicht eingefunden, wie Clive Bell zu berichten weiß, Virginia Woolfs Schwager und gelegentlicher Liebster und ebenfalls im Majestic geladener Gast. Joyce kam an, als der Kaffee gereicht wurde, und war völlig unpassend angezogen. Offenbar nicht erfolgreich in dem Bemühen, einen ausreichend edlen Anzug aufzutreiben, dazu von seiner wieder aufgeflammten Iritis gepeinigt, hatte er sich im Voraus ein wenig zu viel Mut angetrunken. Ein Stuhl zur Rechten des Gastgebers wurde ihm hingestellt, worauf er sich schweigend am Champagnerglas festhielt. Der letzte Ehrengast rauschte um halb zwei Uhr nachts durch die Tür, in weißen Handschuhen und im Pelzmantel, den er auch nicht ablegte, als er zwischen Schiff und Strawinsky zu sitzen kam. Proust sei ihm physisch nicht angenehm gewesen, protokolliert Clive Bell, zu glatt, zu ölig, zu zurechtgemacht, aber er habe tolle Augen gehabt.

In Gesellschaft ein begnadeter Plauderer, ging Proust

gleich dazu über, Strawinsky in ein Gespräch zu verwickeln. »Gewiss bewundern Sie Beethoven?« – »Ich verachte ihn.« – »Aber, *cher maître,* die späten Sonaten und Quartette?« – »Noch schlimmer als der Rest.« Währenddessen war Joyce über seinem Champagnerglas eingenickt und hatte vernehmlich zu schnarchen begonnen. Eine Dame wollte nun gehen und bat Mr Bell, sie zu eskortieren, weshalb dieser als Beobachter des weiteren Geschehens ausfiel. Nach allem, was man aus verschiedenen Quellen weiß, war Joyce auf einmal wieder munter geworden. Über seine Unterhaltung mit Proust gibt es konkurrierende Berichte. William Carlos Williams zufolge meinte Joyce, er habe jeden Tag Kopfschmerzen, und seine Augen plagten ihn schrecklich. Mein armer Bauch, habe Proust erwidert, was soll ich nur machen? Er bringt mich um, ich muss sofort wieder gehen. Zu Arthur Power sagte Joyce, Proust habe ihn gefragt, ob er Trüffel möge. Dem Maler Frank Budgen erzählte er, Proust habe wissen wollen, ob er diese oder jene Herzogin kenne, während er sich mehr für deren Zimmermädchen interessiert habe.

Es wundert an dieser Stelle nicht, dass Rilke mit der Welt der mondänen Salons, die in Prousts Roman eine so große Rolle spielt, keine Schwierigkeiten hatte, auch nicht mit dessen ausufernden Sätzen und der unendlich nuancierten Art, über Empfindungen zu schreiben. Später im Taxi habe Joyce das Fenster aufgerissen, weil er rauchen wollte, Proust wollte es aus Angst vor Erkältung geschlossen halten. So gingen sie auseinander, zwei Meister des Romans auf einsamer literarischer Höhe, um einander nie wiederzusehen. Doch das konnte weder der eine noch der andere in dieser Nacht wissen, und zumindest darin stimmten sie überein.

Etwas, das Joyce und Proust, Pound und Eliot, Woolf und Stein, Picasso und Strawinsky und viele andere Künstler der Moderne eint, ist der Gedanke, dass es in den Künsten kein Zurück mehr gibt. So wenig wie in den Naturwissenschaften, der Psychologie oder Architektur. Es gibt immer nur eine Richtung: nach vorn, und was heute große Kunst ist, zählt vielleicht schon morgen nicht mehr. In einer Umfrage des Galeristen Alfred Stieglitz, ob Fotografie von künstlerischem Rang sein kann, antwortet Marcel Duchamp, der Sinn der Fotografie bestehe darin, die Menschen die Malerei verachten zu lehren. Dies gelte, bis wieder etwas Neues komme, das uns die Fotografie verachten lehre.

Rilke hält es dagegen mehr mit dem, was es immer schon gab, Rosen zum Beispiel. Wenn er die seinen zählt, werden es immer mehr. In einem Brief an Lisa Heise spricht er schon von über hundert. Er selbst habe leider so wenig Erfahrung, dass sich sein Mittun auf abendliches Gießen beschränke. »Eine Rose ist eine Rose ist eine Rose ist eine Rose …« Diese vielzitierte Tautologie war freilich nicht Rilke beim sinnenden Betrachten seiner Herrlichkeiten eingefallen. Doch wurde der berühmte Satz von Gertrude Stein aus dem Gedicht »Sacred Emily« 1922 in ihrem Band *Geography and Plays* erstmals gedruckt. Kein Zurück gibt es auch für die Alliierten, was die Bestimmungen von Versailles angeht. Die Konferenz von Genua endet am 19. Mai ohne Ergebnis. Eines gibt es allerdings schon, das so nicht vorgesehen war, nämlich den Vertrag von Rapallo, den der Rätekongress in Moskau an diesem Tag als Modell für weitere Verträge mit kapitalistischen Staaten akzeptiert.

Est-ce que tu parles français? Tu t'appelles comment? Es sind nicht nur die an sie gerichteten Worte, die Franziska nicht versteht. Sie versteht nicht, warum dieser Soldat in der belgischen Uniform neben ihr hergeht, den ganzen langen Weg von Büttgen zurück in die Stadt. Wenn er derselbe ist, der Mia den Maibaum hingestellt hat, was will er dann von ihr? Sie ist doch bloß das Mädchen, das zum Nähen kommt. Er tippt sich auf die Brust: *Je suis Pierre! Je suis de Liège!* Dann zeigt er auf etwas an ihrem Kopf, vielleicht ihre Haare, die sie immer streng im Dutt trägt, deine schönen schwarzen Haare, wie die Mutter zu ihr sagte, wenn sie mit der Bürste kam. Jetzt sind sie schon am Stadtgarten zusammen angelangt, da wischt ein grüner Vogel durch die Sträucher, ein fremder, der nicht hierhergehört: *Voilà, une perruche!* Die Kastanienkerzen sind aufgegangen, der Flieder fast verblüht. Wenn sie dem Vater erzählt, dass der Soldat mit ihr so weit gegangen ist, wird er sie nie mehr fort nach Büttgen lassen.

Französische Laute sind im Rheinland allenthalben auf der Straße zu hören, nur werden sie von den meisten Einheimischen nicht verstanden. Dabei liegt die Franzosenzeit erst gut hundert Jahre zurück, und seither sind, neben dem Code Napoléon, zumindest Worte wie Chaiselongue, Trottoir und Portemonnaie eingeführt und werden längst so rheinisch ausgesprochen, dass ihr Ursprung dunkel wurde; so heißt ein Jean auf gut Kölsch Schäng. In Frankreich selbst wird Fremdsprachliches gar nicht gern gehört. In einem Zeitschriftenartikel prangert ein Autor den verbreiteten Gebrauch des Englischen im Sportjournalismus an. Das gefällt Premier Poincaré, und er verbannt daraufhin Anglizismen aus amtlichen Dokumenten. Der Kritiker der Sportsprache war freilich gar kein Franzose, sondern ein Einwanderer aus Südostasien, ein gewisser Nguyen Ai Quoc; später wurde er bekannt als Ho Chi Minh. Zugleich kritisiert Poincaré die aggressive Haltung der Deutschen in der Elsass-Lothringen-Frage. Bei einem Treffen der französisch-englischen Gesellschaft äußert der Brite Andrew Bonar Law, niemand in Frankreich habe, hoffentlich, die Absicht, ins Ruhrgebiet einzumarschieren.

Joyce ist weiterhin von seiner Iritis geplagt. Am 23. Mai begibt er sich zu einem Spezialisten, Dr. Victor Morax. Joyce ist der Ansicht, alles habe in einer betrunkenen Nacht im Jahre 1910 im istrischen Piran begonnen, als er stundenlang bewusstlos am Boden lag. Die Behandlung durch Dr. Morax hilft ein wenig, aber sein Auge ist immer noch blutig, und es besteht weiter die Gefahr eines Glaukoms. Ende des Monats sind die Schmerzen mit voller Wucht zurück, doch Dr. Morax hat keine Zeit für Hausbesuche. Er schickt einen Studenten, der Joyce in seiner Wohnung in der Rue de l'Université aufsucht und sich entsetzt zeigt, wie schmutzig es dort ist. Halbleere Koffer stehen herum, Anziehsachen hängen kreuz und quer, und was ins Badezimmer gehört, ist über Stühle, Tische und Kaminsims verstreut. Ein Mann mit dunklen Brillengläsern hockt, in eine Decke gehüllt, auf dem Fußboden, seine Frau ihm gegenüber. Zwischen ihnen eine Schmorpfanne mit Hühnchen und eine halbleere Weinflasche. Da kein freier Stuhl zur Hand ist, muss der Student den Patienten aus der Hocke untersuchen. Er sei schon ein seltsamer Geselle, dieser Mr Joyce, aber doch auch irgendwie ein starker Typ.

Eliot ist inzwischen in Lugano angekommen, und die Sonne auf der Südseite der Alpen tut schon ihre Wirkung. Am 24. Mai schreibt er aus dem Hotel Bristol einen liebenswürdigen Brief an Hermann Hesse, in einem nahezu fehlerfreien Deutsch. »Lieber u. geehrter Herr Hesse, Sie werden sich erinnern, dass ich Ihnen aus London geschrieben habe. Jetzt bin ich nach Lugano gekommen und bleibe noch zehn Tage. Es wäre mir eine große Ehre und Vergnügen, wenn ich Sie besuchen möchte und mit dem Verfasser von ›Blick ins Chaos‹ sprechen. Möchte ich Sie einladen, auf Freitag oder Samstag Thee zu nehmen?«

Eliot möchte, und Hermann Hesse auch. Hesse trank gern Tee, besonders ayurvedische Kräutermischungen. Nach einer psychoanalytischen Behandlung hatte er kürzlich mit dem Malen begonnen. Er lebte seit 1919 in Montagnola, hoch überm schönen Luganer See, und bewohnte vier Zimmer in der Casa Camuzzi, der historisierenden Version eines barocken Jagdschlosses, das in seinem ersten dort verfassten Werk zum Schloss des Zauberers Klingsor geworden war. Nach einem sehr schöpferischen ersten Sommer im Tessin war Hesse jedoch abgestürzt, er hatte versucht, sich mit Opium das Leben zu nehmen, und auf diese Weise einen Schritt auf das Nirwana zu gemacht, mit dem er sich auch literarisch befasste. Oder auch nicht, denn die begonnene Arbeit an der indischen Legende *Siddhartha* war anderthalb Jahre lang liegen geblieben.

In diesem merkwürdig segensreichen Frühjahr 1922 aber hatte er sie wiederaufnehmen können. Vielleicht war er mit dem Buch gerade fertig, als die nette Einladung von Herrn Eliot aus London eintraf, die, für den Fall, dass man sich in

Montagnola traf, darauf hinauslief, dass Eliot sich selber eingeladen hatte. Es macht jedenfalls Freude, sich diese beiden Herren im Gespräch zu denken, gerade weil es sich bei Hermann Hesse um einen Autor handelt, der sicher nicht die Prüfplakette von Pounds Moderne-TÜV erhalten hätte. Eliot ging hier, als Agent seiner Zeitschrift, eigene Wege, und sie führten ihn mit einem Mann zusammen, mit dem er mehr gemeinsam hatte, als er ahnte.

Wir wissen nicht, ob Eliot außer *Blick ins Chaos* überhaupt etwas von Hesse kannte, aber darauf kam es gar nicht an. Wichtiger war, dass dieses Treffen zweier Dichter aus im Krieg verfeindeten Nationen überhaupt stattfand. Hesse, wegen seiner unabhängigen Haltung und seiner Freundschaft mit Romain Rolland ein Lieblingsfeind der deutschnationalen Presse, war wie Eliot aus seinem Geburtsland fortgegangen. In der Schweiz hatte er jedoch schon als Kind einige Jahre und danach immer wieder gelebt. Er stammte aus einer evangelischen Missionarsfamilie, seine Eltern waren im Auftrag der Basler Mission in Indien tätig gewesen, und während er sich Christliches eine Weile sehr vom Leib halten musste, so war doch ein ungestillter spiritueller Hunger in ihm geblieben. Das galt auch für Eliot, und weil Hesse auch Depressionen, Ehekrisen und das Leben mit einer nervenkranken Frau gut kannte, hätten die beiden Herren auf manches zu sprechen kommen können, falls sie nach dem Kräutertee noch zum weißen Ticino übergingen. Denn beide suchten in ihren eben vollendeten Werken nach Brücken zwischen östlichem und westlichem Denken, zwischen Buddha und Heraklit, vergeistigter und sinnlicher Welt; im Bild des Flusses, über den der Fährmann Vasudeva immer übersetzt und der stets derselbe und doch immer ein anderer ist, hat Hesse das in *Siddhartha* sinnfällig gemacht.

War nicht auch die Themse ein solcher Fluss, den Eliot immer wieder überquerte, wenn seine Fähre auch die U-Bahn war? Im *Öden Land* zitiert er aus der Feuerpredigt des Buddha und den Upanishaden, und der Dreisatz aus dem letzten Teil, »Datta, dayadvam, dâmyata – Give, sympathize, control – Gib, hab Mitleid, beherrsche«, erinnert von fern an Siddharthas Lehrsätze, »Ich kann denken. Ich kann warten. Ich kann fasten«, wenn sie auch von der anderen Seite des Flusses gesprochen sind. Gemeinsam ist beiden Autoren zudem, dass sie in ihrem Schreiben ihre persönlichen Krisen gar nicht von der großen Sinnkrise Europas ablösen können, über die sie nachdenken. Hesses *Blick ins Chaos* am Faden von Dostojewski war zugleich ein erschrockener Blick nach innen gewesen und hatte Eliot daher umso mehr erreicht. Wenn auch sprachlich Welten liegen zwischen der archaischen Sprache Hesses in *Siddhartha* und der brüchigen Textur des *Waste Land,* so gab es doch genügend Grund, um anzustoßen, wenn es auch am Ende nur um die Zeitschrift ging, für die Hesse dem amerikanischen Gast einen Aufsatz über deutsche Gegenwartslyrik versprach. »Ich empfange Ihre Dichtung mit Freude und herzlichem Dank. Ich werde sie bei meiner Reise nach Mailand lesen. Sonntag fahr ich nach London. Ich erinnere mich immer an meinen Besuch bei Ihnen«, grüßt Eliot nach Montagnola hinüber.

Am 24. Mai lehnt der Preußische Landtag den Antrag der Sozialdemokraten auf Abschaffung der Todesstrafe gegen die Stimmen der Antragsteller ab. In Wien tritt die Regierung zurück, Italien und Sowjetrussland schließen einen für zwei Jahre gültigen Handelsvertrag, und Papst Pius XI. eröffnet im Vatikan den 26. Eucharistischen Kongress. Von all diesen fernen und beziehungslosen Dingen konnte Franziska morgens in der Zeitung lesen, manchmal las sie ihrer Großmutter daraus vor. Diese ging nun auf ihren hundertsten Geburtstag zu, die Feiern wurden schon vorbereitet, was aber genau in ihrem Ausweis stand oder wie alt sie wirklich war, wusste niemand. Aber sie trank immer noch den dünnen Malzkaffee, Blümchenkaffee, weil man am Boden der Tasse das Muster sehen konnte, und tunkte darin ihr Brot ein, stippen nannte man das. Vinzenz war zur Arbeit gegangen; der Vater sagte, er ginge spazieren, vielleicht bei Thywissens Ölmühle vorbei. Wie still es in der Wohnung war. Die Ringeltauben riefen vom Hof herüber. Morgen war wieder Donnerstag, aber weil auch Christi Himmelfahrt war, ging Franziska an diesem Tag nicht zum Nähen.

In Irland schwelt der Bürgerkrieg. Allein in Belfast werden sieben, acht Menschen am Tag ermordet. Industrie und Landwirtschaft stocken. Wenn nicht bald etwas geschieht, steuert das Land auf eine neue Hungersnot zu. Winston Churchill, zuständiger Minister für die irische Angelegenheit, hat für den 26. Mai den Parlamentspräsidenten Arthur Griffith zum Gespräch einbestellt. Thema ist die zwischen Collins und de Valera ausgehandelte Sitzverteilung unter den Befürwortern und Gegnern des Anglo-Irischen Vertrags. Weil gleichzeitig geheime Zusagen Londons über militärische Unterstützung für die Provinz Ulster zur Sicherung der

Südgrenze an die Öffentlichkeit dringen, fürchtet Churchill das Schlimmste, aber Collins will an dem Abkommen mit dem Königreich festhalten, und im Juni soll es Wahlen geben.

Am 26. Mai feiert Franziska ihren 23. Geburtstag. Feiern ist zu viel gesagt, denn eigentlich wird in katholischen Familien nur der Namenstag gefeiert. Sie hat einen Kuchen gebacken, vom Vater gab es einen Blumenstrauß. Gäste keine. Und doch ist seit heute etwas anders. Das liegt an dem gelben Kanarienvogel, der am Morgen plötzlich vor der Tür saß, in einem Käfig. Niemand weiß, woher er gekommen ist, wer ihn dort abgestellt hat. Franziska hatte es klingeln gehört, aber als sie durch die Milchglasscheibe in den Hausflur sah, stand dort niemand. Nur der Käfig mit dem Vogel drin. Sie hat ihn gleich hereingeholt, als wüsste sie, dass er für sie sein soll. Jetzt hüpft er immer hin und her, von der höheren auf die tiefere Stange und zurück. Es ist sogar ein Wasserschälchen dabei, eines mit Körnerfutter und ein Wetzstein. Der Vogel kommt auf dem Schrank zu stehen, die Briefablage muss woanders hin. Was hat sie angestellt, dass jetzt der gelbe Vogel da ist? Vinzenz und der Vater sehen sie nur an. Die Großmutter hat schon den Namen gefunden. Hansi muss er heißen, wie denn sonst.

Einen Zimmervogel gibt es im Hause Leopold Blooms, Eccles Street 7 in Dublin, nicht, dafür eine Hauskatze, das erste Wesen, mit dem Bloom am Morgen seines Tages kommuniziert. Er stellt ihr ein Schälchen Milch hin und zeigt so schon bei seinem ersten Auftritt, dass er ein fürsorglicher Mensch ist. Das sieht Joseph Collins, Kritiker der *New York Times*, anders, der den *Ulysses* in der Ausgabe vom

28. Mai durchaus würdigt, seinen Protagonisten jedoch als moralisches Monster sieht. Bloom sei ein Perverser und Invertierter, ein Abtrünniger seiner Rasse und Religion, das Scheinbild eines Mannes ohne kulturellen Hintergrund und Respekt vor sich selbst. Gleichwohl sieht der Kritiker den Roman auf einer Höhe mit Dostojewski und Rabelais. Joyce habe wie bisher kein anderer Autor die Macht des Unbewussten, wie Freud sie beschrieben habe, literarisch fruchtbar gemacht. In hundert Jahren (das ist jetzt) werde man sein Werk noch rühmen, wenn es auch unter zehn Lesern nur einer zu Ende brächte.

Rilke wird bewusst, dass er seine Fürstin, die von Thurn und Taxis, vernachlässigt hat. Er lädt sie umgehend nach Muzot ein und sucht ihr sogar eine Zugverbindung heraus. Offenbar besitzt er ein Kursbuch. Geschrieben habe er ihr so lange nicht wegen seiner »nicht recht zufriedenstellenden Gesundheit«, wovon wir aber nicht viel mitbekommen haben.

Ab dem 29. Mai tagt im Plenarsaal der Bezirksregierung zu Düsseldorf am Rhein der Kongress der Union fortschrittlicher Künstler. Zu den Teilnehmern gehören die Darmstädter und Dresdner Sezession, die Berliner Novembergruppe, die Hallische Künstlergruppe und der Deutsche Werkbund sowie Vertreter der italienischen Futuristen und der russischen Konstruktivisten. Auch Else Lasker-Schüler und ihr Exmann Herwarth Walden, Herausgeber der Zeitschrift *Der Sturm*, sind dabei. Wie man sich denken kann, wenn Künstler sich auf Beschlüsse einigen wollen, kommt es zu heftigen Kontroversen. Der Russe El Lissitzky, der Niederländer Theo van Doesburg von der Gruppe De Stijl, der Dadaist Raoul Hausmann und andere verlassen unter Protest den Saal. Ob sie in die Altstadt gingen oder an den Rhein, wo es schöner war als im Plenarsaal, ist nicht überliefert. Die in Paris tagende Reparationskommission gibt dem deutschen Antrag auf Aufschub der Zahlungen statt. Die Regierung Wirth wird von den Rechtsparteien der Erfüllungspolitik beschuldigt, übersteht aber ein Misstrauensvotum. In Berlin wird der ehemalige Leutnant Ernst Krull wegen Diebstahls zu drei Monaten Haft verurteilt. Er hatte nach der Ermordung Rosa Luxemburgs deren Uhr an sich genommen.

Was Rilke wirklich aufhält, berichtet er in einem Brief an Nanny Wunderly. Es ist das Gießen der Rosen, das wegen der frühsommerlichen Hitze seine Tage sprengt. »Manchmal that ich es, manchmal Frida, meistens beide gemeinsam, aber selbst in diesem letzteren günstigsten Fall nahm die Arbeit etwa zweieinhalb Stunden mindestens in Anspruch – fingen wir pünktlich um 6 an, so waren wir nie vor dreiviertel neun fertig und meistens noch ohne Gemüseland und Fruchtsträucher versorgt zu haben. Frida hat einmal, da sie allein ›arbeiten‹ mußte, am Himmelsfahrtstage 138 Gießkannen gezählt, nur für den vorderen Garten …« Es ist befremdlich, dass er hier die Arbeit, die von Frida wohlgemerkt, in Gänsefüßchen setzt, aber gut, dass die Elegien im Winter kamen, es wäre sonst schlecht für die Rosen gewesen.

VI.

Lesen und Hören

In Amerika gebe es ein Überangebot an arbeitsuchenden Frauen, berichtet die *Frankfurter Zeitung*. Auswanderungswillige deutsche Frauen sollten sich keine allzu großen Hoffnungen machen und lieber gleich zu Hause bleiben. Auf seinem publizistischen Feldzug für den *Ulysses* hat Ezra Pound einen speziell auf die französische Literaturszene zugeschnittenen Coup gelandet. Am 1. Juni erscheint im *Mercure de France* ein Aufsatz, in dem er Joyce' Roman mit Flauberts letztem Werk *Bouvard et Pécuchet* vergleicht, worin zwei pensionierte Anwälte das menschliche Wissen in seiner Gänze zu begutachten suchen. Vor allem lobt er die meisterhafte Erzähltechnik des *Ulysses,* die den größten Fortschritt im Erzählen seit Flaubert bedeute. Es sei natürlich kein Buch für jedermann, aber für Schriftsteller, die auf der Höhe ihrer Kunst sein wollten, sei es in Zukunft ganz unentbehrlich.

Erstmals werden in Pounds Aufsatz die Parallelen zur *Odyssee* betont, an die die bisherigen Rezensenten kaum einen Gedanken verschwendet hatten; ihnen war es vor allem um das Obszöne gegangen, den Skandal des angeblich sittenverderbenden Buches. Pound aber wollte die Gebildeten gewinnen, die sich etwas darauf zugutehalten, an einem Werk vor allem auf die Komposition zu achten. Der *Ulysses,* führt er aus, sei ein Roman in Sonatenform, mit Thema, Gegenthema, Rekapitulation, Entwicklung und Finale. Und dann gebe es das Vater-Sohn-Motiv, mit den Korrespondenzen zu Homer, Telemachos, seinem Vater, den Sirenen, dem Zyklopen, die in unerwarteter grotesker Kostümierung aufträten ... Wer noch etwas gegen diesen Roman vorzubringen hatte, war schlicht gesagt zu dumm.

In Belfast formiert sich die Royal Ulster Constabulary, eine 3000 Mann starke Spezialtruppe, die die Ordnung aufrechterhalten soll. Ihr sollen auch tausend Katholiken angehören, den Bevölkerungsanteilen in Nordirland entsprechend, aber sie lassen sich nur widerstrebend in eine Truppe eingliedern, die den Royalisten dient. Die norditalienische Stadt Bologna erlebt am 1. Juni einen Überfall. 15000 überwiegend jugendliche Gewalttäter, Faschisten in ihren schwarzen Hemden, stürmen durch die Straßen, stecken das Post- und Telegraphenamt in Brand, plündern, rauben und schlagen auf die Bewohner ein. Ihr Herr und Meister, Benito Mussolini, will den Rücktritt des sozialistischen Stadtpräfekten erzwingen. Bologna hat aufgrund der hohen Arbeitslosigkeit den Zuzug von Arbeitsuchenden aus der Provinz Ferrara untersagt, wo die Faschisten großen Zulauf haben. Die Stadt ist eine Hochburg der Sozialisten und Kommunisten, seit sich die von den Landbesitzern ausgebeuteten *braccianti* (Tagelöhner) dort zu mächtigen Ligen und Genossenschaften verbunden haben. Die Schwarzhemden – am nächsten Tag sind es schon 50000 – machen den Roten jetzt die Armen streitig. Rom setzt den Präfekten ab, Mussolini ruft seine schwarzen Garden zurück.

Ungewöhnlich gut gelaunt ist Eliot inzwischen in Italien eingetroffen, nachdem er im Tessin bereits die italienische Sprache und Kultur genossen hat. Bootfahren, Baden und Wandern, Asti Spumante und ein Feuerwerk, das sind die Freuden, von denen er auf seinen Postkarten aus Lugano berichtet. In Verona trifft er endlich seinen Intimus Ezra wieder, der von Venedig herübergekommen ist. Es ist ihr erstes Treffen seit Januar in Paris. Pounds wohlmeinender Benefizplan namens Bel Esprit ist ihm weiterhin suspekt, aber dann auch wieder nicht so, dass er rundheraus Nein dazu sagen will. Weil das Gedicht nun immerhin fertig ist, bleibt mehr Raum für kernige Männergespräche. Pound will wissen, wie es mit Vivien denn nun ist. Eliot, so stellen wir es uns vor, sagt auf vielsagende Weise nichts dazu, mit langen Pausen.

Pfingsten, das liebliche Fest, war gekommen. Am Pfingstsonntag, dem 4. Juni, wird auf den Oberbürgermeister von Kassel, Philipp Scheidemann, ein Attentat mit Blausäure verübt. Es geschieht auf einem Spaziergang in der Nähe seines Wohnhauses. Scheidemann hat zum Glück eine Pistole dabei. Er feuert zwei Schüsse auf den Angreifer ab, der dadurch gehindert ist, ihm direkt auf Mund und Nase zu sprühen, was Scheidemann nicht überlebt hätte. Der junge Täter entkommt unverletzt und wird später gefasst. Er gehört zur Organisation Consul, die aus ehemaligen Mitgliedern der Brigade Ehrhardt besteht und bereits im August 1921 für die Ermordung des Zentrumspolitikers Matthias Erzberger verantwortlich war. Erzberger hatte im November 1918 bei Compiègne die Kapitulationsurkunde unterzeichnet und war wie Scheidemann, der die Republik ausgerufen hatte, eine Hassfigur der Rechtsextremen.

Am Pfingstmontag, einem Feiertag, von dem niemand weiß, wozu er gut ist, wird in Moskau ein Bulletin veröffentlicht, wonach Lenin schwer erkrankt sei und völlige Ruhe brauche. Auch Katherine Mansfield ist keineswegs wieder gesund. Die Behandlungen bei Manoukhin haben nichts gebracht. Sie kehrt mit Murry zurück in die Schweiz, ins Wallis, wo sie ein Jahr zuvor ihre Zelte aufgeschlagen haben. Und zwar in der Nähe von Sierre, wo Elizabeth von Arnim lebt, populäre Romanautorin und Katherines Cousine zweiten Grades. »Ich bin in jeder Beziehung genauso krank wie vorher. Ich wünsche mir, dass Du zu mir kommen kannst«, schreibt Mansfield an ihre geliebte Freundin Ida Baker. »Die Wahrheit ist, dass ich nicht arbeiten kann, wenn Du nicht bei mir bist. Ich habe einfach keine Kraft mehr. Und zu alledem hab ich nun auch noch eine Brustfellentzündung bekommen, die meine Lebensgeister lahmlegt.«

Die Fürstin Marie von Thurn und Taxis ist eine ziemlich temperamentvolle Frau, aber niemals nachtragend, wenn es um ihren Dottor Serafico geht, wie sie Rilke zu nennen pflegt. Sie hat die Fahrplanhinweise dankend aufgegriffen und trifft am 6. Juni in Sierre ein, wo sie sich im Hotel Château Bellevue einquartiert, denn das winzige Kämmerchen in Muzot kann Rilke ihr unmöglich anbieten, außerdem sind in Muzot die Handwerker, und er ist einstweilen selber ins Hotel gezogen. Seine Gastfreundschaft aber besteht aus etwas anderem. Er wird ihr in diesen Tagen ihr Eigentum vorlesen, das heißt die Elegien, die er mit der Zueignung »Aus dem Besitz der Fürstin Marie von Thurn und Taxis-Hohenlohe« versehen wird, zum Dank für die alles ermöglichenden Wochen auf Duino, ihrem

Schloss an der Adria, das nicht mehr steht. Wie gern hätte man Aufnahmen von diesen Urlesungen, technisch wäre das durchaus möglich gewesen, bedenken wir, dass just an diesem 7. Juni, dem Tag, als Rilke seiner Fürstin vorlas, erstmals drahtlos Bilder von Berlin in die USA telegraphiert wurden. Jedenfalls bekam die Fürstin an diesem Mittwochvormittag die Elegien eins bis sieben zu hören, und dann am Nachmittag die Elegien Nummer acht bis zehn. Gewiss brauchte Rilke hin und wieder etwas, um die Lippen zu befeuchten, sagen wir seinen liebsten Kräutertee, eine Mischung aus Ingwer, Zimt, Süßholz, Fenchel, Kardamom, Karob, gerösteter Zichorienwurzel, Kakaoschalen, Nelken, Schwarzem Pfeffer, Vanille und Muskat. Frida goss ihn immer wieder still neu auf; das war es, was ihn befähigte, lesend mehr zu sein als er selbst.

Rilke ist nicht nur sein bester Vorleser, sondern auch sein bester Interpret. Im Vortrag seiner neuesten Gedichte bemerkt er, wie eng Elegien und Sonette eigentlich verschwistert sind, wie eines ins andere hinüberspielt. All das aber geht nur, weil die Fürstin zuhört. »Es war fast über die Kraft, sie in Einem zu lesen, und keine geringe Leistung, sie in Einem aufzunehmen. Aber die Fürstin that das mit einer Geistes- und Herzensgegenwart, die wirklich wunderbar war. Kurz, es war vollkommen …« Wenn es am schönsten ist, soll man gehen, und so reist die Fürstin am 9. Juni wieder ab.

Auch Eliot, frisch zurück in London, liest in diesen Tagen sein neues Gedicht vor, was nun eher überraschend kommt, denn bislang wussten wir nicht einmal, ob er es inzwischen ins Reine getippt hatte. Der Ort, an dem dies geschieht, ist Hogarth House, das Heim der Woolfs, in

Richmond an der Themse, und neben dem lang vermissten Schwung, den Eliot aus dem Süden mitgebracht hat, dürfen wir eine wachsende, geradezu freundschaftliche Vertrautheit mit den Gastgebern dafür verantwortlich machen. Leonard Woolf notiert, wie es dazu kam, dass sich Eliots starre konventionelle Pose im Miteinander allmählich löste. Einmal, bei einem gemeinsamen Spaziergang, war er, Leonard, ein wenig zurückgeblieben, um sich in die Büsche zu schlagen. Als er wieder zu Eliot und Virginia aufgeschlossen hatte, zeigte sich der Amerikaner schockiert von einem derart ungezwungenen Verhalten; er selbst bringe es nicht einmal fertig, sich in Gegenwart seiner Frau zu rasieren. Was den Anfang eines vertrauensbildenden Gesprächs über den Umgang mit Konventionen bedeutete. Nun in Gesellschaft sein ungedrucktes Werk zu lesen, dessen er sich keineswegs so sicher wie ein Rilke war, muss für Eliot ein Sprung gewesen sein. Die damit verbundene Anspannung entlud sich offenbar in seinem Vortrag, wie wir dem Tagebuch Virginia Woolfs entnehmen können. Und noch etwas ist bemerkenswert: Eliot rückte erstmals damit heraus, wie dieses Gedicht heißen sollte.

»Eliot war am Sonntag zum Dinner hier und las sein Gedicht vor. Er sang und schmetterte und rhythmisierte es. Es hat große Schönheit und Ausdruckskraft, Symmetrie und Spannung. Was es zusammenhält, darüber bin ich mir nicht sicher. Aber er las es, bis er plötzlich aufbrechen musste – er musste Briefe schreiben für sein Londoner Magazin –, und so war die Diskussion abgeschnitten. Man blieb jedoch mit einer starken Emotion zurück. Es heißt *The Waste Land.* Mary Hutchinson, die es ganz still mitangehört hatte, deutete es als Toms Autobiographie – eine melancholische.« Kein Wunder, dass Eliot sich nicht auf Fragen einlassen wollte, der Schreibkram für die Zeitschrift kam ihm da gerade recht. Auch später äußerte er sich ungern über seine eigenen Werke. Anders als bei Rilke aber besitzen wir Aufnahmen, wie Eliot sein Gedicht, in späteren Jahren, las. Intensiv und zugleich monoton, litaneihaft wie ein liturgisches Hochgebet, den Rhythmus und den Fall der Silben, nicht die Bedeutungen betonend. Es gibt Menschen, die das merkwürdig finden, für andere ist es ganz ergreifend, eine Musik, die das in ihr Begrabene in Klang und Rhythmus auferstehen lässt.

Gral und Ritual

Am 8. Juni besetzen britische Truppen Stadt und Fort Bellenk in Nordirland. Am 9. Juni gibt die deutsche Regierung eine Denkschrift über die bisherigen Kosten der Besatzung heraus, die sich seit dem Waffenstillstand auf 5,5 Milliarden Goldmark und 14 Milliarden Papiermark belaufen. Am 10. Juni endet in Paris die Tagung des internationalen Anleiheausschusses ohne Ergebnis. Der Versuch, die Folgen der Reparationsverpflichtungen für Deutschland abzumildern, scheitert erneut am Widerstand Frankreichs. Fruchtlose Nachrichten aus dem verwüsteten Europa, das auch mehr als dreieinhalb Jahre nach Kriegsende nicht zu einem friedlichen Neuanfang findet.

Ob Eliot die allgemein düstere Lage oder mehr seine eigene Misere im Sinn hatte, als er sein Gedicht *The Waste*

Land taufte, ist eine nicht entscheidbare Frage, denn Eliot wurde von diesem Titel gefunden, der alles enthielt, was er zu sagen hatte. Er entdeckte ihn in einem Buch, das er mit Leidenschaft las und das von einer ganz anderen Zeit erzählte. Es heißt *From Ritual to Romance* und wurde von Jessie L. Weston verfasst, einer Mediävistin, die ihr ganzes Forscherleben in den Dienst der Artus-Sagen gestellt hatte, besonders der Mythen um den Heiligen Gral. Diesem 1920 erschienenen Werk, führt Eliot in seinen *Notes on The Waste Land* aus, verdanke er nicht nur den Titel, sondern auch den Plan und einen »Großteil der dem Gedicht eigenen Symbolhaftigkeit«. Man solle es lesen, weil es die Schwierigkeiten seines Gedichts weit besser erhelle, als er selbst es könne; er empfehle es »jedem, der das Gedicht der Mühe einer solchen Aufhellung für wert hält«. Wer damit vertraut sei, werde »leicht gewisse Anspielungen auf Fruchtbarkeitsriten« entdecken. Ins Deutsche wurde Westons Buch nie übersetzt, aber die Lektüre lohnt für jeden, der je eine Begeisterung für König Artus und die Tafelrunde verspürte, und so ein Leser war Eliot selbst.

Der Heilige Gral, die Opferschale, die Jesus beim Letzten Abendmahl gebraucht haben soll und in der Josef von Arimathäa bei der Kreuzigung sein Blut auffing, wurde der Sage nach zusammen mit der heiligen Lanze, mit der Jesus am Kreuz die Seite geöffnet wurde, nach England verbracht und auf einer unzugänglichen Burg vom Gralskönig und der Gemeinschaft der Gralsritter verwahrt. Diese Gemeinschaft leidet einen großen Mangel. Durch eine peinigende Verwundung des Königs in der Lendengegend ist es nicht nur um dessen eigene Fruchtbarkeit, sondern um die des ganzen

Landes schlecht bestellt. Als Grund wird eine sittliche Verfehlung des Königs angenommen, der sich von einer Zauberin verführen ließ. Der König wird auch als Fischerkönig bezeichnet. Nun ist der Reichtum der Flüsse des Landes versiegt. Rettung kann nur von einem Fremden kommen, der reinen Herzens ist. Er kann den König und das ganze Land erlösen, indem er die Lanzenspitze auf die Wunde legt, zuvor aber muss er eine bestimmte Frage stellen. Es ist die menschlichste aller Fragen: die Mitleidsfrage. Was fehlt Euch, Herr, wie kann ich Euch helfen? So hätte Parzival, der reine Tor, fragen müssen, als er vor dem König stand – Wolfram von Eschenbach hat ein Epos, Richard Wagner später eine Oper daraus gemacht.

Weston verknüpfte nun die Gralslegenden mit den Vegetationskulten von Ägypten bis zum Zweistromland, die sich dank James Frazers Studie *The Golden Bough* gerade besonderer Beliebtheit erfreuten. Frazer hatte gezeigt, wie die alten Fruchtbarkeitsriten nach ein und demselben Schema abliefen: Ein männlicher Gott muss um der Erneuerung der Fruchtbarkeit willen sterben, denn seine Vereinigung mit der Muttergottheit bringt den erlösenden Regen, macht an Nil und Euphrat die Felder wieder grün. Vor Weston hatte dies niemand mit dem Gral in Verbindung gebracht. Es war eine Wahrheit der Stunde, getragen von dem großen Schwung vergleichender Betrachtung als Schlüssel zur Erkenntnis, mit dem Frazers Werk vor allem britische Gelehrte in den ersten Jahrzehnten des 20. Jahrhunderts inspirierte – fast wird man sagen können, auf dem Kontinent las man Freud, in England Frazer.

Aber auch Weston hatte offenbar Freud gelesen, denn in

den Heiligtümern des Grals – Lanze und Schale – erkannte sie Phallus und Vulva, was im christlichen Kontext natürlich ein schwerer Tabubruch war. Das vom Schaft der Lanze tropfende Blut als Sperma, das in der weiblichen Schale aufgefangen wird: Dieses Bild legt Weston nahe, ohne es deutlich auszusprechen, was für nachviktorianische Ohren explizit genug war. Hat man die Bilder aber einmal in dieser Form erkannt, dann fällt es schwer, sie überhaupt noch anders zu lesen. Wie der König leidet, leidet auch das Land: Es wird Eliot elektrisiert haben, einer so tief in die Menschheitsmythen hinabreichenden Wurzel seiner Leiden zu begegnen. Die Trübsal seiner Ehe und das Schicksal Europas ließen sich im selben Licht betrachten.

Bloomsday

Am Sonntag, dem 11. Juni, wurden im Turm der Dreikönigenkirche in Neuss am Rhein vier neue Glocken aufgehängt, das heißt, sie erklangen dann zum ersten Mal, aufgehängt wurden sie schon vorher. Franziska hörte sie zur Abendmesse läuten, als sie mit Maria an der Obererft spazieren ging. Sie fürchtete sich jetzt davor, an den Donnerstagen zum Nähen nach Büttgen zu gehen, aber wenn Pierre sie abpasste auf dem Nachhauseweg, dann hatte sie ein anderes Gefühl. Dabei verstand sie noch immer kein Wort von dem, was er ihr sagte. Es war nur so, dass jetzt die Lindenbäume blühten, und einmal brachte er Erdbeeren mit.

Rilke mochte selbst sein bester Deuter sein, unbelehrbar war er nicht. Von Elisabeth Aman-Volkart, Nanny Wunderlys jüngerer Schwester, hatte er ein Büchlein über Waldbäume und Sträucher geschenkt bekommen, und diesem musste er nun entnehmen, dass er sich im Bestimmen jener frühblühenden Kätzchen geirrt hatte, die ihm für den Schluss der zehnten Elegie so passend erschienen waren. Es handelte sich nicht um Kätzchen der Weide, wie er gedacht hatte, sondern der Hasel, was schwierig zu begreifen war, allein es musste sein. »Es gibt also keine ›hängenden‹ Weidenkätzchen (merkwürdigerweise), und gäbe es irgendeine rare tropische Ausnahme, so könnte ich sie doch nicht brauchen. Die Gedichtstelle, die ich auf die sachliche Richtigkeit hin kontrollieren wollte, steht und fällt damit, daß der Leser, mit dem ersten Gefühl, gerade dieses Fallende der Kätzchen ergreife und auffasse, sonst verliert das dort gebrauchte Wort allen Sinn.« Nachdem das klar ist, gibt es kein Zurück mehr: Rilke muss ein Wort am Schluss der zehnten Elegie ändern, die er der Fürstin doch gerade erst so vollendet vorgelesen hatte: »Ich weiß also, was ich wissen mußte, und vertausche im Text ›Weide‹ gegen ›Hasel‹«. Die davon ahnungslose Fürstin schrieb am 11. Juni: »Noch klingt und singt es mir in Kopf und Herz, Serafico, und noch finde ich keine Worte, um Ihnen zu sagen, was ich empfunden habe, wie ich entzückt und erschüttert war – dieser Trost für die Vergangenheit, dieser Jubel für die Gegenwart, diese unsägliche Hoffnung für die Zukunft …«

»Zu jubeln ziemt nicht«, hatte Stefan George in dem Gedicht »Der Krieg« befunden. Ebenfalls am 11. Juni findet im ostpreußischen Königsberg eine Parade zu Ehren des ehemaligen Generalfeldmarschalls Paul von Hindenburg statt, aber auch eine linksgerichtete Gegendemonstration. Es kommt zu gewaltsamen Auseinandersetzungen, bei denen ein Mensch getötet wird. Rechtsgerichtete Demonstranten empfangen den sozialdemokratischen Reichspräsidenten Friedrich Ebert einen Tag später in München. Vaterländische Verbände werfen ihm Verrat vor, wegen seiner Antikriegspolitik im Jahre 1918. Beide Lager werden sich weiterhin unversöhnlich gegenüberstehen, und daran wird die Republik zerbrechen. Gegen Ebert ist auch Joseph Smeets, Führer der rheinischen Separatisten, der wegen Beleidigung des Staatsoberhaupts von einem Kölner Gericht zu sieben Monaten Haft verurteilt wird. Am selben Tag stirbt Wolfgang Kapp, Initiator des Putsches von 1920, vor Prozessbeginn in Untersuchungshaft.

Eliot meint, sich nun lange genug geschont zu haben. Er sieht sich gezwungen, das für Mitte Juni geplante Wochenende bei Ottoline Morrell in Garsington abzusagen. Er müsse sich jetzt dringend um die Zeitschrift kümmern, nachdem er Lady Rothermere schon ein Jahr habe warten lassen. Er sei vor allem deswegen nach Lugano gefahren, um Kraft für dieses Projekt zu tanken, dem er sich für die nächsten drei Monate ganz widmen müsse. Vivien habe das wohl falsch verstanden, aber er könne jetzt nicht weg. Vivien lasse ihr ausrichten, sie habe auf ihre Empfehlung hin einen neuen Spezialisten konsultiert, der meine, ihr Leiden rühre von den Drüsen her; die meisten ihrer Drüsen arbeiteten nicht. Dazu komme noch eine Dickdarmentzündung. Man habe ihr eine Radikalkur verordnet. Zwei Tage in der Woche dürfe sie nichts essen. So müsse man sich mit der Freude auf ein Wiedersehen begnügen.

Die Wahlen im Freistaat Irland enden mit einer klaren

Mehrheit für die gemäßigte Fraktion der Sinn Fein unter dem Parlamentspräsidenten Arthur Griffith, die 58 Sitze im Dáil Éireann erhält, während die Radikalen Sinn-Fein-Anhänger um Éamon de Valera nur auf 36 Sitze kommen. Kein Mensch in Dublin kommt darauf, dass an diesem Tag, dem 16. Juni, eigentlich ganz etwas anderes gefeiert werden müsste. Es ist nämlich Bloomsday, der Tag, an dem der *Ulysses* spielt, und dieser Tag würde in ferner Zukunft tatsächlich von einigen Unentwegten in Dublin begangen werden und sogar noch an anderen Orten der Welt, wie in Triest. Der Tag beginnt mit der Morgenrasur des Medizinstudenten Buck Mulligan auf der Plattform des Martello Towers über der Bucht von Dublin, er lässt uns all die kurzen und langen Wege des Annoncenakquisiteurs Leopold Bloom mitgehen, der sich vor dem Nachhausekommen drückt, weil er weiß, dass seine Frau Molly ihn am Nachmittag mit dem Konzertveranstalter Blazes Boylan betrügen wird, er bringt uns nahe, wie Bloom und der junge Dichter Stephen Dedalus nach diversen Kneipenbesuchen spätabends ins Gespräch kommen, und mündet in den mäandernden Gedankenstrom Mollys, als Leopold endlich neben ihr im Bett liegt. An diesem Tag werden künftig ansonsten unverdächtige Zeitgenossen heimlich mit einer Kartoffel und Zitronenseife in der Hosentasche durch die Gegend laufen und um die Mittagszeit ein Glas Burgunder trinken, mit einem Gorgonzola-Sandwich dazu, denn all das gehört zu Blooms Tag. Davon ist aber im Jahr 1 nach *Ulysses,* nach der von Pound eingeführten Zeitrechnung, noch nichts zu spüren, und selbst in der unmittelbaren Umgebung des Autors hapert es am nötigen Grundwissen. Gilbert Seldes, Redakteur des *Dial,* hat

Joyce und seine Frau für den 16. Juni ins Ballett eingeladen, um den Tag gebührend zu feiern. Am 16. Juni! Nora allerdings versteht das nicht. Warum genau an diesem Tag? Weil, bringt Jim gepresst hervor, mein Buch an diesem Tag spielen soll … Ach, es hat ja sowieso keinen Zweck. Wenn sie es bis jetzt nicht weiß, dass er das Datum deshalb wählte, weil sie und er an diesem Tage erstmals ausgingen, dann wird sie es nie begreifen.

Was ihr alles entging, aber daran war sie selber schuld. Erst kürzlich hatte sie wieder gesagt, er wäre besser Sänger geworden, mit dem Schreiben verschleudere er nur sein Talent. Zum Glück gab es genügend Neugierige, denen sein Roman etwas galt und die alles Mögliche von ihm wissen wollten. Schon in Zürich war das so gewesen. Befragt, warum er ausgerechnet Odysseus zu seinem Helden erkoren habe, hatte Joyce dort seinem Sprachschüler Georges Borach erklärt, er sei der menschlichste, vielseitigste Charakter der Weltliteratur. Größer und menschlicher als Hamlet, Don Quichotte, Dante oder Faust. Die schönsten, menschlichsten Züge seien in der Odyssee enthalten. »Ulysses wollte nicht in den Trojanischen Krieg ziehen; er wusste, dass der offizielle Kriegsgrund, die Verbreitung der hellenischen Kultur, nur ein Vorwand für die griechischen Kaufleute war, die nach neuen Märkten suchten. Als die Offiziere kamen, ihn zu rekrutieren, war er rein zufällig mit Pflügen beschäftigt. Er gab vor, verrückt zu sein. Daraufhin legten sie seinen zweijährigen Sohn in die Furche. Beachten Sie die Schönheit des Motivs: der einzige Mann, der in Hellas gegen den Krieg ist, und der Vater. Vor Troja vergießen die Helden ihr Blut umsonst. Sie wollen die Belagerung aufheben. Odysseus stimmt gegen diesen Vorschlag. Er erfindet die List mit dem hölzernen Pferd. Nach Troja redet niemand mehr von Achilles, Menelaos, Agamemnon. Nur mit einem Mann sind wir noch nicht fertig; seine Heldenlaufbahn hat erst kaum begonnen: Odysseus. Dann das Motiv der Wanderung. Skylla und Charybdis – was für eine glänzende Parabel. Odysseus ist auch ein großer Musiker; er will und muss zuhören; er muss sich an den Mast binden lassen. Das Motiv des Künstlers, der eher sein Leben riskiert, als sein Interesse zu opfern. Dann der köstliche Humor der Polyphem-Szene. ›Mein Name ist Niemand.‹ Auf Naxos, als älterer Mann von fünfzig Jahren, vielleicht kahlköpfig, mit Nausikaa, einem Mädchen, das kaum siebzehn ist. Was für ein schönes Thema!« Ja, nur leider interessierte sich Nora nicht dafür.

Gut, bei der Sache mit dem siebzehnjährigen Mädchen war es vielleicht besser, dass Nora sich nicht dafür interessierte. Das war mehr etwas für Dr. Freud, der an diesem Tag, dem 16. Juni 1922, erstmals Arthur Schnitzler traf, der kürzlich sechzig geworden und in der Presse sehr gewürdigt worden war. Auch Freud hatte gratuliert, Schnitzler geantwortet, Freud ihn eingeladen. Was ihn Überwindung kostete, denn er hielt Schnitzler für seinen literarischen Doppelgänger (den zu treffen eigentlich den Tod bedeutet). Auch Schnitzler war ursprünglich Arzt gewesen. Stichpunktartig notierte er, worüber man sprach: Krankenhaus, Militärdienst, Vorgesetzte. Freud hatte ihm seine Bibliothek gezeigt, antike Bronzen, Schriften seiner Schüler. Dann, auf dem Nachhauseweg, wärmer und persönlicher, redete man über Alter und Tod.

Nach der irischen Parlamentswahl und der Niederlage der Anti-Treaty-Fraktion spitzt sich der Konflikt weiter zu. Bereits seit April ist das Four-Courts-Gebäude am Inns Quay in Dublin, das schon während des Osteraufstands 1916 besetzt worden war, in der Hand der radikalen IRA. Churchill übt Druck auf Collins aus, das Gebäude zu erstürmen. Woran es in Dublin im Jahre 1922 fraglos fehlt, ist eine mäßigende, unerschrocken humane Stimme wie die von Leopold Bloom, der leider nur ein fiktionaler Charakter ist. Zwar nehmen ihn seine Zeitgenossen nicht übermäßig wichtig, schließlich ist er nur einer, der Annoncen vermittelt, und außerdem ein abtrünniger Jude, dessen Vater sich das Leben genommen hat. Aber wer sich mit ihm auf eine Diskussion einlässt, wie der aggressive und chauvinistische Citizen im zwölften Kapitel, erlebt einen furchtlos argumentierenden Mann, der sich für den Frieden ausspricht und gegen Gewalt, für die Liebe und gegen den Hass. Worauf er sich als »neuer Apostel der Heiden« verspotten lassen muss und vom Citizen, dem Wiedergänger des einäugigen Zyklopen aus dem homerischen Epos, mit einer leeren Keksdose beworfen wird.

Weimarer Verhältnisse herrschten 1922 auch im Fußball. Das Endspiel um die deutsche Meisterschaft zwischen dem Hamburger SV und dem 1. FC Nürnberg, das am 18. Juni vor 25 000 Zuschauern in Berlin stattfand, wurde beim Stand von 2:2 nach 189 Spielminuten ohne einen Sieger abgebrochen. Der Reporter des *Berliner Tagblatts* schreibt: »... Und weiter ging der Kampf, bis nach wieder 53 Minuten der Schiedsrichter Dr. Bauwens ebenso wie die erschöpften Spieler zusammenbrach. Doch erst nach weiteren 18 Minuten entschloss sich dann der wieder tätige Spielleiter, dem inzwischen zur Farce gewordenen Kampfe ein vom Publikum stürmisch bereitetes Ende zu bereiten.« Das Wiederholungsspiel wird für den 6. August angesetzt. Liest man heute die Mannschaftsaufstellungen, so ist nur noch ein Name schattenhaft bekannt, der des Nürnberger Torwarts und Nationalspielers Heiner Stuhlfauth. Es sollte noch über vierzig Jahre dauern, bis die Mannschaftsaufstellung des 1. FC Nürnberg ein literarischer Gegenstand wurde, in einem Gedicht von Peter Handke. In Honolulu stellt Johnny Weissmuller einen neuen Weltrekord im Rückenschwimmen auf.

Eliot hatte angekündigt, sich in den nächsten drei Monaten nur noch um die Zeitschrift zu kümmern, für die es nun auch einen Namen gab: *The Criterion* sollte sie heißen, ein Einfall von Vivien, die fand, dass das ein klingender Name sei, und das fanden Eliot und Richard Cobden-Sanderson, der Verleger, auch. Lady Rothermeres farbloser Vorschlag *London Review* war damit vom Tisch. In Eliots Kalender mussten allerdings doch noch andere Dinge passen, den Dienst in der Bank gar nicht mitgerechnet, und so hatte er alle Hände voll zu tun, seine Tage zu planen. Denn eigentlich sollte er am Montag bei Wyndham Lewis Porträt sitzen, aber das ging nicht, weil er die Möbelpacker treffen musste, da es am Dienstag wieder zurück aus der Wigmore Street nach Clarence Gate Gardens ging. Und vergnügen wollte er sich auch. Mary Hutchinson hatte zwei Karten für eine Vorstellung des russischen Tänzers Léonide Massine besorgt, den Eliot bewunderte, und zu gerne wollte er ihn auch persönlich kennenlernen.

Am 19. Juni berichtet die *Berliner Illustrirte Zeitung* über ein

Vorhaben des norwegischen Polarforschers Roald Amundsen, der im nächsten Jahr den Nordpol überfliegen will. Am 20. Juni landen zwei portugiesische Flieger in Rio de Janeiro, die auf dem Luftweg den Atlantik überquert haben. Am selben Tag vermeldet die *Neuß-Grevenbroicher Zeitung* die Feiern zum hundertsten Geburtstag meiner Ururgroßmutter, die nicht ihren weiblichen Vornamen tragen darf, sondern beim Namen ihres verstorbenen Gatten Witwe Heinrich Kemmerling genannt wird. Von regem Leben ist die Rede, von Fackeln und Feuerwerk. Der Männergesangverein Cäcilia habe »einige schöne Lieder«, der Mandolinenklub Rheinkraft »hübsch und flott gespielte Musikstücke« dargebracht. Geradezu lebhafter Verkehr habe in den Nachmittagsstunden im Hause der Jubilarin geherrscht: »Eine große Anzahl Gratulanten, unzählige Blumenspenden und sinnige Geschenke zeugten von der großen Beliebtheit, deren sich die alte Frau in allen Kreisen der Bürgerschaft erfreute. Aus allen Gegenden Deutschlands liefen während des ganzen Tages durch die Post und den Draht zahlreiche Glückwünsche ein. Wie nach außen, so bildete die Feier aber auch selbst ein rechtes Familienfest, welches die Jubilarin im Kreise ihrer vielen Angehörigen erleben konnte. Eine Wiederholung der Illumination wie am Vorabend bildete den Abschluss des würdig verlaufenen ehrwürdigen Tages.«

Da ich die Wohnung gut kenne, in der sich all das abgespielt haben soll, kommen mir Zweifel. Sie war so klein und stand so voller Möbel, dass es nur weniger Gäste bedurfte, um den Eindruck drangvoller Enge zu erzeugen. Die ganze Arbeit, die Gäste zu bewirten, lag bei der 23-jährigen Franziska. Unrichtig ist die Grundannahme des Festakts, denn Katharina Kemmerling, geborene Leffelmann, feierte an diesem Tag allenfalls ihren 99. Geburtstag. Sie taucht mit verschiedenen Einträgen im Geburtsregister der Stadt Neuss auf, einmal wird ihr Geburtsjahr mit 1823, einmal mit 1826 angegeben (dem Jahr, in dem Eichendorffs *Taugenichts* erschien). Die Differenz liegt wohl darin begründet, dass Katharina außerehelich zur Welt gekommen war und nach der Eheschließung ihrer Mutter jünger gemacht werden musste, um in das christliche Familienbild zu passen. Zur »in allen Kreisen der Bürgerschaft« beliebten Frau war sie spätestens im Weltkrieg aufgestiegen, als sie für fleißiges Sockenstricken zugunsten der Frontsoldaten eine Würdigung erhielt. Da war sie definitiv schon über neunzig Jahre alt.

Es lief nun alles darauf hinaus, dass Eliot sein Gedicht bei Boni & Liveright in New York erscheinen lassen würde. Als er jedoch von Liveright einen Vertragsentwurf erhielt, war er damit sehr unzufrieden, und telegraphierte umgehend an John Quinn, ob er sich in dieser Sache für ihn einsetzen könne. Der Anwalt kabelte sofort zurück und sagte ihm jede nötige Hilfe zu. Doch weder Liveright noch Quinn kannte zu diesem Zeitpunkt Text oder Titel des Gedichts. Es war Eliot gelungen, den Preis seiner Ware durch Geheimhaltung in die Höhe zu treiben, und es ist bemerkenswert, wie viele Bälle er trotz seiner Erschöpfungszustände und der noch stärker angegriffenen Gesundheit Viviens gleichzeitig in der Luft halten konnte.

Der Luftraum wird überhaupt immer wichtiger. Auf dem Flugplatz Staaken bei Berlin landet am 21. Juni eine Maschine der Deutsch-Russischen Luftfahrtgesellschaft nach einem Nonstop-Flug aus Moskau. Tags darauf wird der englische Feldmarschall Sir Henry Wilson auf seinem Landsitz bei London von Agenten der IRA ermordet. Wilson gehörte zum rechten Flügel der Konservativen und war ein Gegner der irischen Unabhängigkeit. Die Täter wurden gefasst und zum Tode verurteilt. Churchill ging davon aus, dass sie von Gegnern des Abkommens beauftragt worden waren, doch steckte Michael Collins dahinter. Da blicke noch einer durch.

Wann immer sich die Gelegenheit bietet, gönnt sich Eliot ein paar nette Stunden mit Mary Hutchinson, die wir uns als seine beste Freundin vorstellen dürfen. Mary muss in diesen Wochen besonders beschwingt gewesen sein, denn sie hat Virginia Woolf auf der Treppe geküsst, wie diese in ihrem Tagebuch festhält. Für ihren Freund Tom hat Mary zuwege gebracht, dass sie Massine nach dem Theaterbesuch treffen. Was alles in so einen Tag passte! Heute sei er ziemlich müde, schreibt er Mary am 23. Juni, er sei nach dem Dinner noch tanzen gewesen, während Vivien zu Hause verhungert sei; danach habe er in der leeren Wohnung in der Wigmore Street noch die angebrochene Flasche Vermouth gekillt und ein paar Anziehsachen eingepackt. »Hat echt Spaß gemacht.«

Rilke sagt indes alle Einladungen ab, sein Rosengarten hält ihn fest, und warum sollte man eigentlich ausgehen?

Koenigsallee

Zwei verwelkte Kränze liegen zu Füßen des Gedenksteins an der Koenigsallee 16 in Berlin-Grunewald, gegenüber münden die Erdener Straße und die Wallotstraße ein, und zum Berliner Wissenschaftskolleg sind es von hier nur ein paar

Schritte. Der Straßenverlauf ist hier sehr unübersichtlich, in einer weit geschwungenen S-Kurve passt sich die Straße dem zu den Grunewaldseen absinkenden Gelände an, und man hat das Gefühl, dass es hier zu Tal geht. An dieser Stelle wurde am Morgen des 24. Juni 1922, einem Samstag, das Fahrzeug des amtierenden Reichsaußenministers Walther Rathenau, ein offenes NAG-Kabriolett, gegen 10:45 Uhr von einem anderen Fahrzeug, einem ebenfalls offenen Mercedes-Tourenwagen, überholt und zum Stehen gebracht. Rathenau, im Fond des Wagens, befand sich auf der Fahrt von seinem Wohnhaus in der Koenigsallee 65 ins Auswärtige Amt. Im überholenden Fahrzeug saßen drei junge Männer, Sonnenbrillen tragend. Einer von ihnen feuerte mit einer Maschinenpistole auf den Minister, ein anderer warf eine Handgranate in dessen Wagen. Rathenau, von fünf Schüssen tödlich getroffen, starb innerhalb weniger Minuten. Sein Chauffeur fuhr den Sterbenden zurück nach Hause, rief die Polizei und einen Arzt. Seine jugendlichen Mörder, im Alter zwischen 20 und 26 Jahren, Angehörige der rechtsextremen Organisation Consul, die bereits ein Jahr zuvor den Zentrumspolitiker Matthias Erzberger, Unterzeichner des Waffenstillstandsabkommens von Compiègne, ermordet und erst am 4. Juni 1922 ein gescheitertes Attentat auf den Sozialdemokraten Philipp Scheidemann verübt hatte, entkamen durch die Wallot- und Herbertstraße.

»Die Geschichte«, sagt Stephen Dedalus im zweiten Kapitel des *Ulysses* zu Mr Deasy, an dessen Schule er für kleines Geld Literatur und Geschichte unterrichtet, »die Geschichte ist ein Alptraum, aus dem ich zu erwachen suche.«

»Sie schossen ihre Maschinenpistolen ab, warfen ihre

Granaten und sausten davon«, schreibt Golo Mann in seiner *Deutschen Geschichte des 19. und 20. Jahrhunderts* über die Ermordung Rathenaus. »Ein Teil der Nation war ehrlich empört – die sozialdemokratischen Arbeiter vor allem, jene, die man gern wegen ihres ›Materialismus‹ und mangelnden Christentums verachtete. Ein anderer aber und sehr beträchtlicher Teil der Nation war gar nicht empört; zuckte die Achseln; schmunzelte heimlich; jubelte laut. Es gab Damen der Großbourgeoisie, gute Christinnen, muss man annehmen, welche die Nachricht von Rathenaus Ermordung sehr lustig stimmte. War der Mann nicht Demokrat? ›Erfüllungspolitiker‹? Jude obendrein? Er war es. Dass er nebenbei der heißeste Patriot war und einer der ganz wenigen geistig schöpferischen Staatsmänner dieser Epoche, dass seine große Planleistung die deutsche Industrie 1914 erst kriegsfähig gemacht hatte – es ging unter in der entmenschten Hetze gegen ihn, fand nicht Eingang in die verrohten, vergifteten Seelen.«

Wie man sich diese entmenschte Hetze schon für 1922 vorstellen muss, zeigt das in den rechtsextremen Freikorps erklingende Lied: »Auch Rathenau, der Walther, / Erreicht kein hohes Alter, / Knallt ab den Walther Rathenau, / Die gottverdammte Judensau!« Es waren wohl gerade das hohe persönliche Ansehen und die unbestreitbaren Erfolge Rathenaus wie der am Rande der Konferenz von Genua mit der Russischen Sowjetrepublik geschlossene Vertrag von Rapallo, die den Hass auf diesen Mann beförderten. Wenn es einem jüdischen Politiker gelang, das von den im Versailler Vertrag festgelegten Reparationszahlungen so schwer geprüfte Deutschland ein Stück weit aus der Isolation zu führen, bestand Gefahr, dass die erklärten Feindbilder ins Wanken gerieten, und das galt es unbedingt zu verhindern.

Weil Rathenaus Ermordung auf einen Samstag fiel, konnten Tageszeitungen wie die *Neuß-Grevenbroicher* erst am folgenden Montag davon berichten, so dass die Kunde spätestens dann auch zu Franziska gelangte (ein Radio, das Nachrichten aus aller Welt frühmorgens in die Küche brachte, gab es noch nicht). Unter der Überschrift »Armes deutsches Vaterland!« wird in einem ganzseitigen, Meinung und Bericht vermischenden Artikel resümiert: »Die Zeit der Prüfung und des Wahnsinns ist also für unser deutsches Vaterland noch nicht vorbei. Einer unserer Tüchtigsten und Opferbereitesten in der Regierung, zur Stunde für die entscheidenden Fragen unseres Vaterlandes glatt unersetzlich ist der Mordwaffe schamloser Buben zum Opfer gefallen. Ganz Deutschland muss in diesem Augenblick seine Stimme für die aufs Äußerste gefährdete Volksgemeinschaft erheben. Keine Unbesonnenheiten, wenn auch unsere Abgeordneten nicht gerade ein gutes Beispiel der Geistesgegenwart und Ruhe geben! Mögen die Täter stehen, wo sie wollen, welche Motive sie auch bestimmt haben, es ist klar, dass der feige Mord nur die Sache derer fördern wird, die Deutschland verderben wollen.« Wo die Täter standen, bezeichnete indes Reichskanzler Joseph Wirth vom Zentrum an diesem 26. Juni klar, ein damals schon geflügeltes Wort gebrauchend: »Dieser Feind steht rechts.« Am Tag zuvor war es in der Sondersitzung des Reichstags zu Tumulten gekommen. Der deutschnationale Abgeordnete Karl Helfferich, der zuvor Rathenaus »Erfüllungspolitik« besonders scharf angegriffen hatte, war mit »Mörder, Mörder«-Rufen empfangen worden.

In seiner abgeschiedenen Lage im Wallis zeigt sich Rilke überraschend gut informiert. Er tritt gerade dem Gedanken näher, Baladine Klossowska, die nun schon seit einem halben Jahr in Berlin, aber doch irgendwie auch seine Geliebte ist, wieder einmal in Muzot zu empfangen. »Ach, die Arme, sie kommt von Berlin!«, schreibt er am 28. Juni an Nanny Wunderly. »Berlin ist mir noch entsetzlicher und odioser geworden über diesem neuen Verbrechen, dieser heillosen Ermordung Walther Rathenaus, durch die nun der letzte Verständige vernichtet ist, der das blind-obstinate Deutschland noch mit der übrigen Welt in Leitung und Spannung hielt.«

Millionen Menschen demonstrierten in den Tagen nach Rathenaus Ermordung in ganz Deutschland für die Republik. Im Juni 1929, sieben Jahre nach dem Attentat, wurde am Tatort eine erste Gedenktafel enthüllt, die von den Nationalsozialisten wenige Jahre später entfernt, 1946 aber wieder aufgestellt wurde. Geht man von dieser Tafel die Koenigsallee hinunter, den Weg, den Rathenaus Chauffeur mit seinem sterbenden Chef im Wagen fuhr, vorbei an all den Villen, in denen Stiftungen und Botschaften residieren, dann steht man ein Stück hinter dem Hagenplatz vor dem Haus mit der Nummer 65, in dem heute ein Verlag mit Druckerei seinen Sitz hat. Das weiße, stuckverzierte dreigeschossige Haus, das Walther Rathenau, Sohn des AEG-Gründers Emil Rathenau, sich dort erbaute, ist bis heute schön und prächtig und zu groß für einen alleinstehenden Mann, um sich nicht einsam zu fühlen. 1933 hielten in der Nachbarschaft die Mörder Einzug, nachdem die Villen jüdischer Eigentümer zwangsenteignet worden waren. Göring wohnte Nr. 68, Goebbels Nr. 70.

Die Mörder Rathenaus werden wenige Wochen nach

der Tat auf Burg Saaleck in Thüringen gestellt, die einem Mitglied der Organisation Consul gehört. Einer der Täter wird von den Kugeln der Polizeibeamten tödlich getroffen, der zweite erschießt sich. Dem Fahrer und seinen Mitverschworenen wird im Oktober der Prozess gemacht. Einer der Berichterstatter ist der junge österreichische Journalist und Schriftsteller Joseph Roth. Er schreibt im sozialdemokratischen *Vorwärts:* »Das Deutsch dieser Leute ist papieren, bald und bald sentimental, und der Stil des ehemaligen Kaisers … Diese Menschen lieben das ›Nationale‹ und meinen das Schießgewehr; sie arbeiten für die ›nationale Sache‹ und meinen die Vorbereitung zum Mord.« Welcher Alptraum mit der Ermordung Rathenaus in Deutschland begonnen hat, ist mit Händen zu greifen. Die unmittelbaren Folgen sind wirtschaftlicher Art. »Eine Panik brach aus, und sie erschütterte das ganze Reich«, schreibt Stefan Zweig. »Mit einem Ruck stürzte die Mark, und es gab kein Halten mehr, ehe nicht die Irrsinnszahlen von Billionen erreicht waren.« Rilke hatte gut daran getan, rechtzeitig in die Schweiz zu gehen.

Drüsen

Walther Rathenau ist ermordet, und die Welt geht weiter ihren Gang. Reichskanzler Wirth übernimmt erneut das Amt des Außenministers. In Österreich beginnt ein Generalstreik. Reichspräsident Ebert erlässt eine Notverordnung zum Schutz der Republik. Auch die Schriftsteller machen weiter. Hemingway ist wieder als Reporter unterwegs. Er hat sich mit Mussolini getroffen und schreibt im *Toronto Daily Star*: »Benito Mussolini, Kopf der faschistischen Bewegung, sitzt an seinem Schreibtisch am Zünder des großen Pulvermagazins, das er in ganz Ober- und Mittelitalien angelegt hat, und streichelt gelegentlich die Ohren eines Wolfshundwelpen, der wie ein kurzohriger Präriehase aussieht und mit den Papieren spielt, die um diesen Schreibtisch ausgebreitet sind. Er ist ein großer, braungesichtiger Mann mit hoher Stirn, einem langsam lächelnden Mund und großen, expressiven Händen.« Hemingway ist noch schwankend in seiner Einstellung zu diesem Mann, der im Weltkrieg schwer verwundet wurde, denn solches Heldentum beeindruckt ihn. Später wird er über ihn schreiben, mit einem Mann, der ein schwarzes Hemd, dazu aber weiße Gamaschen trage, könne etwas nicht stimmen.

Auch Albert Einstein steht auf den Todeslisten der Rechtsextremen. Seine Gefühle für Rathenau umschreibt er als freudige Dankbarkeit für die Hoffnung und den Trost, den er ihm in diesen dunklen Tagen in Europa gegeben habe. In einem Wolkenkuckucksheim ein Idealist zu sein sei keine Kunst, aber Rathenau sei ein solcher auf der Erde gewesen, deren Gerüche er wie wenige andere gekannt habe.

Eliot ist mit anderen Dingen beschäftigt. Am 25. Juni schreibt er einen Brief an John Quinn und dankt ihm für seine großzügige Bereitschaft, ihn gegenüber Liveright zu vertreten. Am selben Tag schreibt er an Schiff über Viviens Befinden. Sie seien von der neuen Behandlungsmethode nicht überzeugt, die Hungerkuren hätten unschöne Nebenwirkungen, sie suchten nun einen weiteren Arzt auf.

Am 27. Juni nimmt ganz Deutschland Abschied von Walther Rathenau. Der Plenarsaal des Reichstags ist von dem Architekten Bruno Taut und Theaterintendant Leopold Jessner für die Feier umgestaltet worden. Die Aufnahmen aus dem Reichstag zeigen hohe Palmen, ganz so, als werde ein orientalischer Fürst bestattet, ein Pharao. Anstelle des Präsidentensitzes steht der Katafalk mit dem Sarg auf dem Postament. Harry Graf Kessler hält fest: »In der Kaiserloge saß wachsbleich und wie zu Stein geworden Rathenaus Mutter und blickte immer nur starr herunter auf den Sarg.« Gerade zweieinhalb Monate waren seit jener übermütigen Postkarte aus Rapallo vergangen; nun würde ihr Sohn ihr nie mehr eine Karte schicken. »Die verruchte Tat traf nicht den Menschen Rathenau allein, sie traf Deutschland in seiner Gesamtheit«, erklärt Reichspräsident Ebert in seiner Trauerrede, und für diesen Tag ist das einmal keine Phrase. Die Parteien der jungen Republik stehen in seltener Einmütigkeit zusammen, die Empörung über die Bluttat führt im ganzen Land zu gewaltigen Demonstrationszügen, der Lustgarten ist restlos überfüllt, eine Million Menschen sind allein in der Reichshauptstadt auf den Beinen, um sich gegen die Mörder und ihre Gesinnungsgenossen zu verbünden. Die Beisetzung des Ermordeten findet auf dem Friedhof Oberschöneweide statt, im Südosten Berlins. Dort befindet sich das Erbbegräbnis der Familie Rathenau.

Am selben Tag schreibt Vivien Eliot einen Brief an Pound, in dem sie ihre Symptome darlegt. Pound hatte als Erster den Gedanken geäußert, eine Drüsenfunktionsstörung könne die Ursache ihrer Leiden sein, die da wären wie folgt: Erstens, die ihr schon länger bekannte Dickdarmentzündung. Zweitens, ihre dauerhaft erhöhte Temperatur. Drittens, zunehmende mentale Unfähigkeit. Sie vermeide den Kontakt zu anderen Menschen, um ihr Gehirn nicht gebrauchen zu müssen. Viertens, physische Erschöpfung. Fünftens, Schlaflosigkeit. Und sechstens, Migränen, mehr falle ihr im Moment nicht ein. Sie hoffe, er sei weiter am Thema Drüsen interessiert, wie er es im Gespräch mit Tom in Italien gewesen sei, und entschuldige sich für den dummen Brief. Sie werde alsbald für zwei Monate aufs Land gehen, und wenn alles nichts helfe, müsse sie in die Schweiz oder nach Deutschland oder sonst wohin, wo es intelligente Ärzte gebe. Tom, dem sie den Brief zeigt, setzt drunter, er halte ihre Darstellung für inadäquat, aber in der Tat sei sie sehr krank und erschöpft.

In Dublin eskaliert die Gewalt. Die Erstürmung des Four-Courts-Gebäudes durch die von Collins befehligten Truppen lässt den schon seit Monaten schwelenden Bürgerkrieg offen ausbrechen. Der Chef der regulären irischen Armee hat mit britischer Artillerie auf seine Landsleute schießen lassen. Bis zum 5. Juli werden die Straßen Dublins ein Schlachtfeld sein, auch O'Connell Street, die Prachtstraße der Hauptstadt, wird verwüstet werden.

Unterernährt und an Typhus wie an Malaria erkrankt, stirbt der russische Dichter Velimir Chlebnikov im Haus eines Freundes am 28. Juni in der Provinz Nowgorod. Chlebnikov, vom selben Jahrgang wie Pound, gehörte anfangs zu den Symbolisten, später schloss er sich den Futuristen an und wurde einer ihrer einflussreichsten Dichter. Er ging die Sprache von der Wurzel an und erfand nicht nur zahllose Wörter neu, sondern eine ganze Kunstsprache namens Zaum. Sie sollte ihn einer klanggesteuerten Universalsprache näher bringen, die auch von Sternen oder Vögeln verstanden wurde. Chlebnikov lebte ohne festen Wohnsitz, sah sich jedoch als den Vorsitzenden der Erdkugel an; 1921 war er mit der Roten Armee in Persien gewesen.

Am 29. Juni zieht Katherine Mansfield mit Ida Baker in das Hotel Château Bellevue in Sierre, nichtsahnend, dass dort jeden Moment Rainer Maria Rilke um die Ecke biegen konnte. Und falls sie sich zu einem Spaziergang in der Lage fühlte, bei dem man ein wenig steigen musste, dann konnte sie in Rilkes Garten die Rosen blühen sehen.

Am 30. Juni erhält Franz Kafka die Nachricht, dass er ab morgen Pensionär ist. Die Arbeiter-Unfall-Versicherungsanstalt hat seinem zuletzt am 7. Juni eingereichten Gesuch um Freistellung stattgegeben. Aufgrund seiner Lungentuberkulose hatte sich Kafka schon fünf Jahre zuvor vergeblich um eine Frühpensionierung bemüht. Nun ist er ein freier Mann, ein freier Schriftsteller geradezu, und hätte jetzt alle Zeit der Welt, *Das Schloß* zu beenden.

VII.

Gewitter

In der Mitte des Jahres, das man einmal als *Annus mirabilis,* als Wunderjahr der Klassischen Moderne, bezeichnen würde, befanden sich dessen maßgebliche Protagonisten etwa gleich weit von der Publikation ihrer kanonischen Werke entfernt. Joyce hatte seinen Roman jetzt seit fünf Monaten draußen, aber war er eigentlich wirklich erschienen? Konnte man ein englischsprachiges Buch, das weder in England noch in den Vereinigten Staaten überhaupt verlegt werden durfte, schon als veröffentlicht ansehen? Zumal die fehlerhafte erste Auflage bereits vergriffen war? Es waren seine körperlichen Schmerzen, die Joyce noch am ehesten von solchen Grübeleien abbrachten – und von dem Gedanken daran fernhielten, was er denn eigentlich als Nächstes schreiben würde. Eliot, der noch etwa fünf Monate darauf warten musste, bis die schmale Buchausgabe seines Gedichts gedruckt werden würde, konnte sich genauso wenig mit der Frage befassen, was danach zu schreiben sei. Er hatte eine Zeitschrift an den Start zu bringen, er hatte eine Frau, die immer krank war, und außerdem war er ein Bankangestellter. So zielstrebig er darin war, sein schmales Werk unter den bestmöglichen

Konditionen zu publizieren, so gering dachte er im Grunde über den Stellenwert der Dinge, die nur einem kleinen Teil der Menschheit unendlich viel bedeuteten. Im Fragebogen einer Zeitschrift beantwortete er die Frage, ob Dichtung für den modernen Menschen notwendig sei, mit einem glatten Nein. Und worin liege, im modernen Leben, die spezielle Funktion der Dichtung, verglichen mit anderen Arten von Literatur? Sie nehme weniger Platz ein. Was an Stefan Georges Bonmot erinnert, fünfzig Bücher seien genug für einen anständigen Menschen. Fragebögen dieser Art gelangten eher nicht an Rilke, der sich kaum Gedanken darüber gemacht haben dürfte, ob das, was er nun endlich fertiggestellt hatte, einmal als modern gelten würde oder nicht. Es schien einer ganz anderen Ordnung der Dinge anzugehören, die Uhren gingen anders in seiner dichterischen Welt, die nicht von Ezra Pound befehligt wurde.

Pound, der *spin doctor* der literarischen Avantgarde, war auch in anderer Hinsicht ihr Doktor, nämlich in ärztlicher, ohne dass er eine Approbation gehabt hätte. Sogar Vivien Eliot, die er eigentlich gar nicht leiden konnte, hatte ihm ihre Symptome aufgelistet, und da man auf jemanden wie Joyce immer aufpassen musste, drängte er darauf, dass Joyce sich von dem New Yorker Endokrinologen Dr. Louis Berman untersuchen ließ, als dieser im Juli nach Paris kam. Die Endokrinologie ist die Lehre von der Gestalt und Funktion der Drüsen mit innerer Sekretion, und Drüsen waren gerade so etwas wie Pounds Steckenpferd. Berman hatte über dieses Thema auch ein Buch geschrieben: *The Glands Regulating Personality* (»Wie die Drüsen die Persönlichkeit regulieren«). Pound selbst versucht, sich fit zu halten. Wyndham Lewis berichtet, wie er ihn einmal in seinem Studio in einem Boxkampf mit einem gut gebauten jungen Mann vorfand, der mit blendend weißem Oberkörper dastand und Pounds Attacken spielend parierte. Der junge Boxer behielt den Beobachter weniger vorteilhaft in Erinnerung. Lewis habe ausgesehen wie ein Frosch, notierte Hemingway in sein Tagebuch.

Als Antwort auf die Ermordung Walther Rathenaus gründen Studenten mehrerer deutscher Universitäten am 1. Juli den Republikanischen Studentenbund. Am selben Tag trifft der russische Maler Wassily Kandinsky in Weimar ein. Er soll als Lehrer an das Staatliche Bauhaus berufen werden, Gropius hat sich für ihn starkgemacht. Kandinsky hatte vor dem Krieg in Deutschland gelebt und mit Franz Marc die Redaktion des *Blauen Reiter* gegründet, dann war er nach Russland zurückgekehrt und hatte sich nach der Oktoberrevolution am Aufbau der neuen Gesellschaft beteiligt, indem er Leiter des Instituts für Künstlerische Kultur in Moskau wurde. Die Einschränkung der Kunstfreiheit durch die neuen Machthaber trieb ihn wieder davon. Als er ans Bauhaus kommt, wird er in der rechten Presse als Bolschewist und Anarchist beschimpft, und den orgiastischen Farbrausch von damals hat man ihm auch nicht vergessen. In Thüringen aber gibt es eine linke Regierung, davon kann das Bauhaus mit seinen fortschrittlichen Ansätzen profitieren, die vorerst so verschieden sind wie die Künstler, die dort unterrichten. Was sie eint, ist die Suche nach neuen Formen, die der Zeit entsprechen, und der modern gewendete Gedanke, dass Kunst, Architektur und Handwerk zusammenwirken sollten, wie in den Bauhütten des Mittelalters. Es hat noch keine Bauhaus-Ausstellung gegeben, das »Musterhaus Am Horn« in Weimar steht noch nicht. Kandinsky wohnt erst einmal bei Bauhaus-Direktor Walter Gropius. Zu seinen Kollegen gehören Paul Klee, Lyonel Feininger, Gerhard Marcks, Theo van Doesburg und Oskar Schlemmer sowie der Schweizer Maler Johannes Itten.

Eliot hat sich gezwungen gesehen, eine Schreibkraft einzustellen, die nun zwei Abende die Woche ins Haus kommt. Anders kann er es nicht schaffen, die nötige Korrespondenz für die ersten Nummern des *Criterion* zu bewältigen. Er entschuldigt sich bei seinen Freunden für den förmlichen Ton, der nun in seinen Briefen unvermeidlich sein wird, sofern er sie seiner Schreibkraft diktiert. Er gibt den ersten August als Deadline aus und muss drängeln, wie es Redakteuren zukommt, von Autoren allerdings nicht sehr geliebt wird.

Am 3. Juli beginnt in Berlin der Sommerschlussverkauf. Am selben Tag wird der Publizist Maximilian Harden, Sohn eines jüdischen Seidenhändlers aus Posen und Herausgeber der Wochenzeitschrift *Zukunft*, von Rechtsradikalen überfallen und mit Eisenstangen schwer verletzt. Kandinsky schreibt aus Weimar einen Brief an Arnold Schönberg, mit dem er an die unterbrochene Freundschaft zu dem Komponisten anknüpfen will, den er aus seiner Zeit in Bayern kennt. Er sei in Russland acht Jahre lang von den neuen Entwicklungen im Westen abgeschnitten gewesen und nun überwältigt von all den Eindrücken. In Russland habe er stets für das »öffentliche Gut« arbeiten müssen, er sehne sich danach, nun wieder zu eigenen Arbeiten zu kommen.

In New York erscheint eine würdigende Rezension des

Ulysses, verfasst von dem jungen Kritiker Edmund Wilson für die *New Republic.* Der Roman sei keineswegs von einem Menschenfeind geschrieben, vielmehr weckten seine Charaktere Sympathie, wie bei Flaubert. Wenn sich Joyce auch gelegentlich von seinem Hang zur Parodie forttragen lasse und einige Passagen schlichtweg unlesbar und, ja, langweilig seien, so lasse der *Ulysses* doch jede andere Prosa ziemlich alt aussehen.

Rilke schläft in diesen Tagen viel. Das liegt womöglich am Wetter, das nach einem schönen Juni umgeschlagen ist; die Sommermonate des Jahres 1922 sind zu weiten Teilen kühl und nass. Am Donnerstag, dem 6. Juli, aber ist es in Deutschland hochsommerlich heiß, in Frankfurt am Main werden 37 Grad gemessen. Franziska geht in einer hellen Bluse und kommt sich schuldig vor, aber die schwarzen Sachen kann sie an diesem Tag unmöglich tragen auf dem langen Weg durch die pralle Sonne, als sie von der Bauerbahn nach Büttgen geht. Auf den Feldern steht das reife Korn. Es ist schon spät am Abend und sehr schwül, als Franziska in die Schillerstraße zurückkehrt. Sie ist den ganzen Weg allein gegangen. In der Wohnung ist es still, man hört nur den Vogel von einer Stange zur anderen hüpfen. Franziska geht sofort ins Bett und legt sich zu ihrer Großmutter, die am Morgen gar nichts essen wollte und nur noch Malzkaffee trank, ohne ihr Brot zu stippen. Heute Nacht lässt sie das Fenster auf. Die Luft steht wie eine Wand. Als Franziska erwacht, friert sie. Die Großmutter liegt da und rührt sich nicht mehr. Sie wirft den Morgenmantel über und läuft die Treppen hoch zu den Mansardenzimmern, wo Vinzenz und der Vater schlafen, dann bricht draußen das Gewitter los. Es geht über Neuss, dem Rheinland, dem Kontinent nieder. In weiten Teilen Europas kommt es zu Temperaturstürzen. Überall werden Bäume entwurzelt, ganze Landstriche stehen unter Wasser, Schiffe auf Nord- und Ostsee geraten in Seenot. Die Hundertjährige ist gestorben.

Der leere Platz

Ich weiß nicht, was meine Großmutter träumte, ob sie im Traum manchmal an Orten war, an die sie im Leben niemals hingelangte. Oder ob sie überhaupt je im Museum war, in einem Kunstmuseum, und dabei Bilder sah, die sie an Träume erinnerten. Manchmal gibt es solche Bilder, die mich treffen wie sonst nur ein Gedicht. Dazu gehören gewisse Gemälde von Giorgio de Chirico, nicht der *Verlorene Sohn,* den er 1922 malte, sondern andere, aus einer früheren Phase: Ansichten leerer italienischer Plätze, mit ihren stummen Arkadengängen, den Schlagschatten, die sie werfen, mit antiken Zitaten, fremdartigen Objekten, unheilvoll kontrastierenden Farben, einer aus den Fugen geratenen Perspektive. Angeregt von Böcklin und Klinger, mehr noch von Nietzsche, der für de Chirico schon deshalb wichtig war, weil er in Turin sein letztes Jahr bei Verstand erlebt hatte. Schon die lyrischen Titel dieser Bilder, wie *Rätsel eines Herbstnachmittags, Das Rätsel der Ankunft und des Nachmittags, Das Rätsel der Stunde, Das Rätsel eines Tages, Einsamkeit, Die Freuden des Dichters, Die angstvolle Reise, Der Lohn des Wahrsagers, Platz mit Statue der Ariadne,* erzeugen eine Atmosphäre, die mich seltsam anzieht, sie verdoppeln die Wirkung der

Gemälde, die etwas Unerschöpfliches, latent Bedrohliches haben, wie Bilder in einem Traum, von denen wir nach dem Erwachen nur erinnern, dass sie überscharf waren. Man weiß jedoch genau, dass Sommer ist; Sommer in dieser italienischen Stadt, in der wir immer im Traum unterwegs sind. Besonders gilt das für *Geheimnis und Melancholie einer Straße,* auf dem ein einsames Mädchen seinen Reifen auf einen weiten, von Arkadengängen gesäumten Platz zurollt, während hinter einer dunklen Fassade ein Schatten ihm entgegenragt, der beim Hinschauen nur immer größer wird.

Diese Bilder de Chiricos, Schlüsselwerke der *pittura metafisica,* entstanden zwischen 1911 und 1915 und beeinflussten später die Surrealisten. Eliot kannte sie vermutlich nicht. Doch gibt es, im ersten Teil des *Öden Landes,* diese Verse: »Menschensohn, / Du ahnst es nicht und kannst nicht wissen, du siehst doch nur / Einen Haufen zerbrochener Bilder, wo die Sonne sticht / Und der tote Baum kein Obdach bietet, die Grille keine Hilfe / Und der trockene Stein kein Wassergeräusch. Nur / Dort ist Schatten unterm roten Fels, / (Komm in den Schatten unterm roten Fels), / Und ich werde dir etwas zeigen, das anders ist als / Der Schatten, der dich abends einholt; / Ich zeig dir die Angst in einer Handvoll Staub.« Und wie ich sie nun lese – denn immer, so lange ich sie kenne, treten sie mir neu entgegen, obwohl ich sie doch selber übersetzt habe, sie bleiben immer anders, immer neu –, da lese ich sie vor dem Hintergrund der Bilder, der aufgebrochenen Bilder de Chiricos, seiner italienischen Plätze, die baumlos sind und die kein Obdach bieten, wo die Sonne sticht und der trockene Stein kein Wassergeräusch, die Grille keine Hilfe abgibt – wo man flüchten möchte unter den Schatten oder ihm ausweichen will, weil er uns nachläuft und uns einholt, wie die Angst in einer Handvoll Staub –: Da, in de Chriricos Bildern, höre ich nun Eliots Verse, ihren biblisch-prophetischen Ton, als Lautsprecheransage über die leeren Plätze schallen: Menschensohn.

Duell im Morgengrauen

Harry Graf Kessler denkt in seinem Tagebuch vom 7. Juli über den Karikaturisten George Grosz nach. Dessen rabiate Darstellung philiströser Zeitgenossen verberge nur seine sensible Natur, die im Stillen ganz der Schönheit hingegeben sei. Das französische Parlament hat zwei Tage lang über die Kriegsschuldfrage debattiert. Die Sozialisten hatten den antideutschen Kurs der Regierung Poincaré in Frage gestellt, weil er den Frieden in Europa gefährde. (Die Begründung für die Härten des Versailler Vertrags war die These der deutschen Alleinschuld gewesen.) Am Ende wird der Regierung das Vertrauen ausgesprochen. (Die Deutschen sind immer noch an allem schuld.) Wir wissen nicht, warum Proust Eliot nie auf dessen werbende Briefe geantwortet hat, aber wahrscheinlich dachte er gar nicht darüber nach. Er musste die noch ungedruckten Bände der *Verlorenen Zeit* überarbeiten, damit hatte er genug zu tun. Anfang Juli ging es ihm so gut, dass er fast jeden Abend im Ritz dinieren konnte, aber immer allein. Am 7. zog er sich eine neue Erkältung zu, die ihn hinderte, sich von Wyndham Lewis porträtieren zu lassen. Dieser hatte gerade Eliot gemalt, bevor er von Hemingway als Frosch erkannt worden war.

In der US-Presse liest man von einer neuen Erfindung, die gerade von der Marine getestet wird. Es handelt sich um Torpedos, die man von Schiffen aus abschießen kann. Die *Neuß-Grevenbroicher Zeitung* vermeldet am 8. Juli den Tod der in der ganzen Bürgerschaft beliebten Witwe Heinrich Kemmerling. Sie hatte es auf ihre alten Tage geschafft, innerhalb von drei Wochen gleich zweimal in die Zeitung zu kommen. Statt jeder besonderen Anzeige war zu lesen: »Drei Wochen nach ihrem hundertsten Geburtstage entschlief heute morgen 7 Uhr infolge Herzschwäche, oftmals gestärkt mit den hl. Sakramenten, unsere liebe Mutter, Großmutter, Urgroßmutter und Tante, die wohlachtbare Frau Witwe Heinrich Kemmerling, sanft und gottergeben im Herrn.« Franziska und Vinzenz hatten in einem Dreivierteljahr nach der Mutter nun auch die Großmutter verloren, ihr Vater Johann Kemmerling nach seiner Frau die Mutter. Hinzugekommen war allein ein Kanarienvogel unbekannter Abkunft, der zu singen begonnen hatte und im Käfig weiter hin und her sprang.

Eliots bevorzugtes Genre dieser Monate ist der Brief. Immer geht es um die Zeitschrift. Vom lieben Ezra, der wieder in Paris ist, möchte er wissen, ob er sich in Skandinavien auskenne, literarisch natürlich; Eliot möchte es möglichst international haben, Franzosen aber müssten in der ersten Ausgabe nicht zwingend eine Rolle spielen, weil ihr Erscheinen in England nichts Besonderes sei – nur nach einem fische er, und das sei Proust. Vivien gehe es weiter schlecht, sie nehme tierische Drüsen, dreimal täglich eine Kapsel. Mit gleicher Post geht ein sehr höflicher Brief an Professor Curtius in Marburg. Auch ihn möchte er in seiner Zeitschrift haben.

Curtius wird fünf Jahre später der Erste sein, der sein Gedicht ins Deutsche übersetzt.

Am 11. Juli stürzt ein Postflugzeug der Linie Berlin – Hamburg vor der Landung in Hamburg-Fuhlsbüttel ab. Der Pilot Lothar von Richthofen, ein Bruder des als Roter Baron bekannten Kampffliegers aus dem Weltkrieg, stirbt an seinen Verletzungen. Am 12. Juli begeht Stefan George in aller Stille seinen 54. Geburtstag. Wenn schon der Kreis nicht weiß, wo er sich an diesem Tage aufhält, dann wissen wir es an dieser Stelle auch nicht, nehmen jedoch an, dass Max Kommerell und Johann Anton ihm abwechselnd den Tee bereiteten und ihm dazu die eine oder andere Blonde drehten, mit dem hellen Tabak, den er bevorzugte. Gedanklich ist er immer noch mit der langwierigen Verstoßung Friedrich Gundolfs befasst, nachdem er im Mai in Heidelberg noch einmal vergeblich versucht hat, ihm diese Elli Salomon auszureden. Nur Gedichte schreibt Stefan George keine mehr. Der Drang danach hat ihn verlassen. Er spürt, dass er mit seinen prophetischen Einsprüchen gegen die moderne Zeit das eigentlich Poetische eingebüßt hat, das um die Jahrhundertwende so stark gewesen war, dass er ganze Dichtergenerationen damit in seinen Bann zog.

Er hatte als junger Mann an den berühmten Dienstagabenden bei Mallarmé in der Rue de Rome teilgenommen, er hatte die Lyrik der Symbolisten nach Deutschland gebracht und die deutsche Lyrik erneuert. Wenn dieser Zauber auch noch auf Einzelne wirkte, so hatte er den Gang der Dichtung doch keineswegs so beeinflussen, ja diktieren können, wie er sich das einmal vorgenommen hatte. Denn was diese ganzen Expressionisten und Dadaisten da zusammengeschrieben hatten, war ihm ein Gräuel. Außerdem war er seit langem krank. Er litt an einer Entzündung der ableitenden Harnwege, die zu einem fortschreitenden Verlust der Nierenfunktion führte, und würde sich im September in Bad Wildungen der nächsten Blasensteinoperation unterziehen müssen.

Ebenfalls am 12. Juli notiert der Kunsthändler René Gimpel in sein Tagebuch, wie seine erste Begegnung mit Picasso auf ihn gewirkt hat. »Wir trafen uns bei Paul Rosenberg. Er spricht gut Französisch, hat aber einen starken spanischen Akzent. Das Haupt der kubistischen Schule ist eine Blutwurst, eine gebleichte Blutwurst. Er ist noch nicht vierzig, hat braune Augen, die wie abgewetzte Spielzeugsteine sind. Das Gesicht dieser Wurst ist von sechs senkrechten Linien gefurcht – als habe man die Strippen einer Musselintasche gelöst –, so fallen sie von seinen Augen, seinen Nasenlöchern, seinen Mundwinkeln herab.«

In Berlin wird ein Ausschuss mit der Erstellung eines Kostenvoranschlags für Baumaßnahmen am Reichstag betraut. Nach längerer Debatte sind die Abgeordneten übereingekommen, dass die reichlich vorhandenen monarchistischen oder kriegerischen Symbole beseitigt oder reduziert werden sollen. In London gehen die Internationalen Tennismeisterschaften von Wimbledon zu Ende. Sie hatten wegen des schlechten Wetters immer weiter verlängert werden müssen. Erstmals wurde in diesem Jahr der neue Centre Court an der Church Road eingeweiht, mit einer Zuschauertribüne, die mehr Besucher fasste als die alte an der Worple Road.

Eigentlich kann man sich Eliot ganz gut auf der Tribüne des Centre Court vorstellen, im dreiteiligen Anzug und mit einem griffbereiten Regenschirm. Er hat dazu freilich keine Zeit. Am 13. Juli übermittelt er Cobden-Sanderson detaillierte Angaben, wie er sich den Satz des Werbeblättchens für den *Criterion* vorstellt, und kritisiert dessen vorliegenden Entwurf. Er wünscht eine kleinere Typo, damit mehr weiße Fläche bleibt, sieht als Schriftfarben Rot und Schwarz, und der Titel soll vertikal gesetzt werden. In Deutschland steigen nach dem Streik der Drucker die Zeitungspreise. Die in Berlin erscheinende *Vossische Zeitung* kostet jetzt drei Mark. Eliot schreibt den Übersetzer F. S. Flint an, den Aldington ihm empfohlen hat. Er möge bitte Hesse und den Spanier Rámon Gómez de la Serna übersetzen. Er schreibt Aldington an, der eine Passage aus dem *Ulysses*-Aufsatz von Larbaud übersetzen und den Vertrieb der Zeitschrift in den Staaten auf den Weg bringen soll. Er schreibt an Schiff, weil Proust sich nicht meldet. An Leonard Woolf, der für die Russen zuständig ist. Wenn es in diesen Monaten einen Netzwerker gibt, der die internationale literarische Moderne unter einen Hut bringt, dann der stets am Rande des Zusammenbruchs wirkende Workaholic von Clarence Gate Gardens.

Es ist wieder Donnerstag, und Franziska geht im schwarzen Kleid. Es ist der zweite Tag nach der Beerdigung. Gegen den Regen hat sie nur ein Kopftuch, und es regnet stark. Es regnet auch auf die frisch erblühten Rosen im Stadtgarten, es regnet auf alles. Franziska geht allein über die Schorlemerstraße. Sie soll nicht mehr nach Büttgen nähen kommen. Mia hat sie bei der Hausfrau angeschwärzt. Da hört sie von der Seite eine Stimme: *Voilà, une parapluie!*

Am Jahrestag des Sturms auf die Bastille wird auf den französischen Präsidenten Alexandre Millerand ein Attentat verübt. Das heißt, es hätte verübt werden sollen, nur feuerte der Attentäter, der 23-jährige Anarchist Gustave Bouret, versehentlich auf den falschen Wagen, den, in dem der Polizeipräfekt saß. Alle Insassen blieben unverletzt.

Verletzte hätte es auch in der Nacht vom 15. auf den 16. Juli geben können, im *Le Bœuf sur le Toit* (Der Ochse auf dem Dach), einem angesagten neuen Cabaret in der französischen Hauptstadt, wo man häufiger auch Jean Cocteau antraf. Dorthin hatte sich Marcel Proust von Edmond Jaloux verlocken lassen, auch der junge Autor Paul Brach war mit dabei. Proust, jederzeit mit seinem Roman beschäftigt, erzählte freimütig, was in den ungedruckten Teilen noch passieren werde: Saint Loup werde schwul, so wie Charlus, aus denselben Gründen (was auch immer das heißen mochte). Proust verzehrte ein Brathähnchen, das ihm vorzüglich schmeckte, und obwohl er die Kellner weit weniger zuvorkommend fand als im Ritz, gab er ein verschwenderisches Trinkgeld, auch einem, der ihn gar nicht bedient hatte. Jaloux verabschiedete sich und ließ Proust und Brach allein zurück, die nun in einen betrunkenen Streit zwischen Rowdys und Zuhältern gerieten. Ein ziemlich abgefüllter junger Mann suchte Streit mit Proust. Er fühlte sich von dessen divenhaftem Äußeren (Pelz und Bowler) provoziert und hatte wohl einiges aus der Unterhaltung mitangehört, in der es ums Schwulsein gegangen war.

Proust ließ sich das nicht gefallen und forderte den jungen Mann umgehend zum Duell, wie es sich gehörte, im Morgengrauen. So etwas hatte er lange nicht mehr erlebt, das würde Spaß machen. Die Kontrahenten wurden getrennt, aber Proust meinte es ernst und schrieb eine förmliche Forderung, die er von seinem Chauffeur überbringen ließ. Der andere aber hatte kalte Füße bekommen und schrieb einen so rührenden Entschuldigungsbrief, dass Proust entzückt war: »Die erhabenen Gefühle Ihres Briefes geben mir dasselbe Vergnügen, das ich bei einem Duell gehabt hätte, nämlich Ihnen von Herzen die Hand zu schütteln.«

Sommerfrischen

So schlecht es auch um Vivien Eliots Gesundheit steht, so ist sie doch in jeder Lage eine loyale Unterstützerin ihres Mannes, für den sie gern wie eine Löwin kämpft (auch wenn es ihm gar nicht recht ist). So schreibt sie am 15. Juli einen Brief an Richard Aldington, um ihm zu sagen, dass dessen jüngste Zeilen an Tom gar nicht nett, geradezu unfreundlich gewesen seien. Tom lege ihr seine Briefe immer zu ihrer Einsicht offen, und nun könne sie sich nicht zurückhalten. So etwas könne Tom jetzt einfach nicht gebrauchen, dabei habe sie Aldington immer für seinen wahren Freund gehalten. Sie habe England immer geliebt, nun aber hasse sie es: Pound habe das einzig Richtige getan, nämlich dieses Land verlassen. Wenn aber Tom nun in dieser Weise angegangen werde, so werde es am Ende dazu führen, dass er ebenfalls aus England fortgehe, und das sei für dieses elende Land sehr schlecht.

Was war geschehen? Eliot hatte einen Beitrag Aldingtons für den *Criterion* kritisiert, weil er darin den gewohnten Biss vermisste. Aldington hatte Eliots jüngsten Brief aus London für den *Dial* kritisiert, von dem Vivien nun behauptet, den habe eigentlich sie selbst verfasst, weil Tom vor der Reise nach Lugano zu nichts mehr in der Lage gewesen sei; darin hatte er (oder sie) sich über den mediokren Zustand der englischen Literaturkritik geäußert. Und Eliot hatte im Brief vom 13. Juli eingeräumt, er neige zwar nicht zum Verfolgungswahn, aber einige in London warteten jetzt nur darauf, dass sich die Schakale um seine Knochen stritten. Vivien bittet Aldington, Tom nichts von ihrem Brief zu sagen.

Rilke legt seinen Briefen nun keine Sonette mehr bei, sondern Rosenblätter. Die Gräfin Sizzo wird mit Blättern der wilden Rose des Valais bedacht, die freilich mehr ist als die wilde Rose des Wallis. »Wo in der griechischen Anthologie oder überhaupt im orientalischen Gedicht die Rose gefeiert ist, muss man sich also diese Rose vorstellen, mit einfachem Kelch und in den Farben der entfachten, freudigen, rein gespeisten Flamme.« Faschisten verwüsten am 16. Juli das Haus des Führers der Volkspartei in der oberitalienischen Stadt Cremona. In den folgenden Tagen kommt es im ganzen Land zu blutigen Auseinandersetzungen zwischen Sozialisten und Faschisten. Aus der indischen Stadt Simla wird gemeldet, dass der erste Versuch, den Mount Everest zu bezwingen, gescheitert ist. Die britische Expedition unter Leitung von Charles Granville Bruce hatte von Tibet aus versucht, zum Südostgipfel des erst 1852 entdeckten Berges vorzudringen. Der Schutzverband der Norddeutschen Brauereien hebt den Bierpreis um die Hälfte an. Grund sind die gestiegenen Rohstoffpreise nebst den Gehalts- und Produktionskosten. In Gastwirtschaften ohne Kellner zahlt man jetzt für ein Bier acht Mark, lässt man sich bedienen, sind es neun. Es sei schlimm, bei Hitze ein Bier zu sehen, das man nicht bezahlen kann, notierte Gottfried Benn in einem Gedicht, freilich erst in den fünfziger Jahren. Im Sommer 1922 konnte man froh sein, dass es nicht so heiß war.

Etwas oberhalb von Bad Kösen an der Saale, wohin Gottfried Benns Mutter einmal, noch zu Kaisers Zeiten, im Sommer zur Kur gefahren war, liegt lieblich über dem Tal die Burg Saaleck. An diesem sehr deutschen, sehr idyllischen Ort hatten Hermann Fischer und Erwin Kern, die jugendlichen Mörder Walther Rathenaus, Unterschlupf gesucht und gefunden, dort wurden sie am 17. Juli von der Polizei gestellt. Kern wurde von den Beamten erschossen, Fischer nahm sich vor der Festnahme selbst das Leben. Für die Nazis waren diese Mörder Helden. Sie würden ihnen genau elf Jahre später eine Gedenktafel weihen. Ebenfalls am 17. Juli reicht das italienische Kabinett, aufgrund der Übergriffe der Faschisten, dem König seine Demission ein.

Die Eliots haben inzwischen ein kleines Cottage in Bosham in der Nähe von Chichester in West Sussex gemietet, zwischen den South Downs und der Küste. Vivien will die ganze Zeit dort sein, Tom nur an den Wochenenden. Nur leider muss Vivien schon gleich in der ersten Woche nach London zum Zahnarzt, doch der hat keinen Termin mehr frei. Sie würde sie schrecklich gern sehen, schreibt Vivien an Mary Hutchinson, aber unter diesen Umständen fahre sie lieber gleich wieder aufs Land. Wie gern würde sie in ein solches Cottage ihre Möbel einräumen, besonders, falls Tom zu Weihnachten bei der Bank aufhören und sie nach Paris ziehen könnten, es gehe doch nichts über die englische Countryside. Während Vivien umsonst in London ist, findet in der Kirche St. Margaret's, neben Westminster Abbey, eine

Prunkhochzeit statt. Edwina Ashley und Lord Louis Mountbatten geben sich in Gegenwart der königlichen Familie das Jawort und posieren mit dem Prinzen von Wales und umringt von sieben Brautjungfern für das Hochzeitsfoto. Der Landaufenthalt wirke sich günstig auf Vivien aus, schreibt Tom an Ottoline Morrell, nur habe sie starke Schmerzen, und ob die Therapie anschlage, wisse man frühestens in drei Wochen.

Virginia Woolf hat das mittlere Juliwochenende wiederum in Garsington verbracht, im Haus von Ottoline. Leider konnte sie dort kein Bad nehmen, und so fehlt ihr nach ihrer Rückkehr die innere Ruhe. Lesen sei ja kein richtiges Schreiben, es komme ihr wie ein sich Kratzen vor. Immerhin vermerkt sie für den 17. Juli die Fertigstellung von *Jacobs Zimmer.* Im Grunde war sie damit schon Ende 1921 fertig gewesen, nur eine verbesserte Abschrift fehlte. Aber die vielen Krankheitsphasen hielten sie immer wieder auf, mehr noch ihre eigene Unsicherheit über den Text. Sie ist sich keineswegs sicher, ob dieser Roman das Beste ist, was sie derzeit zu bieten hat. Eine frisch begonnene Kurzgeschichte interessiert sie im Grunde mehr. Jene Mrs Dalloway, die in einem ihrer ersten Romane schon einmal als Nebenfigur aufgetreten war, sollte eines schönen Sommermorgens in der Bond Street stehen, um sich ein paar Handschuhe zu kaufen. Sie würde dort einen alten Freund treffen, sich in ihre Jugend rückversetzt fühlen, und so vieles ginge ihr dabei durch den Kopf… Auch arbeitet Woolf an einem längeren Essay über das Lesen. Überhaupt, Essays zu schreiben und nicht nur kleine Artikel oder Rezensionen für die Zeitungen, das ist wichtig für sie. Es ist ihr Weg, sich die Welt der Literatur auf persönliche Art anzueignen und ihren Platz darin zu suchen. Ein Denken im Schreiben, ein tastendes Denken, das der Spur der eigenen Lektüren folgt und nicht vorgibt, wissenschaftlich oder objektiv zu sein. Frei von dem ganzen akademischen Firlefanz, mit dem sich die männlichen Kollegen schmücken, als hätten sie ein Geburtsrecht dazu.

Im Berliner Reichstag beschließen die Abgeordneten mit Zweidrittelmehrheit ein Gesetz zum Schutz der Republik. Es ist aus der Notverordnung hervorgegangen, die nach dem Mord an Rathenau erlassen worden ist, und soll dem Staat ermöglichen, gerichtlich gegen republikfeindliche Gruppen vorzugehen. Es gibt aber Widerstand, besonders aus Bayern. Mit den Rechtsparteien hat auch das Zentrum gegen das Verbot einer Mitgliedschaft von Beamten in verfassungsfeindlichen Parteien gestimmt. Man kann also weiter Postler und Nazi sein. Worauf es jetzt ankommt, darüber reden die deutschen und österreichischen Alpenvereine auf ihrer Tagung am 19. Juli in Bayreuth. Es geht um die Eindämmung des Salontirolertums, worunter die touristische Unterwanderung des echten Bergsteigertums verstanden wird. Künftig soll auf den Hütten die Verpflegung vereinfacht und der Ausschank von Alkohol unterbunden werden. Sommerfrischler, insbesondere Filmgesellschaften, haben nicht länger Zutritt. Betten sind in Matratzenlager zu verwandeln, männliche und weibliche Personen sollen getrennt übernachten, Liebespaare sind auszuweisen. Auf der Alm soll es einfach keine Sünde mehr geben, auch keine mechanischen Musikinstrumente. Nicht beschlossen wird der Arierparagraph: Die Vereine dürfen weiterhin jüdische Mitglieder aufnehmen, was in einigen österreichischen Sektionen aber bereits jetzt nicht mehr gilt.

In Dublin erscheint mitten im Bürgerkrieg eine lobende Besprechung des *Ulysses,* verfasst von Mary Colum für den *Freeman*. Das hat eine besondere Pointe, denn im siebten Kapitel des Romans ist die Redaktion dieser Zeitung der Ort der Handlung. Colum begreift *Ulysses* als Bekenntnis im Sinne von Rousseau, nur dass Joyce ihn noch übertreffe. Sein Buch könne aber nur von Lesern angemessen verstanden werden, die mit der Geschichte des irischen Nationalismus, Dublin und seinen Bewohnern und mit der Kirche vertraut seien. Besonders lobt sie den Charakter Stephens, der in nie da gewesener Weise die geistige Erniedrigung eines sensiblen jungen Iren durch die englische Herrschaft sowie die Faszination der Kirche selbst auf diejenigen darstelle, die vor ihr fortliefen.

Die Verschwundenen

Die imaginäre Nahtoderfahrung des glücklich vermiedenen Duells hat erfrischend auf Marcel Proust gewirkt. Am 20. Juli antwortet er dem *Intransigeant* auf die Frage, was er täte, wenn die Welt unterginge: »Ich glaube, das Leben würde uns ganz plötzlich köstlich erscheinen, wenn wir bedroht wären, so zu sterben, wie Sie sagen. (…) Ach! Wenn die Katastrophe nur dieses Mal nicht stattfindet, werden wir ganz bestimmt die neuen Säle im Louvre besuchen, uns Mademoiselle X. zu Füßen werfen, Indien bereisen. Die Katastrophe findet nicht statt, wir tun nichts von alledem, denn wir fühlen uns wieder ins normale Leben versetzt, wo die Nachlässigkeit das Begehren abstumpft.« Angesichts überstandener Katastrophen hat sich Arnold Schönberg über Kandinskys Brief sehr gefreut. Er habe sich acht Jahre lang Sorgen um ihn gemacht, schreibt er am 20. Juli aus Traunkirchen im Salzkammergut. Immer wieder habe er Menschen nach ihm gefragt; sicher habe er eine Menge durchgemacht. Das gelte aber auch für ihn, Schönberg, selbst. Hunger habe man gelitten, und das sei furchtbar gewesen. Die Wiener seien ein geduldiges Volk, aber dass alles über den Haufen geworfen wurde, woran man einmal geglaubt hatte, sei das Schlimmste gewesen. Alle Erfindungskraft habe dagegen nichts vermocht. Und wenn er, Kandinsky, wissen wolle, was ihn, Schönberg, allein gerettet habe, so stehe das im Libretto seines Oratoriums *Die Jakobsleiter*. Es sei nichts anderes gewesen als die Religion, und das sage er an dieser Stelle nun zum ersten Mal.

Ebenfalls am 20. Juli trifft Baladine Klossowska in Muzot ein. Ob Rilke sich nun darüber freut oder nicht, ist schwer zu sagen. Zu sehr fühlt er sich zwischen seiner Lust aufs Alleinsein und dem schlechten Gewissen ihr gegenüber hin- und hergerissen; denn immerhin wäre er ohne Baladine gar nicht erst nach Muzot gekommen, und so fühlt er sich zumal wegen der hier entstandenen Werke in ihrer Schuld. Erst einmal aber kann er darüber nicht weiter nachdenken, denn am nächsten Tag gibt es noch mehr Besuch: Kippenbergs kommen nach Sierre. Sie wohnen dort im Hotel, mit der Roseneinsamkeit ist es für Rilke erst einmal vorbei. Er muss Gastgeber sein, das heißt, er muss den Gästen seine Gedichte vorlesen. Da die Handwerker wieder weg sind, kann das bei ihm im Turm geschehen. Am 23. liest er die kompletten Elegien, am 24. nur für Katharina Kippenberg *Die Sonette an Orpheus* Sie schreibt in ihr Tagebuch: »Ein hoher, ein leichter, ein seliger Genuss, weil ich sie so kannte und nun der Dichter weiter half mit seiner Stimme, mit seinem Wesen, mit seinen Bemerkungen. Er saß am Schreibtisch.« Der Dichter reicht seiner seligen Lektorin die Handschrift der Sonette noch rasch durchs Zugfenster, als das Ehepaar am 25. wieder abreist. Geschäftliches wurde auch besprochen. Kippenberg plant eine Rilke-Werkausgabe in sechs Bänden und hat seinem Autor eine Aufstellung über deren Inhalt mitgebracht. Na also.

Draußen in der Welt machen die Attentäter weiter. In Tbilisi (Tiflis), der Hauptstadt Georgiens, das seit 1921 von den Bolschewiki besetzt und zur Sowjetrepublik proklamiert worden ist, ist der frühere türkische Marineminister Ahmad Dschamal Pascha von Armeniern ermordet worden, ein Vergeltungsakt für dessen Teilnahme am Genozid. Am Sonntag, dem 23. Juli, geht in Paris die Tour de France zu Ende. Sieger ist der Belgier Firmin Lambot, der auf der 5 375 Kilometer langen Strecke 41 Minuten und 15 Sekunden Vorsprung auf den Zweitplazierten herausgefahren hat, den Franzosen Jean Alavoine. Weil die Straßen vielfach noch vom Krieg zerstört sind, gab es immer wieder Reifenpannen. Von 121 gestarteten Fahrern haben es 28 bis ins Ziel geschafft. Am selben Tag nimmt sich Louis Berman, der Herr der Drüsen, seines irischen Patienten an und empfiehlt ihm als Erstes eine Behandlung für seinen arthritischen Rücken. Nachdem er einen Blick auf seine Zähne geworfen hat, verordnet er sofortiges Röntgen. Sie sind in einem derart katastrophalen Zustand, dass Berman dafür ist, sie komplett zu ziehen.

Joyce ist mit der Rückensache einverstanden, aber bevor er etwas an seinen Zähnen machen lässt, konsultiert er Dr. Louis Borsch, einen Ophthalmologen (vulgo Augenarzt). Gab es nicht eine Wechselbeziehung zwischen Zahn und Auge? Borsch empfiehlt ihm, sich nach London in Behandlung zu begeben, und so haben Joyce und die Zähne noch etwas Zeit gewonnen.

Ebenfalls am 23. Juli liest Leonard Woolf erstmals den neuen Roman seiner Frau, *Jacobs Zimmer.* Er soll im Herbst jetzt endlich erscheinen, in der hauseigenen Hogarth Press, also gewissermaßen im Eigenverlag, aber das scheint zu jener Zeit nicht ehrenrührig gewesen zu sein. Leonard findet das Buch »amazingly well-written«, sicherlich sei es ihr bestes bisher. Das hört man gern. Stilistisch war überhaupt nichts daran auszusetzen. Virginia schrieb eine schöne, makellose, präzise Sprache. Allerdings, die Figuren kämen ihm seltsam vor, wie Geister oder Puppen, nicht wie echte Menschen. Virginia bestreitet das. Jacob ist ihrem verstorbenen Bruder Thoby nachempfunden, der 1906 an Typhus starb. Freilich erzählt sie in ihrem Roman nicht sein Leben nach, es ist auch kein Entwicklungsroman, denn Woolf löst sich mit diesem Text von jeder herkömmlichen Erzählform. Wir haben es weder mit einer Ich-Erzählung noch mit einem allwissenden Erzähler zu tun. Vielmehr erleben wir Jacob Flanders aus einer Vielzahl von Perspektiven. In einer Folge von Szenen, die wie in einem Film einander folgen, werden wir Zeugen seines Lebens, das in Ausschnitten vorüberzieht, von den Kindheitsferien am Strand von Cornwall über die Jugend in Scarborough, das College in Cambridge, die Salongespräche und das erotische Fluidum der Londoner Künstlerszene bis hin zu einer Griechenlandreise, bei der sich Jacob in eine verheiratete Frau verliebt. Am Ende betreten wir mit seiner Mutter sein leeres Zimmer, denn Jacob ist im Weltkrieg gefallen. Er ist entschwunden, ohne dass wir seiner habhaft wurden, wir haben nichts in der Hand außer einigen vagen Bildern: Das ist der Clou, aber auch das Problem der sorgsam durchdachten Konstruktion. Jacob wird aus den Perspektiven der anderen gesehen, insbesondere der weiblichen Figuren, er wird in ihren Erinnerungen und Reflexionen angeleuchtet und gestreift, und daraus entsteht ein Mosaik, mit einer markanten Leerstelle – wir fühlen gleichsam Jacobs Tod voraus, wenn er auch erst auf der letzten Seite erzählt wird. Das war clever und auf andere Art unkonventionell als *Ulysses*, dieses schreckliche Werk, von dessen schierer Existenz sich Virginia Woolf in Frage gestellt sah. Freilich nicht ganz ohne Grund. *Jacobs Zimmer* war ein wichtiger Schritt auf dem Weg zu ihren späteren Büchern. Sie erprobte darin eine neue, experimentelle Prosatechnik, die nicht zuletzt von den Arbeiten des irischen Kollegen inspiriert war.

»In einem kühlen Grunde, da geht ein Mühlenrad …« Franziska bittet Maria, doch nicht immer dieses traurige Lied zu singen. Es erinnert sie an die Windmühle, an der sie so oft vorbeigegangen ist, als sie noch zum Nähen nach Büttgen musste. In dem Lied ging es um eine Wassermühle, eine solche kennt Franziska auch, bei Gut Eppinghoven an der Erft, wo das Wasser über ein Wehr rauscht. »Mein' Liebste ist verschwunden, die dort gewohnet hat.« Aber eigentlich ging es nicht um das Mühlenrad. Sie hat ein Fläschchen Eau de Cologne geschickt bekommen, ohne Absender, im ausgepolsterten Umschlag, adressiert an Mme. Franziska Kemmerling. Jetzt gehen sie an der Obererft, es regnet leicht, sie hat sich bei Maria eingehängt, die einen Schirm trägt. Auf der Brücke bleiben sie stehen, es rauscht darunter wie von einem reißenden Strom, das ist der Zug, der einmal die Stunde nach Köln fährt. Eau de Cologne.

In Weimar ist alles glattgelaufen für Kandinsky. Am 24. Juli schließt er mit der thüringischen Landesregierung einen Vertrag über seine künftige Lehrtätigkeit am Staatlichen Bauhaus. Er wird dort vorrangig die Werkstatt für Wandmalerei übernehmen. Lehrer kommen und gehen, und das Bauhaus wird in den kommenden Jahren noch zweimal den Ort wechseln, erst geht es nach Dessau, dann nach Berlin. Kandinsky aber wird bleiben, bis die Nazis den Laden dichtmachen. Die *Vossische Zeitung* berichtet am 25. Juli über die Geheimnisse der Aalwanderung, die der dänische Zoologe Johannes Schmidt von seinem Forschungsschiff *Dana* aus erkundet hat. Immer wieder ist er den Zügen der Flussaale gefolgt, bis er ihre Laichplätze in der Sargassosee entdeckt hat. Dorthin zieht es sie, sobald sie geschlechtsreif sind, 3 000 bis 5 000 Kilometer weit entfernt vom Rhein und seinen Nebenflüssen und all den anderen Flüssen Europas, in denen Aale gefischt werden. Dass die Elterntiere nach dem Ablaichen zugrunde gehen werden, davon wissen sie schließlich nichts. Ihre Nachkommen werden wieder zurückgetragen an die europäischen Küsten, ohne ihr Zutun, vom Golfstrom, von dem es in *Ulysses* heißt, dass ganz Irland von ihm gewaschen werde.

Der New Yorker Anwalt John Quinn besaß ein äußerst komfortables, elf Räume fassendes Apartment im neunten

Stock, Central Park West 58. Kostete 3200 Dollar im Jahr. Dort hatte er seine Schätze gelagert, 18000 Bücher, viele in hoher Stückzahl. Allein von Eliots erstem Lyrikband besaß er 35 Exemplare. Manchmal brauchte man ja ein Geschenk, es konnte aber auch eine gute Wertanlage sein. Und die Originalmanuskripte, die die Schriftsteller ihm als Dank für seinen Beistand geschenkt hatten, lagerten dort auch, so das komplette Manuskript des *Ulysses* und fast aller größeren Werke von Joseph Conrad. Gemälde und Skulpturen gab es natürlich ebenfalls, wozu hat man schließlich so viele Wände. In diesem hübschen Tresor hoch über der Stadt hielt Quinn sich sehr gern auf, und dorthin bestellte er am Samstag, dem 29. Juli, seine Sekretärin Jeanne Foster. Sie sollte ihm Eliots Gedicht vorlesen, das am Vortag mit der Post gekommen war. Nicht, dass Quinn nicht auch selber lesen konnte, aber er war es gewohnt, sich von Foster seine Anwaltsbriefe vorlesen zu lassen. Sie war außerdem seine Geliebte, und da sie selbst Dichterin war und ebenfalls einen Band bei Liveright liegen hatte, war es doch das Schönste, das Gedicht auf diese Art kennenzulernen. Zweimal las Foster ihm an diesem Tag *The Waste Land* vor und war damit wohl der erste Mensch nach dem Autor selbst, der es laut las. Dass sie den Namen des Dichters in ihrer Korrespondenz über Jahre als *Elliot* wiedergab, ist eine andere Sache. Quinn verlor nun keine Zeit, er hatte Liveright schon informiert, dass das Manuskript eingetroffen sei, und verabredete sich umgehend mit ihm zur Vertragsunterzeichnung. Wie es denn nun heißen sollte, wollte Liveright gern wissen. Das wusste Quinn so aus dem Stand jetzt auch nicht, erinnerte sich aber, dass Pound es in einem längeren Brief erwähnt hatte, setzte den Titel handschriftlich in den Vertrag ein und konnte noch am selben Tag Vollzug nach London melden. Dass ihm das Gedicht gefalle, schickte Quinn noch brieflich hinterher. Es komme ihm nur ein wenig dünn vor. Vielleicht sei Liveright enttäuscht, aber es sei nur eine Sache für die Auserwählten. Immerhin, unter diese Sache konnte Eliot nun erst einmal einen Haken machen.

Vor dem britischen Oberhaus werden Tatsachen über die Luftverschmutzung bekannt. Allein über London gehen im Monat pro Quadratmeter 25 Tonnen Ruß nieder. Der Preußische Landtag verabschiedet ein Gesetz zur Erhaltung des Baumbestandes und eines zur Erhaltung und Freigabe der Uferwege im Interesse der Volksgesundheit. Walt Disney präsentiert in Hollywood den ersten von ihm produzierten Zeichentrickfilm. Es ist eine sechsminütige Version von *Little Red Riding Hood*, zu Deutsch Rotkäppchen, stumm und in Schwarz-Weiß, weswegen man sich das rote Käppchen hinzudenken muss.

Acht Jahre ist es nun her, dass der Große Krieg über Europa gekommen ist. Als er ausbrach, hatten sich Joyce, Eliot und Rilke gerade allesamt auf dem Territorium der Mittelmächte befunden: Joyce lebte in Triest, wo er seine Familie als Sprachlehrer durchbrachte, Eliot hielt sich zufällig in Marburg auf und Rilke war gerade in Deutschland unterwegs, um Lou Andreas-Salomé zu besuchen. Eliot ging dann rasch nach London, Joyce nach Zürich, und Rilke fühlte sich allzu lange in München festgehalten. Wie lange das jetzt schon zurücklag, wenn man auf das Leben jedes Einzelnen sah, und wie kurz, wenn man die beschädigte Lage Europas in den Blick nahm.

Am Sonntag, dem 30. Juli, finden auf dem ganzen Erdteil Friedenskundgebungen statt, allein in Deutschland, das nach französischer Meinung die alleinige Schuld trägt, in 250 Städten. Hunderttausende versammeln sich unter der Losung »Nie wieder Krieg!«. So auch im Berliner Lustgarten, wo es diesmal keine Regenschirme braucht. In Paris spricht der deutsche Sozialdemokrat Rudolf Breitscheid auf einer Veranstaltung der französischen Sozialisten. In London wird die Rolle des Völkerbunds betont, der allein in Europa stabile Zustände herstellen könne. In München spricht der Vorsitzende der Nationalsozialisten, Adolf Hitler, über das Thema »Freistaat oder Sklaventum«. Er fordert die bayerische Landesregierung auf, sich »steifnackig« gegenüber den Berliner »Regierungsbolschewisten« zu verhalten. Die Radfernfahrt München – Berlin, einen Tag zuvor an der Feldherrnhalle begonnen, endet auf der Treptower Radrennbahn. Bei den Donaueschinger Musiktagen wird Paul Hindemiths Kammermusik Nr. 1 uraufgeführt. Am letzten Tag im Juli rufen die italienischen Sozialisten im ganzen Land den Generalstreik aus.

VIII.

Über den Wolken

Am 1. August 1922 erscheint in der *Nouvelle Revue Française,* die auch von Rilke gelesen wird, ein Artikel von Adrienne Monnier, worin sie einen Brief von Paul Claudel publik macht. Der streng katholische Dichter und Diplomat hatte gegen die Veröffentlichung des *Ulysses* protestiert, freilich nicht öffentlich, sondern in persönlichen Briefen an Sylvia Beach und Monnier. Joyce' Roman sei wie schon sein Vorgängerwerk, *Ein Porträt des Künstlers als junger Mann,* auf übelste Weise blasphemisch und lasse den ganzen Hass des Renegaten auf die Kirche spüren, ohne dabei wirklich diabolisches Talent zu zeigen. In derselben Ausgabe der *Revue* ist ein vergleichender Artikel über Proust und Einstein zu lesen, in dem Camille Vettard über deren auf sehr verschiedenen Gebieten angesiedelte Forschungen nachdenkt. Das findet Proust für sich höchst ehrenvoll, und auch Einstein wird sich nicht geärgert haben.

In London wird die sogenannte Balfournote veröffentlicht. Damit regt der britische Politiker Arthur Balfour einen internationalen Schuldenerlass an, der dazu führen soll, dass es mit dem Aufbau Europas vorangeht. Eine Schlüsselstellung kommt dabei den USA zu, bei denen die Briten in der Kreide stehen, zu deren Gläubigern wiederum die Franzosen zählen. Sollten die Amerikaner die Schuldenlast verringern, dann käme das am Ende auch den Deutschen zugute, die dann weniger Reparationen zu zahlen hätten. Die Amerikaner stellen sich taub. In Rom wird ein neues Kabinett gebildet. Der zuvor zurückgetretene Ministerpräsident Luigi Facta versammelt darin alle Parteien außer den Sozialisten und den Faschisten. In Kanada stirbt Alexander Graham Bell, Erfinder des modernen Telefons, kurz bevor die deutsche Reichspost einen neuen Telefonautomaten einführt. Von Rilke hören wir gerade nichts, er hat kein Telefon, aber Besuch von Baladine. Außerdem ist in der Schweiz Nationalfeiertag.

Bel Esprit und kein Ende. 300 Pfund im Jahr seien zu wenig, er brauche 600, um nicht vom Erlös seiner Zeitschriftenartikel abhängig zu sein, schreibt Eliot am 2. August an Sidney Schiff. Rechnen hat in Deutschland keinen Zweck mehr, da die Mark rapide fällt. Für einen Dollar muss man jetzt 860 Mark hinblättern. In Köln machen die Kinos für eine Woche zu, aus Protest gegen die Erhöhung der Lustbarkeitssteuer. In China wird die Küstenstadt Shantou von einem Taifun heimgesucht, 100 000 Menschen reißt er in den Tod. Eliot bedankt sich bei Dorothy Pound, die ihm Lavendel geschickt hat, den er unter seine Oberhemden legt. Vivien will er ihren Lavendel mitbringen, wenn er übers Wochenende nach Bosham fährt.

Am 3. August stirbt in Berlin die Pädagogin und Frauenrechtlerin Minna Cauer im Alter von achtzig Jahren. Die Pfarrerstochter aus der Prignitz hatte sich schon in den Anfangsjahren des Kaiserreichs zusammen mit ihrem zweiten Mann Eduard Cauer politisch engagiert und außerdem über bedeutende Frauen der Kulturgeschichte geforscht, wie etwa über Rahel Varnhagen. Nach dem Tod ihres Mannes widmete sie sich diesen Anliegen ganz. Sie stritt für das Frauenstimmrecht und eine bessere Mädchenbildung und gründete 1895 die Zeitung *Die Frauenbewegung,* die sie bis 1919 herausgab, als die deutschen Suffragetten ihr großes politisches Ziel erreicht hatten: Endlich waren Frauen wahlberechtigt, wie die Männer ab einem Alter von zwanzig Jahren. Marie Juchacz von den Mehrheitssozialisten hatte am 19. Februar 1919 als erste gewählte Abgeordnete in der Weimarer Nationalversammlung eine Rede gehalten. In Großbritannien war ebenfalls 1918 das Frauenstimmrecht eingeführt worden, vorerst aber nur für Frauen ab dreißig Jahren, und der Anspruch weiblicher Inhaber der Peerswürde auf einen Sitz im Oberhaus war im Mai 1922 gerade erst wieder abgelehnt worden.

Lange genug hat Joyce auf Rezensionen gewartet, nun erscheinen sie in dichter Folge. Sie sind aber in der Regel durchwachsen, mischen großes Lob mit Bedenken. In dem Londoner Journal *New Witness* wird der Humor des Romans erkannt, aber nachdenklich stimmt den Kritiker Cecil Maitland das Menschenbild des Autors. Joyce habe eine Vision des Menschen als wandelndes Abflussrohr, und Maitland glaubt zu wissen, woher diese von Abscheu geprägte Sichtweise kommt, die an Trostlosigkeit die Ansichten der Psychoanalytiker noch übertreffe. Die katholische Internatserziehung sei daran schuld. Der kloakenhafte Humor des Refektoriums schlage hier durch, die Verachtung des Priesters für den menschlichen Körper, und Joyce' Sicht der Sexualität entspreche der verklemmten Obszönität des Beichtstuhls.

Auch Franziska, immerhin schon 23 Jahre alt, darf wählen, ihr Bruder Vinzenz dagegen noch nicht. Ob es auf der Schillerstraße väterlicherseits erlaubt war, anderes als die katholische Zentrumspartei zu wählen? Franziska fragt sich, ob sie beichten gehen muss, denn sündigen kann man nicht nur in Worten und Werken, sondern auch in Gedanken, sie kommen im Schuldbekenntnis sogar zuerst. Es wird jetzt manchmal laut in der Küche. Herr Marx, der Hauseigentümer, der über ihnen wohnt, klopft dann mit dem Schrubber an die Decke. Aber es ist doch nicht Franziska, die laut geworden ist. Der Vater findet keine Arbeit, und er versteht nicht, warum sie nicht mehr zum Nähen nach Büttgen geht. Sie geht aber noch in die Bauerbahn, und immer wieder geben sie ihr auf Gut Hellenbroich etwas mit, Brot, Eier, Milch oder ein Glas Leberwurst. Es ist jetzt immer mehr Geld im Umlauf, aber es ist auch immer weniger wert. Die Reichsbank will eine Hilfsbanknote von 500 Mark herausbringen, aber wie viel man sich dafür kaufen kann, ändert sich von Tag zu Tag. Dann ist es wieder still in der Küche, und man hört nur den Kanarienvogel singen. Herr Marx sagt, der Vogel ist zu laut.

In Los Angeles hat der neue Film mit Rudolph Valentino Premiere, *Blood and Sand*. Er spielt darin einen Stierkämpfer, der sich zwischen zwei Frauen nicht entscheiden kann. Franziska ist noch nie im Kino gewesen. Dabei gibt es drei Lichtspielhäuser in Neuss, Biotophon und Residenz an der Niederstraße und das Novesia an der Krefelder Straße. Maria möchte schon lange einmal mit ihr dorthin.

In Leipzig steigt am 6. August das Wiederholungsspiel um die deutsche Fußballmeisterschaft. Nachdem es am 18. Juni in Berlin nach 189 Minuten 2:2 stand zwischen dem Hamburger SV und dem Titelverteidiger 1.FC Nürnberg, heißt es vor 50000 Zuschauern in Leipzig nun 1:1 am Ende der regulären Spielzeit. Wieder geht es in die Verlängerung. Die Clubberer agieren dabei ruppiger als die Hanseaten und verlieren zwei Spieler durch Platzverweis, zwei weitere müssen verletzt vom Platz. Da noch nicht ausgewechselt werden darf, stehen nun sieben Nürnberger elf Hamburgern gegenüber, weshalb der Schiedsrichter die ungleiche Partie abbricht. Der Deutsche Fußball-Bund erklärt den HSV zum Sieger, aber die Hamburger verzichten aus Fairnessgründen auf den Titel. So etwas gab es auch einmal, und so gibt es 1922 zur Abwechslung einmal gar keinen deutschen Meister.

Notleidend sind in diesem Sommer auch die Tiere im Zoo. Der Zoologische Garten in Berlin wird ab dem 1. Oktober bis zum nächsten Sommer schließen, um Heizkosten zu sparen und Personal entlassen zu können, denn die Kosten für Gehälter, Fütterung, Beleuchtung und Baureparaturen sind seit 1913 um ein Vielfaches gestiegen, die Heizkosten sogar um das Hundertfache. Die Tiere müssen nun den Winter über in Gruppen zusammengelegt werden, um einander zu wärmen, doch wie sie sich dabei vertragen werden, weiß kein Mensch. Rilke, der einmal einen Panther porträtierte, der in einem Pariser Gehege hinter Gitterstäben hin und her ging, wird sich noch am ehesten darin einfühlen können. In München, Hannover und Breslau mussten die Tiergärten bereits aus Mangel an Zuschüssen schließen.

Nun bittet der Berliner Zoodirektor in einem offenen Brief um Unterstützung.

In Italien reißen die Unruhen nicht ab. Faschistische Übergriffe sind an der Tagesordnung. Gewerkschaftshäuser und Büros sozialistischer Zeitungen sind besonders betroffen. Dabei war Mussolini in seinen Anfängen einmal Chefredakteur des sozialistischen Parteiblatts *Avanti!* gewesen. Die neue Regierung Facta verhängt am 7. August den Belagerungszustand über Ober- und Mittelitalien.

In Genf starten zehn Freiballone aus sieben Ländern zum elften Gordon-Bennett-Ballonwettbewerb. Wer am weitesten fliegt, gewinnt. Im Vorjahr war das ein Schweizer Hauptmann, den sein Ballon über 766 Kilometer von Brüssel bis nach Irland trug. Hoch erhoben sich die Ballons über das zerstrittene Europa und reisten mit dem Wind. Diesmal flog der Belgier Emile Demuyter noch viel weiter als der Schweizer Hauptmann und ließ Genf um 1 900 Kilometer hinter sich. Falls er über dem Rhonetal hinflog, konnte Rilke den Ballon sehen, wenn er mit Baladine im Garten stand. Nach drei Tagen landete er in einem rumänischen Dorf irgendwo hinter den Karpaten.

Kursverfall

Am 8. August wird die Telefonleitung zwischen Wien und Budapest infolge Diebstahls von Leitungsdraht aus Kupfer für mehrere Tage unterbrochen. Der Schaden geht in die Millionen. Die Diebe aber haben mit dem Kupfer eine Währung, die viel mehr wert ist als die aus dem Kupfer gefertigten Münzen, die längst kein Mensch mehr brauchen kann. Als die Mitglieder der alliierten Reparationskommission sich Anfang August in Berlin ihre Fahrtkosten auszahlen ließen, mussten sieben Bankdiener riesige Papierkörbe mit Zwanzigmarknoten von der Bank bis zum Bahnhof bewegen, wie der britische Botschafter Edgar Vincent D'Abernon berichtet. Rilke denkt darüber nach, ob er es sich leisten kann, mit Baladine ein paar Tage zu verreisen. Es müsste möglich sein, denn Werner Reinhart, der schon den Turm gekauft hat, in dem er frei wohnen kann, hat ihm nun auch noch Feriengeld gegeben, aber Rilke äußert gegenüber Nanny Wunderly Bedenken. »Werner hat mir einen herrlichen Fonds in so lieber Weise zur Verfügung gestellt, von da wär ich so ›frei‹ wie nur je –, leider bin ich's nicht von mancher Sorge und Bedrückung. Die Nachrichten, die Kippenbergs aus Deutschland gebracht haben, waren unendlich traurig, und alles, was die Zeitungen nun dazu beitragen, ist von derselben Natur und irgendwie unentrinnlich.« Noch deutlicher wird Hermann Hesse in einem Brief vom 10. August an Romain Rolland: »In Deutschland drüben hat die geistige Stimmung etwas Anarchisches, aber auch Religiös-Fanatisches, es ist eine Stimmung wie bei Weltuntergang und kommendem tausendjährigem Reich da.«

Am 8. August, um 23 Uhr Ortszeit, trifft der 21-jährige Kornettist Louis Armstrong mit dem Zug aus New Orleans in Chicago ein. Er stammt aus ärmsten Verhältnissen. Sein Großvater war noch versklavt gewesen, und seine Mutter, eine Prostituierte, zählte erst fünfzehn Jahre bei seiner Geburt. Armstrong wuchs bei seiner Großmutter auf. Nachdem er am Silvesterabend 1913 mit dem Revolver seines Onkels in die Luft geschossen hatte, wurde er in ein Heim für obdachlose afroamerikanische Jugendliche eingewiesen. Eine jüdische Familie aus Litauen unterstützte ihn, so dass er sein musikalisches Talent entdecken konnte, zuerst in einer Marschkapelle. Als er mit siebzehn auf einem Mississippi-Dampfer spielte, hörte ihn Bix Beiderbecke. Armstrong stieg als zweiter Trompeter in die Band von Joe »King« Oliver ein, der ihn nun nach Chicago gerufen hat. Als Armstrong spätabends eintrifft, wird er mit dem Taxi vom Bahnhof geholt, er soll noch in dieser Nacht im Lincoln Gardens Café in der South Side auf der Bühne stehen und von nun an jeden Abend mit King Oliver's Creole Jazz Band spielen. Als er sich von einem etwas angeberischen Trompeter herausgefordert fühlt, legt er das erste seiner formidablen Soli aufs Parkett, ein Wendepunkt nicht nur in seinem Leben, sondern in der Jazzgeschichte.

Bretter, die die Welt bedeuten, hat der Philosoph Martin Heidegger im Schwarzwald zu einer Hütte verbauen lassen. Sie steht auf 1 200 Meter Höhe bei Todtnauberg, und erstmals am 9. August steigt er mit seiner vierköpfigen Familie dort hinauf. Fortan wird Heidegger in frischer Waldluft über Sein und Zeit nachdenken, ungestört von notleidenden Massen und moderner Technik und anderen Zumutungen der Gegenwart. Fünfundvierzig Jahre später wird ihn der Dichter Paul Celan dort besuchen. Zum Zeitpunkt von Heideggers erster Hütteneinkehr ist dieser ein Kind von kaum zwei Jahren und wächst in Czernowitz in der Bukowina als Paul Antschel auf.

Eliot hat wahrhaftig ein paar Tage lang keine Briefe geschrieben, was daran liegt, dass er übers Wochenende bei Vivien in Bosham war und außerdem schwer erkältet ist. Nun hat er seine Stenotypistin wieder kommen lassen und diktiert ihr am 9. August fünf Briefe. Einer davon geht an den britischen Diplomaten Alec Randall, derzeit zweiter Sekretär am Heiligen Stuhl und außerdem ein Kenner deutscher Gegenwartsliteratur. Eliot fragt, ob er zufällig den Kritiker Alfred Kerr kenne. Dessen Stil finde Eliot schwierig und sein Vokabular unmöglich, aber man habe ihm gesagt, er sei ein guter Mann. In Berlin wird das Rauchen in Waggons der Straßenbahn versuchsweise zugelassen, weil man sich davon mehr Fahrgäste erhofft.

Am 11. August, dem dritten Jahrestag der Weimarer Verfassung, kommen in Deutschland neue Kleingeldmünzen in Umlauf, zuerst ein Taler im Wert von drei Mark. Am 12. August stirbt der irische Präsident Arthur Griffith im Alter von nur 51 Jahren, Michael Collins tritt seine Nachfolge an. Frankreich weist 500 Deutsche aus Elsass-Lothringen aus, eine Reaktion auf säumige Reparationszahlungen. Der deutsche Dichter Gerhart Hauptmann wird sechzig Jahre alt. In seiner Heimatstadt Breslau wird der Nobelpreisträger von 1912 mit einer Festwoche geehrt. Beim *Dial* steht man im Begriff, einen neuen Literaturpreis zu stiften. Die Redaktion will diesen Preis Eliot geben, der dann vielleicht willig wäre, sein Gedicht noch vor der Buchveröffentlichung in der Zeitschrift abzudrucken. Was tut man nicht alles, um die Mona Lisa zu bekommen.

Im Frühjahr hatten sich James und Nora gewünscht, zusammen in London zu sein, am 13. August setzen sie über den Kanal. Grund sind die augenärztlichen Behandlungen, denen Joyce sich unterziehen muss. Sie wohnen im Euston Hotel an der gleichnamigen Bahnstation, von wo die Züge nach Holyhead fahren, dem walisischen Fährhafen mit Direktverbindung nach Dublin. Deswegen nennt sich das Hotel auch »Tor zu Irland«, was Joyce ein wenig in Unruhe versetzt. Er will sich seinem Heimatland nur schreibend aussetzen, und jetzt im Bürgerkrieg erst recht. Normalerweise ist das Euston ein Hotel für Transitgäste, aber Joyces bekommen eine Sondererlaubnis und dürfen unbegrenzt bleiben. Joyce verabredet sich umgehend mit Harriet Shaw Weaver, seiner Gönnerin, die er noch nie gesehen hat. Er ist zutiefst angetan von ihrer Integrität und Selbstlosigkeit, Letzteres ein Zug, den er an sich selbst nicht studieren kann. Dafür zeigt er sich ihr ganz ungeniert so, wie er leibt und lebt. Als es um die Entscheidung Bus oder Taxi geht, besteht er auf Taxi und stattet den Fahrer mit einem opulenten Trinkgeld aus von dem Geld, das Miss Weaver ihm gegeben hat. Sie habe erkannt, schreibt Joyce-Biograph Richard Ellmann, dass seine Natur so extravagant war wie die ihre sparsam, und unterließ es, ihn dafür zu tadeln. Zweihundert Pfund in ein paar Wochen auf den Kopf zu hauen ist für Joyce ein Leichtes (dreihundert sollte Eliot aus Bel Esprit erhalten, wohlgemerkt für ein ganzes Jahr).

Als Weaver ihn fragt, was er als Nächstes schreiben will, erwidert er: eine Geschichte der Welt. Zum Glück muss

Joyce nicht nach Dublin übersetzen, um jemanden aus seiner Familie zu sehen. Seine Cousine Kathleen, Tochter seiner Tante Josephine Murray, arbeitet in einem Londoner Krankenhaus, und er führt sie mitsamt ihrer Schwester Alice nach Soho aus, wofür er natürlich wieder das Taxi nimmt. Während der Fahrt fällt ihm ein, dass er gerne frische Socken hätte. Der Fahrer kennt jemanden, der helfen kann, und bringt seinem Fahrgast ein frisches Paar ins Restaurant. Was mit den getragenen Socken geschieht, ist nicht bekannt. Joyce ist daraufhin so übermütig, dass er seine Cousinen fragt, wie denn ihre Mutter den *Ulysses* fände. Kathleen schämt sich ein bisschen, aber rückt dann doch damit heraus: Sie habe gesagt, dieses Buch sei zum Lesen ungeeignet. Ach, so ist das also …! Wenn *Ulysses* zum Lesen ungeeignet ist, gibt Joyce zurück, dann eignet sich das Leben nicht, gelebt zu werden.

Bei den Salzburger Festspielen, die in diesem Jahr zum dritten Mal stattfinden, hat *Das Salzburger große Welttheater* Hugo von Hofmannsthals unter der Regie von Max Reinhardt Premiere. Das allegorische Stück, nach Vorlage des spanischen Barockdichters Calderón, wird in der von Johann Bernhard Fischer von Erlach erbauten Kollegienkirche aufgeführt, was nicht allen Gläubigen gefällt. Im preußischen Staatsgebiet wird die in München erscheinende radikal-alldeutsche Zeitschrift *Deutschlands Erneuerung* für sechs Monate verboten. In Italien wird der Dichter, Pilot und Protofaschist Gabriele D'Annunzio bei einem Fenstersturz schwer verletzt. Als Konkurrent Mussolinis innerhalb der faschistischen Bewegung fällt der zeitweilige Duce von Fiume damit aus.

Es ist Sonntag, und Franziska darf wirklich ins Kino gehen. Mit Maria, aber auch mit Vinzenz, weil es nicht geht, dass zwei junge Frauen sich alleine amüsieren. Das Geld für die Karten hat ihnen der Vater geschenkt. Er hat seit Montag wieder Arbeit, bei der städtischen Gärtnerei an der Bergheimer Straße, die den Blumenschmuck für das bevorstehende Schützenfest arrangiert. Es findet in diesem Jahr erstmals wieder statt, die Belgier haben es genehmigt, die also auch gute Seiten haben müssen. Und einmal soll es auch Franziska schön haben und nicht immer nur im schwarzen Kleid gehen. »Die Tage der Wonne«, heißt es in der Zeitung, »stehen bevor.« Jetzt fragt sich nur noch, in welchen Film sie gehen. Im Biotophon laufen *Das Rattenloch* und *Der Gespenster-Klub*, im Residenz *Der schlummernde Vulkan*, *Bajazzo* und *Tippelpaule im Panoptikum*. Im Novesia läuft, nur heute, *Das Weib des Pharao*. Das ist von Ernst Lubitsch, aber das ist Franziska egal, sie war überhaupt noch nie im Kino. Es geht darin um eine griechische Sklavin, die aus äthiopischer Gefangenschaft flieht und unabsichtlich einen Krieg auslöst, wichtiger ist jedoch, dass sich der junge Pharao in sie verliebt.

Dann geht das Licht aus, es ist auf einmal ganz dunkel im Saal, der Vorhang wird zurückgezogen, und die Musik ertönt, so laut! Und diese halbnackten Menschenmassen um den Thron des Pharao! Und wie die Sklavin aussieht! Sie hat ganz schwarze Haare, wie Franziska. Es wäre fast gut ausgegangen, aber am Schluss wird sie zusammen mit dem jungen Pharao vom Volk gesteinigt. Wie grausam das ist, wie erhebend. Als sie nach zwei Stunden durch die Seitentür den Kinosaal verlassen und blinzelnd und benommen in der

Sonne stehen, denn es ist noch immer hell, weiß Franziska kurz nicht, welche Welt die echte ist. Dann gehen sie langsam durch den Stadtgarten zurück. Die Ringeltauben rufen wie durch einen Schleier. Der Film ist in ihr noch nicht vorbei. Diesen Abend fühlt Franziska sich erhoben.

Am 14. August schickt Rilke der Fürstin eine Reinschrift der *Duineser Elegien*, damit sie sich ihren Besitz in Ruhe betrachten kann und nicht immer dafür nach Muzot muss, damit Rilke ihr vorliest. Erstmals spricht er von der kommenden Buchausgabe, ohne dabei so profane Dinge wie Setzen, Drucken, Binden beim Namen zu nennen: »Wenn nicht unerwartete äußere Hindernisse den Gang der Verwirklichung verlangsamen, so werden wir die erste Buchausgabe von beidem, von den Elegien und den Sonetten an Orpheus, noch vor Ablauf dieses Jahres in Händen halten.«

In Cambridge nimmt der Anthroposoph Rudolf Steiner an einem Ferienkurs zum Thema »Geistige Werte in Erziehung und sozialem Leben« teil. Ebenfalls am 14. August fordert Mussolini die Auflösung des italienischen Parlaments.

Am 15. August vermeldet das Deutsche Reich seine Unfähigkeit, die fälligen Reparationen in Höhe von zwei Millionen Pfund zu zahlen. Lediglich ein Drittel des Betrags könne es aufbringen. Die französische Regierung verlangt kategorisch die Zahlung der vollen Summe und droht mit diplomatischen Strafmaßnahmen. Jemand, der auch nicht mit sich spaßen lässt, wenn es um Geld geht, zeigt sich plötzlich konziliant. Eliot ist regelrecht handzahm, als er gleichfalls am 15. August an den *Dial*-Redakteur James Sibley Watson schreibt. Es habe bedauerliche Missverständnisse zwischen ihm und Thayer gegeben, er habe sich darüber geärgert, dass einem Autor wie George Moore mehr gezahlt werden sollte als ihm, hätte aber besser daran getan, Thayers Angebot anzunehmen. Die Lage sei nun die: Das Gedicht erscheine in Kürze in Buchform bei Liveright, der ihm einen Vorschuss von 150 Dollar garantiert habe. Sollte nun der *Dial* diesen Vorschuss übernehmen, dann ließe er das Gedicht dort gern vorab erscheinen, und Liveright hätte sicher nichts dagegen, mit dem Buch zu warten, umso mehr, als der in Aussicht gestellte Literaturpreis eine Werbung für das Buch darstelle. Gleichzeitig werde *The Waste Land* im Oktober in London in der ersten Ausgabe der neuen Zeitschrift *The Criterion* erscheinen, aber das schließe sich ja nicht aus, da es sich nicht länger um exklusive Rechte handele, die er dem *Dial* einräumen könne. Wie gesagt, dies nur unter der Bedingung, dass Liveright einverstanden sei; er werde John Quinn bitten, mit ihm zu verhandeln. Notabene: Das Manuskript, das abzutippen er sich über Monate nicht in der Lage gesehen hatte, soll nun gleich dreimal gedruckt werden. Eliot ist entschlossen, seinen Trumpf jetzt auszuspielen.

Pflaumenkuchenzeit

Hitler redet wieder in München. Diesmal vor einer Menge, die sich unter dem Wahlspruch »Für Deutschland – Gegen Berlin« versammelt hat, am Mittwoch, dem 16. August. Es gelte, den jüdischen Bolschewismus zu bekämpfen, der sich unter dem Schutz der Reichsregierung ausbreite. Erstmals marschiert dazu die SA, in braunen Hemden, mit Hakenkreuzfahnen. Auf einem polnischen Flugplatz bei Putzig an der Ostsee kommen fünfzig Menschen durch einen Bombenabwurf bei einer Flugschau ums Leben. Die Bombe, die ins Meer geworfen werden sollte, fiel irrtümlich über den Zuschauern hernieder.

Ebenfalls am 16. August reist Katherine Mansfield mit ihrem Mann zurück nach London. Sie hat begonnen, sich für die Lehren des armenischen Wunderheilers George Gurdjieff zu interessieren, der den Körper über die Seele erreichen will und dazu auf rituelle Tänze baut. Virginia Woolf notiert in ihr Tagebuch, was sie von dem Buch hält, das sie seit Monaten regelrecht krank macht und von dem sie nun zweihundert Seiten gelesen hat. Ende Juli hatte sie sich den *Ulysses* geleistet und hielt es bald für rausgeschmissenes Geld. Die ersten zwei, drei Kapitel seien noch anregend, sogar charmant, es halte bis nach der Friedhofsszene vor; danach werde es verwirrend, langweilig, unangenehm – wie der Anblick eines Halbwüchsigen, der sich seine Pickel aufkratzt. Und Tom, der Große, meint, es stehe auf einer Höhe mit *Krieg und Frieden*! Ihr kommt es ganz ungebildet vor: das Buch eines Autodidakten aus der Arbeiterklasse, und man wisse ja, wie selbstbezogen, penetrant, roh und eklig diese Leute sein könnten. Aber für eine anämische Natur wie Tom sei eine blutige Sache sicher glorreich. Sie selber sehne sich danach, wieder zu den Klassikern zu greifen. Vielleicht sehe sie es später anders, ihr kritischer Scharfsinn kenne aber keine Kompromisse. Vorsichtshalber steckt sie bei Seite 200 ein Lesezeichen ein.

Rilke muss ein Beileidsschreiben verfassen. Karl von der Heydt, Bankier aus Elberfeld und sein erster Mäzen, ist gestorben. »Trotz dieser fühlbaren inneren Nähe«, schreibt

Rilke am 17. August der Witwe Elisabeth von der Heydt, »überflutet mich nun der Vorwurf, gegen den getreuen und einsichtigen Freund so vieler Jahre in der letzten und vorletzten Zeit nicht mitteilsam gewesen zu sein. Mein Schweigen war, zum Teil, durch Bedrückungen und Sorgen verursacht, die mir die Feder zurückhielten, denn mir war klar, daß man ihm nur noch heiter schreiben dürfe.« Zwischen Dichter und Bankier war es zum Dissens gekommen, als Rilke mit der Münchener Räterepublik sympathisierte. Und da sie einander nie wiedergesehen hatten, fühlt sich der endgültige Abschied von dem Mann, der ihm so viel Gutes getan hatte, nun umso schwerer an. Vielleicht hilft ein kleiner Urlaub. Am 17. oder 18. August reist Rilke mit Baladine nach Bern, von dort aus weiter nach Thun und Beatenberg im Berner Oberland, wo man Eiger, Mönch und Jungfrau sehen kann.

Am 18. August beginnt in Lugano eine Konferenz der Internationalen Frauenliga für Freiheit und Frieden. Hermann Hesse, der sowieso um die Ecke wohnt, nimmt auf Einladung von Romain Rolland daran teil und trägt anstelle eines Referats den Schluss des *Siddhartha* vor. Der französische Physiker Jean Lecarme begibt sich zum Gipfel des Mont Blanc. Er will dort Experimente durchführen, die der Überprüfung von Einsteins Relativitätstheorie dienen. Am 19. August wird die *Rote Fahne*, Parteiblatt der KPD, für drei Wochen verboten. In Budapest werden 32 Waggons der ungarischen Staatsbahn durch einen Brand vernichtet, darunter der Salonwagen der Kaiserin Elisabeth von Österreich. Die Inflation in Deutschland galoppiert. Am 21. August erhält man für einen Dollar bereits 1738 Mark. Noch schlimmer ist die Lage in Österreich, wo der Dollar schon zu Jahresbeginn 6000 Kronen kostete. Ministerpräsident Ignaz Seipel hat sich jetzt auf Reisen in die Nachbarstaaten begeben, um Hilfe zu erbitten.

Eliot macht einen Rückzieher. Er habe wohl etwas unüberlegt auf das so freundliche Angebot des *Dial* reagiert, schreibt er Watson am 21. August. Die Dinge seien aber nun schon so weit fortgeschritten, dass er Mr Liveright nicht gut um Aufschub bitten könne, und Quinn habe er schon über Gebühr belastet. Auch hätte sich Thayer ihm gegenüber zeitiger erklären können. Falls er lange genug lebe, um ein weiteres Gedicht zu schreiben, dann werde man hoffentlich früher zusammenfinden. Am 22. August wird der irische Präsident Michael Collins, erst kurz im Amt, bei Kämpfen in Macron in der Grafschaft Cork Opfer eines Anschlags. Anhänger der radikalen Sinn Fein haben sein Auto überfallen; es kommt zu einem Schusswechsel, Collins wird tödlich getroffen.

Virginia Woolf ist beim Schreiben an der Geschichte um Mrs Dalloway in der Bond Street ins Stocken geraten, wegen der vielen Zerstreuungen. »Komplimente, Kleider, die Brauerei, die Photographie – das sind alles die Gründe, warum ich Mrs Dalloway nicht schreiben kann.« Auch der Essay über das Lesen ist noch nicht sehr lang. Es kommt einfach zu viel Besuch, »selbst wenn es nur Clive ist, der einen Tag bleibt«. Aber sie hat sich eine Methode zurechtgelegt, um wieder ins Schreiben zu finden: »Als Erstes sanfte Übungen an der frischen Luft. Als Zweites die Lektüre guter Literatur. Es ist ein Irrtum zu glauben, Literatur könne aus dem Nichts entstehen. Man muss aus dem Leben heraustreten – man muss sich externalisieren; sich sehr, sehr sammeln, in einem einzigen Punkt, und darf sich nicht auf die verstreuten Teile seines Charakters stützen, man muss ganz im Kopf leben.« Sich selbst zu belohnen kann ebenfalls nützlich sein. Virginia hat in Brighton ein blaues viktorianisches Seidenkleid gesehen, das sie unbedingt haben muss, auch wenn Leonard dagegen ist, und hat es sich jetzt bestellt.

Am 23. August schreibt Mutter Eliot, besser gesagt, Charlotte Champe Stearns Eliot, aus Cambridge, Massachusetts, an ihren Sohn. Tante Susie sei da gewesen, sie habe sich den Prospekt des *Criterion* angesehen und wolle ihn abonnieren. Er möge ihr bitte den Prospekt schicken, und bitte immer mit der vollständigen Adresse, einfach nur Holborn reiche auf dieser Seite des großen Wassers nicht aus. Ob er nicht auch seine Professoren aus Harvard mit dem Prospekt beschicken wolle? Sie sende ihm gerne eine Adressenliste, natürlich nur, wenn es ihm recht sei. Und Vivien, verstehe sie richtig, ginge es schon besser? Sie werde wohl noch eine Weile in Bosham bleiben? Und danke schön für den Lavendel, süß, dass sie ihr den geschickt habe.

Reichskanzler Wirth empfängt Gewerkschafter. Das Wichtigste sei in der jetzigen Lage, die Brotversorgung der Bevölkerung zu sichern. In der *Vossischen Zeitung* erscheint ein Bericht über einen Streit auf der Münchener Gewerbeausstellung. Vertreter der katholischen Kirche protestieren gegen ein Kruzifix von Ludwig Gies, das in der Dombauhütte zu sehen ist. Sie sehen in der expressionistischen Gestaltung des Korpus ihren Glauben missachtet. Das zeigt, wie sehr die Kunstwächter der Kirche hinter ihrer Zeit zurück waren oder sie nicht sehen konnten, denn zeitgleich erreichte die Auflage der Lyrikanthologie *Menschheitsdämmerung,* die die bedeutendsten Vertreter des literarischen Expressionismus vereinigt, die Marke von 20000 Exemplaren. Die von Kurt Pinthus kompilierte Sammlung war 1919 zuerst in einem Kleinverlag erschienen, ab 1920 dann im Rowohlt Verlag. Sie enthält Gedichte von Johannes R. Becher, Gottfried Benn, Theodor Däubler, Georg Heym, Alfred Lichtenstein, Ernst Stadler, August Stramm, Georg Trakl und vielen anderen, unter ihnen als einzige Lyrikerin die große Else Lasker-Schüler, dazu Porträtzeichnungen u. a. von Oskar Kokoschka und Egon Schiele. So war dieses Buch eine beeindruckende Ausstellung der Moderne und zugleich ein Testament, denn vier der Dichter waren im Krieg gefallen.

Es ist Samstag. Franziska hat einen Pflaumenkuchen gebacken. Marias Eltern haben einen Garten an der Bergheimer Straße, sie hat ihr einen ganzen Korb Pflaumen gebracht. Milch, Mehl und Eier hat sie auf Gut Hellenbroich geschenkt bekommen. Sie hat in der Zinkwanne im Keller gebadet, sie fühlt sich erfrischt und wird heute eine helle Bluse tragen. Heute ist Fackelzug, zur Feier des Schützenfestes, sie wird mit Vinzenz und Maria an der Kanalstraße stehen, eine Stunde, bevor es losgeht. Dann, irgendwann, wenn es schon dunkel ist, werden sie von weit die Trommeln hören und die Spielmannszüge mit den hellen Pfeifen. »Freut euch des Lebens …« Als sie das letzte Mal beim Fackelzug war, da war sie beinahe noch ein Kind gewesen, und jetzt … Ob die belgischen Soldaten auch marschieren werden? Sie müssen sicher vorneweg gehen und darauf achten, dass alles seine Ordnung hat? Als Franziska dann am Zugweg steht, als die

Grenadiere kommen und die Jägerzüge mit den Blumenhörnern, ist es wieder wie im Kino, sie weiß für den Moment nicht, wo sie wirklich ist. Und einmal, als die schwere Trommel direkt vor ihr geschlagen wird, fühlt es sich an, als ob ihr Herz zerspringt.

Auf dem Königsplatz in München wird der Katholikentag eröffnet. Den Vorsitz führt der Kölner OB Konrad Adenauer. Während er fest zur Republik steht, grenzt sich der Münchener Kardinal Faulhaber scharf von ihr ab. »Wehe dem Staat, der eine Verfassung schafft, ohne den Namen Gottes, der die Rechte der Eltern in seinem Schulgesetz nicht anerkennt, der die Theater- und Kinoseuche nicht fernhält von seinem Volke, der die Ehescheidung erleichtert und die uneheliche Mutterschaft in Schutz nimmt. Wo die Gesetze eines Staates mit den Geboten Gottes in Widerspruch stehen, gilt der Satz: Gottes Recht bricht Staatsrecht. Die Revolution war Meineid und Hochverrat«, wird Faulhaber in der *Vossischen Zeitung* zitiert.

In New York wird erstmals eine Werbesendung über Rundfunk ausgestrahlt. Richard Wagners Sohn Siegfried kündigt eine Amerikareise an, um in den Staaten Mittel zur Fortführung der Bayreuther Festspiele zu werben, die seit 1914 unterbrochen sind. In der Presse liest man von einer Erfindung der Deutschen Farbbaum-Edelholz-Gesellschaft. Es soll künftig möglich sein, Bäume bereits vor dem Schlagen zu färben.

Virginia Woolf versucht, ihr Schreiben oder sich selbst mit einem Tagesplan zu disziplinieren. »Heute ist der 28.: Mrs Dalloway am Samst. 2. Sept. abschließen: Sonntag 3. bis Freitag 8. mit Chaucer anfangen: Chaucer – dieses Kapitel sollte, meine ich, bis zum 22. Sept. fertig sein. Und dann? Soll ich das nächste Kapitel von Mrs D. schreiben – falls es ein nächstes Kapitel gibt; & soll es The Prime Minister heißen?«

Am Dienstag, dem 29. August, wird in den Neusser Tageszeitungen das Schützenfest resümiert. Während der sozialdemokratische *Freie Sprecher* kritische Worte findet, wonach ein solches Ereignis angesichts der wirtschaftlichen Not nicht zu vertreten sei, gibt sich die konservative *Neuß-Grevenbroicher Zeitung* patriotisch. Am ausführlichsten berichtet die politisch neutrale *Neußer Zeitung.* Sie kann nur eine einzige Konzession an die Lage in einer von ausländischen Truppen besetzten Stadt erkennen: »Der sonst den Beginn des Festes ankündigende Kanonendonner mußte auch diesmal fehlen; dafür zogen die Trommler- und Pfeiferkorps umso eifriger durch die Straßen mit ihrem ›Freut euch des Lebens‹ und anderen Schützenmärschen. Kurz nach 8 Uhr verkündete immer näher kommende rauschende Musik, daß der Fackelzug begonnen hatte.« Franziska, seit kurzem der Kino- und Theaterseuche erlegen, wofür sie, Kardinal Faulhaber zufolge, beichten gehen müsste, ist dabei gewesen.

Offenbar steht *The Criterion* jetzt auch an der Haustür von Clarence Gate Gardens 9, denn Eliot führt den Namen des neuen Journals nunmehr stolz im Briefkopf. Quinn sei in Urlaub, schreibt Gilbert Seldes am letzten Augusttag an James Sibley Watson, aber entgegen Eliots letztem Brief empfehle er, den Druck von *The Waste Land* im *Dial* vorzubereiten. Er habe sich mit Liveright verständigt. Es gebe kein Problem damit, das Gedicht in der Novemberausgabe zu drucken. Allerdings ohne die Anmerkungen, die der Buchausgabe vorbehalten blieben. Diese Anmerkungen seien überaus interessant, so Seldes an Watson, und fügten dem Gedicht Wesentliches hinzu. Aber er solle sich gar nicht allzu sehr dafür begeistern, weil man sie schlicht nicht haben könne. Am selben Tag erscheint Seldes' rühmende Besprechung des *Ulysses* in der New Yorker Zeitschrift *The Nation*. Joyce' Roman sei eine so monströse wie großartige Travestie. Anders als andere Kritiker würdigt Seldes auch das parodistische Element, das die Strebungen und Illusionen zugleich aufrichte und niederreiße, die die Prosa vergangener Jahrhunderte hinterlassen habe. Besonders die ausufernde Rotlicht-Episode findet Seldes glänzend. Auch Nietzsche hätte an der tragischen Fröhlichkeit dieses Werkes seine Freude gehabt. Ganze Kapitel seien Monumente der Macht und Glorie des geschriebenen Wortes. Kurzum, ein Sieg der schöpferischen Intelligenz über das Chaos des Ungeschaffenen. Mehr konnte man von einem Buch wirklich nicht verlangen.

Mythische Methode

Einen Monat lang blieben James Joyce und Nora Barnacle in London, von Mitte August bis Mitte September. Drei Ophthalmologen suchte der irische Patient auf, einer hieß Henry, ein zweiter James. Das befriedigte seinen Sinn für beziehungsreiche Wortspiele – bezeichneten sie zusammen doch nicht nur einen berühmten Autor, sondern auch ein Bekleidungsgeschäft in Dublin, das in *Ulysses* vorkam. Aber was diese Koryphäen ihm zu sagen hatten, das war alarmierend. Die Flüssigkeit in seinem linken Auge hatte begonnen, sich zu verfestigen und unbeweglich zu werden, ein Vorzeichen des Glaukoms, das eine sofortige Operation erforderlich machte. Wie er zuvor, von Bermans Diagnosen erschrocken, den Weg nach London gesucht hatte, so trieb es Joyce jetzt in der umgekehrten Richtung wieder über den Kanal, nun in der Hoffnung, in Paris eine mildere zweite (oder dritte oder vierte) Meinung einzuholen. Tatsächlich war die Sorge um seine Augen in diesen Monaten, die den Ruhm seines einzigartigen Romans mit jeder Kritik, wie auch immer sie ausfiel, wachsen ließen, Joyce' Hauptbeschäftigung. Denn seitdem er die Korrekturen zu *Ulysses,* der Fahnen wie der fehlerhaften Erstausgabe, erledigt hatte, gab es für ihn nichts Vernünftiges zu tun. Dieses Schicksal teilte er mit Rilke, der das halbe Jahr seit dem Abflauen des schöpferischen Orkans von Muzot mit Briefeschreiben und der Pflege seiner Rosen zugebracht hatte, unterbrochen von Besuchern, die sich seine neuen Werke vorlesen ließen. Ende August, Anfang September erholte er sich im Berner Oberland von seiner Muße im Wallis.

Vollkommen anders verlief das Jahr für Eliot, den rastlosen Arbeiter im Weinberg des Literaturbetriebs, der zwar auch keine neuen Gedichte schrieb, ansonsten aber alles unternahm, was man sich nur vorstellen kann, um neben der eigenen Dichtung auch diejenige Europas schlaglichtartig sichtbar zu machen. Und zwischen all den Briefen, obenauf zu seinen kritischen und editorischen Arbeiten (die acht Stunden in der Bank nicht einmal mitgerechnet) und den dafür notwendigen Lektüren, verfasste er irgendwann in dieser betriebsamen Zeit noch einen gewichtigen Essay, der 1923 im *Dial* erschien und dem *Ulysses* galt, aber zugleich auch der Profilierung des eigenen Werkes diente. In »*Ulysses*: Ordnung und Mythos« weist Eliot an Joyce' Roman das nach, was wir mit dem von Hans Blumenberg geprägten Begriff »Arbeit am Mythos« nennen können. Sein Ansatzpunkt ist die Parallele zur *Odyssee*. Diese Parallele, so Eliot, habe die Bedeutung einer wissenschaftlichen Entdeckung.

Niemand zuvor habe einen Roman auf einem solchen Fundament aufgebaut: Es sei nie zuvor notwendig gewesen. Indem sich Joyce auf den Mythos stütze, indem er eine kontinuierliche Parallele zwischen der Gegenwart und der Vergangenheit auswerte, wende er eine Methode an, die andere nach ihm anwenden müssten. Diese Nachfolger würden ebenso wenig wie der Wissenschaftler, der die Entdeckungen eines Einstein für seine eigenen unabhängigen Forschungen nutze, Imitatoren sein. Es handele sich dabei einfach um eine Methode, mit der man die Zeitgeschichte – »jenes ungeheure Panorama der Nichtigkeit und Anarchie« – bewältige, gestalte und mit Sinn erfülle. Die Psychologie, die Ethnologie und *The Golden Bough* hätten gemeinsam möglich gemacht, was noch vor ein paar Jahren unmöglich gewesen sei: »Anstatt der erzählenden Methode können wir jetzt die mythische Methode verwenden.«

Joyce als Einstein der modernen Literatur: Strategisch geschickt stellt Eliot heraus, dass es sich hier nicht um ein normales Buch handelte, sondern um einen Epocheneinschnitt. Der Vergleich mit den Entwicklungen der modernen Wissenschaft, von der experimentellen Physik bis zur Psychoanalyse, konnte das Prestige der Literatur nur erhöhen. Auch Freud hatte schließlich mit den Mythen von Ödipus und Narziss gearbeitet, um die Strukturen seelischer Komplexe darzulegen, also lag es gleichsam in der Luft, dass die Schlüssel zu der ganzen komplizierten Welt von heute in den alten Mythen versteckt sind. Viel geschickter kann man eigentlich nicht argumentieren.

Indem Eliot die angesehensten Forscher der Zeit zu Kronzeugen einer neuen, radikal modernen Literatur beruft, verleiht er dieser einen dringlichen zeitbezogenen Sinn: Wer wissen will, wie es heute um den Menschen steht, der kann an einem Roman wie *Ulysses* nicht vorbeisehen. Und zugleich nicht an einem Gedicht, dessen Autor er selber ist, und das er in diesem Zusammenhang natürlich nicht nennt – was für Joyce' Roman die *Odyssee* ist, das sind für Eliots Gedicht die Fruchtbarkeitsriten und die Gralslegenden. Dabei hatte er doch im Fragebogen einer Zeitschrift glatt bestritten, dass Dichtung für den modernen Menschen notwendig sei. Warum ist aber eine neue Methode erforderlich? Weil mit dem Untergang der alten Welt im Krieg, der technischen Umwälzung, den Fortschritten der Wissenschaft und dem Verblassen aller Glaubensgewissheiten die alten erzählbaren Zusammenhänge zerbrochen sind, und was von ihnen übrig bleibt, ist, um mit Eliots Gedicht zu sprechen, »ein Haufen zerbrochener Bilder«, die erst einen Sinn ergeben, wenn man sie als Abglanz alter Mythen liest. Dem muss die Literatur entsprechen, und Joyce ist dafür das beste Beispiel. Eliot geht so weit, mit dem *Ulysses* eine Zeit *nach* dem Roman einzuläuten.

Der Roman, so argumentiert er, ende mit Flaubert und Henry James. Joyce habe zwar auch noch einen geschrieben, nämlich das *Porträt des Künstlers als junger Mann.* Den *Ulysses* aber könne man besser als Epos beschreiben oder die Genre-Bezeichnung weglassen, da mit dieser Form etwas ganz Neues beginne. Demnach wäre *The Waste Land* der Nullpunkt einer Dichtung *nach* der Lyrik und ebenfalls als ein Epos zu verstehen, eines in ganz neuer Form. Nicht nach einem klassischen Muster, sondern als irritierendes Geflecht der Bezüge, dunkel, aufregend, fragmentarisch. Das mussten andere sagen, während Eliot in seinem Aufsatz so tat, als spräche er nur über Joyce.

Unbemerkt von Eliot aber hatte der deutschsprachige Weltdichter Rainer Maria Rilke in den Februarwochen des Jahres 1922 eine ganz neue Vision des Orpheus-Mythos erschaffen, und was er mit dem Engel der Elegien seit zehn Jahren angestellt hatte, war ebenfalls eine Arbeit am Mythos. Wenn auch an einem, den er selber stiftete: Die Forderung nach einer neuen Mythologie als Antwort auf den Siegeszug der Vernunft stammte noch aus der deutschen Romantik. Während Eliot Wert darauf legte, mit der mythischen Methode auf der Höhe der Zeit zu sein, schrieb Rilke mit dem Rücken zu ihr, erneuerte alte Großformen und war näher an Hölderlin als an Pound.

IX.

Untergang

Mit der Erneuerung keltischer Mythen hatte Yeats schon seit dreißig Jahren in einer Richtung gearbeitet, wie Eliot sie jetzt propagierte. Was als spätromantische Träumerei angefangen hatte, war mit der Zeit handfest politisch geworden, die irische Renaissance führte hin zu Unabhängigkeits- und Bürgerkrieg, und in einem späten, rückschauenden Gedicht stellte sich Yeats die Frage, ob er mit einem seiner Dramen Männer in den Kampf geschickt hatte, die dann von den Engländern erschossen wurden, und das erschreckte ihn. Yeats dachte nicht nur in Symbolen, es reizte ihn, sie anzufassen, und seit kurzem wohnte er sogar in einem: »Die alte Brücke und ein Turm, noch älter, / Ein Bauernhaus, das Mauern schützen, / Ein Morgen steinigen Lands, / Darauf die Sinnbild-Rose neu erblühen kann.« Dass es hier nicht ungefährlich war, hatte er bereits erkannt. Es waren besonders Truppen der Irregulären, also de Valeras Leute von der IRA, die bei Thoor Ballylee patrouillierten und ein Auge auf die alte Brücke geworfen hatten, die gleich neben seinem normannischen Turm über den Fluss führte. Mit ihnen musste sich Georgie Yeats auseinandersetzen, wie sie am

1. September in einem Brief an Ottoline Morrell erzählte. Überraschenderweise waren die Rebellen Leute, mit denen man gut reden konnte. Georgie hatte sie bereits gefragt, ob sie nicht lieber eine kleinere Brücke weiter unterhalb zerstören könnten, aber das mussten sie abschlagen, denn leider hatten sie den Befehl, ebendiese Brücke an ihrem Haus zu sprengen, und das musste in der Nacht geschehen. Die Rebellen waren jedoch gern bereit, ihr einen Rat zu geben, wo sie derweil mit den Kindern und Hausmädchen am sichersten wäre, nämlich auf halber Höhe des Turms. »Sie betrugen sich sehr gut, und als die Zündschnüre angezündet waren und die Männer rannten, was sie konnten, blieb einer zurück und sagte: ›In ein paar Minuten wird es zwei Explosionen geben. Gute Nacht, und danke!‹ Als ob sie sich bei uns für die Brücke bedankten! Nach zwei Minuten gab es zwei Donnerschläge und dann einen Hagel von fallenden Ziegeln und Kies, und dann schrie derselbe Mann ›Alles in Ordnung!‹ und war davon. Wir hatten alle Fenster auf, um das Glas zu retten, und es wurde nichts beschädigt. Nicht ein Loch im Dach, obwohl einige Steine in hohem Bogen über den 130 Fuß hohen Turm flogen und auf den jenseits gelegenen Hütten niedergingen. Um Viertel nach eins war alles vorbei. Die Explosionen konnte man noch 16 Meilen entfernt in Loughrea hören. Die Brücke ist ein trauriger Anblick. Man kann sie noch überqueren, aber eine Seite ist komplett weg.«

Am 1. September 1922 nimmt der Radiosender auf dem Funkerberg bei Königs Wusterhausen südöstlich von Berlin seinen Betrieb auf. Täglich werden fortan Wirtschaftsnachrichten gesendet, nur kann sie so gut wie niemand hören, da es kaum Empfangsgeräte gibt. Der Reichspostminister erklärt den telefonischen Rundfunkdienst aber vorsichtshalber schon einmal zum »gebührenpflichtigen Beförderungsmittel«. Auch in Russland kann man jetzt sein Radio einschalten, wenn man eines hat. Der neu eingerichtete Sender Komintern dient vor allem zur Verbreitung neuester Beschlüsse der kommunistischen Partei. Die Preußische Staatsoper hat zur neuen Spielzeit die Eintrittspreise erhöht, allerdings gestaffelt. Deutsche und deutschösterreichische Staatsbürger kommen günstiger als sogenannte Ausländer in den Genuss, die Neuinszenierung von Mozarts *Don Giovanni* zu erleben. Für Unmut sorgt der eigenmächtige Vertragsabschluss zwischen dem Industriellen und Reichstagsabgeordneten Hugo Stinnes und dem französischen Regierungsvertreter Lubersac über Sachlieferungen im Rahmen der Reparationszahlungen. Stinnes, bisher als Vertreter einer harten deutschen Linie bekannt, wird die deutschen Lieferungen koordinieren, um die zerstörten Gebiete in Nordfrankreich wiederaufzubauen, und erhält eine Provision von 6 Prozent. Das ist gut für Stinnes und vielleicht auch für den Zustand der Straßen bei der nächsten Tour de France.

Hemingway, der rasende Reporter, macht in Freiburg Station und schreibt für den *Toronto Daily Star* über den Zusammenbruch der deutschen Mark. Während es in Städten wie Berlin und Hamburg zu Panikkäufen von Juwelen, Pelzen, Automobilen komme, sei es in Freiburg so beschaulich wie immer. Unfreundlich aber würden Ausländer behandelt, die sich für ihre stabilen Währungen so gut wie alles leisten könnten. Hemingway zahlte 20 Cent pro Nacht.

Am 2. September erklärt Reichspräsident Ebert, dass die Deutschen eine Nationalhymne haben. Sie können jetzt Hoffmann von Fallerslebens 1841 verfasstes »Lied der Deutschen« in allen drei Strophen auf die Melodie von Haydns Kaiserquartett singen: von der Maas bis an die Memel, von der Etsch bis an den Belt bis hin zu Einigkeit und Recht und Freiheit. In der weniger bekannten zweiten Strophe werden »deutsche Frauen, deutsche Treue, deutscher Wein und deutscher Sang« gepriesen. Bei einer Volksabstimmung in dem zu Deutschland gehörenden Teil Oberschlesiens spricht sich eine große Mehrheit für den Verbleib im Staate Preußen aus. Marcel Proust leidet seit dem 2. September unter heftigen asthmatischen Anfällen. Bereits am 20. August hatte er einen Erstickungsanfall gehabt und war nachts um drei Uhr aus dem Haus gestürmt. Er macht dafür nun den Kamin in seinem Schlafzimmer verantwortlich und weist seine Hausangestellten an, ihn künftig nicht mehr zu heizen (dass es überhaupt notwendig gewesen war im August, zeugt von einem miserablen Sommer). Am 4. September stürzt er viermal wegen Schwindels. Seinen Hang zur Selbstmedikation lässt er sich von den Ärzten nicht ausreden und nimmt weiter stimulierende und narkotisierende Mittel, um die Revision der noch unvollendeten Bände der *Recherche* fortsetzen zu können.

Während Joyce noch in London war, erschien in Paris die zweite, verbesserte Ausgabe seines Romans, finanziert von Shaw Weaver und wieder gedruckt bei Darantière in Dijon, doch als Verlag zeichnete diesmal nicht Shakespeare and Company, Paris, sondern The Egoist Press, London, verantwortlich, und als Herausgeber firmierte John Rodker, der in seiner kurzlebigen Ovid Press schon Werke von Pound und Eliot verlegt hatte. Zweitausend Exemplare umfasste diese zweite Ausgabe, die darauf zielte, das Buch in England und den Staaten zu verbreiten, doch den meisten war ein ziemlich trauriges Los beschieden, wie Sylvia Beach in ihren Memoiren festhält: »Man brachte einen Teil zu Schiff nach Dover, wo die Exemplare prompt beschlagnahmt und ›in des Königs Kamin‹ verheizt wurden – nach Miss Weaver war das der gebräuchliche Ausdruck dafür. Sie erzählte mir, dass sie nach Dover gestürzt war, als sie von der Beschlagnahme hörte, aber da hatten ihre Exemplare des *Ulysses* sich bereits in Rauch aufgelöst. Auch die in die Vereinigten Staaten geschickten Exemplare gingen zugrunde, wahrscheinlich hat man sie wie so viele junge Katzen im Hafen von New York ertränkt.« Vernichten konnte man zwar die Exemplare, nicht jedoch das Buch selbst. Joyce ließ in der Folge immer weitere Neudrucke erscheinen, wieder daheim bei Shakespeare and Company.

Von einem weiteren berühmten Werk, das deutlich höhere Auflagen erzielte als Joyce' Roman, erschien im September bei C. H. Beck der zweite Band: Oswald Spenglers *Untergang des Abendlandes*. Der darin anklingende Alarmismus passte gut zur aktuellen Stimmung in Deutschland. Denn letztlich ging es 1922 und davor und danach um nicht viel anderes als die Furcht vor einem solchen Untergang, der schon vier Jahre lang auf den Schlachtfeldern Europas aufgeführt worden war, ehe Spengler ihn auf den populären Begriff brachte. Seine Geschichtsdeutung kreist um den zyklischen Auf- und Niedergang von Hochkulturen, acht davon will er in den letzten 5000 Jahren festgestellt haben, angefangen von der ägyptischen Kultur am Nil bis zur abendländischen Kultur in Westeuropa, später auch in Nordamerika. Diesen Hochkulturen schreibt er ähnliche Verläufe zu, und da zu den Symptomen einer dem Untergang zustrebenden Spätzeit Künstlichkeit, Erstarrung, Materialismus, moralischer Zusammenbruch, Vernichtungskämpfe und Imperialismus zählen, musste es nun auch dem Letzten einleuchten, dass es mit diesem Abendland zu Ende ging. Allerdings widersprach Spengler einer zu reißerischen Auslegung seiner Thesen; wie den Untergang der *Titanic* müsse man sich den des Abendlandes nicht vorstellen. Berühmt wurde Spenglers Buch nicht zuletzt durch einen spekulativen Zug. Als aufgehende neunte Hochkultur begreift er die russische und hat dieses Kapitel schon geschrieben, als die Oktoberrevolution 1917 ihren Lauf nimmt und eine neue Macht im Osten Europas entsteht. So lasen manche Spengler als Propheten, wie auch Hesse, dessen finstere Dostojewski-Lektüre Eliot so beeindruckt hatte.

Franziska hat Pierre nun schon viele Wochen nicht mehr gesehen und fürchtet, ihm nie wieder zu begegnen, doch vor einer weiteren Begegnung fürchtet sie sich noch viel mehr. Sie sagt es Maria, flüstert es ihr zu, als sie mit der Prozession durch den Reuschenberger Wald gehen, unter Wechselgesängen, zum Hl. Cornelius nach Selikum an der Erft, wo eine Kapelle steht, an einem Sonntagnachmittag im September. Noch einmal ist es warm. Das seltsame Gefühl, das sie zuerst nach dem Besuch im Lichtspieltheater hatte und dann wieder beim Fackelzug, ist wieder da. Nicht weit von der Kapelle steht ein Stein am Ufer, zum Gedenken an einen, der da vor langer Zeit ertrunken ist. Man nennt ihn auch »den Letzten seines Stammes«, wie es die Inschrift auf dem Stein besagt. Manchmal, da habe sie das Gefühl, sagt Franziska, es müsse leicht sein, in die Erft zu gehen.

Ein Sommer ohne Picknick

Am 5. September veröffentlicht das preußische Innenministerium eine Verordnung gegen das Schlemmerunwesen in Gasthäusern, Bars und Restaurants. Bei übermäßigem Konsum jenseits einer örtlich festzulegenden Höchstgrenze tritt eine zusätzliche Besteuerung in Kraft, die der Lebensmittelversorgung bedürftiger Bevölkerungsgruppen zugutekommen soll. Was heißt, dass das Schlemmerunwesen geradezu erforderlich ist, damit die Steuer greifen kann. Wer also ein Herz für die Bedürftigen hat, sollte schlemmen.

Virginia Woolf hat es nun doch getan: Sie hat den *Ulysses* zu Ende gelesen und, wie nicht anders zu erwarten war, damit ihren Reizdarm strapaziert. Eine Fehlzündung, notiert sie am 6. September in ihr Tagebuch, nicht ohne Genie, aber von der minderen Sorte. Das Buch sei brackig, diffus, prätentiös, unfein. Wer sich als Trickser und Täuscher erweise, könne kein erstklassiger Autor sein, dem der Respekt vor dem Schreiben dies verbieten würde. Wieder fällt ihr zum Vergleich ein unreifer Schuljunge ein, der mit seinen phantastischen Launen andere bis zum Überdruss unterhält; normalerweise wachse sich so etwas aus, aber wenn einer schon vierzig ist? Sie habe es freilich nicht in Ruhe gelesen, und nur einmal, sicher sei ihr manches entgangen. Man habe das Gefühl, einem Dauerfeuer kleiner Kugeln ausgesetzt zu sein, aber keine vermöge tödlich zu verwunden, wie bei Tolstoi; doch der Vergleich verbiete sich.

Virginia liest in diesen Tagen die Korrekturabzüge von *Jacobs Zimmer.* »Meine Fahnen kommen alle zwei Tage, & ich würde die entsprechenden Depressionen bekommen, wenn ich mich darauf einließe. Das Ganze liest sich jetzt dürftig & sinnlos; die Worte hinterlassen kaum Spuren auf dem Papier; & ich bin darauf gefasst, gesagt zu bekommen, ich hätte eine anmutige Phantasie geschrieben, die mit dem wirklichen Leben wenig zu tun hat. Wer weiß!« Anderntags gibt ihr Leonard die überschwängliche *Ulysses*-Besprechung von Seldes zu lesen. Zugegeben, wie *er* es darstelle, klinge es weit beeindruckender als in ihrem Urteil, aber dieses Urteil stehe nun einmal fest.

Derselbe Gilbert Seldes fixiert, in seiner Eigenschaft als geschäftsführender Direktor von *The Dial,* am 7. September in einem Brief an den Verleger Horace Liveright die Konditionen für den Vorabdruck von T. S. Eliots Gedicht *The Waste Land* in der Novemberausgabe. Als Gegenleistung für die Genehmigung werde die Zeitschrift 350 Exemplare der Erstauflage abnehmen, sobald das Gedicht in Buchform erschienen sei, zu den handelsüblichen 40 Prozent Rabatt. Gern setze er Liveright davon in Kenntnis, dass Eliot der von der Zeitschrift erstmals ausgelobte Literaturpreis in Höhe von 2000 Dollar zuerkannt werden wird, für seine Verdienste um die Literatur. Mit der Bitte um Bestätigung, *yours very truly*.

Am 8. September ruft das Berliner Philharmonische Orchester in der Presse nach staatlicher Unterstützung. Der Verein der Lichtspieltheaterbetreiber in Berlin und Brandenburg gibt die vorläufige Schließung von 320 Kinos bekannt, wegen der hohen Lustbarkeitssteuer. Proust schreibt an seinen Verleger Gaston Gallimard: »Sobald ich die Füße neben das Bett stelle, dreht sich mir alles, und ich falle um.« Am 9. September wählt das irische Parlament William T. Cosgrave zum neuen Ministerpräsidenten. Nicht nur auf der grünen Insel, auch im Südosten Europas gibt es Krieg. Nach der Zerschlagung des Osmanischen Reiches ist eine immer noch vom Sultan regierte Resttürkei übrig geblieben, die im Wesentlichen auf Anatolien beschränkt ist. Aber etliche Gebiete entlang der Ägäis sowie Thrakien, die zu Europa zählende Region westlich von Konstantinopel, unterliegen alliierter Kontrolle. Die geschwächte Türkei weckt alte Begehrlichkeiten bei den Griechen, die sich besonders die westanatolischen Gebiete um Smyrna (Izmir), seit der Antike griechisches Siedlungsgebiet, unter den Nagel reißen wollen und sie besetzen. Die Griechen hatten im Krieg auf Seiten der Entente gestanden, die Türken auf Seiten der Mittelmächte. Gegen die Besetzung von Smyrna regt sich der Widerstand türkischer Partisanen. Es kommt zu blutigen Kämpfen und Strafexpeditionen, bei denen die Bewohner anatolischer Dörfer nicht geschont werden. Smyrna, der Name der in der Antike von aiolischen Griechen gegründeten Stadt, kommt in *The Waste Land* vor – von dort stammt der in Korinthen handelnde Kaufmann Mr Eugenides –, nun wird dieser Name mit einer Aktualität aufgeladen, die Eliot nicht vorhersehen konnte. Unter ihrem Anführer Mustafa Kemal Pascha, der sich später Atatürk nennen wird, rücken die Türken seit Ende August in die besetzten Gebiete ein und überrennen sie. Die griechischen Soldaten flüchten massenhaft in Richtung Smyrna, um sich wie ihre dort lebenden Landsleute an Bord der alliierten Kriegsschiffe zu retten. Am Samstag, dem 9. September, erobern die Türken die uralte Hafenstadt, damit ist die griechische Niederlage besiegelt. In den griechischen, armenischen und von Westeuropäern bewohnten Stadtvierteln brechen gewaltige Feuer aus, sie brennen bis auf die Grundmauern nieder. Tausende Flüchtende werden getötet.

Am Sonntag wird die neue Automobilrennstrecke von Monza eingeweiht. Das 800-Kilometer-Rennen um den Großen Preis von Italien gewinnen zwei Fiat-Piloten: Pietro Bordino vor Felice Nazarro. Wer sich im Rheinland gerade im Singen der neuen Nationalhymne geübt hat, kann gleich wieder damit aufhören. Die Hohe Alliierte Rheinkommission verbietet das Singen und Spielen der Hymne wegen des imperialistischen Textes. In der Berliner Oper feiert der Oberschlesische Hilfsbund die weitere Zugehörigkeit zum Reich, in Anwesenheit des Reichspräsidenten, des Reichskanzlers und des preußischen Ministerpräsidenten, mutmaßlich unter Absingen der Nationalhymne.

Am 11. September wird im Regierungspalast von Jerusalem die Verfassung des künftigen autonomen Staates Palästina feierlich verkündet. Palästina, das mehr als sechshundert Jahre lang zum Osmanischen Reich gehörte, wird seit 1917 von Großbritannien kontrolliert. Die Briten haben ein Völkerbundmandat zur Errichtung eines autonomen jüdischen Staates, der bis zum Jordan reichen soll. Transjordanien wird als arabisches Gebiet abgetrennt, entgegen der ursprünglichen Pläne der zionistischen Kommission, den jüdischen Staat bis Amman auszudehnen. An der Zeremonie nehmen hohe religiöse und politische Würdenträger aus Großbritannien, Transjordanien, Armenien, Griechenland und Syrien teil. Die arabischen Geschäftsleute in Jerusalem halten ihre Läden aus Protest geschlossen. Am selben Tag hissen alliierte Truppen an der Einfahrt zur Meerenge der Dardanellen, in der Antike Hellespont geheißen, nicht weit von Troja, ihre Flaggen, um die neutrale Zone zwischen Griechenland und der Türkei zu sichern.

Die Eliots bitten allseits um Verzeihung. Tom entschuldigt sich bei Mary Hutchinson, dass es mit dem Picknick letzten Sonntag nicht geklappt hat. Sie hätten sich da für einen Bungalow interessiert, der zum Verkauf stand und der genau das Richtige gewesen wäre, da Vivien unbedingt auf dem Land bleiben wolle. Doch sei es nichts damit gewesen, absurd teuer, und dann hätte man ihn auch noch renovieren müssen. Aber ein Sommer ohne Picknick, das sei wirklich eine Schande. Vivien schreibt an Ottoline Morrell, es täte ihr schrecklich leid, sie in London verpasst zu haben. Sie bedaure so sehr, vom Landleben Abschied zu nehmen, London sei furchtbar. Und hoffe, es gehe ihr, Ottoline, besser, sie müsse einen entsetzlichen Sommer gehabt haben, sie selbst fühle sich schon wieder krank, doch das gehe hoffentlich vorbei.

Blauer Montag

Am 13. September wird in Syrien eine neue Rekordtemperatur gemessen: 57,8 Grad in El Aziza. Deutlich kühler wird es in Königsberg gewesen sein, wo die Stadtverordnetenversammlung eine Stiftung von 300 000 Mark zur Errichtung einer würdigen Gedenkstätte für Immanuel Kant genehmigt. Den fallenden Gegenwert dieser Summe in Dollar mag man sich nicht ausmalen. In Deutschland kommt die Mark als Währung immer mehr außer Gebrauch und wird durch Warentausch ersetzt. Gas und Strom sowie Arztrechnungen sind künftig in Zucker, Brot oder Kohlen zu begleichen, das legen die Stadtverwaltungen in Naumburg und Weimar fest. Ärzte und Rechtsanwälte in ganz Deutschland lassen sich Beratungsgespräche in Eiern oder Kartoffeln vergüten. Franziska erhält fürs Nähen jede Woche einen Weißkohl.

Die erste Konferenz der kommunistischen Kindergruppenbewegung beginnt in Berlin. Sie beschäftigt sich mit der Frage, wie sich die politische Arbeit unter Kindern organisieren lässt. Allerdings könnten Kinder in Zukunft knapp werden. In der *Vossischen Zeitung* erscheint ein Beitrag, der die Kosten ehelicher Zweisamkeit berechnet und zu dem Schluss kommt, dass Paare aus kleinbürgerlichen Haushalten sich ein Familienleben gar nicht mehr leisten können. Weswegen es günstiger ist, einfach nur ins Kino zu gehen, sofern man ein nicht geschlossenes findet. Wie zum Beispiel das Alhambra in Berlin. Dort läuft am 17. September *Der Brandstifter*, der erste Spielfilm mit integrierter Lichttonspur. Entwickelt wurde diese neue Technik von drei deutschen Ingenieuren. Das Verfahren beruht auf der Umwandlung von Schallwellen in elektrische Impulse und deren Transformation in Licht, welches die Silberbeschichtung des Filmtonstreifens schwärzt und dann wieder in elektrische Impulse rückverwandelt wird, die eine schallerzeugende Membrane zum Schwingen bringen. Das muss man nicht verstehen, um von der Wirkung dieses neuen Wunders begeistert zu sein.

»Man hat die Empfindung, als ob die Stimme, die laut und vernehmlich ins Publikum spricht, nicht aus einem photographierten Munde kommt, sondern in der Brust eines leibhaftigen Menschen aufsteigt«, so beschreibt es der Kritiker der *Vossischen Zeitung*.

Auch Gottfried Benn geht gern ins Kino, aber vorläufig nicht mehr mit Gertrud Zenzes. Sie erhält mit Datum vom 18. September ihren Entlassungsbrief. »Lieber Mungo, Du hast recht: Ich soll Dich nicht so lange ohne Liebe u. Freundschaft lassen, Du bist zu zart u. weich dazu. Aber was soll ich tun? Zur Zeit u. wie mir scheint, für eine lange Zeit muß ich allein leben u. werde Dich nicht sehn. Gehen wir also auseinander mit dem Bewußtsein, daß wir uns wieder treffen werden, daß zwischen uns nichts war u. sein wird als große Freundschaft, Glück u. Zärtlichkeit, so oft die Stunde schlug u. wenn sie wieder schlagen wird. Wann? Vielleicht bald.« Vielleicht aber auch nicht. Marcel Proust, der nur noch selten das Haus verlässt, wird, ebenfalls am 18. September, von seinem ehemaligen Hausdiener und Privatsekretär Ernst Forssberg versetzt, einem hünenhaften jungen Schweden, der ihn zu einem Treffen in ein Hotel geladen hatte. Proust hat in den folgenden Tagen heftige asthmatische Anfälle. Franz Kafka, noch nicht recht ans Pensionärsdasein gewöhnt, kehrt an diesem blauen Montag in Begleitung seiner Schwester Ottla aus seiner Sommerfrische Planá in Südböhmen nach Prag zurück, im Koffer lauter Entwürfe zu dem Roman *Das Schloß,* in denen viel durchgestrichen ist. In Leipzig steigt die Jahrhundertfeier der Gesellschaft deutscher Naturforscher und Ärzte. In seinem Eröffnungsvortrag erklärt der Physiker Max Planck, die Forschung dürfe nicht von der Wirtschaft abhängig sein, weshalb sie vom Staat mehr als bisher zu unterstützen sei. Freilich gibt es auch eine deutschnationale Physik. In ihrem Namen erhebt der Heidelberger Philipp Lenard Einspruch gegen Einsteins Relativitätstheorie. Diese »in höchstem Maße anfechtbare Theorie voreilig und marktschreierisch in die Laienwelt« zu tragen verstoße gegen die »Würde deutscher Wissenschaft«. In seinem niederländischen Exilort Doorn verlobt sich der einstige deutsche Kaiser Wilhelm II. mit Prinzessin Hermine von Schönaich-Carolath. In Hannover wird der Zoo geschlossen, es ist geplant, die Tiere zu verkaufen.

James Joyce ist zurück in Paris, nach turbulenter Überfahrt, wie er Harriet Shaw Weaver am 20. September schreibt. »Ungefähr zwanzig Minuten vor einem Sturm erreichten wir gerade noch das andere Ufer des Kanals. Neptun schickte, als er von meiner Landung hörte, flugs einen Sturm hinterdrein, und meine elenden Ferien endeten in Boulogne, wo wir uns unter Sturmböen und schüttendem Regen für die Nacht einquartierten.« Als noch betrüblicher erwies sich die Ankunft in Paris. In der Zeit ihrer Abwesenheit sollte die Wohnung in der Rue de l'Université gestrichen werden, aber die Maler waren noch nicht fertig. Joyce sieht sich außerdem gezwungen, in einem anderen Viertel essen zu gehen, denn er werde zu häufig auf der Straße erkannt. Wildfremde Menschen bäten um die Gunst, ihm die Hand schütteln zu dürfen, »eine Kunst, für die ich sehr wenig begabt bin«. Umgehend begibt er sich auf die Suche nach einer neuen Wohnung. Gar nicht amüsiert zeigt sich der Autor zudem über die neue Ausgabe seines Romans, die Rodker Miss Beach übergeben hat. Wieder entdeckt er neue Fehler und schlägt ein Einlegeblatt mit

Errata vor. Auch habe es Missverständnisse gegeben. Rodker habe Miss Beach als »Pariser Agenten« dieser Ausgabe bezeichnet, als solchen könne sie sich nicht verstehen. Und das Schlimmste: Dr. Borsch, sein Augenarzt, ist noch in Urlaub, und Joyce kann ihn erst nach Ablauf einer Woche aufsuchen. »Ich schreibe dies mit einem geschlossenen Auge. Die Sehkraft des linken Auges scheint sich sehr, sehr wenig gebessert zu haben. Vielleicht bilde ich mir das auch nur ein.« Besucher bezeugen, Joyce habe nur noch rote Augen, er selbst erklärt, es komme ihm vor, als sei immer Abend.

Es wird Herbst in Europa. W.B. Yeats und seine Ehefrau Georgie verlassen Thoor Ballylee und ziehen sich einstweilen nach Dublin zurück, weil die Untergeschosse des Turms nach der Sprengung der Brücke unter Wasser stehen. Ihre Kinder, Michael und Anne, lassen sie in Coole bei Lady Gregory, bis sie ihre Wohnung am Merrion Square renoviert haben. Eliot schreibt einen dankbaren Brief an John Quinn. Er sei überwältigt von den guten Neuigkeiten. Schon allein, dass es jemanden in der Welt gebe, der um seinetwillen solche Mühen auf sich nähme, dieser Gedanke werde ihm ewige Befriedigung verschaffen. Eine einzige Sache nur wurme ihn, und das sei, dass der vom *Dial* vergebene Preis nicht zuerst an Pound gegangen sei, der es mehr als er verdient habe und dessen Verdienste um die Literatur ungleich höher seien. Das könne Quinn an dem von Pound lektorierten Manuskript ablesen, das er ihm in Kürze schicken werde. Dieses Manuskript habe nur den einen Wert zu zeigen, wie hoch der Anteil Pounds am Gelingen von *The Waste Land* sei. Er freue sich zudem, dass es Quinn gesundheitlich besser gehe. Die Symptome, die er ihm geschildert habe, kenne er zur Genüge an sich selbst, und sobald ihn Müdigkeit und Sorgen überkämen, brächen sie erneut durch. Der Fluch seines Lebens, so Eliot, sei der Lärm, verbunden mit den Bildern, die gewisse Geräusche in ihm hervorriefen. Das Leben in einer Großstadtwohnung sei abscheulich, schon allein wegen der Nachbarn, nur leider könne er sich ein Haus in London nicht leisten. So, nun müsse er wirklich schließen, dieser Brief sei sehr lang geworden und er sei überhaupt nicht mit ihm zufrieden. Er habe ihn in Eile und unter Kopfschmerzen diktiert.

Eau de Cologne

Auf einer Fahnenweihe in Mailand erklärt Mussolini, der oberste Grundsatz der Faschisten sei Disziplin; Streiks müssten verboten werden. Auf der Weihnachtsinsel im Indischen Ozean ist eine totale Sonnenfinsternis zu beobachten. Das heißt, sie wäre zu beobachten, wenn der Himmel nicht wolkenverhangen wäre.

Franziska hat Kopfschmerzen. Der Vater hat gesagt, sie soll an die frische Luft; sie tut es jetzt öfter, allein spazieren, früher hat sie es nie getan. Es ist besser, wenn sie nicht die ganze Zeit aufeinanderhocken und Malzkaffee trinken. Vinzenz hat seine Arbeit verloren, und in der städtischen Gärtnerei wird der Vater schon nicht mehr gebraucht. Franziska geht an der Obererft, überall liegen jetzt die Kastanien, früher hat sie die aufgesammelt, die Rehe damit gefüttert, im Reuschenberg, als sie ein Kind war, in die Münsterschule ging. Letzte Nacht, da träumte ihr, sie ginge an der Erft, bei der Eppinghover Mühle, ein Stück hinter den Eltern her. Der Boden war schlammig, und sie kam ins Rutschen und sank immer weiter dem dunklen Wasser entgegen. Die Eltern gingen, sie drehten sich nicht um, und rufen konnte sie nicht, ihr Mund ging nicht auf. Dann war es aber Vinzenz, den sie aus der Erft zogen und der schon kalt war. Jetzt steht Franziska auf der Brücke, unter ihr rauscht der Zug, der Zug nach Köln. Eau de Cologne. Vielleicht war das mit dem Kölnisch Wasser ein Wink. Sie muss nach Köln fahren, warum ist sie nicht gleich darauf gekommen.

Schön war es gewesen im Berner Oberland, mit Baladine und ihrem Sohn Baltusz, und Rilke war es sogar beschieden gewesen, sich an existenzielle Gefühle der Kindheit zu erinnern – was für einen Dichter immer eine Verheißung ist, bald wieder Gedichte schreiben zu können. Aber dazu musste Rilke bekanntlich allein sein, und das war er nicht, denn seine Freundin und ihr Sohn machten keine Anstalten, wieder zu verschwinden. Im Gegenteil, sie wohnten wieder bei ihm in Muzot, und Rilke brachte es nicht übers Herz, sie nach Berlin zu schicken, angesichts der Inflation und all der schrecklichen Dinge, die man aus Deutschland hörte. Wie aber sollte er wieder ins Schreiben finden, und was tat er in der Zwischenzeit? Wie ging es eigentlich den Rosen? Um die hatte sich Frida Baumgartner in seiner Abwesenheit allein gekümmert (ob er das nun Arbeit nennen wollte oder nicht).

Nun aber tat seine Angestellte etwas ganz Unerwartetes, sie reichte nämlich die Kündigung ein. Wahrscheinlich fühlte sie sich neben Baladine auch überflüssig, die ihren

René gern umsorgte. Besonders jetzt, da die Weinlese im Valais bevorstand, die Zeit, in der sie vor einem Jahr Muzot entdeckt hatten. Eine missliche Situation, denn nun war er gezwungen, sich nach einer neuen Angestellten umzusehen, um nicht ganz auf Baladines Fürsorge angewiesen zu sein. Rilke fühlte sich nicht sehr zu Hause in der gedeuteten Welt. Er goss sich Tee auf, eine Mischung aus Kakaoschalen und zweierlei Minze (Krause- und Pfefferminze), mit Pfeffer, Anis, Fenchel, Ingwer, Chili, Zimt, Kardamom, Nelke, Brennnessel und, als Krönung des Ganzen, Rosenblütenblättern, denn das brachte auf gute Gedanken. Er würde bleiben, den Winter über, komme, was wolle. Vielleicht zwischendurch mal nach Paris fahren, ja, das wäre schön, auch wegen der zwei Kisten mit seiner Habe, die bei Kriegsausbruch beschlagnahmt worden war. Ob die Wintergarderobe von 1914 wohl noch passen würde? Zugenommen hatte Rilke nicht.

Im Buffalo-Stadion bei Paris wird am 24. September Georges Carpentier, Boxeuropameister aller Klassen und Weltmeister im Halbschwergewicht, vor 40000 Zuschauern in nur sechs Runden durch K. o. besiegt. Sein Bezwinger ist der im Senegal geborene Franzose Battling Siki, eigentlich Louis Phal. Carpentier, der schon im Vorjahr dem Amerikaner Jack Dempsey unterlegen war, beginnt eine neue Karriere als Stummfilmdarsteller. In Nürnberg geben sich die Vorsitzenden der beiden sozialdemokratischen Parteien, Otto Wels von der MSPD und Arthur Crispien von der USPD, ohne Boxhandschuhe die Rechte. Mehrheitssozialisten und Unabhängige wollen künftig wieder vereint im Reichstag für die Rechte der Arbeiterklasse eintreten, auf

Abstand zu den radikalen Marxisten aus ihren Reihen, die sich großenteils der KPD angeschlossen haben.

Der langwierige Prozess, den Londoner Bankangestellten Thomas Stearns Eliot aus seinem Arbeitsverhältnis zu befreien, ist immer noch zu keinem Ergebnis gelangt, da der Gefangene nicht wirklich ausbrechen will. Was dazu führt, dass sich seine verhinderten Wohltäter bei ihm entschuldigen müssen. Virginia Woolf gesteht mit Datum vom 25. September, dem vom derzeit wenig sympathischen Richard Aldington initiierten Eliot Fellowship Fund beigetreten zu sein. Zu ihrer Orientierung erbitte sie Auskünfte, ob sie a) recht in der Annahme gehe, dass er mindestens 500 Pfund im Jahr brauche, um bei der Bank aufzuhören, und b) die dafür eingeleiteten Anstrengungen für nicht verlässlich erachte. Es reiche ihr völlig, wenn er YES auf eine Postkarte schreibe, dann wisse sie Bescheid.

In Berlin beginnt der VII. Internationale psychoanalytische Kongress unter dem Vorsitz von Sigmund Freud. Es ist seine letzte Teilnahme an dieser Versammlung, und er liefert mit »Etwas vom Unbewussten« seinen letzten Tagungsbeitrag überhaupt ab. Im Berliner Lessing-Theater gastiert das Moskauer Künstlertheater unter Leitung von Konstantin Stanislawski und führt sechs Tage lang *Zar Feodor Iwanowitsch* von Tolstoi auf. 1 000 Mark kostet der Parkettsitz. Die Vorführungen sind restlos ausverkauft. Konstantin, König von Griechenland, wird nach der katastrophalen Niederlage in Anatolien zum Rücktritt gezwungen.

Eliot schickt Korrekturfahnen seines Gedichts an Cobden-Sanderson, am nächsten Tag folgt eine Liste der Zeitungen, in denen eine Anzeige für den *Criterion* geschaltet werden soll. Von seinem 34. Geburtstag am Dienstag, dem 26. September, hören und sehen wir nichts. Joyce war immer noch nicht bei Dr. Borsch, der nach wie vor in Urlaub ist. Dafür kann er ab dem 1. November in eine möblierte Wohnung ziehen, aber eigentlich möchte er lieber nach Süden, sofern ihm das der Arzt erlaubt. In München hat *Trommeln in der Nacht*, das erste inszenierte Stück des jungen Dramatikers Bertolt Brecht, unter der Regie von Otto Falkenberg Premiere. Es spielt vor dem Hintergrund des Spartakusaufstandes. Im Zuschauerraum hängen Plakate mit der Aufschrift »Glotzt nicht so romantisch«. Die Rezensionen sind euphorisch: »Ein Dramatiker ist gestern Abend auf der Bühne der Kammerspiele angelangt«, so Hermann Sinsheimer in den *Münchner Neuesten Nachrichten*, der »über Nacht das dichterische Antlitz Deutschlands verändert« habe, so Herbert Ihering im *Berliner Börsen-Courier*.

In Budapest wird der zehnjährige Otto von Habsburg, Sohn des letzten österreichischen Kaisers Karl, zum rechtmäßigen Thronerben der Dynastie von Habsburg-Lothringen proklamiert. So gehen die letzten Tage im September hin.

X.

Tod durch Wasser

Die erste Oktobernacht bricht an. Franziska ist in der Andacht gewesen, denn Oktober ist der Rosenkranzmonat, und wie sie die Perlen durch die Finger gleiten ließ und das immer gleiche Gebet mitmurmelte, da wurde es stiller in ihr. Aber jetzt ist ihr schon wieder das Sauerkraut angebrannt, das ist früher nie passiert, und Maria sagt, das sei doch nicht schlimm. Sie hat einen Korb mit Äpfeln aus dem Garten mitgebracht und will ihr nachher helfen, Apfelmus zu kochen. Der Vogel hüpft in seinem Käfig auf und ab. Vinzenz liest aus der Zeitung vor. Bei der Deutschen Reichsbahn sind mit Monatsbeginn neue Tarife in Kraft getreten, die Zahlen sind schwindelerregend, und wie soll es da möglich sein, mit dem Zug nach Köln zu fahren, denkt sich Franziska und sagt nichts davon. In Köln sind die Engländer, und warum sie meint, dort einem belgischen Soldaten zu begegnen, der sich nicht mehr blicken ließ … die Frage kann sie Maria nicht beantworten, und manchmal zweifelt sie, ob sie Pierre überhaupt begegnet ist. Aber sie hatte die Arbeit in Büttgen verloren, weil Mia sie angeschwärzt hatte. Und wäre sonst der Kanarienvogel hier, und das Fläschchen mit dem Kölnisch Wasser? Und wenn man in die Erft geht… ob man dann sofort untergeht? Jetzt ist die Frage heraus, aber niemand im Zimmer scheint sie gehört zu haben.

Ertrinken, sagt man, sei das Angenehmste, so geht es Leopold Bloom bei der Beerdigung von Paddy Dignam durch den Kopf. Sein ganzes Leben sieht man wie einen Blitz vorüberziehen. Um die Mittagszeit sollte der Mann angeschwemmt werden, der vor neun Tagen ertrunken ist: So will es ein alter Aberglaube, dass die See einen Toten nach neun Tagen wieder freigibt. Stephen Dedalus fürchtet sich vor dem Ertrinken. Er muss dabei an seine tote Mutter denken, es ist, als ziehe sie ihn zu sich hinab. Phlebas, der Phönizier, vierzehn Tage tot, ist in den großen Strudel eingegangen. In Ägypten und bei den Phöniziern und im Zweistromland ertränkten sie die Standbilder des jungen Gottes, auf dass er sich mit seiner Mutter vereinige und das Land von neuem fruchtbar werde.

Von diesen Dingen, die in Büchern stehen, weiß Franziska nichts. Aber immer wieder in der letzten Zeit las man von Leuten, die ertrunken waren, in der Zeitung, wie neulich von dem Toten bei der Ölgangsinsel, zwischen dem Rhein und Hafenbecken 5, nur wusste niemand, wie es zugegangen war. Es hieß, es habe mit der schlechten Wirtschaftslage zu tun, und manche Menschen sähen keinen Ausweg. Nur konnten sie dann nicht kirchlich bestattet werden, weil es eine Todsünde war. Man konnte jetzt nicht mehr spazieren gehen, die Erft war über die Ufer getreten, denn es regnete seit Tagen, immerfort.

Unter den üblichen häuslichen Belastungen legt Eliot Anfang Oktober letzte Hand an die erste Ausgabe des *Criterion*. Vivien liegt mit einer schweren Bronchitis im Bett, die in eine Lungenentzündung umzuschlagen droht. Täglich kommt der Arzt und verordnet ihr völlige Ruhe, der Blutdruck ist auch viel zu hoch. Wieder einmal muss er Mary mitteilen, dass Vivien absolut niemanden sehen kann, aber er möchte sich gern mit ihr und Jack zum Abendessen treffen. Indessen weilt Lady Rothermere, deren Geld Eliots Zeitschrift erst möglich macht, in Paris, wo sie ein weiteres, gänzlich anderes Liebhaberprojekt aus der Taufe hebt. In einem Schloss bei Fontainebleau südlich der französischen Hauptstadt öffnet George I. Gurdjieffs »Institut für harmonische Entwicklung des Menschen« seine Pforten. Der griechisch-armenische Esoteriker, Autor, Choreograph und Komponist lehrt dort in Zukunft heilige Tänze, auch *movements* genannt, eine Art ganzheitlicher Heilgymnastik, asketische Lebensweise und Waldluft inklusive. Ganz ohne Sinn ist freilich nicht, dass Lady Rothermere diese beiden Projekte gleichzeitig fördert. Der fragmentierte moderne Mensch, dessen Leiden Eliot in seinem Gedicht zum Ausdruck gebracht hat, wird hier gleichsam gesundgetanzt.

Weniger asketisch geht es in München zu. Auf der Theresienwiese beginnt das 100. Oktoberfest. Leider müssen sich die Wiesnbesucher in diesem Jahr zügeln, das Bier kostet 50, das Hendl 500 Mark. Auch treten die Budenbesitzer schon am ersten Tag in Streik, wegen der hohen Lustbarkeitssteuer.

Nach einer Rekordernte ist die große Hungersnot in

Russland vorüber. Auch Lenin, der seinen ersten Schlaganfall überstanden hat, fühlt sich wieder stark und arbeitsfähig und kehrt am 2. Oktober in den Kreml zurück. Ernest Hemingway, Europareporter des *Toronto Daily Star*, befindet sich dort, wo es in Europa jetzt am gefährlichsten ist, in Konstantinopel (Istanbul), das seit 1918 von den Alliierten kontrolliert wird. Dort wartet nach der Eroberung von Smyrna alles auf den Ansturm der Türken unter Mustafa Kemal Pascha. Die in der Stadt lebenden griechischen und armenischen Christen bereiten ihre Flucht vor. Kemal ist mit Sowjetrussland verbündet, viele Muslime sehen ihn als neuen Saladin, der den Heiligen Krieg gegen die Ungläubigen anführen wird; allerdings gibt es Gerüchte, dass er selber Atheist sei. Die Atmosphäre in der Stadt, so Hemingway, sei elektrisch geladen. Es sammele sich eine Schar von Halsabschneidern, Räubern, Banditen und Piraten, die eine Orgie der Gewalt erwarteten. Hemingway trifft sich mit Hamid Bey, nach Kemal der starke Mann der in Angora (Ankara) sitzenden türkischen Regierung, zum Interview. Die Christen hätten nichts zu fürchten, so der Bey, sie seien doch bewaffnet, die Türken nicht. Am 3. Oktober beginnen in Mudanya am Marmarameer Verhandlungen über ein Waffenstillstandsabkommen, das am 11. Oktober unterschrieben wird. Darin wird der Abzug der Griechen aus Ostthrakien fixiert. Die Türken ziehen im Gegenzug alle Truppen aus den neutralen Zonen an der Meerenge ab.

Virginia Woolf hat endlich etwas Ordentliches zum Lesen gefunden, und zwar Proust. Was soll man danach noch schreiben?, fragt sie Roger Fry in einem Brief; so etwas hatte auch Eliot zu ihr gesagt, allerdings meinte er damit *Ulysses.*

Woolf ist bei Proust zwar erst im ersten Band, aber restlos begeistert von dem Wunder, das sich da vor ihren Augen ereignet. Wie ist es dem Autor nur gelungen, all das festzuhalten, das so flüchtig ist, und dann noch in einer so schönen und nachhaltigen Sprache? Man müsse das Buch beiseitelegen und tief Luft holen. Die Freude daran sei geradezu körperlich – wie der Genuss von Sonne, Wein und Trauben, Heiterkeit und Lebensfülle in einem. Ganz anders eben als dieser *Ulysses,* den sie gottlob hinter sich gebracht habe und gleich weiterverkaufen wolle; vielleicht bekomme sie 4 Pfund 10 dafür (für vier Pfund hatte sie ihn angeschafft).

In Deutschland war die Getreideernte bei weitem nicht so gut wie in Russland, weswegen die Regierung eine Verdreifachung der Getreideumlage beschließt. In Bozen stürmen Tausende Faschisten das Rathaus und fordern die Übergabe der deutschen Schulen. Die amerikanische Tänzerin Isadora Duncan und ihr Mann, der russische Dichter Sergei Jessenin, werden bei der Einreise in die USA mehrere Tage festgehalten. Sie müssen nachweisen, dass sie sich aus beruflichen Gründen in den Staaten aufhalten und nicht etwa, um sowjetische Propaganda zu verbreiten. Duncan hatte Sympathie für das kommunistische Regime bekundet; sie betrieb in Moskau eine Tanzschule. Ihr wilder, expressiv-mythischer Tanzstil, der das Chaos des antiken Dramas zurück auf die Bühne bringen sollte, barfuß und in loser Tunika vorgetragen, war allerdings für den Aufbau des Kommunismus ungeeignet. Die *Vossische Zeitung* sorgt sich um die weiblichen Reize der Frau. Unter der Überschrift »Weg mit der Pagenfrisur!« liest man, der sogenannte Bubikopf sei zwar bei jungen Mädchen nett, habe aber allenfalls im Krieg seine Berechtigung gehabt, als Frauen die im Felde stehenden Männer in ihrer Arbeitskraft ersetzen mussten und sich ihnen auch äußerlich anglichen. Nun sei er eine Dekadenzerscheinung; die Frauen machten es sich überhaupt zu bequem.

Joyce ist endlich bei Dr. Borsch gewesen. Zweieinhalb Stunden hat er dafür im Wartezimmer gesessen, teilt er Miss Weaver am 4. Oktober mit. Regenbogenhautentzündung und Hornhauttrübung seien wahrscheinlich auf Abszesse an den Zahnwurzeln zurückzuführen, und wenn er sich die Zähne ziehen lasse, bestünden gute Aussichten auf Besserung. Und schlimmer werde die Augenkrankheit nicht mehr werden, es sei ein kritischer Höhepunkt erreicht. Borsch will ihm sein rechtes Brillenglas korrigieren und hat keine Einwände, dass sich der irische Patient ins milde Klima der Côte d'Azur begibt, was nicht schaden könne, und sich die Zähne später ziehen lässt. Sollte die Hornhaut danach immer noch getrübt sein, könne er ihm eine leichte Operation in Aussicht stellen, die einen großen Teil der verlorenen Sehkraft wiederherstellen werde; die Iris müsse nicht herausgeschnitten werden. Fast gute Neuigkeiten; jedenfalls konnte Joyce die ersehnte Reise nach Süden vorbereiten. Der Auszug aus der so unwirtlichen Wohnung an der Rue de'l Université in die möblierte an der Avenue Charles Floquet, ebenfalls im siebten Arrondissement, musste allerdings auch noch bewältigt werden.

Und dann bereitete sich, in diesen dunklen Monaten, in denen ihm war, als sei immer Abend, allmählich ein neues Schreibvorhaben in ihm vor. Es sollte ein Buch der Nacht werden, so wie *Ulysses* das Buch eines einzigen Tages gewesen war, und die fließenden, mutierenden Bilder des Traums in Sprache verwandeln. Und eine Geschichte der Welt, wie er gegenüber Miss Weaver herausgebracht hatte, könnte es nebenher auch noch sein, aber so, wie von der Welt noch nie erzählt worden war. Schließlich ist er James Joyce.

Die deutsche Regierung verbietet aufgrund der schlechten Ernährungslage die Verwendung inländischen Zuckers für die Herstellung von Schokolade, Süßigkeiten und Branntwein. Die US-Regierung untersagt den Verkauf alkoholischer Getränke auf allen amerikanischen Schiffen und auf ausländischen Schiffen innerhalb der Dreimeilenzone. Das sowjetrussische Volkskommissariat lehnt einen fast fertigen Handelsvertrag mit Großbritannien ab. Die Briten seien nicht an Völkerverständigung interessiert, wie ihr Verhalten am Bosporus zeige.

In Berlin beginnt ein Kurs über Psychoanalyse, angeboten von der Gesellschaft für Sexualreformen, die »auf dem Boden der sozialistischen Weltanschauung« für sexuelle Aufklärung und Mutterschutz eintritt. Vor dem Landgericht Moabit in Berlin beginnt ein Prozess gegen den Autor Carl Einstein und den Verleger Ernst Rowohlt. Sie sind der Gotteslästerung angeklagt; eingereicht hat diese Klage ein schwäbischer Fabrikant, der *Die schlimme Botschaft*, so der Titel von Einsteins inkriminierter Szenenfolge, allerdings weder gesehen noch gelesen, sondern nur durch die Zeitung zur Kenntnis genommen hat. Einstein konfrontiert Jesus mit modernen Zeitgenossen, spielt durch, wie er heute aufgenommen werden würde, und kommt zu dem Schluss, dass ein »Kreuziget ihn!« auch heute denkbar sei. Auch Theologen widersprechen dem Staatsanwalt, dass hier eine Verhöhnung religiösen Empfindens vorliege; dennoch wird der Autor zu einer

Geldstrafe verurteilt. Man sollte Gotteslästerung strafrechtlich als groben Unfug einstufen, dann käme es nicht dazu, dass ein so ernster Autor wie Einstein mit einem solchen Vorwurf behelligt werde, schrieb Thomas Mann. Der andere Einstein, Albert, begibt sich am 8. Oktober auf eine Vortragsreise in den Fernen Osten. Ceylon, Singapur, Hongkong und Schanghai stehen auf dem Programm, und dann Japan. Einstein ist froh, aus Deutschland fortzukommen, wo er sich nach dem Mord an Rathenau nicht mehr sicher fühlt. Fünf Monate wird er weg sein. Weshalb er im Dezember nicht nach Stockholm kann, um den Nobelpreis für 1921 in Empfang zu nehmen. Dass er den erhalten soll, weiß er zum Zeitpunkt seiner Abreise allerdings noch nicht.

Proust, an Bronchitis erkrankt, stellt fest, dass sein Fieber stark gestiegen ist. Er habe über dreitausendmal gehustet und sei so verkrampft, wie man es gar nicht sein könne. Eliot kann sich ein wenig zurücklehnen. Der *Criterion* ist in Druck, und so findet er die Muße, einen Brief an seinen Bruder Henry zu schreiben. Seit Jahren habe er keine Zeit mehr für persönliche Briefe, entschuldigt sich Tom. Henry hatte ihm eine gute Nachricht gekabelt. Die St. Louis Hydraulic-Press Brick Company, bei der sie beide, aus dem Erbe ihres verstorbenen Vaters, Aktien besaßen, hatte eine Dividende gezahlt. Tom erkundigt sich nach dem aktuellen Kurs. Kürzlich habe er einen alten Freund aus Harvard-Zeiten getroffen, heute ein erfolgreicher Anleihenmakler in New York, und der habe ihm vorhergesagt, die Kurse würden bis nächsten Sommer steigen, danach gebe es einen Einbruch – so lange sollte man also seine Aktien halten. Über solche Dinge, das spürt man, kann sich Eliot seinem

Bruder gegenüber leichter äußern als über sein persönliches Befinden, das er jenseits der Arbeitsüberlastung und Viviens Gesundheit nicht berührt. Aber um die Mutter macht er sich Sorgen. Henry möge sie doch bitte überreden, im nächsten Frühjahr wieder nach England zu kommen und den Sommer über zu bleiben (und Henry bitte auch). Es werde diesmal nicht so anstrengend wie beim letzten Mal werden, man könne die meiste Zeit auf dem Land verbringen, und wegen Viviens strenger Diät sei hygienisch bei ihnen alles tipptopp.

Die späten Rosen welkten noch nicht ganz, und Rilke weiß noch immer nicht, wie er es anstellen soll, wieder in den Besitz seiner allein seligmachenden Einsamkeit zu gelangen. Denn sooft er morgens aufwacht, seit der Rückkehr aus dem Oberland, ist Baladine noch immer da. »Ich will damit nicht sagen, daß ich Mouky hier nicht mit Freude beherberge, so lange sie nicht weiterweiß«, schreibt er am 12. Oktober an Nanny Wunderly, aber eigentlich will er genau das damit sagen, wenngleich … »das ist ihr Muzot schon schuldig und ich bin es zehnmal …«; freilich liefe ein dauerndes Zusammenleben auf eine Katastrophe hinaus. Einen Ersatz für die Haushälterin Frida Baumgartner zu finden erweist sich als schwierig, und so kann Rilke diesen Turm, der Baladine ewige Gastfreundschaft schuldet, bald gar nicht mehr verlassen: Wegen der eindringenden Ratten und Mäuse kriegt er förmlich die Tür nicht zu. Und dann muss noch das Dach geflickt und die Wintergarderobe ergänzt werden, und die Sonderzuwendung von Reinhart ist fast aufgebraucht.

Mitte Oktober spitzt sich die politische Lage in Deutschland weiter zu. Es kommt zu offenen Straßenschlachten zwischen Kommunisten und Rechtsextremen, etwas, wofür die in Weimar gegründete Republik noch berühmt werden sollte. In dieser aufgeheizten Stimmung lässt sich ein Schriftsteller aus der Reserve locken, der sich bislang betont zurückgehalten hat. Thomas Mann unterbricht seine literarische Betätigung, um sich politisch zu äußern. Seit Jahren ist er mit der Arbeit an einem neuen Roman beschäftigt, der *Der Zauberberg* heißen und von einer seltsam zeitenthobenen, siebenjährigen Auszeit eines etwas zimperlichen jungen Mannes aus Norddeutschland in einem Schweizer Lungensanatorium erzählen soll bis zu dem Tag, an dem dieser sich dann doch, wie so viele andere seiner Generation, in den Taumel des ausbrechenden Krieges stürzen wird.

Nun steht Thomas Mann auf der Bühne des Berliner Beethovensaals und verliest seinen Aufsatz »Von deutscher Republik«, verfasst für ein Gerhart Hauptmann gewidmetes Heft der *Neuen Rundschau.* Mann reagierte damit nicht zuletzt auf die Ermordung Walther Rathenaus im Juni, ein Ereignis, das auch Rilke im fernen Wallis empört hatte. Es war nur einer von rund 300 politischen Morden seit Gründung der Weimarer Republik gewesen, andere Opfer der Mordtaten von Rechtsextremen waren Matthias Erzberger, Rosa Luxemburg, Karl Liebknecht und Kurt Eisner. Thomas Mann hatte erst 1918 seine nationalkonservativen *Betrachtungen eines Unpolitischen* drucken lassen und wollte dies angesichts der sich zuspitzenden Lage nicht länger auf sich sitzen lassen, zumal er sich inzwischen mit seinem auf der linken Seite engagierten Bruder Heinrich ausgesöhnt hatte. Ganz weit entfernt von früher geäußerten Überzeugungen war Thomas Mann mit seiner Rede von »deutscher Humanität« freilich noch nicht. In seinem Bekenntnis zur Republik berief er sich nicht zuletzt auf Nietzsche, Wagner, Novalis und George, die alle keine SPD-Mitglieder waren. Und doch war etwas neu und anders an diesem Mann-Auftritt. Das registriert auch der Berichterstatter der *Vossischen Zeitung*. »Es war politisch, und man kam ein wenig neugierig, was der Verfasser der ›Betrachtungen eines Unpolitischen‹ nun von der deutschen Republik zu sagen wisse, da sein Republikanertum bisher nicht eben seine stärkste Seite gewesen war. Er selber gab der Frage Worte: ›Die Republik, wie gefällt euch das Wort aus meinem Munde?‹ Er müsse ja fürchten, aus geistigem Freiheitsgefühl den Obskuranten Waffen geliefert zu haben. Heute, um es gleich zu sagen, habe er sich vorgesetzt, die Hörer für die Republik zu gewinnen, soweit das nötig sei.«

Mann legt dar, die Republik sei nicht aus der Niederlage im Krieg entstanden, sondern innerlich bereits aus der Erhebung von August 1914, und inzwischen nicht nur eine äußere Wirklichkeit, sondern eine innere Tatsache geworden. Dabei bleibe er weiterhin konservativ, denn seine Arbeit als Schriftsteller sei eine erhaltende. So weit Mann am Freitag, dem 13. Oktober.

Einen Tag später betreten diejenigen die Bühne, die diese Republik ganz anders sehen. Mit einem Sonderzug ist Adolf Hitler samt Parteileitung und rund 650 SA-Männern aus München ins fränkische Coburg angereist. Dort findet am Wochenende der »Deutsche Tag« statt, eine sonst eher verschlafene Veranstaltung des Deutschvölkischen Schutz- und Trutzbundes, zu der erstmals auch die NSDAP eingeladen worden ist. Die Schutz- und Trutzbündler waren dank Republikschutzgesetz fast überall im Reich verboten, in Bayern aber durften sie noch auf die Straße, und das nutzte Hitler nun für seinen ersten großen Auftritt außerhalb von München. Seine Nazis hatten nicht nur eine eigene Musikkapelle, sondern auch ihre Hakenkreuzflaggen mitgebracht. Schon kurz nach ihrem Eintreffen am Bahnhof kam es zu handgreiflichen Auseinandersetzungen mit Gegendemonstranten aus dem Arbeitermilieu. Die Coburger Polizei wusste nicht recht, wo sie stehen wollte; im September 1921 hatte sie eine Demonstration von SPD und Gewerkschaften blutig beendet, was als »Coburger Blutsonnabend« in die Geschichte einging. Nun ließ diese Polizei Hitler und seinen Stoßtrupp gewähren. Mit fliegenden Fahnen stürmten die Nazis zur alten Veste Coburg empor, warfen damit die Tagesordnung des Treffens über den Haufen und machten sich in der Stadt einen prima Tag, bis sie am Abend wieder mit dem Zug zurückfuhren. Das Ereignis gesellte sich später als »Marsch auf Coburg« den Parteimythen der NSDAP hinzu.

Am selben Tag werden in Leipzig die Urteile im Prozess gegen die Mörder von Walther Rathenau gesprochen. Nicht anwesend sind Erwin Kern, der auf Rathenau geschossen hatte, im August auf Burg Saaleck entdeckt und auf der Flucht von Polizisten erschossen worden war, und Hermann Fischer, der die Handgranate auf Rathenaus Wagen warf und sich selber auf der Flucht erschoss. Der Fahrer des Tatfahrzeugs, Werner Techow, wird zu fünfzehn Jahren Haft verurteilt, der spätere Schriftsteller Ernst von Salomon, der das Fahrzeug zur Verfügung gestellt hatte, zu fünf Jahren. Über Salomons Vernehmung schreibt der Gerichtsreporter Joseph Roth: »Er lügt mit einer gewissen Sicherheit und Anmut sogar. Er befleißigt sich einer solchen Präzision, daß die Aussagen unmöglich wahr sein können. Rathenau hat er zwar nicht gehasst, aber die ›Judenregierung‹ liebte er gerade nicht. Es ist überhaupt ein ganz eigenes Vergnügen zu sehen, wie hier ein Gernegroß, ein Kapitänleutnantchen im besten Fall, ein Fähnrich, der doppelte Buchhalter einer Bank, vor dem zeremoniellen Forum des Staatsgerichtshofs schwere Worte aus der Brust schleudert wie zum Beispiel: ›Ich bin ein Gegner der Regierung …‹ oder ›Meine Stellung zum Kapp-Putsch …‹«

Viel erreicht wird mit den Leipziger Urteilen nicht, da die Hintermänner der Tat wie so oft im Dunkeln bleiben. Die Verstrickung der Organisation Consul in die Ermordung Rathenaus ist hochwahrscheinlich, vor Gericht jedoch nicht beweisbar. Einen Tag später kommt es in Berlin zu Schlägereien zwischen Kommunisten und Mitgliedern des rechtsextremen Bundes für Freiheit und Ordnung. Dieser hatte eine Versammlung im Zirkus Busch angemeldet, die KPD-Mitglieder zu verhindern suchten. Die Polizei, mit dem Versammlungsschutz beauftragt, machte Jagd auf die Kommunisten. Fotografien zeigen, wie sie an den Standbildern der Brüder Humboldt vorbei die Straße Unter den Linden herabstürmten. Womöglich auch an der Galerie van Diemen vorbei, wo an diesem Wochenende die Erste Russische Kunstausstellung eröffnete, die zahlreiche Werke aus allen

Richtungen der russischen Avantgarde zeigte, darunter Bilder von Kandinsky, Malewitsch, Lissitzky, Archipenko und Chagall. Kandinsky war zudem auf der Juryfreien Kunstausstellung im Glaspalast am Lehrter Bahnhof mit Wandbildern präsent. So war das Wochenende der Gewalt zugleich ein attraktives Galerienwochenende.

Ebenfalls am 14. Oktober feiert Katherine Mansfield ihren 34. Geburtstag und beschließt, zu Gurdjieff nach Fontainebleau zu gehen. Sie ist auf den Tod erkrankt und hat nichts mehr zu verlieren. Sehr weit weg fühlt sie sich von Neuseeland, dem Land ihrer Herkunft. Ihre Mutter hatte sie enterbt, ihr Bruder Leslie war im Krieg gefallen. Mit ihm hält sie stille Zwiesprache. Nur im Schreiben führt ein Weg zurück. Einige der Geschichten in *Das Gartenfest* führen in die wohlbehütete Welt, in der sie, als Kathleen Mansfield Beauchamp, in der Nähe von Wellington aufgewachsen war, darunter die beeindruckende Titelgeschichte. Darin erzählt Mansfield aus der Perspektive der jungen Laura Sheridan, wie mitten in die Vorbereitungen einer sommerlichen Feier durch einen tödlichen Unglücksfall in der Nachbarschaft eine bislang unbekannte Realität einbricht. Der Tote lebte in einem der ärmlichen Häuser, mit deren Bewohnern die reichen Sheridans nichts zu tun haben, er hinterlässt Frau und Kinder. Nur Laura findet, man müsse die Party absagen, aber ihre Schwester und ihre Mutter halten das für absurd. So geht alles rauschend und glanzvoll über die Bühne. Am Abend wird Laura beauftragt, der Familie des Toten einen Geschenkkorb mit übrig gebliebenen Häppchen zu bringen. Sie fürchtet sich davor, aber sie tritt über die Schwelle. Das liest sich bis heute beeindruckend, denn mit ganz reduzierten Mitteln wird hier erzählt, wie ein junger Mensch seiner Herkunftswelt für immer entgleitet.

»Ich habe nachgedacht heute Morgen«, schreibt Mansfield an diesem Tag in ihr Journal – es ist der letzte längere Eintrag, den sie verfassen wird. »Tatsächlich glaubte ich gestern, ich würde sterben. Das ist keine Einbildung. Mein Herz ist so erschöpft und zugeschwollen, daß ich es nur bis zum Taxi und zurück schaffe. Ich stehe am Mittag auf und gehe um halb sechs wieder zu Bett. Ich nehme dann & wann Anlauf, um zu ›arbeiten‹, aber die Zeit vergeht, und ich kann nicht arbeiten. Seit April habe ich so gut wie nichts geleistet. Warum nur?« Die Behandlung durch Manoukhin habe ihr nichts gebracht. »Mein Geist ist so gut wie tot. Mein Lebensquell ist so ausgetrocknet, daß er schon fast versiegt ist … Nun habe ich von Gurdjieff gehört, der nicht nur meiner Meinung zu sein scheint, sondern noch unendlich viel mehr über die Sache weiß. Was zögere ich noch?« Die Antwort gibt Mansfield sich selbst: Es ist Angst – die Angst davor, auch noch ihren toten Bruder zu verlieren, den sie mit sich trägt. Diese Angst überwindet sie, indem sie schreibt. »Nun denn, Katherine, was verstehst du unter Gesundheit? Und wozu willst du sie haben? Antwort: Unter Gesundheit verstehe ich die Macht, ein volles, erwachsenes, atmendes Leben zu führen, in enger Verbindung mit dem, was ich liebe – der Erde mit ihren Wundern – mit Meer und Sonne. Mit allem, was wir meinen, wenn wir von Welt sprechen. Ich will darin eintauchen, Teil davon sein … Und dann will ich *arbeiten*. Woran? Ich möchte so leben, daß ich mit meinen Händen, meinem Empfinden und meinem Kopf arbeiten kann. Ich möchte einen Garten haben, ein Häuschen,

Gras, Tiere, Bücher, Bilder, Musik. Und daraus, aus diesem Gefühl heraus, will ich schreiben.«

Virginia Woolf stellt indessen einen neuen Zeitplan auf. »Ich werde den *Prime Minister* in acht Tagen fertig haben – sagen wir am 21. Dann muß ich bereit sein, mit meinem *Times*-Artikel über Essays anzufangen: sagen wir am 23. Dafür werde ich voraussichtlich bis zum 2. Nov. brauchen. Deshalb muß ich mich jetzt auf die Essays konzentrieren: dabei ein bisschen Aischylos.«

Ein Haufen zerbrochener Bilder

Am 16. Oktober, einem Montag, erhalten die Abonnenten des *Criterion* die Erstausgabe der neuen Vierteljahrsschrift mit der Post. Und damit ist *The Waste Land* in der Welt – dieses zerklüftete Gebilde aus 433 Zeilen in fünf Abschnitten, das Eliot so viele Mühen gekostet hatte und das er ohne das Lektorat von Ezra Pound nicht fertiggestellt hätte, jedenfalls nicht in dieser Form. Es trägt noch nicht die spätere Widmung; es fehlt das lateinisch-griechische Motto von Petronius, und vor allem fehlen Eliots Anmerkungen, die der Buchausgabe bei Boni & Liveright vorbehalten sind. So haben die ersten Leser die Chance, das Gedicht auf sich wirken zu lassen, ohne sich sogleich mit den Leseanweisungen des Autors beschäftigen zu müssen. Vielleicht kommen ihnen beim Lesen Erinnerungen an den Sommer 1921, der, ganz anders als der von 1922, in England von außerordentlicher Trockenheit war – sechs Monate lang hatte es auf der Insel nicht geregnet.

Eliot hatte im August 1921 in seiner Kolumne »Brief aus London« in *The Dial* von einer neuartigen Form der Grippe geschrieben, die den Mund extrem austrockne und einen bitteren Geschmack auf der Zunge hinterließ. Solche Erfahrungen finden sich in den Versen in einer Weise verwandelt, dass eine überzeitliche Wüstenwanderung durch unfruchtbare Lande vor den Augen der Lesenden auftaucht wie eine Fata Morgana: »Wäre hier Wasser könnten wir halten und trinken / Man kann in den Felsen nicht halten noch denken / Trocken der Schweiß und die Füße im Sand.« Vor allem aber können sich diese ersten Leser ganz dem überantworten, was die wahre Substanz des Gedichts ist, dem rhythmischen Fall der Zeilen, der Folge der Stimmen aus vielen Sprachen, der einzigartig polyphonen Sprachmelodie dieses ganz aus Bruchstücken komponierten Gesangs vom öden Land, den der Dichter bei den Woolfs mit solcher Inbrunst skandiert hatte, dass es die Zuhörer tief bewegt zurückließ – ohne dass sie leicht hätten angeben können, worum es ging.

Echte Dichtung, das wird Eliot in einem Essay über Dante schreiben, kann kommunizieren, bevor sie verstanden wird. Und dass dem hier so war, zeigte ihm die allererste Leserzuschrift, die er auf sein Gedicht erhielt – ein Brief der Schiffs, für den er sich postwendend bedankt. Er sei tief bewegt, sie hätten keine besseren Worte finden können, ihm zu zeigen, dass etwas von dem, was er mit dem Gedicht beabsichtige, kommunizierbar sei. Auch Vivien dankt den Freunden, die genau getroffen hätten, was ihr Empfinden sei (zu gerne wüsste man nun, was es denn war, was die Schiffs so haarscharf erkannt hatten). Das Gedicht, so Vivien, sei Teil ihres Lebens geworden, oder sie ein Teil des Gedichts. Es sei kaum auszuhalten gewesen, als es endlich erscheinen sollte. Und Tom, der Gute, habe in seinen Abendstunden nach dem Achtstundentag in der City nicht nur den *Criterion* voranbringen, sondern auch noch Wärmflaschen und Krankenmahlzeiten für seine Frau bereiten müssen.

Das Gedicht konnte nun doch komplett und nicht als lyrischer Fortsetzungsroman gedruckt werden, und das lag daran, dass sich Eliot und Cobden-Sanderson nach allem Durchrechnen und Hin und Her am Ende auf 104 Druckseiten verständigt hatten – also sechs Druckbögen und ein halber. Es stand genau in der Mitte der insgesamt sieben Beiträge des ersten Hefts. Man ist verblüfft, mit welcher Raffinesse Eliot die übrigen Beiträge arrangierte, so dass sie alle von diesem Zentralgestirn aus lesbar waren. Ein Aufsatz des damals schon 77-jährigen George Saintsbury über »Dullness« (Langeweile, Öde) bildete die Eröffnung – wie bestellt, um die niederdrückenden Gefühle zu ergründen, die am Herzen des öden Landes nagten. Ein Aufsatz von T. Sturge Moore galt Tristan und Isolde, die durch zwei Wagner-Zitate zur Welt des Gedichts gehörten (damit war auch die Welt der Artus-Mythen präsent). Die Erzählung »The Victim« von May Sinclair, einer Frauenrechtlerin und damals populären Autorin, kreiste um eine unglückliche Ehe. Dann gab es Dostojewskis Skizze eines Romans (übersetzt von Virginia Woolf und S. S. Koteliansky) und Hesses Aufsatz über deutsche Gegenwartsliteratur – in den *Notes on The Waste Land* würde Eliot ein Hesse-Zitat über Dostojewski bringen; schließlich Valéry Larbauds Aufsatz über den *Ulysses,* den er mehr als jedes andere Werk der Gegenwart bewunderte und mit dem er insgeheim konkurrierte. Kurzum, die erste Nummer des *Criterion* war ein abgezocktes Gesamtkunstwerk, perfekt komponiert, um dem Auftritt von Eliots Meistergedicht einen unauffällig würdigen Rahmen zu geben. Aber sie hatte auch eine andere Dimension. Die Anwesenheit eines deutschen Autors unter drei Engländern, einem Amerikaner, einem Russen und einem Franzosen zeugte davon, dass hier eine Brücke geschlagen wurde und es die Idee eines geistigen Europas gab, das den Krieg hinter sich gelassen hatte. Und das war, in einer Zeit, als es in Deutschland wie in Italien gärte und neue Kriege von Irland bis zum Bosporus aufflammten, die Idee des Amerikaners T. S. Eliot.

Kanarienvögel

Am 16. Oktober trifft die todkranke Katherine Mansfield im Wald von Fontainebleau ein. In Gurdjieffs neu gegründetem Institut hofft sie auf Linderung ihrer Leiden. Es wird ihre letzte Hoffnung sein. Gurdjieff genehmigt ihr einen zweiwöchigen Aufenthalt, unter Beobachtung, und teilt sie zum Gemüseputzen ein. Andere müssen Schweine schlachten. Mansfield fühlt sich nützlich in der Großfamilie, macht sich selbst ihr Bett, heizt den Ofen, nimmt kalte Duschen. Gurdjieff ist der Überzeugung, dass es gegen Tuberkulose hilft, wenn man in der Nähe von Kühen schläft, und verordnet ihr längere Sitzungen auf dem Dach des Kuhstalls.

James Joyce hofft an der Côte d'Azur auf Linderung seines Augenleidens. Nach vier Tagen in Marseille ist er mit Nora und Lucia in Nizza eingetroffen, wo sie sich im Hôtel

Suisse einlogieren; Giorgio ist in Paris geblieben. Er glaube, seine Augen besserten sich schon, schreibt er am 17. Oktober an Shaw Weaver. Dr. Borsch habe gesagt, die Hornhauttrübung habe sich an der Spitze zerteilt und verdünne sich leicht in der Mitte. Außerdem sei er mit Korrekturen der zweiten Auflage beschäftigt, damit Darantière seine Druckplatten für die dritte verbessern könne. Hemingway hat sich Malaria zugezogen, ist von Insekten zerstochen, und weil er auch Läuse hat, muss er sich den Kopf rasieren. In Berlin einigen sich Regierung und Parteien auf eine Verlängerung der Amtszeit von Reichspräsident Ebert bis 1925.

London. Nachdem die Tories ihre Minister aus der Koalitionsregierung mit den Liberalen zurückgezogen haben, tritt Premierminister Lloyd George von seinem Amt zurück. Er sah sich wegen seiner Orientpolitik massiver Kritik ausgesetzt. Er hatte die im Krieg unterlegenen Griechen gestützt, Frankreich und Italien die siegreiche Türkei. Man fürchtet nun in London, bei den Dardanellen, die den Zugang zum Schwarzen Meer bilden, künftig nichts mehr zu sagen zu haben. König George V. beauftragt den konservativen Politiker Andrew Bonar Law mit der Bildung einer neuen Regierung. Weiter blicken Astronomen von der Sternwarte Greenwich. Sie haben im Sternbild Schwan einen neuen Kometen entdeckt. In Paris erlebt Ravels Orchesterfassung der *Bilder einer Ausstellung* von Mussorgski ihre Uraufführung. In Muzot bemüht Rilke nun Bilder der Gestalttheorie, um die Zwickmühle zu erläutern, in der er sich durch Baladines Anwesenheit befindet. »Muzot ist wie die Guß-Form für eine einzige Lebensgestalt, zwei Leben überfüllen sie und geben (besonders, wenn man nicht mehr so frei in Garten und Landschaft hinaus weiterlebt) keine Figur!« Immerhin gibt es jetzt eine neue Haushälterin, sie heißt Jeanne Porchet und soll achtzig Franc im Monat bekommen. In den USA kann man nun auch *The Waste Land* lesen, in der Novemberausgabe von *The Dial.* Proust hat von seinem Arzt erfahren, dass er Pneumokokken habe, weiß aber nicht genau, was das ist.

Franziska ist aus Köln zurück. Niemand weiß, wie sie dorthin gelangt ist und wie wieder zurück. Als Vinzenz am Samstagmorgen aus seinem Mansardenzimmer herabkam, fand er sie nicht wie gewohnt in der Küche vor. Er weckte den Vater, sie zogen sich an, sie suchten im Hof und im Keller. Im Keller war der Verschlag geöffnet, das alte, rostige Fahrrad fehlte, das Kaspar, ihr älterer Bruder, ihnen dagelassen hatte, als er nach Krefeld-Bockum gezogen war. Aber niemand wusste, ob Franziska Rad fahren konnte. Es war ein Tag in heller Aufregung, der Vater ging auf die belgische Kommandantur, aber dort war am Samstagmittag keiner. Vinzenz klingelte bei Maria in der Bergheimer Straße, die aber wusste von nichts oder tat so. Sie saßen dann nur in der Küche, hörten, wie der Vogel von einer Stange zur anderen hüpfte, tranken Malzkaffee und sagten nichts. Am späten Abend ging dann der Schlüssel in der Tür. Franziska stand da, mit aufgelöstem Haar, und schwitzte stark unter dem grünen Mantel. Sie habe nur eine Kerze anzünden wollen, bei der Schwarzen Madonna in der Kupfergasse. Nun sei sie wieder zurück. »Leg dich sofort ins Bett«, sagte der Vater endlich, nachdem er lange geschwiegen hatte. Er machte Franziska einen Tee. Am nächsten Morgen hatte sie schon hohes Fieber.

Das Wetter ist umgeschlagen an der Côte d'Azur, es ist stürmisch und überhaupt nicht so, wie James Joyce es sich gewünscht hatte. Auch ärgert er sich über die Kritik eines gewissen Shane Leslie in *The Quarterly Review.* Sein Roman sei unmöglich zu lesen, daraus zu zitieren sei nicht wünschbar, es sei eine Riesenanstrengung unternommen worden, um die Welt zum Narren zu halten. Letzteres war vielleicht nicht ganz falsch, immerhin hatte Joyce gegenüber Djuna Barnes sein Ehrenwort gegeben, es fände sich keine einzige ernsthafte Zeile darin. Er danke ihm für die positive Reaktion auf das erste Heft, schreibt Eliot am 22. Oktober an Pound. Was Lyrik betreffe, so dürften im *Criterion* nur Gedichte von Leuten erscheinen, die wirklich ihr Handwerk beherrschten, einen *Kindergarten* für Nachwuchsdichter gebe es sicher anderswo. Deshalb wäre es gut, Gedichte von Yeats zu bekommen, er habe nur den Eindruck, dieser möge ihn nicht sehr. Ob Ezra da etwas tun könne? Und habe er irgendetwas von Proust gehört? Für den Rest des Monats muss Eliot sich verabschieden, er wird wieder einmal einen Ort an der Küste aufsuchen und für diesmal keine Adresse hinterlassen.

Die Berliner Schrippenkirche in der Ackerstraße 52 feiert ihr vierzigjähriges Jubiläum. Jeden Sonntag wird dort ein Frühstück für Obdachlose ausgegeben. Unweit wohnt die Graphikerin, Malerin und Bildhauerin Käthe Kollwitz in der Straße, die heute ihren Namen trägt, damals aber noch Weißenburger Straße hieß, im Arbeiterviertel Prenzlauer Berg. Sie hat es sich zur Aufgabe gemacht, das Elend der Menschen ins Bild zu fassen, besonders die Trauer derer, die im Krieg ihre nächsten Lieben verloren haben. Ihr eigener Sohn Peter war in der Ersten Flandernschlacht gefallen. Am 23. Oktober antwortet sie auf einen Brief des französischen Schriftstellers und Pazifisten Romain Rolland. »Ich danke Ihnen, daß Sie unseres toten Sohnes gedenken. Heute gerade sind es 8 Jahre her, daß er fiel. Zehn Tage war er im Felde, dann war sein achtzehnjähriges Leben beendet. Er ging gläubig und starb so. Noch schwerer haben es seine Freunde gehabt, die auch alle fielen im Laufe der vier Jahre. Ihr Glaube wankte und wurde Haß und Abscheu gegen den Krieg. Aber der Krieg ließ sie nicht los, sie mußten fast alle verbluten in ihrer schönsten Jugend. Wir alle – in allen kriegführenden Ländern – haben ja dasselbe getragen.« Nicht jedem ist es freilich gegeben, das Ertragene auch auszudrücken. Dazu bedarf es der Kunst. »Ich habe immer wieder versucht, den Krieg zu gestalten. Ich konnte es nie fassen. Jetzt endlich habe ich eine Folge von Holzschnitten fertiggebracht, die einigermaßen das sagen, was ich sagen wollte. Es sind sieben Blätter, betitelt: das Opfer – die Freiwilligen – die Eltern – die Mütter – die Witwen – das Volk. Diese Blätter sollen in alle Welt wandern und sollen allen Menschen zusammenfassend sagen: so war es – das haben wir alle getragen durch diese unaussprechlich schweren Jahre.«

Virginia Woolf beschwert sich bei Roger Fry über Eliots Undankbarkeit, was Bel Esprit angeht. Wenn er mindestens 500 Pfund brauche, um die Bank zu verlassen, warum habe er das nicht schon vor einem halben Jahr erklärt? Dieses ganze Getue, wie peinlich es ihm sei, über Geld zu sprechen! So peinlich, wie Wasser zu lassen in Gegenwart seiner Frau! Typisch amerikanisch! Sie danke Gott für ihr englisches Blut, wenn es sie auch nicht davor bewahre, drei Jacken übereinander zu tragen oder Emailleknöpfe am Mantel oder die Augen dauernd geschlossen zu halten wie Ezra Pound. Auch Joyce schreibt einen aufgebrachten Brief, und zwar an seine Tante Josephine Murray, die ihm ihrerseits einen solchen geschrieben hat. Tante Josephine ist beleidigt, weil Nora und die Kinder sie im April nicht besucht haben, wohl aber seinen Vater und Noras Onkel. Joyce erklärt ihr nun, wie gefährlich die ganze Reise war und wie er versucht hatte, Nora davon abzubringen, allein vergeblich. Joyce ist wiederum beleidigt, weil Tante Josephine sich für sein Augenleiden gar nicht interessiert, vor allem aber, weil sie noch immer nichts zu seinem Buch geschrieben hat. Nach allem, was ihm seine Cousinen in London erzählten, muss er freilich annehmen, dass sie es schon weggegeben oder verliehen hat. Bekanntlich gäben die Iren geliehene Bücher selten zurück. (Er musste es wissen, als säumiges Mitglied der Leihbücherei von Sylvia Beach.) Sie solle sich nur klarmachen, dass dieses Buch einmal viel wert sein werde, ganz gleich, was man über den Inhalt denke, in London bezahle man dafür schon vierzig Pfund, und auch die zweite Ausgabe sei schon ausverkauft. Sie habe ihn ja außerdem gebeten, ihr dieses Buch zu schicken, wie all seine Bücher zuvor. Es sei aber ein Unterschied, ob man jemandem ein Pfund Kotelett oder ein Buch wie *Ulysses* schenke. Für ein Pfund Kotelett könne man sich einfach durch ein Kopfnicken bedanken, angenommen, man habe gerade den Mund so voll von Fleisch, wie hineingeht, aber das könne man bei einem dicken Buch nicht ebenso machen, weil es Schwierigkeiten bereite, es in den Mund zu stecken.

Im Parlament in Dublin wird die Verfassung des Irischen

Freistaats verabschiedet. Proust erhält eine ausführliche Definition, was unter Pneumokokken zu verstehen ist. Er isst nichts mehr, nicht einmal Püree, und lässt auch seinen Bruder Robert nicht mehr an sich heran. Seine getreue Hausangestellte Céleste muss ihn abschirmen gegen alle, die ihn drängen, sich weiter ärztlich behandeln zu lassen. Auch ein Brief seines Freundes und einstigen Geliebten Reynaldo Hahn ändert nichts. Doch hat er die Korrekturen an *La Prisonnière, Die Gefangene,* abgeschlossen, dem fünften Roman in seinem Zyklus. Am 25. Oktober schreibt er an den Literaturkritiker Jacques Rivière: »Und dann, Jacques, lassen Sie ab von einem Unglücklichen, der einfach nicht mehr kann, der gestern, als er sich besser fühlte, für Gaston ein ganzes Buch korrigiert hat.«

Unter dem Druck von Mussolini löst das italienische Parlament sich auf. Joyce hat in Nizza eine Wohnung angemietet, er hofft, den Winter über dort bleiben zu können. Da das schlechte Wetter ihm sehr schadet, sucht er einen weiteren Augenarzt auf, Dr. Louis Colin, nach Dr. Berman und Dr. Borsch der dritte Louis im Kreise seiner Ophthalmologen. Colin setzt fünf Blutegel auf sein Auge an, sie trinken sich satt, es folgt ein sehr schmerzliches Augenbad mit einer Lösung aus Salicylsäure, danach ist die Trübung merklich zurückgegangen. Colin empfiehlt Joyce, von Weißwein auf Rotwein umzusteigen, aber das geht denn doch zu weit.

Eigentlich hätte Virginia Woolf auch einmal gute Laune haben dürfen. Am 27. Oktober ist in der Hogarth Press ihr neuer Roman *Jacobs Zimmer* erschienen, den Umschlag hat ihre Schwester Vanessa Bell entworfen. Die Geschichte des Jacob Flanders von der Knabenzeit bis zu seinem Tod im

Feld, aus ständig wechselnden Perspektiven erzählt, wird ihr Durchbruch zum reifen Stil ihrer späteren Werke und für den Verlag auch ein kleiner Verkaufserfolg. Die erste Auflage (freilich nur 1200 Stück) wird binnen weniger Wochen vergriffen sein, so dass Leonard noch einmal 2000 nachdrucken lassen kann. Sogar Tom, der Undankbare, auf dessen Meinung sie so viel Wert legt, wird voll des Lobes sein und ihr attestieren, diesmal keinen Kompromiss zwischen der Romantradition und ihrer eigenen Gabe eingegangen zu sein. In der *Times* ist bereits eine Rezension erschienen, die Virginia etwas lauwarm vorkommt. Es heiße dort, auf diese Weise könne man keine Figuren aufbauen; trotzdem sei die Kritik schmeichelhaft. Doch Woolf schaut bereits wieder nach vorn. »Ich will nicht Komplimente zusammenrechnen & Kritiken vergleichen. Ich will mir Mrs Dalloway ausdenken. Ich will bei diesem Buch voraussichtiger sein als bei anderen & das Äußerste herausholen. Ich glaube, ich hätte Jacob weiter verdichten können, wenn ich vorausschauender gewesen wäre; aber ich musste mir meinen Weg beim Gehen bahnen.«

Die Geschichte von Mrs Dalloway in der Bond Street, ursprünglich als Short Story gedacht, wuchs seit Monaten in ihrem Kopf und war dabei, sich zum Roman zu entwickeln. Vielleicht würde Mrs Dalloway nicht morgens in der Bond Street stehen, um Handschuhe zu kaufen, sondern den Blumenschmuck für eine große Party. Eine Party in ihrem Haus, die am Abend stattfinden sollte. Einen ganzen Roman in den Ablauf eines einzigen Tages zu komprimieren … und warum nicht ein Tag im Juni … was dieser Joyce konnte, das konnte sie auch, nur würde sie es natürlich ganz anders machen.

Nicht in einer so disruptiven Sprache, nicht mit jenen klaffenden stilistischen Abgründen von Episode zu Episode, die letztlich fragwürdig waren, unästhetisch geradezu. Die Darstellung des Bewusstseinsstroms … Das war freilich ein großartiges Kunstmittel, das in den richtigen Händen eine sprachliche Schönheit entfalten konnte, die jene Derbheiten und Kapriolen nicht nötig hatte, mit denen der irische Schnösel so gerne um sich warf. Und hieß es nicht, er habe den Bewusstseinsstrom gar nicht selbst erfunden, sondern ein Franzose namens Dujardin? Virginia Woolf hörte den Rhythmus der Sätze, die sie schreiben würde, schon in ihrem Kopf. Sie hörte sie wie Wellen, die sich aufbauten, eine hinter der anderen, um an Land zu schlagen, eine große Sinfonie. Und dazwischen … die Glockenschläge von Big Ben! Sie mussten den Takt schlagen, den Tag strukturieren, wie sie es auch in Wirklichkeit taten! London! So viele Menschen auf engstem Raum, jeder eingeschlossen in die eigene Sphäre … und doch trafen sie einander, auf einer Party … *Mrs Dalloway* musste geschrieben werden. Woolf wusste nun, was sie zu tun hatte.

Ebenfalls am 27. Oktober hält die italienische Ärztin und Erzieherin Maria Montessori einen Vortrag in Berlin. Ihr Ansatz, die Selbsttätigkeit des Kindes in den Mittelpunkt zu stellen, findet immer mehr Anklang. Gar nicht zufrieden ist Rilke mit der neuen Haushälterin, sie schafft es nicht – zu unselbständig! Dafür bietet Werner Reinhart an, sich am Schulgeld für Pierre Klossowski, Baladines älteren Sohn, zu beteiligen; irgendwer muss das ja machen.

Am Samstag, dem 28. Oktober, trifft der britische Archäologe Howard Carter in Begleitung seines Kanarienvogels in Luxor ein. Im Auftrag des fünften Earl of Carnarvon würde er in den nächsten Wochen wieder einmal Ausgrabungen im Tal der Könige machen. Bereits seit fünfzehn Jahren war es Carnarvons Ehrgeiz, ein unberührtes Pharaonengrab in der oberägyptischen Wüste zu entdecken, und dazu kam er selbst, abgerechnet vier Jahre Kriegsunterbrechung, jedes Jahr an den Nil, wo er sich einen Bungalow hatte erbauen lassen. Er entstammte einer traditionsreichen Familie, die bereits den Komponisten Georg Friedrich Händel als writer-in-residence bei sich beherbergt hatte. Auch Carter, ein besessener, aber ungelernter Ägyptologe, der in Fachkreisen nichts galt und seit sechs Jahren, leider mit nur mäßigem Erfolg, Carnarvons Expeditionen leitete, hatte am Westufer des Nil ein Häuschen stehen, in das er nun seinen gefiederten Liebling brachte, den er sich erst kürzlich angelacht hatte. Kanarienvögel waren nicht heimisch in Oberägypten, wo es so gut wie keine Singvögel gab. So etwas hatten Carters Arbeiter, die mit Hacke und Spaten zum Graben bereitstanden, noch nie gesehen. Man konnte weiße Reiher am Nil beobachten, abends kreiste vielleicht einmal ein Falke über Luxor. Dieser gelbe Vogel, sagten die Fellachen, werde Glück bringen.

Das hatte Carter auch nötig. Denn wie es den Ausgräbern im Tal der Könige so ging: Man glaubte, eine Spur zu haben, aber war man dann mal auf ein Grab gestoßen, erwies es sich als leer, ausgeplündert schon in der Antike. So dass Carter diesmal echte Überzeugungsarbeit leisten musste, um Carnarvon dazu zu bringen, ihn noch einmal mit Mitteln auszurüsten. Was er suchte, das wusste Carter immerhin genau: das immer noch unentdeckte Grab eines Königs aus der 18. Dynastie, Sohn jenes Echnaton, der den alten Göttern abgeschworen und den alleinigen Glauben an die Sonne befohlen hatte, auf die er Hymnen dichtete. Der Name des Gesuchten war Tutanchamun.

Tanz den Mussolini

Am selben Tag, als Carter mit seiner Kanariendame Luxor erreichte, stiefelten Mussolinis Schwarzhemden nach Rom hinein. Allerdings war Mussolini selbst nicht dabei; er hielt sich in Mailand auf und wartete erst einmal ab, was geschehen würde. Aber die Macht würde er schon gern übernehmen wollen in Italien. Mussolini gehörte derselben Generation an wie die bedeutenden Schriftsteller seiner Zeit: Es war im *Annus mirabilis* der modernen Literatur, als Mussolini Ende Oktober 1922 nach der Macht griff – nicht einmal vierzehn Tage, nachdem *The Waste Land* erstmals im Druck erschienen war. Die fatale Faszination, die der Erfinder des Faschismus auf manche Künstler und Schriftsteller seiner Zeit hatte, beruhte nicht zuletzt auf dem literarischen Nimbus, mit dem sich Mussolini selbst zu umgeben verstand, und das nicht einmal ganz zu Unrecht. In seiner Jugend hatte der Sohn eines Hufschmieds aus der Romagna Sonette geschrieben, er hatte Aufsätze über August von Platen, Klopstock und Karl Marx verfasst, und einen historischen, in Trient angesiedelten Roman *Die Geliebte des Kardinals* spickte er mit Anspielungen auf Dante und Horaz, Vergil, Cervantes und D'Annunzio. Vor allem aber war er ein feuriger, rhetorisch begabter Redner und Journalist. In seinen revolutionär-sozialistischen Anfängen hatte er es zum Chefredakteur des sozialistischen Parteiblatts *Avanti!* gebracht. Nachdem es wegen seines Engagements für den Kriegseintritt Italiens auf Seiten der Westmächte zum Bruch mit der sozialistischen Partei gekommen war, gab er seine eigene Zeitschrift *Popolo d'Italia* heraus. Seine Machtbasis war also von jeher das Wort. Niemanden unter den Dichtern beeindruckte das in den folgenden Jahren so sehr wie Ezra Pound, den amerikanischen Chefdenker des Modernismus in Europa, den engagierten Freund und Förderer von Eliot und Joyce.

Seine Rolle als »Duce« in der nach Ende des Ersten Weltkriegs entstehenden faschistischen Bewegung hätten Mussolini allenfalls zwei Figuren streitig machen können, die sogar in erster Linie Literaten waren. Der eine von ihnen ist Filippo Tommaso Marinetti, der 1909 in Paris auf der Titelseite der Tageszeitung *Le Figaro* das Futuristische Manifest publiziert hatte, die vor Gewaltverherrlichung nur so strotzende Fibel einer umstürzlerischen neuen Kunst, die nicht nur mit den herrschenden bürgerlichen Machtverhältnissen, sondern mit allem Alten und Überkommenen überhaupt abrechnen will. Es rief dazu auf, Feuer an die Bibliotheken zu legen, die Museen zu überschwemmen und mit Spitzhacke, Äxten und Hämmern die ehrwürdigen alten Städte niederzureißen.

Marinettis Furor richtete sich gegen alles, was aus der jahrtausendealten antik-christlichen Kulturtradition hervorgegangen war, er richtete sich auch gegen die Natur und das Weibliche, dagegen pries er den technischen Fortschritt, das Metallische, die Maschine, die Geschwindigkeit, die Kraft der Massen und allem voran die Schönheit des Krieges, von dessen entfesselter Strahlkraft man sich fünf Jahre vor der großen Eruption noch idyllische Vorstellungen machen konnte. An Sprache und Poesie wollte Marinetti ebenfalls die Axt legen. Zertrümmerung der Syntax und die Zerstörung des Ich in der Literatur sind Forderungen, die von den Avantgarden seit hundert Jahren immer wieder gern aufgegriffen worden sind. Die kalte programmatische Forderung nach dem Neuen ist etwas grundsätzlich anderes als ihre produktive Einlösung in Poesie. Wenn Eliot in seinem Aufsatz über den *Ulysses* das Ende des Romans, wie wir ihn kannten, ausruft, dann ist das auch nicht frei von Anmaßung, wie sie stets zum Nimbus der Avantgarden gehört. Liest man dann aber *The Waste Land,* dann ist die Klage über eine Welt, die tatsächlich in Trümmern liegt, auf einen ganz anderen Ton gestimmt.

Marinetti und Mussolini trafen sich erstmals 1914, als beide für den Kriegseintritt Italiens stimmten, der von der internationalistischen Linken abgelehnt wurde. Marinetti hielt Veranstaltungen ab, bei denen Mussolini als Redner auftrat. Nach Kriegsende gründete Marinetti die Futuristische Partei, die in der etwas später von Mussolini gegründeten Faschistischen Partei aufging. Beide waren sich in der nationalen und antiklerikalen Gesinnung einig, als Sozialrevolutionäre waren sie etwas unterschiedlicher Couleur. Es kam zum vorübergehenden Bruch, weil Mussolini sich aus machttaktischen Gründen mit der Industrie und den Großgrundbesitzern einließ, aber als Mussolini dann wirklich an der Macht war, diente sich Marinetti mit einem dem Duce gewidmeten Buch wieder an.

Der zweite Konkurrent Mussolinis war Gabriele D'Annunzio, der 1919 gezeigt hatte, dass es Dichter gab, die nicht nur auf dem Papier nach der Macht strebten. D'Annunzio war eine Generation älter als Mussolini und Marinetti. Obschon bei Kriegsausbruch bereits jenseits der fünfzig, war er ein begeisterter Soldat und vollführte 1918 einen Propagandaflug über Wien, der Hauptstadt des verhassten Österreich. Weil Italien in den Bestimmungen des Versailler Vertrags nicht mit all seinen Gebietsansprüchen durchgekommen war, besetzte er mit einem von ihm befehligten paramilitärischen Verband die Stadt Fiume an der Adria. Nach dem Ende seiner fünfzehn Monate währenden Herrschaft zog sich D'Annunzio in eine Villa am Gardasee zurück und behielt seinen Status als Nationaldichter. 1922 trug er dem König an, ihn mit der Regierungsbildung zu beauftragen, doch kam Mussolini ihm zuvor.

Die faschistische Bewegung war anfangs ein sehr ungeordneter Haufen gewesen und erhielt bei den Wahlen nur wenige Stimmen, aber die Milizen der Schwarzhemden, bestehend aus vormaligen Soldaten, die sich nach dem Krieg zu kurz gekommen fühlten, sorgten, wie gesehen, in Bologna und anderen Städten Norditaliens für Angst und Schrecken und gingen brutal gegen die Sozialisten vor, was der konservativen Regierung in Rom nicht ganz unlieb war, weil man sich nach der Oktoberrevolution in Russland nun auch in Italien vor dem Bolschewismus fürchtete. Die notorische Schwäche italienischer Regierungen ließ dann dem noch unsicher taktierenden Mussolini gar keine andere Wahl, als im Oktober 1922 nach der Macht zu greifen. Dabei war er an jenem 28. Oktober, den er als Tag für den Marsch auf Rom angesetzt hatte, gar nicht in der Hauptstadt, sondern ging in Mailand mit seiner Frau ins Theater. Obgleich die sich auf Rom zubewegenden Milizen gar nicht so zahlreich waren wie befürchtet, legte die Regierung kampflos die Verantwortung nieder und bat den König, den Belagerungszustand zu erklären und das Militär gegen die Faschisten auf den Plan zu rufen. König Vittorio Emmanuele III. hatte dazu jedoch keine Lust, er machte gerade Urlaub und berief lieber gleich Mussolini zum Ministerpräsidenten. Der setzte sich in Mailand in den Zug, rief auf die Schnelle einen größeren Aufmarsch zusammen, und da es bei dessen Einzug in Rom immerhin zwanzig Tote gab, kam er doch noch mit der ihm angemessenen Brutalität ins Amt.

Ebenfalls am 28. Oktober gibt der Berliner Magistrat bekannt, dass es derzeit genügend Kohle gebe, so dass es nach Weihnachten keine sechswöchigen Kohleferien geben müsse, wie sie in den Kriegsjahren eingeführt worden waren. Schulen und Universitäten blieben damals in den ersten Wochen des Jahres geschlossen, um Heizkosten zu sparen. Am 29. Oktober wird die italienische Liedersängerin Gita Lenart bei einem Konzert in München mit Stinkbomben beworfen, weil sie französische Lieder gesungen hat. Im *Sunday Chronicle* in London erscheint ein weiterer Verriss des *Ulysses*. Der Kritiker Alfred Noyes verwirft den Roman als literarischen Bolschewismus; er sei ganz einfach das übelste Buch, das je gedruckt worden sei. Am selben Tag besetzt die Rote Armee Wladiwostok und treibt die Japaner von dort zurück. Harry Graf Kessler notiert in sein Tagebuch, der faschistische Staatsstreich könne konterrevolutionäre Bewegungen in ganz Europa beflügeln. In gewissem Sinne erinnere er an Lenins Oktoberrevolution. Mussolinis Ernennung zum Ministerpräsidenten, noch dazu durch den König, sei ein schwarzer Tag für Europa.

Franziska hat zehn Tage lang im Bett gelegen. Der Vater hat ihr Wadenwickel gemacht, um das Fieber herunterzubringen, der Arzt ist gekommen und hat etwas gegen den Husten verschrieben. Sie hat sich die Brust eingerieben, wie es die Mutter früher getan hat. Vinzenz hat gelernt, Hühnersuppe zu kochen, von der sie tagelang essen können; Franziska legt sich Zwieback in die Brühe und denkt an ihre Großmutter, die nun schon fast drei Monate tot ist. »Mussolini, Führer der Faszisten, ist heute Nacht in Rom eingetroffen«, so kann sie am 31. Oktober in der *Neuß-Grevenbroicher Zeitung* lesen. »Er soll ein großes Konzentrationskabinett planen und auch Führer der katholischen Volkspartei zum Eintritt in die Regierung eingeladen haben«, fährt das zentrumsnahe Blatt beinah erfreut fort. Wenn man den *Freien Sprecher* liest, das Organ der sozialdemokratischen Partei für den Bezirk Neuss-Grevenbroich, erfährt man: »Die Meldungen über die Vorgänge in den letzten Tagen in Italien sind, trotzdem offenbar eine faszistische Zensur waltet, durchsetzt von Gewalttaten gegen sozialistische Zeitungen und Gewerkschaftshäuser und Absetzung kommunaler Verwaltungen. Die erste Tat der zur Macht gelangten Faszisten waren – nach berühmten Mustern – Zeitungsverbote und Zensurverhängungen. Das zeigt den Kurs an, der im Innern eingeschlagen werden soll. Welche Richtung die auswärtige Politik der faszistischen Regierung einnehmen wird, muß abgewartet werden. Bezeichnend ist, daß gewisse deutsche, nationalistische Kreise große Hoffnungen auf die Faszistenregierung in Italien zu setzen scheinen.«

Lenin zeigt sich erstmals wieder in der Öffentlichkeit. Unbemerkt gelangt er auf die Bühne, dann spricht er exakt fünfzehn Minuten vor den dreihundert Delegierten des Allrussischen Zentralen Exekutivkomitees, einen längeren Auftritt hat ihm sein Arzt nicht erlaubt. Hinterher wird er von Korrespondenten belagert. Die Welt sage, er sei ein großer Mann. »Ich bin kein großer Mann«, soll Lenin gesagt haben, »schauen Sie mich doch an.«

XI.

Badegäste

Um den Monatswechsel zum November befanden sich die beiden Dichter, die in diesem Jahr die musterhaften Werke der Klassischen Moderne vorgelegt hatten, in Badeorten, der eine an der englischen Kanalküste, der andere an der Côte d'Azur, aber beide ausgelaugt, auf der Suche nach der verlorenen Kraft. Es war eine vertraute Situation. Als Eliot im November des Vorjahrs in Margate gewesen war, war es ebenso gewesen, »die Nägel kaputt, die Hände schmutzig«. Da bekam er nichts mit nichts zusammen und schrieb es auf, und kurze Zeit später fuhr er nach Lausanne zu Doktor Vittoz. »An den Wassern des Genfersees setzte ich mich hin und weinte …« Die Erfahrungen des Zusammenbruchs waren unmittelbar in sein Gedicht eingegangen, und dieses Eingestehen von Schwäche wandelte sich in Stärke, im Gedicht.

Aber von dieser Stärke war nichts bei ihm geblieben, er hatte sie verpulvern müssen, das ganze Jahr, um den Betrieb aufrechtzuerhalten, bei der Bank, am Krankenlager seiner Frau, in der endlos mühsamen Korrespondenz, die nötig war, um eine neue Zeitschrift auf den Markt zu bringen, die nun nicht einmal seiner Geldgeberin gefiel, und um seinem Gedicht den bestmöglichen Auftritt zu verschaffen. Das war nun schon zweimal gedruckt, in Zeitschriften diesseits und jenseits des Atlantiks, die Buchausgabe kam auch bald, aber eine Freude hatte Eliot nicht daran. Er saß wieder genauso da wie vor einem Jahr, in einem Unterstand am Strand, diesmal in Worthing, zehn Meilen von Brighton, sah auf das Meer hinaus und sah den Möwen zu. Im dreiteiligen Anzug, mit Hut und Mantel, denn über Freizeitkleidung verfügte er nicht.

Auch Joyce freute sich nicht. Er hatte einfach zu starke Schmerzen, um sich zu freuen, fast das ganze Jahr schon schmerzten seine Augen, und die Angst zu erblinden, stand morgens mit ihm auf. Er trug eine Augenklappe, und wenn er am Strand von Nizza spazieren ging, hängte er sich bei Nora ein und stützte sich auf seinen Eschenstab, den er wie sein Alter Ego Stephen Dedalus immer mit sich führte. Das Wetter war entsetzlich, es regnete und stürmte, und dafür waren sie nun ans Mittelmeer gefahren. Und sein Buch machte immer noch Arbeit, es schien gar nicht möglich, es in einer Weise zu korrigieren, dass es in der nächsten Ausgabe keine Fehler mehr geben würde, es kamen stattdessen immer neue hinzu. Und dann gab es ja nicht wenige Kritiker, die geschrieben hatten, der Fehler sei eigentlich das Buch. Es hatte einen Vernichtungswillen in ihnen entfacht, dabei waren sie verklemmt und liebten sein Buch heimlich und geilten sich an Stellen auf, die sie als obszön verschrien hatten. Nur verstanden hatten sie es nicht. Wie auch? Er hatte dieses Buch geschrieben, um die Säcke von Kritikern dreihundert Jahre zu beschäftigen, davon war nicht mal eines herum. Aber dass Tante Josephine sich nicht die Mühe machte, es zu lesen, ärgerte ihn maßlos. Sie war doch seine Tante. Und sie hatte ihn schließlich gebeten, ihr das Buch zu schicken.

Allerseelen

Am 1. November erklärt die Große Türkische Nationalversammlung in Angora (Ankara) die Monarchie für abgeschafft. Damit wird Sultan Muhammad VI. in Konstantinopel zur Abdankung gezwungen. Mustafa Kemal Pascha, Vorsitzender der Nationalversammlung, hat das in langen Diskussionen gegen die Oppositionellen durchgesetzt, die an den Osmanen hängen und in der Trennung von religiöser und weltlicher Macht eine Verletzung islamischer Gesetze sehen. Demgegenüber wendet Kemal Pascha ein, die Söhne Osmans hätten vor sechshundert Jahren die Macht geraubt, nun sei das türkische Volk stark genug, sie wieder an sich zu nehmen.

Hemingway ist bei der Arbeit, Malaria hin oder her. In Ostthrakien beobachtet er den Abzug der griechischen Truppen. Obwohl sie ebenso von Moskitos und Läusen geplagt sind wie er selber, beeindrucken ihn diese geschlagenen Soldaten, die von ihrem eigenen König betrogen worden seien. Konstantin habe ihnen ihre tapferen Offiziere genommen und sie durch solche aus seiner eigenen Partei ersetzt, die den Krieg in der Schweiz verbracht und keine Ahnung vom Kämpfen hätten. So ende die zweite und letzte Belagerung Trojas.

In Stuttgart wird am Allerheiligentag der neue Hauptbahnhof dem Verkehr übergeben. Acht Jahre lang wurde an ihm gebaut, nach Fertigstellung des Rohbaus gab es ab 1916 eine kriegsbedingte Unterbrechung. Der blockförmige, mit Muschelkalk verkleidete Bau wirkt sehr modern, hervorstechend ist der 56 Meter hohe Turm, in dessen oberen Stockwerken Cafés und Restaurants untergebracht sind. Der neue Bahnhof verfügt über acht Bahnsteige für den Personenverkehr. Niemand stört sich daran, dass es sich um einen Kopfbahnhof handelt. Eine Junkers F 13 überfliegt mit sechs Personen an Bord den Großglockner und Großvenediger und landet nach vierstündigem Flug wieder in München.

In Berlin beginnt eine internationale Währungskonferenz. Sie soll der Stabilisierung der Deutschen Mark dienen, die weiterhin rapide verfällt: Für einen Dollar muss man nun schon 9000 Mark hinblättern.

Vivien Eliot sorgt sich um ihren Mann, der nach zehntägiger Vakanz aus Worthing zurückgekehrt ist. Er habe sehr ätzende Briefe von dieser Rothermere-Frau bekommen, schreibt Vivien am 2. November an Pound, die den *Criterion* langweilig findet. Derzeit halte sie sich in diesem Irrenhaus namens La Prieuré auf, wo sie mit Katherine Mansfield spirituelle Nackttänze vollführe. Diese träufele Gift in ihr Ohr, denn niemand hasse Tom so sehr wie K. M. Wenn Rothermere in dieser Stimmung nach London käme, und sie sei schon bald im Anmarsch hierher, könne es böse enden und Tom die Zeitschrift gleich wieder hinwerfen. Ob es möglich sei, dass Tom die Gelder aus Bel Esprit auch dann erhalte, wenn er nicht *sofort* die Bank verließe? Vielleicht könne er ja den *Criterion* kaufen, natürlich nicht unter seinem echten

Namen! Sie selbst könne 500 Pfund zuschießen, die Hälfte ihres Vermögens, und tue es gern. Dieser Brief sei privat, und Pound möge ihr sofort antworten.

Franziska ist zum ersten Mal wieder auf den Beinen, und ihr erster Weg führt sie zum Friedhof. Es ist ja heute Allerseelen, und sie muss doch das Grab ihrer Mutter besuchen, in dem nun auch ihre Großmutter liegt. Sie hat es diesmal nicht selbst herrichten können, das Grab, weil sie doch krank gewesen war, und Vinzenz hat es besorgen müssen, das welke Laub zu rechen, Torf zu streuen und ein kleines Gesteck aufzulegen, das sie beim Holländer bekommen haben, gegen ein Glas Honig von Gut Hellenbroich. Vinzenz hat das ordentlich gemacht, für einen Jungen, aber das Licht anzünden, zum Allerseelentag, will Franziska sich nicht nehmen lassen, und einen Strauß Chrysanthemen hat sie auch dabei (vom Holländer gegen ein Glas Apfelmus). Es dunkelt schon, die Lichter leuchten den Weg aus, den sie so gut kennt. Als sie sich nun bückt, um das Licht in der Laterne anzuzünden, und es nicht geht, weil auch das dritte Streichholz abgebrochen ist, hört sie hinter sich eine freundliche Stimme: »Warte nur, ich helfe dir.« Es ist ein junger Mann, den sie vom Sehen kennt, er wohnt hinten durch am Berghäuschensweg, wo es zum Römerlager geht, wo die Baracken der belgischen Soldaten stehen. Einer von denen, die etwas abbekommen haben im Krieg. Es fällt nicht sehr auf, aber sein rechter Arm hängt steif herab; sie sieht, wie er das Streichholz mit der Linken anmacht. Die Kerze brennt. Dann richtet er sich auf, hält ihr die hängende Rechte hin: »Ich bin der Engelbert.« – »Franziska«, sagt Franziska, und berührt ihn leicht.

Er werde es in diesem Herbst nicht mehr nach Paris schaffen, schreibt Rilke am 3. November an André Gide, der Turm halte ihn fest. Sein Auge habe sich gestern plötzlich gebessert, schreibt Joyce an Shaw Weaver. Vivien habe ihm ja schon geschrieben, schreibt Eliot an Pound, und ihm die Sache mit Rothermere geschildert – sie sei extrem aggressiv, seit sie in dieser Anstalt für Bekloppte angekommen sei. Ob er, Ezra, ihr nicht klarmachen könne, dass der *Criterion* ein Erfolg sei? Die Auflage sei fast ausverkauft, und es gebe nur positive Rückmeldungen. Vielleicht könne man die Zeitschrift wirklich kaufen, es müsse sich nur irgendein Amerikaner finden, der seinen Namen unter den Vertrag setze. Und ob er nicht mal kurz nach London rüberkommen könne, um alles zu besprechen? Wenn sie eine solche Zeitschrift nur ein paar Jahre unter ihrer gemeinsamen Kontrolle hätten, das könne das Ding ihres Lebens sein.

Eine Zeitschrift solle das Ding ihres Lebens sein? Da ist Pound ganz anderer Meinung. Tom und Vivien seien wohl im Delirium. Ob Tom sicher sei, dass Lady Rothermere willentlich aggressiv werde? Wenn sie sage, das Blatt sehe wie ein Toter aus: Wo sie recht habe, da habe sie recht. Keinesfalls solle er selbst irgendwelches Geld in diese Sache stecken, sondern zusehen, wie er Geld raushole. Und noch mindestens eine Ausgabe weitermachen. Und was sei so schlimm daran, eine Geschichte von Katherine M. zu drucken, wenn es das sei, was Rothermere wolle? Solange nicht auch noch Middleton Murry dabei sei … Also, Nerven behalten. Mindestens noch drei Monate lang.

Er wolle nur hier an dieser einen Stelle graben, erklärt Carter seinem Assistenten und zeigt es ihm mit Blick auf die zerschlissene Karte vom Tal der Könige, hier, am Eingang zum Grab von Ramses VI., wo Überreste von Arbeiterquartieren der 20. Dynastie aus dem Sand ragen. Zweimal ist Carters Antrag auf Grabungen an dieser Stelle abgelehnt worden, obwohl, nur hundert Meter entfernt, Krüge mit Überresten von Bestattungsfeiern aufgefunden worden sind. Am Abend des 3. November schaufeln seine Arbeiter probeweise den Sand weg. Carter sieht, dass man hier noch etwa einen Meter abtragen muss, um auf Grund zu stoßen.

»Was war das für ein Moment der Windstille in der großen Ägyptischen Zeit?«, hatte Rilke, zu Beginn des Jahres, in einem Brief eine Frau von Wedel gefragt, die das wohl auch nicht zu beantworten wusste. Am Morgen dieses 4. November aber kommt in diese Windstille Bewegung. Howard Carter hat sich bereits kurz vor Sonnenaufgang erhoben. Kaum hat er gefrühstückt und seinem Kanarienvogel ein Stück Keks verabreicht, da bricht er auch schon zur Grabungsstelle auf. Seine Männer hatten im Morgengrauen angefangen zu graben, bei den Resten der ersten Hütte. Bald aber haben sie wieder aufgehört, denn es gibt etwas zu zeigen: Da ist eine Stufe in den Kalkstein gehauen. Darauf zeigt nun der Vorarbeiter, und Carter sagt: weitermachen. Also schaufeln sie weiter und legen noch eine Stufe frei und dann noch eine: Kein Zweifel, da ist eine Treppe, und Treppen führen immer irgendwohin. »Was sind das für Wurzeln, die krallen, was für Äste wachsen / Aus diesem steinernen Schutt?« So heißt es in einem Gedicht des Amerikaners Eliot, das Carter nicht kennt und das gerade erst erschienen ist.

So schaufeln sie ohne Mittagspause in der oberägyptischen Glut, »wo die Sonne sticht und / Und der tote Baum kein

Obdach bietet«, so graben sie durch Staub und Schutt, und als es am Abend endlich kühler wird und der Falke über Luxor fliegt, haben sie sechzehn Stufen freigelegt. Dann aber geht es plötzlich nicht mehr weiter. Da unten ist ein starker vertikaler Widerstand: eine Tür. Zugemauert, aber eine Tür. Und als sie die Türe freigelegt haben, siehe, da ist ein Siegel. Und dieses Siegel, das sieht Carter und das sehen sie alle, ist das des Hohenpriesters der Totenstadt: ein liegender Schakal über neun knienden Gefangenen. »Ich zeig dir die Angst in einer Handvoll Staub.« Carter hat genug gesehen. Zuschaufeln, sagt er, und alle wundern sich. Alles wieder zuschütten, sofort.

Ausdruckstanz

In Petersburg (Leningrad) beginnt der Vierte Kongress der Kommunistischen Internationalen. Lenin fühlt sich der Reise noch nicht gewachsen und lässt einen Brief verlesen. Nach der feierlichen Eröffnung wird der Kongress in Moskau fortgesetzt. Er bestätigt den russischen Führungsanspruch, wogegen manche Delegierte wie etwa Leo Trotzki Einspruch erheben, weil sie dadurch den Anspruch auf die Weltrevolution gefährdet sehen. Im niederländischen Doorn heiratet der ehemalige deutsche Kaiser Wilhelm II. seine Verlobte, die Prinzessin Hermine von Reuß. Für beide ist es die zweite Ehe. Wilhelm trägt die feldgraue Generalsuniform, Hermine eine mauvefarbene, hochgeschlossene Toilette, dazu einen Hermelinpelz und einen schwarzen Seidenhut. Carter hat in Luxor Soldaten angefordert, um die

Grabungsstelle zu bewachen. Am 6. November telegraphiert er seinem Auftraggeber: HABE ENDLICH WUNDERBARE ENTDECKUNG IM TAL GEMACHT. EIN GRAB MIT UNBESCHÄDIGTEN SIEGELN. BIS ZU IHRER ANKUNFT ALLES WIEDER ZUGESCHÜTTET. GRATULIERE! Carnarvon kabelt zurück: KOMME VORAUSSICHTLICH AM 20. IN ALEXANDRIA AN.

Yeats schreibt an einen Freund, den Literaturwissenschaftler Herbert Grierson, er sehe in Irland, durch den Rauch der Bomben hindurch, eine Rückkehr zu einer konservativen Politik voraus, wie anderswo in Europa. Diese Rückkehr könne schmerzlich und gewaltsam sein, aber zahlreiche gebildete Männer arbeiteten daran und blickten mit Interesse auf den italienischen Sonderweg. Bei den amerikanischen Kongresswahlen erringen die Republikaner eine Mehrheit von 225 Sitzen im Repräsentantenhaus, die Demokraten kommen auf 207 Sitze. Eliot schreibt an Pound, natürlich habe er einen Vertrag für seine Arbeit am *Criterion*, der sich auf drei Jahre erstrecke. Aber Lady Rothermere besitze nicht nur die Zeitschrift, sondern auch deren Namen. Es ginge nicht um die Anzahl der Verrückten, die sie gern im Blatt sähe, sondern darum, dass sie das Layout und den Druck der Zeitschrift öde fände, ohne irgendwo genauer zu werden; nur mit Mühe könne er Cobden-Sanderson davon abhalten, sofort alles umzuschmeißen. Wenn sie unbedingt Katherine Mansfield wolle, bitte sehr. Er persönlich würde allerdings ihren Ehemann John Middleton Murry in jeder Weise vorziehen. Mansfield könne keinesfalls die intelligenteste Frau sein, die Rothermere (wie von ihr behauptet) je getroffen habe, sondern allenfalls die penetranteste, dickfelligste und vulgärste, ein sentimentaler Kauz sei sie noch obendrein. Und, versichert er dem lieben Ezra, er würde am liebsten überhaupt keine Aufsätze schreiben, niemand, der Verse schreiben wolle, täte das, aber er müsse ja irgendwie über die Runden kommen, und es sei überdies besser, andere schreiben zu lassen, eben als Herausgeber einer Zeitschrift. Und seine Vorstellung wäre, möglichst wenige Texte von Literaten zu bringen, es gebe zu wenige, die taugten, und unter ihnen keine Frau. Lieber hätte er Beiträge von Leuten anderer Fachrichtungen, die schreiben könnten, wie Frazer. Ob er, Ezra, nicht Rothermere kurzerhand zu ihrer Zeitschrift gratulieren könne, einfach so tun, als wisse er von alldem nichts? Ihre derzeitige Anschrift: La Prieuré, Avon, Fontainebleau.

Gut, dass Virginia Woolf diesen Brief nicht zu lesen bekam, in dem Eliot sich so herablassend über Autorinnen äußerte, wenngleich sie Katherine Mansfield nicht mehr leiden konnte. Weder Eliot noch Woolf waren geneigt zu erkennen, dass Mansfields neue Kurzgeschichten von hohem Rang waren und Joyce' *Dubliners* in nichts nachstanden. Woolfs neuen Roman hatte Eliot zu diesem Zeitpunkt noch nicht gelesen.

Am 9. November geht vor dem sozialistischen Volkshaus in Leipzig eine Bombe hoch. Verletzt wird niemand, aber der Verdacht liegt nahe, dass es ein Anschlag von rechts war, aus Protest dagegen, dass der 9. November zur Erinnerung an die Revolution von 1918 in Sachsen und Thüringen zum Feiertag erklärt worden ist. In Berlin endet die Tagung der Währungssachverständigen, die zur Stabilisierung der Mark ausländische Anleihen und eine zweijährige Befreiung von den Reparationszahlungen anraten. Viel Aussicht auf Erfolg ist solchen Ideen nicht beschieden. Frankreich lässt bei den Reparationen nicht mit sich reden, und manchem Unternehmer wie Hugo Stinnes ist die Inflation recht, weil sie ihm Gewinne beschert.

Pound schreibt Eliot, er könne über die Intelligenz von Katherine Mansfield nichts sagen, da er sie noch nie getroffen habe. Lady Rothermere sei eine Naturgewalt, die man ausbeuten müsse. Er legt ihm den Brief bei, den diese heiße Hexe ihm geschrieben habe – kein Grund, sich aufzuregen. Was immer sie am Ende am ersten *Criterion* geärgert habe – vielleicht ja, dass er *The Waste Land* nicht nur dort, sondern gleich darauf im *Dial* erscheinen ließ? Was die etwas öde Aufmachung angehe, habe sie zweifellos recht, nicht jedoch, was das Format betreffe.

Joyce ist mit Tante Josephine noch nicht fertig. Es sei ja schön, dass sie den *Ulysses* in den Wäscheschrank gelegt habe, aber wenn sie zugleich behaupte, sein Bruder Charley lese ihn gerade, ob er dann wohl im Wäscheschrank hocke, und bekomme er dort auch regelmäßig seine Mahlzeiten? Aber keine Angst, Nora werde sie in ihrem Leseverhalten schon noch alle überflügeln, sie sei bereits bis Seite 27 gelangt, den Umschlag inbegriffen. Er habe ihr doch gesagt, sie solle erst einmal die *Odyssee* lesen, am besten in einer Kurzversion in einfachem Englisch von Charles Lamb, die bekomme sie ganz billig in jeder Buchhandlung und habe sie an einem Abend durch. Er werde so bald nicht auf Besuch kommen können, die letzte Reise habe ihn 200 Pfund gekostet, aber sie könnten sich nächstes Frühjahr in London treffen, das sei ein besserer Plan.

Am 10. November trifft in Einsteins Wohnung in Berlin-Schöneberg ein Telegramm ein: Er erhalte den Nobelpreis für Physik; mehr dazu in einem Brief. Nur ist Einstein leider nicht zu Hause, sondern auf Vortragsreise in Japan, wo ihn wahre Begeisterungsstürme empfangen, wohin er nur kommt. So wie später bei den Beatles. Ein Reporter hält fest, die Polizei sei von den Tumulten überfordert gewesen, die Einsteins Eintreffen am Bahnhof von Tokio ausgelöst habe, er selbst sei freundlich und bescheiden geblieben. Doch beim Chrysanthemenfest seien nicht die Kaiserin und der Prinzregent die Attraktion gewesen, sondern Einstein.

Im Schwechtensaal in Berlin heißt die Attraktion Valeska Gert. Ein Gastspiel der radikalen Ausdruckstänzerin sorgt für Begeisterungs- wie Proteststürme gleichermaßen; schamlos sei das, was sie auf der Bühne zeige. In Fontainebleau tanzt Katherine Mansfield um ihr Leben. Doch auch im verzweifelten Kampf um ihre physische Existenz vergisst sie niemals, dass sie Schriftstellerin ist. Solange ein Ansporn zu neuen Arbeiten da ist, ist auch noch Hoffnung da. »Ich muss erwähnen, dass der Tanz hier mir eine ganz andere Einstellung zum Schreiben gegeben hat«, schreibt sie am 12. November an Murry. »Ich meine einige der ganz alten orientalischen Tänze. Es ist darunter einer, der nur ungefähr sieben Minuten dauert, und er enthält das ganze Frauenleben – aber auch alles! Nichts wird vergessen. Er lehrte mich mehr vom Leben einer Frau, als irgendein Buch es könnte.«

Ebenfalls am 12. November liest Else Lasker-Schüler in der Berliner Buchhandlung Ewer aus ihren *Hebräischen Balladen* und dem *Wunderrabbiner von Barcelona.* Über die Lesung der Dichterin schreibt die *Jüdische Rundschau*: »Lektüre ihrer Gedichte genügt nicht, um in sie einzudringen, noch weniger ihrer Prosa. Man muss sie *hören*. In den harten, herben, anklagenden Tönen (›Mein Volk‹), in den schamerfüllten, ganz zart klingenden Strophen (›David und Jonathan‹), in den wie ein Cello summenden Betmelodien lebt ihr Wesentliches. Hier, in den Hebräischen Balladen, die sie uns bot, ist sie wenigstens uns am meisten verwandt. Aber außer diesen Gedichten sind welche, die sind so menschlich, so innerste Seele enthüllend, dass vor ihnen das Wort des Kritikers verstummen muss.« Gottfried Benn, in den sie einmal verliebt gewesen war, kam nicht zu ihrer Lesung, schade eigentlich, sie lebten doch noch immer in derselben Stadt. Aber nach dem nächsten Krieg und nachdem sie gestorben ist, wird er schreiben, dass sie die größte Lyrikerin war, die Deutschland je hatte.

In Amsterdam schwimmt der Magdeburger Erich Rademacher einen neuen Weltrekord über 200 Meter Brust. Eliot bedankt sich bei Gilbert Seldes für den Erhalt der Novemberausgabe des *Dial*. Sein Gedicht sei bewundernswert gedruckt. Auch finde er für ihn schmeichelhafte Bemerkungen vor. Seldes hatte geschrieben: »Ehe ich *The Waste Land* von Mr. Eliot las, glaubte ich, der *Ulysses* sei der einzige vollständige Ausdruck des Geistes, der für die nächste Generation als ›modern‹ gelten wird.« Er selbst, so Eliot, habe das Gedicht inzwischen jedoch so weit hinter sich gelassen wie den *Prufrock*, seine gegenwärtigen Ideen seien völlig anders. James, Nora und Lucia packen an diesem 12. November ihre Koffer. Es wird nichts mit dem Winter an der Côte d'Azur; Joyce mietet mehr Wohnungen an, als er bewohnen kann. In Paris wartet nun die möblierte an der Avenue Charles Floquet auf ihn und seine Familie.

Am 13. November wird in Bayern das Maskentragen verboten, mit Blick auf die beginnende Faschingszeit. Es ist eine Vorsichtsmaßnahme der Landesregierung, weil die Rechtsradikalen besonders in der künftigen »Hauptstadt der Bewegung« immer offensiver vorgehen. Auch alle Lustbarkeiten unter freiem Himmel sind während der fünften Jahreszeit untersagt. Am 14. November gibt Reichskanzler Wirth in Berlin den Rücktritt der deutschen Regierung bekannt. Er ist mit seiner »Erfüllungspolitik« gegenüber den Alliierten gescheitert, die weiterhin zu keinerlei Zugeständnissen in der Reparationsfrage bereit sind. Zuletzt wollte Wirth die von dem Industriellen Stinnes dominierte Deutsche Volkspartei mit in die Regierung holen, kam damit aber nicht durch. In London geht, am Vorabend der Unterhauswahlen, die BBC auf Sendung. Sie wird von sechs großen Radiofirmen gegründet und darf vorerst wochentags von 15 bis 23 Uhr senden, auf zwei Wellen. Nur sonntags darf rund um die Uhr gesendet werden. Alle Nachrichten müssen von den bestehenden britischen Agenturen bezogen werden. Virginia Woolf befürchtet, es könne ihren Mann in die Politik ziehen, er schinde sich den lieben langen Tag für Demokratie und solchen Unsinn, und wenn sie erst die Frau eines Parlamentariers sei und ihr Leben Teepartys auf der Terrasse widmen müsse, lasse sie sich scheiden. Bei den Wahlen behaupten die Konservativen ihre Mehrheit; die Liberalen müssen siebzig Sitze an die Labour Party abgeben. Bertrand Russell holt für Labour einen Sitz in Chelsea.

Der von Russell protegierte Philosoph Ludwig Wittgenstein, derzeit Volksschullehrer in Puchberg am Schneeberg in Niederösterreich, erhält am 15. November das erste Exemplar seines zweisprachig in Deutsch und Englisch gedruckten *Tractatus logico-philosophicus*. »Sieht schön aus«, schreibt er an Ogden, seinen englischen Lektor. Er hoffe, der Inhalt sei nur halb so gut wie das äußere Erscheinungsbild. Wittgenstein ist ein scheuer Mensch. Er hatte sich vom Reichtum seiner Familie losgesagt und sein Erbe als anonymer Wohltäter Künstlern zugutekommen lassen, die er schätzte. Das war schon vor dem Weltkrieg gewesen. Auch Rilke hatte zu den glücklichen Empfängern gehört, ohne zu wissen, woher der Geldregen kam. Wittgenstein wollte aber nicht nur nicht reich sein, er wollte auch in der akademischen Welt nicht die Rolle spielen, die ihm eigentlich zukam. Dabei hätte er bei Russell in Oxford spielend Karriere machen können. Doch er versteckte sich in der österreichischen Provinz, wo es niemanden gab, mit dem er reden konnte. Einsamkeit war etwas, worauf er sich verstand. Den *Tractatus* hatte er im Krieg geschrieben, daher vielleicht die fragmentarische Form. Einer langen Kette philosophischer Setzungen, beeindruckend formuliert, gibt er durch die Einteilung in Paragraphen den Anstrich eines logisch-kausalen Zusammenhangs, was eher ein literarischer Kunstgriff ist, als dass es die Aufnahme des Textes erleichtert. Dieser tritt mit dem Anspruch an, alle bisherige Philosophie überflüssig zu machen, letztlich aber auch sich selbst. »Die Welt ist alles, was der Fall ist.« Schon allein dieser erste Satz, hineingesprochen in eine unüberschaubar gewordene, in ihre Einzelheiten zerfallende Welt, gibt unendlich vielfältige Deutungen auf, und eigentlich ist dieser erste Satz ein Vers – glasklar und geheimnisvoll.

Etwas steht hinter diesen Sätzen, das nicht berührt werden kann. »Wovon man nicht sprechen kann, darüber muß man schweigen.«

Eliot wäre auch beinahe Philosoph geworden, hat aber einen anderen Weg gewählt. Natürlich sei er gewillt, die Bank zu verlassen, schreibt er etwas aufgebracht an Pound, das verstehe sich doch wohl von selbst. Und nein, er beabsichtige nicht, den *Criterion* zu kaufen, doch wenn die Zeitschrift eingestellt werde, sei es für ihn eine Katastrophe. Nochmals nein, er habe kein Geld von Lady Rothermere erhalten, er könne nicht für sich selbst mit dem Hut herumgehen. Mit Bel Esprit würde er sich gar nicht befassen, wenn es ihm nicht um die Absicherung seiner Frau ginge, die so krank sei, dass sie niemals imstande sein werde, für sich selbst zu sorgen. Immerhin sei es Vivien zu verdanken, dass er nicht nach Amerika zurückgekehrt sei; wenn er das getan hätte, dann wäre er jetzt Professor und würde nie mehr eine Zeile Lyrik schreiben.

Ebenfalls am 15. November wird in der Aula der Berliner Universität der sechzigste Geburtstag von Gerhart Hauptmann in Anwesenheit des Reichspräsidenten gefeiert. An der Universität in Prag kommt es nach der Berufung eines jüdischen Rektors zu antisemitischen Krawallen. Bislang war es Usus gewesen, dass jüdische Kandidaten, so sie vom Professorenkollegium gewählt worden waren, auf die Rektoratswürde verzichteten; der nun gewählte Historiker Steinherz hatte mit dieser Tradition gebrochen. Am selben Tag schickt der einstige Prager Dichter René Rilke ein Körbchen mit Äpfeln aus Muzot nach Zürich, die Paul Valéry, der dort über die Krise des Geistes spricht, über seine Abwesenheit trösten sollen. In Paris ist Dr. Bize entsetzt über den Zustand seines Patienten Marcel Proust. Dieser befindet sich im Hungerstreik gegen sich selbst und hat seine Ankündigung wahrgemacht, nur noch eiskaltes Bier, Tee und Milchkaffee zu sich zu nehmen. Dr. Bize wendet sich an Prousts Bruder Robert. Der unternimmt einen letzten Anlauf, Marcel doch noch in die Klinik zu überstellen, aber sein Bruder schickt ihn weg.

Der vielbändige Roman *Auf der Suche nach der verlorenen Zeit* beginnt berühmterweise mit dem schlichten Satz: »Lange Zeit bin ich früh schlafen gegangen.« Das erste Kapitel erzählt von den Nöten, die der Ich-Erzähler in der Kindheit auszustehen hatte, um den ersehnten Gutenachtkuss seiner Mutter nicht nur ein-, sondern zweimal zu ergattern, und wie er ihn manchmal auch gar nicht erhielt, wenn nämlich Monsieur Swann in Combray zu Gast war und die geliebte Mutter im Salon beim Eis oder Likör festgehalten wurde. Es ist die vom Kind gefühlte Angst, einsam in den Schlaf zu gehen, die ein Leben lang anzuhalten vermag, denn allein zu schlafen ist das Schicksal vieler, und das Erwachen, so häufig wir es schon erlebt haben, erscheint dem Einschlafenden doch immer ungewiss; und sie wird bis in die Tage reichen, in denen es bald wirklich kein Erwachen mehr geben könnte, oder doch nur noch ein-, zweimal. So liegt Marcel Proust, der der Bronchitis mit kaltem Bier und ohne ärztlichen Beistand beikommen will, Mitte November 1922 in seinem Bett, und vielleicht holt ihn ein, was schon auf der zweiten Seite seines Romans zu lesen steht. »Ich strich ein Zündholz an und schaute auf die Uhr. Bald Mitternacht. Dies ist der Augenblick, da der Kranke, der verreisen mußte, der in einem unbekannten Hotel die Nacht verbringt und dort von einem Anfall geweckt wird, sich freut, wenn er unter der Tür einen Lichtstreifen entdeckt. Gottlob, der Morgen ist da! Gleich wird das Personal aufgestanden sein, er kann schellen, es wird jemand kommen und ihm Hilfe bringen. Die Hoffnung auf Erleichterung gibt ihm Mut zu leiden. Schon glaubt er Schritte zu hören: die Schritte kommen näher, dann entfernen sie sich. Und der Streifen Tageslicht unter der Tür ist verschwunden. Es ist Mitternacht; das Gaslicht ist ausgelöscht worden; der letzte Hausbediente ist fort, und er wird nun die ganze Nacht unerhört leiden müssen.« Nur ist die letzte Hausbediente immer da und weicht nicht von seiner Seite. Am 17. November erklärt er: »Morgen ist der neunte Tag meiner Krise. Wenn ich ihn überstehe, werde ich den Ärzten zeigen, wer ich bin. Ach, Céleste, ich wusste ja, wie liebenswürdig Sie sind, aber ich hätte nie gedacht, dass Sie es so sehr sein können.«

Nicht jeder hält es indes mit der verlorenen Zeit oder möchte sie wiederfinden. Wer modern sein will, muss das Alte totsagen, oder auch totschlagen, selbst dann, wenn es im Grunde noch recht neu ist. Am 16. November verkündet Mussolini in Rom sein Regierungsprogramm und erhält von der Mehrheit des Parlaments diktatorische Vollmacht, es umzusetzen. Der Fortschritt besteht zuallererst darin, dass der von den linken Gewerkschaften durchgesetzte Achtstundentag wieder abgeschafft wird. Die *New York Times* meldet, dass die russische KP nicht in die internationale Einstein-Begeisterung miteinstimmt. Im Gegenteil hält man die Theorien des Nobelpreisträgers in Moskau für reaktionär und mit der Konterrevolution im Bunde; sie seien ein Produkt der im Verfall befindlichen Bourgeoisie. André Breton erklärt wiederum Dada für eine Sache der Vergangenheit, übrigens auch den Kubismus und den Futurismus. Bei einer Ausstellungseröffnung von Francis Picabia in Barcelona verkündet er die ästhetische Machtübernahme einer neuen Generation, zu der Künstler wie Picasso, Picabia, Man Ray und Schriftsteller wie Aragon, Desnos, Éluard, Péret und natürlich er selber gehören. Zwei Jahre später wird Breton der neuen Richtung den Namen Surrealismus geben.

Als ob er nicht schon genug um die Ohren gehabt hätte, musste Eliot am 18. November einen Zeitungsartikel aus der *Liverpool Daily Post and Mercury* zur Kenntnis nehmen, der all seine Befürchtungen und Empfindlichkeiten in Sachen Bel Esprit auf üble Weise bestätigte. In einer literarischen Kolumne, anlässlich der ersten Ausgabe des *Criterion* mit Eliots Gedicht darin, wurde verbreitet, er sei der erste Begünstigte eines Benefizprogramms, das diese Publikation ermöglicht habe, und habe bereits vor zwei Jahren einen für ihn gesammelten Betrag von 800 Pfund eingestrichen, ohne jedoch wie angekündigt seine Arbeit bei der Bank aufzugeben. Auch war von einem Nervenzusammenbruch die Rede. Das war großenteils unwahr und verleumderisch, aber gerade dort, wo es sich mit der Wahrheit berührte, war es indiskret und rufschädigend. Eliot schrieb fast wortgleiche geharnischte Briefe an Pound und Aldington, um sie von der Attacke auf ihn in Kenntnis zu setzen, mit Hervorhebungen bei Aldington, den er verdächtigte, die undichte Stelle in seinem Umfeld gewesen zu sein, und kündigte an, dass er seine Anwälte einschalten wolle.

Auch Joyce war in diesen Tagen auf Krawall gebürstet; November ist eben ein Monat, der nicht für die Aufheiterung der Seele erschaffen worden ist. Gleich nach seiner Rückkehr aus Nizza geriet er mit zwei ihm nahestehenden Personen in Streit. Zum einen mit Sylvia Beach, die seinem Drängen auf eine dritte Auflage des *Ulysses* nicht sofort nachgab. Sie war ungehalten wegen der zweiten Ausgabe, die nicht in ihrem Verlag erschienen war, sondern bei Egoist Press. Diese Ausgabe war der ersten äußerlich so täuschend ähnlich, dass etliche Buchhändler und Bibliophile Beach nun die Bude einliefen, da sie sich um die Exklusivität der Erstauflage betrogen sahen, die sie als teilweise signierte Luxusausgabe erworben oder weiterverkauft hatten. Und dann gab es sehr widersprüchliche Meldungen, ob die zweite Auflage oder Ausgabe denn schon ausverkauft war oder nicht. Kurzum, Sylvia Beach hatte gerade keine Lust, für ihn zu springen, und das war Joyce so nicht gewohnt. Dann verdarb er es sich noch mit Frank Budgen, dem englischen Maler, den er aus der Zeit in Zürich kannte und der einer seiner wenigen wirklich guten Freunde war. Joyce hatte ihm in einem Brief anvertraut, dass Harriet Shaw Weaver ihn wegen seines Alkoholismus zur Rede gestellt habe, und ihn um Rat gefragt, wie er sich verhalten solle. Doch war es Joyce dann schnell unangenehm, sich so weit aufgemacht zu haben. Er nötigte Budgen, ihn zu treffen und den Brief mitzubringen, er wolle noch einmal nachlesen, was er da so von sich gegeben habe. An dem betreffenden Abend setzte er alles daran, seinen Freund unter den Tisch zu trinken, und ließ die Gläser in Windeseile nachfüllen, bis er Budgen so weit hatte, dass er ihn in ein Taxi verfrachten konnte. Am nächsten Morgen wurde Budgen seine Brieftasche ins Hotel gebracht. Joyce ließ ausrichten, er habe sie vorsorglich an sich genommen. Alles Geld war noch da, außerdem einige unbezahlte Rechnungen. Was fehlte, war der Brief. Budgen war über diesen Vertrauensbruch so erbittert, dass er Joyce drei Jahre lang aus dem Weg ging.

Trauerfeiern

In der Nacht vor seinem Tod diktierte Marcel Proust noch einige unzusammenhängende Passagen aus seinem Roman. Darin war vom Sterben Bergottes die Rede, der sich noch ein letztes Mal Champagner wünscht. In der Welt diesseits des Romans hatte Odilon, sein Chauffeur, dem Sterbenden ein letztes Glas eiskaltes Bier aus dem Ritz geholt. Das war willkommen; die Spritze mit Kampferöl, die Dr. Bize ihm setzen wollte, war es so wenig wie die Sauerstoffflaschen oder die Schröpfköpfe, die sein Bruder Robert heranbrachte. Céleste bekam ein letztes Mal Schimpfe, weil sie diese Plagegeister an sein Bett gelassen hatte. Es heißt, Prousts letztes Wort, unklar artikuliert, soll »Mutter« gewesen sein. In der Biographie von Jean-Yves Tadié steht davon jedoch nichts, und es wäre wohl auch zu romanhaft. Am Nachmittag des 18. November, zwischen fünf und sechs Uhr, stirbt Marcel Proust. Sein Freund Reynaldo Hahn übernimmt die Totenwache. Am Morgen danach spricht der Abbé Mugnier an seinem Totenbett Gebete, dem Wunsch des Verstorbenen gemäß. Einige ausgewählte Künstlerfreunde nehmen von ihm Abschied, darunter Jean Cocteau und Man Ray, der den Toten fotografiert. Auch zwei Maler und ein Bildhauer nehmen Maß.

Am Todestag des großen französischen Schriftstellers geht Georges Clemenceau, der zwei Amtszeiten als französischer Ministerpräsident gedient hatte und nun ein gefeierter Elder Statesman ist, auf US-Vortragsreise. In mehreren Städten wirbt er für Frankreich und um Verständnis für die harte Haltung seiner Regierung gegenüber Deutschland, die Clemenceau, überzeugt von der Kriegsschuld der Nachbarn, während seiner zweiten Amtszeit von 1917 bis 1920 begründet hatte. Am selben Tag bricht Howard Carter nach Alexandria auf, um seinen Auftraggeber, Lord Carnarvon, am Hafen abzuholen, nach zwei tatenlos verbrachten Wochen an einem Grab, dessen Eingang er entdeckt und wieder zugeschüttet hatte. Ob er den Kanarienvogel zur Begrüßung mitnahm, wissen wir nicht; Carnarvon reiste in Begleitung seiner Tochter Evelyn. Am Sonntag, dem 19. November, wird Thronfolger Abd Al Maschid II. Effendi von der Großen Türkischen Nationalversammlung in Ankara zum Kalifen ausgerufen, ohne die weltliche Macht seines als Sultan entthronten Cousins Muhammad VI. Beim Automobilrennen um die Coppa Florio auf Sizilien kommen nur drei Fahrzeuge ins Ziel. Die anderen mussten auf der nach sechstägigem Regen durchweichten Piste aufgeben oder waren gar nicht erst gestartet. Sieger ist der Franzose Georges Boillot auf Peugeot. In Jena stirbt Edith Osterloh, Ehefrau des Dichters Gottfried Benn. Sie hatte sich die Gallenblase entfernen lassen, eigentlich ein Routineeingriff, und es dabei vorgezogen, in der Stadt zu sein, wo ihre Schwester lebte, da sie auf die Fürsorge ihres Ehemanns nicht rechnen mochte. Benn hatte ihr zuvor mitgeteilt, für die Wohnung in der Passauer Straße nicht länger zahlen zu können, sie müsse sich künftig eine eigene Arbeit suchen. Von ihrem Zustand verständigt, nimmt Benn am Sonntagmorgen den Zug nach Jena. Nachdem sie gestorben ist, fährt er noch am selben Abend wieder nach Berlin zurück. Am Montagmorgen kommen Patienten.

Am Montag, dem 20. November, vermeldet die *Times* den Tod Prousts. In Lausanne beginnt eine von den Alliierten einberufene Orientkonferenz über das Schicksal der Türkei, ein Jahr, nachdem Eliot in der Stadt am Genfer See die Dienste von Dr. Vittoz in Anspruch genommen hatte. Unter den anwesenden Politikern sind Frankreichs Ministerpräsident Poincaré, der neue britische Außenminister Curzon und der frisch ermächtigte italienische Staatschef Mussolini, die sich vor den anderen Delegierten auf den Treppenstufen des Hotels Beau-Rivage zum Foto aufstellen. Die Konferenz hat einen Friedensvertrag zwischen den verfeindeten Nachbarn Griechenland und Türkei zum Ziel, wird jedoch erschwert durch die Eigeninteressen der Alliierten, besonders Frankreichs und Großbritanniens, die nach dem Vertrag von Sèvres ihre Einflusszonen und Mandatsgebiete an den strategisch wichtigen Meerengen abgesteckt hatten. Die Türkei wiederum besteht auf völliger Wiederherstellung ihrer staatlichen Souveränität. Im Berliner Ufa-Palast am Zoo wird am selben Tag eine Notgemeinschaft der Künste gegründet. In der Eröffnungsrede empfiehlt der Theaterkritiker Alfred Kerr das Ergreifen eines Nebenberufs, um die künstlerische Existenz zu sichern. Das habe bei einigen Kollegen in der Vergangenheit gut geklappt, so sei Schiller im Nebenberuf Geschichtsforscher und Goethe Minister gewesen, Spinoza habe Brillen geschliffen. Ein Modell, das zu dieser Zeit der Londoner Bankangestellte T. S. Eliot und der Berliner Arzt für Haut- und Geschlechtskrankheiten Gottfried Benn mehr oder weniger freiwillig praktizierten.

Keine Sorgen musste sich gerade der junge Bertolt Brecht machen, der für sein bisheriges dramatisches Werk den Kleist-Preis erhielt, wenn das Geld auch bald nichts mehr wert sein würde. Gedanken an einen Nebenberuf waren dagegen etwas, mit dem sich Rainer Maria Rilke ganz grundsätzlich nie beschäftigt hatte, auch nicht in seiner Zeit als junger Mann in Paris, als er eine Weile als Sekretär für Rodin tätig gewesen war. Es musste sich niemand für ihn etwas wie Bel Esprit ausdenken, dafür war sein Vorrat an Fürstinnen und Wohltätern allezeit zu groß, und mittlerweile hatte er ja sogar einen Lehnsherrn. Womit er sich jetzt befasste, war, dass er hoffentlich bald wieder seiner einzigen und für ihn wesentlichen Tätigkeit nachgehen konnte. Die Zeichen standen gut, denn Baladine bereitete ihre Abreise nach Berlin vor. Und, besser noch, Frida Baumgartner kehrte als Wirtschafterin nach Muzot zurück.

Das war am Buß- und Bettag, dem 22. November, dem Tag, an dem in Berlin das siebte Kabinett der Weimarer Republik unter dem parteilosen Industriellen Wilhelm Cuno gebildet und Marcel Proust in Paris beerdigt wurde. Nach den Exequien in der Kirche Saint-Pierre-de-Chaillot wurde er als Ritter der Ehrenlegion mit militärischen Ehren bestattet, die Kapelle spielte Ravels »Pavane für eine tote Prinzessin«. Unter den Trauergästen auf dem Friedhof Père la Chaise war auch Joyce. Es tat ihm gewiss leid, wie sie bei ihrem ersten und einzigen Zusammentreffen im Mai auseinandergegangen waren, ohne vorher zusammengekommen zu sein. Und da er mit so manchem Lebenden im Streit lag, war es gut, sich mit einem Toten auszusöhnen.

Ebenfalls am 22. November wurde in Jena Edith Osterloh beerdigt. Benn war mit der gemeinsamen siebenjährigen Tochter Nele angereist sowie dem zehnjährigen Andreas, den Edith aus ihrer vorigen Ehe mitgebracht hatte. Die Trauerfeier vollzog Benns Bruder Stephan, der inzwischen in Sellin, östlich der Oder, Pfarrer war, in dem Haus, in dem sie aufgewachsen waren, als Pastorensöhne. Nun mussten die verwaisten Kinder versorgt werden, und wer dafür nicht in Frage kam, war Gottfried Benn. Er gab Nele zu seinem Bruder nach Sellin, Andreas musste auf ein Internat. Das war auch insofern günstig, weil Benn schon am Abend der Beerdigung, auf der Rückfahrt nach Berlin, eine Frau kennengelernt hatte, Ellen Overgaard, eine dänische Opernsängerin. Als Nele im Frühjahr auf Besuch nach Berlin kam, fand sie Ellen in der Wohnung in der Passauer Straße vor. Diese nahm sie mit zu ihrem Mann, Nele wuchs künftig in Kopenhagen auf. Gottfried Benn schrieb 1926 ein bewegendes Gedicht mit dem Titel »Jena«. Es hatte nichts mit Edith Osterloh und ihrem Tod zu tun, sondern mit seiner Mutter, die, einst in Kösen im Sommer zur Kur, aus Jena eine Ansichtskarte an den Sohn gerichtet hatte.

Eigentlich habe er Buchbinder werden wollen, das sei so ein schöner Beruf, und er habe Bücher sehr gern, wenn sie zu Hause auch nicht viele hätten. Es habe dann aber doch nur zum Buchbindergehilfen gereicht, weil es dafür einen geringen Lohn gab, den er in der Lehre nicht bekommen hätte, sagt Engelbert zu Franziska, während sie über den Eselspfad gehen. Heute ist wieder Donnerstag und nun schon das dritte Mal, dass sie sich auf dem Friedhof verabredet haben, nach dem Nähen in der Bauerbahn, um dann gemeinsam den Weg bis ins Dreikönigenviertel zu gehen. Aber wie er dann eingezogen worden war und wie ihm bei den Kämpfen am Hartmannsweiler Kopf der rechte Arm zerschossen worden ist, das wisse sie ja schon. Er mache seither fast alles mit links, aber das Schreiben mit der rechten Hand, das wolle er doch wieder lernen, es gebe da so extralange Federhalter, damit könne es möglich sein, besser für einen Handelsgehilfen. Franziska berührt ihn leicht am Arm. Es ist schön, dass jemand da ist, mit dem sie reden kann. Engelbert Strierath ist sechs Jahre älter als Franziska, und er kennt sogar Gedichte auswendig. Aber besonders wichtig ist das nicht.

Carter hat seine Arbeiter angewiesen, die Treppenstufen für den 23. November wieder freizulegen. Einen Tag später trifft er mit Carnarvon im Tal der Könige ein. Es stellt sich heraus, dass an der Tür nicht nur ein Siegel in den Putz eingebracht ist, sondern zwei. Neben dem Siegel der Nekropolenverwaltung die Kartusche mit dem vollständigen Namen dessen, der so dringend gesucht wird: Tutanchamun. Als sie aber die zugemauerte Tür aufbrechen, finden sie dahinter nichts als Schutt und Scherben von Alabastergefäßen. Das Grab ist doch nicht ungeöffnet und offenbar vor langer Zeit geplündert wollen. Sieht ganz so aus, als sei Carnarvon umsonst gekommen, und der Kanarienvogel hat kein Glück gebracht.

Seltsam, der Schriftsteller, den er in seinem letzten Brief erwähnt habe, Mr Marcel Proust, sei vor einer Woche gestorben, schreibt Joyce am 25. November an Miss Weaver. »Sein Name ist oft in Verbindung mit dem meinen genannt worden. Die Leute hier scheinen mit seinem Tod gerechnet zu haben, aber als ich im vergangenen Mai mit ihm zusammen war, sah er nicht schlecht aus. Er sah sogar zehn Jahre jünger aus, als er in Wirklichkeit war.« Seine Augen hätten sich leider nicht gebessert. Dr. Borsch habe vor, ihn in etwa sechs Wochen zu operieren, falls er das Auge bis dahin ruhig halten könne. »Falls!«

Drei Tage nach seinem Amtsantritt ist der neue deutsche Reichsernährungsminister Karl Müller schon wieder zurückgetreten. Der Zentrumspolitiker fühlt sich von den Sozialdemokraten verunglimpft, die Zweifel an seiner Reichstreue geäußert haben. Müller gilt ihnen als ein Sympathisant der rheinischen Separatisten.

Nachdem sie den Schutt aus dem acht Meter langen Gang ausgeräumt haben, stoßen die Ausgräber im Tal der Könige am 26. November auf eine weitere Tür. Nach dem ein Jahr später von einem Ghostwriter verfassten Bericht Howard Carters begab sich vor dieser Tür ungefähr Folgendes: »Der entscheidende Augenblick war gekommen. Mit zitternden Händen machte ich einen winzigen Bruch in der Ecke links oben … Kerzentests wurden angewandt als Vorsichtsmaßnahme gegen mögliche faule Gase, dann weitete ich das Loch ein wenig, steckte die Kerze durch und spähte hinein, Lord Carnarvon, Evelyn und Callender dicht neben mir, die ängstlich auf meinen Urteilsspruch warteten. Erst konnte ich überhaupt nichts sehen, die aus der Kammer entweichende heiße Luft ließ die Kerze flackern, aber dann, wie meine Augen sich an das Licht gewöhnten, gewahrte ich, wie Einzelheiten des drinnen befindlichen Raumes aus dem Dunst auftauchten, seltsame Tiere, Statuen und Gold – überall der Schimmer von Gold. Für den Moment – er muss den Umstehenden wie eine Ewigkeit vorgekommen sein – war ich vor Erstaunen starr, und als Lord Carnarvon, nicht in der Lage, die Spannung länger auszuhalten, furchtsam erfragte, ›Können Sie irgendetwas erkennen?‹, da war alles, was ich von mir geben konnte, die Worte: ›Ja, wundervolle Dinge.‹« Nun streiten sich die Gelehrten, ob er genau das gesagt habe oder vielleicht auch nur: »Es gibt einige wunderbare Objekte hier.« Auch ist man nicht sicher, in welcher Reihenfolge Carnarvon, Evelyn und Callender, der Assistent Carters, hineinspähen durften, aber das ist ungefähr so, als wollte man darüber streiten, welcher der Heiligen Drei Könige zuerst an der Krippe war. Was hier entdeckt worden ist, das ist die Vorkammer zum Grab des Pharao, mit ihren seit 3 000 Jahren unberührten Objekten, Alabasterkrügen, eigenartig geformten Kistchen, goldüberzogenen Möbeln, Vasen mit herrlichen Fayencen, Statuen und Statuetten, mit Tierköpfen verzierten goldenen Liegen, allem voran der Thron Tutanchamuns, mit feinen Einlegearbeiten aus Halbedelsteinen, die ihn und seine Gattin Anchesenamun darstellen. An der Nordwand der Kammer zwei lebensgroße

Statuen des Königs, Wächter mit goldenen Stäben in den Händen, goldenem Schurz und goldenen Sandalen, und um die Stirn die heilige Uräusschlange, die gewundene Kobra. Die Wächter schützen etwas, das, noch unentweiht, dahinter liegt, unberührt seit 3000 Jahren – »der verschwiegenen Kammer Antlitz«.

Am 27. November meldet André Gide Rilke den Tod Prousts, wobei wir uns kaum vorstellen können, dass die Nachricht es zuvor noch nicht bis nach Muzot geschafft haben könnte. Er habe sehr gewünscht, so Gide, dass Rilke in einem Gedenkheft der *Nouvelle Revue Française* vertreten sei, aber der Bruder des Verstorbenen würde es nicht dulden, dass »irgendein deutscher Schriftsteller sich diesem Grabe nähert«, mithin auch Rilke nicht, der einen tschechischen Pass besaß.

Am selben Tag kündigt der französische Ministerpräsident Poincaré schärfere Maßnahmen gegen die Deutschen an, sollten sie den festgelegten Reparationszahlungen nicht in vollem Maße nachkommen. Eine völlige Besetzung der Rheinlande und ein Einmarsch ins Ruhrgebiet sollen für diesen Fall sicherstellen, dass die vom Reich zu liefernden Kohlen und der für die französische Industrie nötige Hüttenkoks auch tatsächlich entrichtet werden. Poincaré reagiert damit auf die Erklärung des neuen Reichskanzlers Cuno, Deutschland müsse für drei bis vier Jahre von allen Verpflichtungen des Versailler Vertrags befreit werden, um seine Wirtschaft zu sanieren. Mussolini bestimmt, dass in allen italienischen Schulen Bildnisse von König Viktor Emanuel III. sowie Kruzifixe aufzuhängen sind. Botschafts- oder Gesandtschaftswappen sind mit dem Bildnis Dante Alighieris zu schmücken.

Virginia Woolf freut sich über die Aufnahme ihres neuen Romans. Ihre Freunde hielten ihn für ihr Meisterstück und den Ausgangspunkt für neue Abenteuer. Das muss nun aber doch gefeiert werden. »Gestern abend waren wir bei Roger zum Dinner & zum ersten Mal wurde mir von ihm uneingeschränktes Lob zuteil; er wünschte sich nur, daß irgendwie ein fester bronzener Körper unter dem Schimmern & Strahlen Gestalt annähme – der Meinung bin ich auch.« Wie alle Menschen freut sich Woolf über positive Rückmeldungen, wenn sie aber von einem geschätzten Künstlerkollegen wie Roger Fry kommen, dann besonders. Zugleich zeigt er ihr, was noch zu tun ist: Die Figur des Jacob ist ihr nicht plastisch genug geraten, und das muss bei Mrs Dalloway anders werden.

In Athen werden fünf ehemalige griechische Minister von einem Kriegsgericht zum Tod verurteilt und noch am selben Tag, dem 28. November, hingerichtet. Ihnen wird Hochverrat vorgeworfen, da sie für die militärische Niederlage in der Türkei verantwortlich seien. In Wien werden sämtliche Hochschulen bestreikt, um einem antisemitischen Vorstoß der deutschvölkischen Studentenschaft Nachdruck zu verleihen. Demnach soll kein Jude das Amt des Rektors oder Dekans bekleiden dürfen, der Anteil jüdischer Mitglieder am akademischen Lehrkörper soll auf 10 Prozent beschränkt werden. Am 29. November lehnt das tschechische Abgeordnetenhaus die Einführung eines solchen Numerus clausus für jüdische Professoren und Studenten an allen Hochschulen des Landes nach heftigen Debatten ab. Der jüdische Prager Schriftsteller Franz Kafka, der die Arbeit an dem Roman *Das Schloß* inzwischen aufgegeben hat, ändert am selben Tag die testamentarische Verfügung, seine literarischen Werke betreffend, zu deren Ausführung er seinen Freund Max Brod verpflichtet: »Von allem, was ich geschrieben habe, gelten nur die Bücher: Urteil, Heizer, Verwandlung, Strafkolonie, Landarzt und die Erzählung: Hungerkünstler. Wenn ich sage, daß jene 5 Bücher und die Erzählung gelten, so meine ich damit nicht, daß ich den Wunsch habe, sie mögen neu gedruckt und künftigen Zeiten überliefert werden, im Gegenteil. Dagegen ist alles, was sonst an Geschriebenem von mir vorliegt, ausnahmslos zu verbrennen.« Gleichfalls an diesem 29. November liest die jüdische Dichterin Else Lasker-Schüler in Prag aus ihren *Hebräischen Balladen*. Rilke atmet derweil im fernen Rhonetal auf. Seine Freundin und ihr Sohn sind endlich abgereist. Nach Berlin, wohin denn sonst. Und in Ägypten wird ein Grab geöffnet.

Die Öffnung eines Grabes gilt in eigentlich allen Kulturen als ein schwerer Frevel. Die Störung der Totenruhe wird als Ursache für nachfolgendes Unheil gesehen. In Ägypten legte man nun Hand an ein Grab, wie man es noch nie gesehen hatte, zumindest in den letzten dreitausend Jahren nicht. Wenn auch bis zur Öffnung der eigentlichen Grabkammer noch Zeit verstreichen sollte – Carter hatte archäologischen Beistand erbeten, aus dem Metropolitan Museum in New York –, so lud man vorsichtshalber schon jetzt die Weltpresse ein. Als erstes Blatt meldete die Londoner *Times* am 30. November, im Tal der Könige sei ein unversehrtes Pharaonengrab entdeckt worden. Ganz zurückhaltend sprach man von der »sensationellsten Entdeckung des Jahrhunderts«.

Am selben Tag äußert Rilke in einem Brief an André Gide seine Betroffenheit über Prousts Tod und seine Bewunderung für dessen Werk, das »uns zwang, in so vielen Punkten unsere Art des Sehens zu ändern, indem er überall die wahren Gesetze unserer Gefühle aufdeckte«. Eliot schreibt an den Herausgeber der *Liverpool Daily Post and Mercury*. Ihm seien zwei Absätze aus der Ausgabe vom 16. des Monats zu Gesicht gekommen, die eine Reihe von Unwahrheiten über ihn enthielten. Die Verbreitung solch unwahrer Geschichten befremde ihn zutiefst und könne ihm beträchtlich schaden. Er erwarte sofortige Wiedergutmachung. Der Herausgeber fügte sich und platzierte eine mit seinem Namen gezeichnete förmliche Entschuldigung im Blatt.

In München wird der ehemalige Korvettenkapitän Hermann Ehrhardt, Führer eines Freikorps beim Kapp-Putsch und Gründer der mörderischen Organisation Consul, verhaftet und nach Leipzig gebracht, wo die Ermittlungen gegen ihn eingeleitet werden. Ebenfalls in München spricht der Führer der deutschen Nationalsozialisten, Adolf Hitler, vor 50000 Anhängern.

XII.

Briefmarken

Kaum ist Rilke allein, da fließt es wieder – die unterbrochene Arbeit an der Übersetzung der Gedichte Paul Valérys kommt wieder in Gang. Am 1. Dezember übersetzt er »Ode secrète«, »Heimliche Ode«, und findet dafür einen Duktus und Ton, der nahezu sein eigener ist und der doch die Verse des französischen Dichters souverän ins Deutsche holt: »Herrliches Fallen ins Kämpfelose, / Ende voll Süße, welches Genießen, / hingestreckt in das Milde der Moose, / gleitenden Leibes den Tanz zu beschließen.« Geschlagene zehn Monate ist es her, dass er mit dem ersten der Sonette an Orpheus die Mauer durchbrechen konnte, die ihn so lange vom Dichten getrennt hatte. Nun stellt er fest, er kann es immer noch. Die Arbeit an den Gedichten Valérys wird ihm nicht nur den Jahresabschluss versüßen, sie bringt ihn einer neuen Schreibmöglichkeit näher: Rilke, der das Französische immer liebte, wird künftig Gedichte auch in dieser Sprache schreiben, und dieses neue Terrain wird er bewohnen können, solange er noch in dieser Welt ist.

In der *Vossischen Zeitung* erscheint ein Bericht der Berliner Polizei unter der Überschrift »Der Kampf gegen das Verbrechen 1922«. Infolge der schlechten Wirtschaftslage hat insbesondere die Kleinkriminalität stark zugenommen. Gewalt verübt mancher Verzweifelte aber auch an sich selbst. Zweitausend Straßenüberfällen und tausend Diebstählen in Hotels und Pensionen stehen 1200 Selbstmorde gegenüber. Es wird alles immer schlimmer, sagt auch der Vater, der irgendetwas sagen muss, weil heute erstmals ein junger Mann zu Besuch ist, den Franziska eingeladen hat. Engelbert gibt ihm recht: Man muss aufpassen, aber wir haben ja auch schon einiges erlebt. Wenn ich da nur an den Hartmannsweiler Kopf im Elsass denke, wo sie mir den Arm zerschossen haben, doch die Geschichte kennt Franziska schon. Sie hat einen Apfelkuchen gebacken, von den Äpfeln, die Maria gebracht hat und die sich im Keller lange halten. Zur Feier des Tages sitzen sie im Wohnzimmer zu viert um den Tisch, im Rücken die Chaiselongue, unter Ruisdaels *Windmühle bei Wijk*, und die erste Kerze am Adventkranz brennt. Es hat schon geschneit, wenn auch nichts liegen geblieben ist, und man hört, wie der Kanarienvogel in der Küche singt, als ob es einen Grund gäbe, sich zu freuen.

Im Tal der Könige am fernen Nil sitzt ein anderer Kanarienvogel und singt aus vollem Hals, als freue er sich über etwas, das mittlerweile überall in der Zeitung steht. »Unvorstellbar« und »jenseits aller Träume« sei, was Mr Howard Carter da ausgegraben habe. Die Weltpresse hat begonnen, vor dem Eingang zur Ruhestätte Tutanchamuns ihre Büros aufzuschlagen und den Ausgräbern auf die Finger zu schauen. Allerdings ist es nicht möglich, dort in Limousinen vorzufahren. Wie es im Laufe des Monats zugehen wird, wird im Londoner *Daily Telegraph* geschildert: »Wenn die

Tagesarbeit beendet ist, einschließlich des vorsichtigen Ausräumens der Schätze der Vorkammer, beginnen die Korrespondenten ein Wettrennen auf Eseln, Pferden und Kamelen durch die Wüste zum Nilufer, um als Erste das Telegraphenbüro zu erreichen.« Weitreichende Spekulationen schießen umgehend ins Kraut. »Da Tutanchamun zur Zeit des Exodus lebte«, so schreibt eine britische Tageszeitung, »ist vielleicht mit ihm irgendetwas bestattet, was aus ägyptischer Sicht Licht auf die biblischen Berichte werfen kann. Möglicherweise gar eine ausführliche Darlegung der Lehren Echnatons, der christliche Lehrsätze verkündet hatte.« Pierre Lacau, Direktor des Antikendienstes in Ägypten, sagt vor der Kairoer Presse, »der größte Fund in der Geschichte der Archäologie und wahrscheinlich in der Geschichte der Kunst überhaupt« sei zu vermelden. Der amerikanische Archäologe James Henry Breasted erklärt: »Die Künstler Griechenlands waren reine Stümper verglichen mit den Meistern, die Tutanchamuns Thron entworfen und verziert hatten.« Dieser Ansicht ist offenbar auch Carters Kanarienvogel, er singt und schmettert, als gäbe es kein Morgen. Bloß ist das Wichtigste noch nicht gefunden: der Sarkophag mit der königlichen Mumie. Am 3. Dezember teilen Carnarvon und Carter der Weltpresse mit, dass sie ihn finden werden.

Am selben Tag trifft Hemingway in Lausanne ein, um über die Orientkonferenz zu berichten. Am Bahnhof findet er seine Frau Hadley in Tränen. Beim Einsteigen in den Zug am Gare de Lyon hat sie einem Gepäckträger eine Tasche in die Hand gegeben, in der sich etwas sehr Wichtiges befand: Hemingways literarische Manuskripte, darunter sein erster Roman. Im Abteil ist diese Tasche niemals angekommen.

Hemingway ist entsetzt; fährt sofort weiter nach Paris, um sein Apartment zu untersuchen, aber sein Frühwerk bleibt verschwunden. Unwiederbringlich! Der weise Ezra tröstet ihn. Das sei die Hand Gottes gewesen, denn meistens tauge so ein literarisches Frühwerk nichts.

Er habe ihr schon seit zwei Wochen schreiben wollen, so Eliot an Virginia Woolf am 4. Dezember, aber es sei ihm etwas sehr Ärgerliches dazwischengekommen; er lege ihr zwei Zeitungsausschnitte aus der *Liverpool Daily Post* bei, dann werde sie schon begreifen, wie es ihm ergangen sei. Er habe sich mit Anwälten besprochen, das alles habe ihn sehr ermüdet. Auch habe er einen anonymen Brief mit vier Briefmarken zu dreieinhalb Pence erhalten, mit besten Wünschen für sein Wohlergehen – damit werde er über die Runden kommen, bis er *poet laureate* geworden sei. So sehe es aus. Ihren Roman habe er vor diesem Anschlag zu lesen begonnen und habe nun noch einmal neu anfangen müssen. Man müsse sich bei der Lektüre sehr konzentrieren, weil so viel los sei darin. Aber was er gelesen habe, überzeuge ihn, sie habe einen Mittelweg zwischen ihren bisherigen Romanen und ihrer experimentellen Kurzprosa gefunden, und er hoffe, bald genauere Beobachtungen mitteilen zu können. Über diese Liverpool-Affäre bitte kein Wort von ihr oder Leonard zu niemandem, er verlasse sich darauf.

Rilke begeht in aller Stille seinen 47. Geburtstag. Er arbeitet weiter an der Übersetzung der Gedichte aus Paul Valérys *Charmes,* dem neuen Band des Dichters, der lange aus der Öffentlichkeit verschwunden war, seit dem Langgedicht *Die junge Parze* von 1917 aber als der letzte der großen französischen Lyriker gilt. Wie wunderbar, dass in den *Charmes* auch

Sonette stehen. Gleich zwei überträgt er in dieser Woche ins Deutsche, »Die Schläferin« und »Die Granaten«. Das kommt zwar nicht an die Schlagzahl vom Februar heran, aber wie Rilke in den Elegien ja gleich zweimal schrieb, *was soll's.* Es macht ihm Freude, wieder schöpfen zu können, und das Übersetzen wahlverwandter Dichter ist eine herrliche Arbeit.

Im Uraufführungstheater am Berliner Kurfürstendamm wird ein Film über »das neue jüdische Palästina« gezeigt, der Erlös geht an den Jüdischen Nationalfonds, der für Einwanderer in Palästina Land erwirbt. In einem Schreiben an die Orientkonferenz in Lausanne protestiert Papst Pius XI. gegen die Gefährdung der griechischen und armenischen Christen in Konstantinopel. Sie fürchteten angesichts ihrer von den Türken geforderten Ausweisung nicht nur um ihr Hab und Gut, sondern auch um ihr Leben. Die Türken verlangen einen Austausch ihrer in Griechenland lebenden Landsleute gegen die in Kleinasien lebenden Griechen. Der britische Außenminister Curzon schlägt für den Schutz beider Minderheiten verschiedene Maßnahmen vor, die der türkische Gesandte Ismet Pascha ablehnt. Bilder, wie sie auch Hemingway in Ostthrakien mitangesehen hat, zeigen lange Karawanen aus schwer beladenen Ochsenkarren, auf denen Griechen und Armenier ihre Habe verstaut haben. Frauen sitzen auf Kisten und Körben, Männer traben nebenher.

Am Nikolaustag proklamiert König George V. von Großbritannien offiziell den Irischen Freistaat. Vor dem Staatsgerichtshof in Leipzig werden die Scheidemann-Attentäter zu zehn Jahren Zuchthaus verurteilt. Im US-Journal *The Nation* erscheint ein ausführlicher bewundernder Essay von Gilbert

Seldes über *The Waste Land*. Wenn Eliot auch nie sentimental werde, was die vergangene Größe Europas betreffe, so werde doch spürbar, dass bei aller Grausamkeit und allem Wahn der Zeiten das Leben einst eine Intensität besessen habe, die nun verloren sei. Schließlich vergleicht Seldes Eliots Gedicht mit Joyce' *Ulysses,* den er kürzlich ebenso gefeiert hatte. Das eine Werk könne man als Inversion des anderen begreifen. Bei Joyce habe man es mit einem geschlagenen, extrovertierten Dichter zu tun, der die Hässlichkeit auskoste, die zu keiner Schönheit mehr veredelbar sei. Eliot zeige, wie es in einem solchen Dichter aussehe.

Fußnoten

Krieg herrscht in diesen Tagen auch in Marokko, wo die Rifkabylen gegen die spanische Herrschaft streiten. Nach einer Niederlage der Spanier ist in Madrid die Regierung zurückgetreten, nun aber hat sich der Rebellenführer auf die Seite der Spanier geschlagen. Vinzenz liest es aus der Zeitung vor, alle sitzen bei Malzkaffee in der Küche, und der Vater will wissen, ob Engelbert am Hartmannsweiler Kopf auch Fremdenlegionäre gesehen hat. Franziska wärmt das Sauerkraut wieder auf, und der Kanarienvogel singt dazu. Der republikanische US-Präsident Warren G. Harding hat vor dem Kongress geäußert, die europäischen Nationen sollten ihre Angelegenheiten selbst regeln. Dem Völkerbund in Genf und dem Internationalen Gerichtshof in Den Haag mögen die Amerikaner nicht beitreten, an Freihandel sind sie jedoch sehr interessiert. Der Moskauer Radiosender

Komintern hat Ansprachen Lenins ausgestrahlt, die zuvor auf Grammophonplatten gepresst worden waren. Was es nicht alles gibt.

In Norddeutschland hat es in der Nacht zu Freitag so heftig und so viel geschneit, dass jetzt 35 000 Postbeamte unterwegs sind, um Störungen im Telefonnetz zu beheben. Die Stadt New York plant weitere Wasserkraftwerke bei den Niagarafällen und eine 500 Kilometer lange Hochspannungsleitung. In London endet eine Konferenz der alliierten Ministerpräsidenten über einen Aufschub der deutschen Reparationszahlungen nach nur einem Tag. Vinzenz liest das aus der Zeitung vor, während sich Engelbert und der Vater in der Küche aufwärmen, Malzkaffee mit Schuss. Sie haben Schnee geschippt, vor dem Haus und in der Toreinfahrt, der junge Mann mit dem zerschossenen Arm hat dabei kräftig angepackt. So was macht immer einen guten Eindruck. Am Münchener Germaniabrettl bringen Karl Valentin und Liesl Karlstadt Valentins neues Stück *Der Firmling* erstmals auf die Bühne. In Polen ist Präsident Piłsudski abgetreten, sein Nachfolger heißt Gabriel Narutowicz. Vinzenz weiß nicht, wie er das aussprechen soll. Franziska weiß nicht, was sie mit dem Kölnisch Wasser tun soll, und stellt das Fläschchen hinten in den Kleiderschrank. Am Sonntag, dem 10. Dezember, wird der Polarforscher Fridtjof Nansen in Kristiania (Oslo) mit dem Friedensnobelpreis geehrt, wegen seines Einsatzes für Flüchtlinge und für die Hungernden in Russland. Die übrigen Nobelpreise werden in Stockholm vergeben. Für den auf Japan-Tournee weilenden Albert Einstein nimmt der deutsche Botschafter die Auszeichnung mit dem Physik-Nobelpreis für 1921 entgegen. Vinzenz kann sich das mit der Relativität nicht vorstellen. Engelbert meint, er auch nicht.

In Dublin tritt erstmals der irische Senat zusammen, in den auch W.B. Yeats berufen worden ist. In Muzot wird Rilke auch in der neuen Woche wieder produktiv sein. Draußen schneit es, drinnen liegen Valérys kostbare Gedichte vor ihm, die in Rilke ihren deutschen Meister gefunden haben. Gedichte, die schon im ersten Auftritt etwas Klassisches haben; was darin vibriert an gelebtem Leben, an Vergänglichkeit, Einsamkeit, erotischen Augenblicken, ist formal so stark gebändigt und kommt in einem so ungebrochen hohen Ton daher, dass es, bei aller poetischen Schönheit, ein wenig wie eingeschreint wirkt: »Einmal hab ich (ich weiß nicht mehr unter / welchen Himmeln), als Opferung / an das Nichts, in das Weltmeer hinunter / Wein geschleudert in einem Schwung ...« Das ist geradezu alteuropäisch edel. Es scheint, wie Rilkes eigene Werke, einer anderen Ordnung der Dinge anzugehören als das bestürzend neuartige Gedicht, das in New York in diesen Tagen in die Auslieferung geht.

Geschleudert in einem Schwung hat an diesem Montag, dem 11. Dezember, Arturo Toscanini an der Mailänder Scala seinen Dirigentenstab, endgültig übrigens, und zwar zu Boden. Er will sich von den Faschisten im Publikum nicht demütigen lassen. Diese haben verlangt, man solle auch ihre Hymne spielen, weil das Orchester, den Gepflogenheiten entsprechend, die italienische Nationalhymne intonierte, als ein Mitglied der königlichen Familie die Loge betrat. Toscanini tat so, als beherrsche sein Ensemble die Melodie nicht, doch das ließen ihm die Lautstarken auf den Rängen nicht durchgehen. »Zeigen Sie doch mehr Erziehung, meine

Herren!«, forderte der Maestro. Doch das war damals wie heute ein frommer Wunsch.

Der Verfasser der lyrischen Weltneuheit ist von Hochstimmung weit entfernt. Notgedrungen schaut er wieder nach vorn, und das bedeutet, auf die zweite Ausgabe des *Criterion*, die im Januar erscheinen soll. Er wird eine Kurzgeschichte von Virginia Woolf drucken, etwas Grundsätzliches von Pound über Literaturkritik, und Yeats hat ein Stück autobiographischer Prosa versprochen, als sie sich im Londoner Savile Club getroffen haben. Ottoline Morrell hat das eingefädelt, und Eliot bedankt sich herzlich. Er habe das Zusammensein mit Yeats sehr genossen, den er sechs oder sieben Jahre nicht mehr gesehen habe, und überhaupt hätten sie sich zum ersten Mal richtig unterhalten. Der sei jemand, mit dem man sich wirklich über Dichtung austauschen könne, und habe etwas Aufbauendes.

Im Wallis schneit es, im Rheinland schneit es auch, der Kanarienvogel singt, der Flötenkessel pfeift auf stillem halbem Feuer. Franziska gießt Tee auf, Kamille, sonst ist nichts da, aber die Männer kippen sich lieber schon mal einen Klaren hinter die Binde, der Vater hat eine Flasche im Keller gefunden, die stand schon dort, als der Krieg ausbrach. Ohne eins gespielt, zwei verloren vier. Es war schon lange kein dritter Mann mehr am Tisch, schon deswegen hat Engelbert jetzt gute Karten. Man liest immer öfter von Apparaten, die es bald geben soll, so dass man im eigenen Wohnzimmer den Reichskanzler sprechen hören kann. Auch Musik wird durch die Luft getragen werden, als säße man selber im Orchestersaal. Vinzenz kann sich das nicht vorstellen. Auch John Reith, der am 14. Dezember die Berufung zum Generalmanager der BBC annimmt, hat noch keine rechte Vorstellung, was dieses *broadcasting* ganz genau heißt. Man müsse sich das so vorstellen, wie wenn Käfer über eine Glaskugel krabbeln, so hatte Einstein versucht, Harry Graf Kessler in die Relativitätstheorie einzuführen. Das tut er an diesem Tag – sicher in anderen Worten – auch in Kyoto, wo die Menschen kopfstehen vor Begeisterung, ohne dabei von der Glaskugel zu fallen. Das lag an der Schwerkraft, aber die hatte nicht Einstein entdeckt, sondern Newton.

Am Freitag, dem 15. Dezember 1922, erscheint im Verlag Boni & Liveright in New York ein schmales, schwarz kartoniertes Buch in einer nummerierten Auflage von 1000 Exemplaren. Auf dem Schutzumschlag steht in goldenen Lettern nur der Titel gedruckt: *The Waste Land*. Dem Text voran steht ein lateinisch-griechisches Motto aus dem Satyricon des Petronius, in dem die Sibylle von Cumae bekundet, dass sie sterben möchte. Das Gedicht in 433 Zeilen zu fünf Teilen, »Die Bestattung der Toten«, »Eine Runde Schach«, »Die Feuerpredigt«, »Tod durch Wasser«, »Was der Donner sagte«, ist sehr großzügig gedruckt, nie mehr als sechzehn durchgängig nummerierte Zeilen pro Seite, und da sich im Anhang ausführliche Anmerkungen des Autors finden, ist es gelungen, das Ganze auf 64 Buchseiten zu strecken. Zuerst hatte Eliot nur die zahlreichen literarischen Zitate nachweisen wollen, damit ihm niemand geistigen Diebstahl vorwerfen konnte, aber das hätte nicht gereicht, um die Seiten zu füllen. So wird nun der geneigte Leser gleich im Anschluss an das letzte *Shantih* zum eigenen Nachforschen und Interpretieren ermuntert, als präsentiere der Dichter hier einen rätselhaften alten Papyrus.

Erst weist er auf die Bedeutung der Fruchtbarkeitsriten und der Gralslegenden hin, nennt Westons *From Ritual to Romance* und Frazers *The Golden Bough* als maßgebliche Quellen, dann lässt er einen Endnotenapparat wie bei einer wissenschaftlichen Hausarbeit folgen. Es ist das erste Gedicht überhaupt, das schon bei seinem Erscheinen mit solchen akademischen Ballaststoffen auftritt. Die Fußnoten versammeln eine Fülle literarhistorischer Querverweise auf Ovid, Dante, Shakespeare, Baudelaire und wen auch immer, sie rufen Richard Wagner und die Lehren des Buddha auf, zitieren zeitgenössische Anthropologie und ornithologisches Spezialwissen herbei, weisen auf die zentrale Rolle des blinden Sehers Teiresias, rücken Hesses *Blick ins Chaos* in den Fokus, auch die Philosophie F. H. Bradleys, über den Eliot seine philosophische Doktorarbeit verfasst hatte, darf nicht fehlen – kurzum, sie prunken auf geradezu einschüchternde Weise mit der Belesenheit des Autors. Eliot hat dies selber später als eine Form der Scheinwissenschaft bezeichnet, aber da hatten sich die Exegeten längst einverleibt, was er ihnen an Krumen hingestreut hatte.

Außer, dass er Liveright damit genügend Text zum Drucken lieferte, erreichte Eliot damit aber auch noch etwas anderes: Er lenkte wirksam von allem Privaten und Persönlichen ab, das in sein Gedicht eingegangen war, und nach den Angriffen der letzten Wochen, man denke nur an den anonymen Briefmarkenspender und die Entblößungen in der *Liverpool Daily Post*, war diese Camouflage umso nötiger, um seine große Verletzlichkeit hinter rhetorischen Masken zu verbergen. Eliot neigte zeitlebens dazu, seine Motive zu verschleiern oder von ihnen abzulenken. In seinem Aufsatz »Tradition und individuelle Begabung« grenzte er sich von der romantischen Dichtungsauffassung ab, Lyrik sei der persönliche Ausdruck authentischer Gefühle, und behauptete, es gehe vielmehr um die fortschreitende *Auslöschung* der Person. Eliot wünschte aus seinen Gedichten zu verschwinden, vielleicht aber auch *in* ihnen, und dazu eignete sich das Fußnotenversteck vorzüglich. Es trug entscheidend dazu bei, dass *The Waste Land* als pessimistische Zeitdiagnose der europäischen Nachkriegsgesellschaft, ja als Aussage über die moderne *Conditio humana* überhaupt verstanden werden konnte. Als dies einmal erreicht war, grenzte Eliot sich auch davon wieder ab und behauptete, sein Gedicht sei lediglich ein »rhythmisches Grummeln« gewesen, Ausdruck eines persönlichen Grolls auf das Leben.

Wintersachen

Am Erscheinungstag von Eliots Gedicht erleidet Lenin seinen zweiten Schlaganfall. Er ist von jetzt an Pflegefall unter der völligen Kontrolle Stalins, der sich alles berichten lässt, was Lenin seinen Sekretärinnen diktiert. Mit einer gewissen Vorfreude auf den Tod des Revolutionsführers vertieft er sich in medizinische Fachbücher. »Lenin kaput«, soll er gesagt haben.

Rilke schaut sich indessen nach Weihnachtsgeschenken um für zwei Frauen, die er niemals sieht, seine Tochter und seine Mutter. Letztere bekommt wie jedes Jahr einen Kalender, »schon deshalb, weil sie in Prag niemanden hat, der für sie aufs Zollamt ginge«, so begründet Rilke gegenüber Nanny Wunderly diese Investition. Ansonsten hängt er ein bisschen durch. Er stehe sträflich, geradezu entsetzlich spät auf, und weil er dann so verspätet mit der Arbeit beginne, komme er erst im Dunkeln dazu, einen kleinen Schneespaziergang zu machen. So werde es meistens ein Uhr nachts, bevor er schlafen gehe.

Ebenfalls am 15. Dezember verfasst Virginia Woolf den letzten Eintrag in ihrem Tagebuch für 1922. »Während ich auf L. (=Leonard) warte, schreibe ich weiter. Es hat gerade halb elf geschlagen, und es ist eine von diesen schönen Dezembernächten, die auf sonnige Tage folgen & die, warum, weiß ich auch nicht, immer derartige Schocks aus Kindertagen durch mich hindurchleiten. Werde ich jetzt alt & sentimental? Ich denke dauernd an die Geräusche, die ich gehört habe, als ich Kind war – vor allem in St. Ives.« Diese Geräusche, das Wellenschlagen an der Küste von Cornwall und was es heraufbringt, werden sie zu ihrem übernächsten und vielleicht schönsten Buch begleiten, *Zum Leuchtturm*.

In Warschau wird der gerade erst gewählte polnische Staatspräsident Narutowicz bei der Eröffnung einer Kunstausstellung von einem rechtsradikalen Nationalisten erschossen. Rechter geht auch in Deutschland immer, und so spaltet sich von der Deutschnationalen Volkspartei die rechtsradikale Deutschvölkische Freiheitspartei ab, als könne man den Samstag eine Woche vor Weihnachten nicht auch sinnvoller nutzen. Am Sonntag veranstalten die nationalsozialistischen Sturmtruppen in München einen Generalappell, und dreimal darf man raten, wer der Hauptredner ist. Auf der Strecke zwischen Nürnberg und Fürth, der Ludwigsbahn, auf der am 7. Dezember 1835 die erste deutsche Eisenbahn fuhr, verkehrt der letzte Zug. Die letzten britischen Regimenter verlassen Irland. Und Harry Graf Kessler ist erstmals seit 1914 wieder in London. Damals begleitete er Rodin und wollte gerne einen Happen essen, aber der Bildhauer sah lieber die Natur an, in der Meinung, diese nähre ihn. Nun geht er in der Dämmerung eines Sonntagabends allein an der Themse spazieren und sieht, wie sich der Himmel hinter Westminster violett verfärbt. Am nächsten Tag haben die Geschäfte wieder auf, und Kessler stellt fest, dass man in London nach wie vor gut und elegant shoppen gehen kann, wenn es auch, anders als in Paris, nicht mehr ganz so voll und luxuriös ist wie früher. Einen Kulturschock erlebt der Graf am Abend im Theater. Die Hälfte der Herren im Parkett trägt Straßenanzüge, die übrigen sind im Smoking gekommen, und nur noch fünf oder sechs tragen Frack.

Yeats schreibt an Olivia Shakespear, er werde am Donnerstag den Doktortitel des Trinity College erhalten, und langsam werde er ein berühmter Mann. Ein Augenzeuge des Bürgerkriegs ist er auch. Die Irregulären hätten Senator Campbells Haus angezündet; sie hätten auf Wunsch der Hausherrin damit gern noch gewartet, damit diese nicht nachts mit den Kindern auf die Straße müsse, aber Befehl sei Befehl. Immerhin ließen sie zu, dass die Weihnachtsgeschenke für die Kinder vor dem Feuer gerettet wurden. Aus alldem zieht Yeats seine Folgerungen. Die Demokratie sei tot, die Gewalt fordere ihr uraltes Recht, wer sie ausübe, dürfe auch herrschen, darauf liefe es hinaus, und die Männer, die da kämpften, wüssten einen gerechten Krieg nicht mehr von einem ungerechten zu unterscheiden. Ein Jahr zuvor hatte Yeats sein apokalyptisches Gedicht »The Second Coming« veröffentlicht, in dem es heißt: »Alles zerfällt; die Mitte hält es nicht. / Ein Chaos, losgelassen auf die Welt, / Die Flut, bluttrüb, ist los, und überall / Ertränkt der Unschuld feierlicher Brauch.« Das Fanal des letzten Unheils sieht Yeats in diesem Gedicht aus Ägypten kommen, »Mein Auge: Irgendwo im Sand einer Wüste / Regt ein Geschöpf mit Löwenleib und Kopf vom Menschen, / Sein Blick so starr und mitleidlos wie die Sonne, / Langsam die Glieder ...«. Das schlug einen prophetischen Ton an, und wer wollte, konnte im dunklen Licht dieser Verse die Ereignisse der Zeit betrachten. In Turin laufen an diesem Wochenende die Faschisten drei Tage Amok und erschlagen Kommunisten, Sozialisten und Gewerkschafter.

Es schneit schon wieder. Vinzenz und der Vater helfen jetzt in der Gärtnerei, Christbäume verkaufen. Sie müssen in der Kälte stehen, aber vom Holzhacken wird einem warm. Die unteren Zweige muss man abhacken, damit sich die Bäume leichter tragen lassen. Es gibt leider nur wenige Kunden, denn ein Baum kostet in diesem Jahr 400 Mark. Dass es auf der Schillerstraße keinen geben wird, muss nicht erwähnt werden. Franziska geht jetzt zwei Tage in der Woche zum Stricken in die Bauerbahn, weil Hellenbroichs Kinder warme Wintersachen brauchen. Sie haben ihr ein Kaninchen versprochen, das sie sauer einlegen will. Manchmal, wenn sie über die Gladbacher Straße geht, sieht sie jemanden neben sich gehen, hört eine Stimme, mit Worten, die sie nicht versteht, doch da ist niemand. Sie muss an das *Weib des Pharao* damals im Kino denken und wie sie den Hasen heimtrug an Gründonnerstag.

Reichskanzler Cuno trifft sich mit dem Berliner Oberbürgermeister Böß, um über die Not der Armen in der

Stadt zu reden. Rilke schickt Baladine zu Weihnachten sieben frisch übersetzte Valéry-Gedichte mit der Bitte, sie nicht vor Heiligabend zu öffnen. Wie praktisch wäre es, wenn Elegien und Sonette schon gedruckt wären; da sie es nicht sind, schickt er der Tochter »ein grünes Insel-Schiff-Heft mit einigen Sonetten als Vorgeschmack«. Er hat die Übersetzerei so weit getrieben, dass auch »Der Ruderer« und »An die Platane« in reinstem Rilke-Deutsch vorliegen, und den Schluss des langen Gedichts »Entwurf einer Schlange« überarbeitet, dafür haben die Wachphasen der letzten Tage ausgereicht. Nur, was dann? Wer das wüsste. Die große drängende Arbeit, die all die Jahre wie eine stumme Klage mit ihm ging, ist getan, sie muss nicht mehr geleistet werden. Schade, doch es schneit schon wieder, schneit auch in New York. In der neuesten Ausgabe des *Dial* ist ein Aufsatz von Edmund Wilson über *The Waste Land* erschienen, »Poesie der Dürre« überschrieben. Der Mythos vom Fischerkönig leuchtet dem jungen Kritiker ein. Eliot finde konkrete Bilder, um die große spirituelle Dürre anschaulich zu machen. Anders als in seinen früheren Werken gebe es keine ironische Verstellung mehr, Hunger nach Schönheit und Schmerz am Leben träten als Urmotive seiner Verse offen zutage. Eliot sei ein Dichter, der intensiv und differenziert empfinde, und hinter welchen Mauern er auch wohne, er gehöre der Gemeinschaft der großen Geister an.

Große Geister fühlen sich manchmal auch zu Gespenstern hingezogen. Am 20. Dezember besucht der neue Freund der Republik, Thomas Mann, eine Séance bei dem bekannten Parapsychologen und Sexualpathologen Albert von Schrenck-Notzing. Er darf einem Medium namens Willi die Knie zusammendrücken, während ein Zoologe auf einer Mundorgel spielt. Zu beobachten ist das Phänomen eines schwebenden Handtuchs. Mann schöpft daraus später für das Kapitel »Fragwürdigstes« im *Zauberberg.* Am Deutschen Theater haben Brechts *Trommeln in der Nacht* ihre Berliner Premiere, während im Pariser Théâtre L'Atelier Jean Cocteaus *Antigone* uraufgeführt wird. James Joyce, der inzwischen möbliert wohnt und deshalb vielleicht weniger oft auf dem Fußboden isst, schreibt am 21. Dezember einen Brief an Tante Josephine. Er möchte ihr fröhliche Weihnachten wünschen. Das neue Jahr werde für ihn mit einer Operation beginnen, er hoffe jedoch, dass seine Sehkraft sich danach wirklich bessere. Dann bittet er sie um einen Gefallen. Er habe anhand seiner Notizen einige Namen von Dublinern der älteren Generation zusammengestellt, die originelle Typen gewesen seien, und was immer sie an Anekdoten, Einzelheiten über ihre Marotten, Äußerungen und Gebrechen zusammentragen könne, möge sie doch bitte in das Heft eintragen, das er ihr geschickt habe. Sie habe ihm doch auch schon mit Major Powell geholfen, aus dem in seinem Roman Major Tweedy geworden sei, der Vater von Mrs Bloom. Für alles, was sie zu diesen Leuten wisse, sei er sehr dankbar und könne niemanden außer ihr danach fragen. Es eile nicht und könne ruhig noch sechs Monate dauern. Nochmals ein angenehmes Weihnachtsfest! Joyce ist diesmal sehr nett, denn er braucht die Hilfe seiner Tante für ein neues Vorhaben, von dem er weiß, dass es erneut in Dublin spielen muss, wo auch sonst. Er wird für das neue Werk sehr lange brauchen, aber es sieht so aus, als habe er in seinem Kopf schon zu schreiben begonnen.

Eine faschistische Armee im Land reicht, meint Mussolini, es kann ja auch nur einen Duce geben. So kommt er mit D'Annunzio überein, dass dieser die Freischar seiner Legionäre auflöst, die ihm seit Fiume treu geblieben sind. In Eisenberg bei Korbach im Waldecker Land ist Gold gefunden worden. Fachleute haben das bestätigt, und so kann das alte Geschäft der Goldwäscherei an der Eder wiederaufgenommen werden. Das wäre schon etwas; Vinzenz liest es in der Zeitung. Anders als Holz hacken oder in der Stube sitzen, wo immer dieser gelbe Vogel singt; ausgraben, wie sie es neulich in Ägypten getan haben, das wäre etwas. In Algerien fahren die Franzosen sogar ein Autorennen durch die Wüste, von In-Salah bis nach Timbuktu. Engelbert spricht immer von der Wüste, weil er darüber bei Karl May gelesen hat.

An der Universität in Gent wird künftig Flämisch unterrichtet. Im Freistaat Irland wird eine Amnestie für politische Gefangene verkündet, sofern sie der Gewalt abschwören. Lord Carnarvon wird von König George V. im Buckingham Palace zur Audienz empfangen. Der König lässt sich berichten, welche Schätze am Nil ihrer Entdeckung harren. Drei goldene Sarkophage, da ist sich Carnarvon sicher, werden es sein, denn die Mumie eines Königs wird, nun, wurde, nach dem Matrjoschka-Prinzip in Schachteln verpackt. Joyce schreibt Miss Weaver einen Weihnachtsgruß. Er dankt für den Scheck und dass sie sich für ihn nach einem verschollenen Verwandten aus Clontarf namens Tommy Joyce erkundigt hat. Dieser sähe seinem Vater seltsam ähnlich. Mit Bedauern höre er, dass man 400 Exemplare des Romans in den Staaten beschlagnahmt habe; ob das legal sei, bei einer wertvollen ausländischen Postsendung? Valéry Larbaud wolle bald anfangen, Stellen aus dem *Ulysses* ins Französische zu übersetzen, für ein Buch in begrenzter Auflage. *Fragments d'Ulysses*, ein Skelett des Buches, oder eine unvollständige Seekarte vielleicht? Damit lassen wir James Joyce allein. Wir wissen nicht, wie er die Feiertage verbringen wird, aber einmal hören wir noch von ihm.

Schwefelhölzer

Am Tag vor Heiligabend sendet die BBC ihr erstes Hörspiel überhaupt, *Die Wahrheit über Father Christmas.* Lenin diktiert seinen letzten Willen, aber der Feind hört mit. Er fürchtet, was bald auch eintreten wird, dass nämlich Stalin über seine Heimat Georgien herfallen wird. Und wer soll ihm, Lenin, eigentlich nachfolgen? Bucharin? Beliebt in der Partei, aber nicht marxistisch genug. Trotzki? Sicher der Fähigste, aber zu selbstherrlich. Stalin? Undenkbar. Verschlagen, grausam.

Rilke wiederum denkt an Proust. Einem Dichter kann niemand nachfolgen, und deshalb ist sein Verlust so besonders schmerzlich. Bereits 1913 hat Rilke *Du côté de chez Swann* gelesen. »Neulich erinnerte mich André Gide daran, daß ich unter den frühesten Bewunderern dieses Dichters meinen Platz habe«, schreibt er am 23. Dezember an Alexander Hohenlohe nach Badenweiler. »Und nun können Sie sich denken, wie ich von Band zu Band in der gleichen Verfassung mitgegangen war und wie stark mich der Tod dieses bedeutenden Menschen getroffen hat. Es ist noch gar nicht abzusehen, was alles mit diesen Büchern uns und den Künftigen eröffnet ist, sie stecken so voll Reichtum der

Entdeckung… In seinem mit Korkplatten ausgelegten (fast dürftigen) Zimmer, das er nur nachts und ab und zu verließ, muß dieser seltsame Wahr-Sager das Leben unaufhörlich vor sich offen gesehen haben, wie eine riesige Hand, deren Linien so im Wesentlichen begriffen waren, daß sie ihm keine Überraschungen mehr bereiten konnten – nur noch, täglich, unendliche Aufgaben! – Wie muß man die Arbeit lieben, wenn man erst so weit gekommen ist!« Dabei hatten wir gedacht, Rilke sei mit seinen Elegien ebenso weit gekommen. Aber das ist das Schwierige am Gedicht: Es nimmt einen langen Weg, bevor es den Dichter berührt, und ist dann gleich wieder fort. Anders als eine lange Prosa, die jeden Morgen treu auf ihren Autor wartet.

Um ein Kaninchen sauer einzulegen, braucht man Branntweinessig, einen ganzen Liter Rotwein, Pimentkörner, Wacholderbeeren, Lorbeerblätter, Nelken, Pfeffer, Salz, Rosinen, Kräuterprinten, Zuckerrübensirup, Butterschmalz und eine große Zwiebel. Es grenzt an ein Wunder, aber Vinzenz und Engelbert haben auf einem gemeinsamen Streifzug alle diese Dinge beigebracht. Sie waren am frühen Morgen auf dem Markt. Franziska macht sich in der Wunderkammer zu schaffen. Sie hat die Anrichte freigeräumt, die Sperrholzplatte aufgelegt und mit dem grünlich grauen Packpapier bedeckt. Der Stall steht schon, und nun holt sie die an Mariä Lichtmess eingepackten Figuren der Reihe nach wieder aus dem Karton hervor. Sie versucht, sie jedes Jahr ein wenig anders aufzubauen, auch wenn es keiner merkt. Die Grundordnung ist ja gleichsam vorgegeben durch das Geschehen, das auf diese Weise nachgestellt wird, aber besonders bei den Schafen und den Hirten hat man Freiheit. Sie steckt die grünen Tannenzweige, die Vinzenz in der Gärtnerei mehr oder weniger gestohlen hat, anders kann man es ja wohl nicht nennen, hinter den Stall. Sie stellt die viereckigen Glashalter für die Glafey-Lichte auf. Dann schließt sie sorgfältig die Tür. Auch wenn es im Haushalt keine Kinder gibt, so darf bis morgen Abend doch kein Mensch hinein. In diesem Jahr fallen der vierte Adventsonntag und Heiligabend auf ein und denselben Tag, der noch dazu verkaufsoffen ist. Da werde man also wieder einmal um den Advent betrogen, sagt Engelbert verschiedentlich. Engelbert hat den Advent sehr gern.

Unter der Überschrift »Frieden und Gerechtigkeit« drucken aberhundert Zeitungen im Reich die Weihnachtsansprache von Kanzler Cuno. »Wenn ich ein Wort zum Fest sagen soll, so kann es kein anderes sein, als ein Wort zum Frieden der Menschen und der Völker. Die Welt ist von diesem Frieden noch weit entfernt; auch dieses Weihnachten 1922 ist mehr ein Tag der Mahnung an ihn, als seine Erfüllung.« Kaum ein Volk der Erde, fährt Cuno fort, habe eine tiefere Sehnsucht nach Frieden als das deutsche. »Inmitten der qualvollen Unsicherheit der Wirtschaft, die Millionen dem Schicksal der Ungewissheit preisgibt, will es sich mit den äußersten Notwendigkeiten des Lebens abfinden, nur Frieden will es und Gerechtigkeit.« Das gelte nach innen wie nach außen. Die zwischenzeitlich verbotene *Rote Fahne* findet das von einem Wirtschaftsmann wie Cuno heuchlerisch und sieht das vor Kälte zitternde Kind aus Andersens Märchen vom kleinen Mädchen mit den Schwefelhölzern als Sinnbild dieser Elendsweihnacht. Cunos Friede sei mit dem französischen Kapital zur gemeinsamen Ausbeutung der deutschen Arbeiterschaft geschlossen. »Der Vertreter des Großkapitals, von christlicher Liebe und Frieden auf Erden predigend, während die deutsche Arbeiterschaft im Elend verkommt, das ist das Symbol einer Weihnacht, deren Erniedrigung und Qual die Arbeiterschaft zum Kampf zusammenführen muss.« Wer sich in diesem Jahr überhaupt Weihnachtsgeschenke für die Kinder leisten kann, sortiert sich dank der Inflation. Für einen Teddybären zahlt man 10 000 Mark, eine Dampflok kostet bis zu 48 000 und ein Modellbaukasten bis zu 90 000 Mark.

Es versteht sich, dass das Kaninchen erst zum ersten Feiertag auf den Tisch kommen wird. An Heiligabend gibt es Kartoffelsalat, wie immer. Es ist schon das zweite Weihnachten ohne die Mutter, das erste ohne die Großmutter und das erste mit dem neuen Hausfreund namens Engelbert, der immer öfter in der Schillerstraße zu Gast ist, als habe er gar kein Zuhause mehr. Als es draußen schon ganz dunkel ist, sitzt man in der Küche und trinkt Malzkaffee. Den Stollen hat Engelberts Mutter gebacken, und auch der Kanarienvogel erhält ein Stück davon. Dann, man weiß nicht, wie, ertönt ein Glöckchen. Die Wunderkammer ist erleuchtet von den Glafey-Lichten, da ist auch ein Hirtenfeuer mit einem kleinen Glühlämpchen, das mit Büroklammern an den Bügeln einer Flachbatterie hängt und das irgendwer hervorgezaubert hat. Dann singt man die bekannten Lieder, »Es ist ein Ros' entsprungen« sogar dreistimmig, es hört sich passabel an. Franziska hat ein schmales Buch erhalten. *Der Heilige Abend* von Adalbert Stifter, sie weiß noch nicht, ob sie es lesen wird. Engelbert, der es ihr schenkte, hat ihr die ersten Seiten vorgelesen, dabei ist sie eingeschlafen, auf der

Chaiselongue. Auch Vinzenz und der Vater dösen schon in ihren Sesseln. Sie haben selbstgemachten Punsch getrunken. Engelbert zieht leise die Wohnungstür zu. Es regnet, wie es an Heiligabend immer regnet, das liegt an den atlantischen Tiefausläufern, sie rollen über die Ebene hin. Frida hat von Rilke den *Nachsommer* von Adalbert Stifter erhalten, wir wissen nicht, ob sie ihn lesen wird. Nanny Wunderly erhält die Abschrift einer weiteren Valéry-Übersetzung, »Der Gesang der Säulen«. Zum Glück ist etwas zum Korrekturlesen da, der zweite Fahnensatz der Elegien.

Am Weihnachtstag schreibt Pound an seine Mutter und teilt ihr das Nötigste mit, bevor er für drei Monate nach Italien aufbricht. Joyce sei vorbeigekommen und habe etwas zu essen und zu trinken mitgebracht. Yeats sei Senator »of the new Irish hell-for-leather«, was so viel wie »schnell wie der Blitz« bedeutet. Er habe seine Besprechung von Cocteaus *Antigone* an den *Dial* geschickt, eine Sache für den *Criterion* beendet und drei Cantos über Malatesta (einen italienischen Anarchisten) in eine Ordnung gebracht. Rilke dankt Nanny Wunderly für den Erhalt einer Kaffeemaschine, Schwester derjenigen, die er in München besaß. »Gestern hat sie ihr début geliefert, mit Grazie, je vous assure. Frida ist ebenso verblüfft über das rücksaugende Benehmen, wie es Rosa seinerzeit gewesen war, und ich muß gestehen, ich habe selbst Mühe, nicht mit offenem Munde dabeizustehen.« Rücksaugendes Benehmen? Klingt nach Espressokanne. Mit dieser Kanne und mit offenem Munde lassen wir Rilke in Muzot zurück.

Spanien stellt die Kämpfe gegen die Rebellen in Marokko vorläufig ein. In Moskau beginnt der X. Allrussische Rätekongress. Die Reparationskommission stellt die »vorsätzliche Nichterfüllung« der deutschen Lieferungsverpflichtungen fest. In Italien wird die faschistische Miliz mit den staatlichen Streitkräften vereinigt. Starke Stürme über dem Atlantik haben an der englischen Küste schwere Schäden verursacht. Vor der Küste von Wales ist die *Maid of Delos* gesunken, mit 28 Mann Besatzung.

Die Weihnachtstage sind vorüber, das Wetter war auch in London scheußlich, und Eliot sitzt bereits wieder am Schreibtisch und diktiert Briefe. Er fragt Quinn, ob er die Sendung mit dem vollständigen Manuskript seiner Gedichte erhalten habe, sie müsse längst da sein. Falls Quinn sie nicht bekommen habe, werde er einen Nachforschungsantrag stellen.

In Köln werden rheinische Separatisten verhaftet, die für die Einführung einer rheinischen Währung agitiert haben. In Wien wird die Tänzerin Anita Berber verhaftet, weil sie an zwei Theatern gleichzeitig engagiert war. In New York hat es starke Schneestürme gegeben, die Kohlevorräte reichen nur noch für zwei Tage. Eliot dankt Ottoline Morrell für den schönen kleinen Tageskalender. Damit werde er im kommenden Jahr nicht nur an seine Termine, sondern auch an sie erinnert. Vivien würde ihr gerne schreiben, sei aber nach den Feiertagen wieder total kaputt. Nervenschmerzen, Nervenentzündung – bewundernswert, wie sie bei all dem ihren scharfen Verstand bewahre.

Das Jahr hatte mit der furchtbaren Hungersnot im Süden Russlands begonnen, nun endet es mit der Gründung eines neuen Riesenreiches. Lenin hatte es kommen gesehen, jetzt ist der kranke Mann entsetzt. Sowjetrussische Truppen sind ohne seinen Befehl in die autonome Sowjetrepublik Georgien eingerückt und haben jeden Widerstand gegen die Einverleibung Georgiens durch die neue Transkaukasische Sowjetrepublik in Gewalt erstickt. Während dies geschieht, wird in Moskau die Union der Sozialistischen Sowjetrepubliken aus der Taufe gehoben. Ihr gehören die Russische, die Ukrainische, die Weißrussische und nun auch die Transkaukasische Sowjetrepublik an, zu der neben Georgien Armenien und Aserbaidschan zählen. Ein Zentralexekutivkomitee aus 371 Mitgliedern soll künftig die Geschicke der Union lenken, paritätisch nach der Einwohnerzahl der Republiken besetzt. Wladimir I. Lenin wird in Abwesenheit zum Ehrenpräsidenten des Präsidiums gewählt. Das Grundsatzreferat auf dem Vereinigungskongress hält der Generalsekretär der Bolschewiki und neue starke Mann, Josef W. Stalin. Theoretisch dürfen einzelne Sowjetrepubliken die Union auch wieder verlassen, praktisch ist das nicht vorgesehen. Theoretisch sind alle gleichberechtigt, aber praktisch wird alle Macht zentral in Moskau liegen. Die Demokratie sei tot, die Gewalt fordere ihr uraltes Recht, wer sie ausübe, dürfe herrschen, so hatte Yeats kürzlich die Lage in Irland zusammengefasst.

Die Gewalt, die 1914 in Europa ausgebrochen war, hat den Kontinent auch vier Jahre nach dem Waffenstillstand nicht verlassen. Sie scheint den Gesetzen einer viralen Pandemie zu folgen, schwillt hier an und dort wieder ab. Während einzelne Regionen sich vorsichtig zu erholen beginnen, sucht die Gewalt sich neue Ausbruchsstellen. Eine ihrer jüngsten liegt im Südosten Europas. Joyce hatte sich für den Umschlag seines Romans die Nationalfarben Griechenlands zum Vorbild genommen. Wie es in der Heimat Homers am Ende des Jahres 1922 aussieht, beschreibt der Korrespondent der *Vossischen Zeitung.* »Im Hafen von Athen, in Piräus, lagern Tausende und Tausende halbverhungerter, halbnackter Menschengestalten. Sie sind Griechen, Armenier, Christen, die sich vor dem aufgehenden roten Halbmond unter den klassischen Himmel von Hellas gerettet haben. Sie kamen im letzten Kleid, wie sie aus dem Feuermeer des brennenden Smyrna entflohen oder aus Thrakiens gefährdeten Gegenden landeinwärts wanderten. Leute, deren Reichtum Millionen Goldpfunde betrug, sind heute Bettler; Hunger und Krankheiten fordern ihre Opfer. Selbst derjenige, der das Elend in den Sammelstätten der menschlichen Leiden, in Kriegsbaracken und Massenwohnungen der Weltstädte kennengelernt hat, ist erschüttert angesichts der Massen unglücklicher Flüchtlinge. Dieses Problem Griechenlands ist härter als jede militärische und Zivildiktatur, ist schrecklicher als jedes Todesurteil.« So können es die Berliner am Silvestertag in einer ihrer vielen Tageszeitungen lesen, während die ersten ausrangierten Weihnachtsbäume schon an den Straßenrändern liegen.

»Unwirkliche Stadt, / Unter dem braunen Nebel eines Wintermorgens …« T. S. Eliot kann auch den letzten Tag des Jahres nicht ohne Brief vorübergehen lassen. Die letzten Zeilen gelten seinem Bruder Henry, und sie kreisen zunächst um den *Criterion.* Wieder einmal fühlt sich Eliot genötigt, die unendliche Mühe, die ihn diese Zeitschrift kostet, nicht nur zu beklagen, sondern zu rechtfertigen. Wenn nicht die Aussicht bestünde, in vielleicht einem Jahr, nach einigen guten Heften, aus dieser Arbeit Einkünfte zu ziehen, die es ihm erlauben sollten, aus seinem Doppel- oder Dreifachleben auszusteigen, dann müsse er damit aufhören. Er beneide den Bruder darum, dass er sich einfach mal abends hinsetzen und ein Buch lesen könne, gewiss habe Henry in diesem Jahr mehr gelesen als er selbst. Er fühle sich leider nur sehr lückenhaft gebildet. Allerdings, aus der Gegenwartsbelletristik wären für ihn nur die Romane von D. H. Lawrence und natürlich Joyce interessant. Vivien habe an Weihnachten erstmals seit langer Zeit wieder im Sitzen diniert. Nun sei sie schon wieder sehr schwach. Seit Juli halte sie ihre furchtbar strenge Diät ein. Es komme ihr zugute, und er habe noch niemals jemanden gesehen, der sich mit solcher Standhaftigkeit und solchem Mut einem derart strengen Regime unterwerfe. Sie könne keinen Sport treiben und sehe keinen Menschen. Wäre er nicht an die Bank gebunden, dann könnte er mit ihr auf eine Zeit ins Ausland gehen.

Eine russische Expedition ist aus dem Nordpolarmeer zurückgekehrt. Auf der Halbinsel Kola hat sie umfangreiche Erzvorkommen entdeckt. Der deutsche Einzelhandel beschließt, am 2. Januar mit Inventurausverkäufen zu beginnen. Summarisches Überblicken, so Gottfried Benn, schafft manchmal einen leichten Rausch. Der in der Belle-Alliance-Straße ansässige Arzt für Haut- und Geschlechtskrankheiten, der aus seiner Tätigkeit als Dichter keine Einkünfte erzielt, zieht am letzten Tag des Jahres erotische Bilanz. Dabei liegt Gertrud Zenzes vorn. Gleichwohl kehrt er mit ihr zum Sie zurück. »Liebes Trudchen, von den Frauen, die ich in diesem Jahr gesprochen u. besucht habe, sind Sie die feinste u. im Herzen zärtlichste gewesen. Darum schicke ich Ihnen zum neuen Jahr viele herzliche Grüße u. Wünsche. Mich sehen werden Sie jedoch auch vorläufig weiter nicht.«

Katherine Mansfield schreibt am Silvesterabend einen

letzten Brief an ihren Vater. »Ich schreibe diesen Brief, während das alte Jahr den letzten Schnaufer tut und gar schon auf der Fahrt in die Grube ist! Möge das Neue Jahr Dir alles Glück bringen. Ich wünschte, ich könnte mir ausmalen, dass wir uns darin sehen könnten ... Habe ich Dir in meinem letzten Brief erzählt, dass die Menschen hier im Kuhstall eine kleine Galerie mit einem sehr bequemen Diwan und Kissen gebaut haben? Und da liege ich täglich mehrere Stunden, um den Geruch der Kühe zu inhalieren. Es soll eine Allheilmedizin für die Lungen sein ... Das neue Jahr ist schon da. Ich muss das Feuer verlassen und zu Bett gehen. Gott segne Dich, lieber Vater. Mögen wir uns in nicht allzu ferner Zukunft sehen. Stets Dein ergebenes Kind Kass.« So endet nun das Jahr 1922, wie denn auch sonst, am 31. Dezember um 24 Uhr mitteleuropäischer Zeit, und eine Stunde später auch in London, wie Eliot noch schreiben würde, »gar nicht mit Knall, sondern Wimmern«. Die Preise für Feuerwerkskörper entziehen sich unserer Kenntnis.

EPILOG
Annus mirabilis

Als *Annus mirabilis,* Wunderjahr, werden Jahre mit besonderen Entdeckungen oder Erfindungen bezeichnet, insbesondere solche, in denen gleich mehrere bedeutende Ereignisse zusammenfallen. So nennt man z. B. das Jahr 1665/66 ein Annus mirabilis, in dem Newton die klassische Mechanik entwickelte, oder das Jahr 1905, als Einstein einige bahnbrechende Schriften veröffentlichte. In der angelsächsischen Literatur gilt das Jahr 1922 als Annus mirabilis der Klassischen Moderne, da in diesem Jahr sowohl der Roman *Ulysses* von James Joyce als auch T. S. Eliots Langgedicht *The Waste Land* erschienen sind – radikal neuartige Werke, die den Gang der Weltliteratur verändert haben. So hatte ich es mir im Laufe meines Anglistikstudiums gemerkt, seit ich im Sommersemester 1987 an der Uni Köln eine Hauptseminararbeit über das Motiv des Ertrinkens in *Ulysses* und *The Waste Land* schrieb. Begonnen hatte ich diese Arbeit als ein Bewunderer des *Ulysses,* beendet als ein faszinierter Leser von Eliots Gedicht, das ich zwanzig Jahre später neu übersetzte und das mir noch heute so staunenswert erscheint wie am ersten Tag. Beide Werke werden oft in einem Atemzug genannt, gelten als Muster und Durchbruch der Moderne für ihr jeweiliges Genre – mithin stellte ich mir das Jahr 1922 als eine Zeit vor, in der ausschließlich nach vorn gedacht wurde. Bis mir auffiel, dass es dasselbe Jahr war, in dem Rilke die *Duineser Elegien* vollendete und noch dazu, wie nebenher, *Die Sonette an Orpheus* zu Papier brachte, in einem wahren Schaffensrausch, der nahezu auf die Minute zeitgleich mit dem Erscheinen der Erstausgabe des *Ulysses* einsetzte, nämlich am 2. Februar 1922, am Festtag Mariä Lichtmess. Niemand aber hatte bisher daran gedacht, diese beiden Ereignisse, einen Abschluss und einen Beginn so grundverschiedener literarischer Werke, in einem ihnen gemeinsam geltenden Licht zu betrachten. Scheinen sie doch ganz parallelen Universen zu entstammen, wenn man nur einmal den hohen Rilke-Ton mit Joyce' Ironie vergleicht. Umso seltsamer, sich vorzustellen, dass diese beiden Dichter, die sich nie trafen und einander keine Briefe schrieben, 1912 eine Weile in der Nähe des jeweils anderen wohnten und schrieben, Joyce in Triest und Rilke auf Schloss Duino. Seltsam auch, dass Eliot sein Gedicht Ende 1921 in Lausanne beendete, eine gute Zugstunde von Rilkes Zuflucht in Muzot entfernt.

Was mochte es bedeuten, dass so bedeutende wie gegensätzliche Werke einander fast in Raum und Zeit berührten? Texte, die in ihrem Werden einen Zeitraum spannen, der in die Jahre vor dem Weltkrieg zurückreicht, und deren Autoren persönliche und schöpferische Krisen durchlitten, während ringsum Europa in Trümmer sank. Und die doch festgehalten hatten an ihrer Vision vom großen Werk, das geschrieben werden musste, gegen innere und äußere Widerstände, bis es geglückt war. Zusammen zeigen sie eine janusköpfige Welt, hier die angelsächsischen Modernen, dort der Dichter des alten Europa; eine Welt, die noch vom Krieg und seinen Folgen zerrissen war und in der sich doch schöpferische Energien entluden, wie sie selten zusammenkommen. Denn auch Kafka und Virginia Woolf, Katherine Mansfield und Marcel Proust, der das Jahr nicht überlebte, Thomas Mann, der am *Zauberberg* schrieb, und viele andere machten 1922 zu einem Wunderjahr der modernen Literatur. Und natürlich Ezra Pound, der Spiritus Rector der Avantgarde, der in Paris die Fäden zog, mehr für andere als für sich selbst. Über die alten Fronten hinweg war es vor allem Eliot, der für ein Zeitschriftenprojekt, das ihn viel Nerven kostete, Brücken schlug und auch deutsche Stimmen in das Netzwerk einer neuen literarischen Kultur einzubinden versuchte. Während ein ums andere Mal das Ersuchen der Deutschen, von den Reparationszahlungen des Versailler Vertrags entlastet zu werden, auf Betreiben Frankreichs ausgeschlagen wurde und die Inflation in Deutschland Fahrt aufnahm. Politische Morde wie der an Walther Rathenau, die Machtergreifungen Mussolinis und Stalins, der Irische Bürgerkrieg und der Griechisch-Türkische Krieg – das alles trug sich im Annus mirabilis der Moderne zu. Ein Jahr, in dem viele Menschen verhungerten, viele aber auch ins Kino gingen und jeder morgens Zeitung las.

Am Dienstag, dem 2. Januar 1923, dem ersten Werktag des neuen Jahres, an dem der deutsche Einzelhandel sein Sortiment zum Inventurausverkauf freigab, begann eine neue Runde der Verhandlungen um die deutsche Reparationslast. Am 9. Januar erhielt Katherine Mansfield in Fontainebleau Besuch von ihrem Mann; am selben Tag starb sie an einem Blutsturz. Sehr weit entfernt von ihrer neuseeländischen Heimat, entzweit mit ihrer Kollegin Virginia Woolf und geradezu gehasst von Vivien Eliot und deren Ehemann Tom, der vom selben Jahrgang war wie sie. Als 1927 ihre Tagebücher erschienen, würdigte Virginia Woolf sie in einer Rezension. Die Verfasser englischer Kurzgeschichten seien sich einig, dass Mansfield in dieser Kunst konkurrenzlos sei. Ihr Tagebuch lese sich nun als die Offenbarung eines »unheimlich sensiblen Gemüts«, das Testament einer geborenen Schriftstellerin.

Am 11. Januar rückten belgische und französische Truppen ins Ruhrgebiet ein. Am 16. Februar wurde im Tal der Könige das Grab des Pharao Tutanchamun, das 3000 Jahre verschlossen gewesen war, mit einem Vorschlaghammer geöffnet. Der Blick seines Entdeckers Howard Carter fiel auf eine Wand aus Gold. Die Entdeckung der Sarkophage beflügelte eine Manie, die schon seit dem Herbst im Gange war. Ägyptisches kam überall in Mode, Tutanchamun auf der Tragetasche, als Tassenaufdruck, Kleopatras Frisur. Eine Serie von Unglücksfällen nährte zugleich die Legende vom Fluch des Pharao. Zuerst war Carters Kanarienvogel von einer Kobra verschlungen worden, dann starb Lord Carnarvon an den Folgen eines Moskitostichs, der sich entzündet hatte. Die von Dr. Borsch ursprünglich für Januar angesetzte Operation des irischen Patienten wurde noch einmal verschoben. Nach einer Bindehautentzündung wurden Joyce Anfang April siebzehn Zähne gezogen (sie wären ohnehin nicht gut gewesen, meinte er), dann folgte die geplante Sphinkterotomie, die keineswegs seine letzte Augen-OP war, dieses Leiden blieb ihm erhalten. Ebenfalls im April erschienen Rilkes *Die Sonette an Orpheus* im Insel Verlag, die *Duineser Elegien* folgten im Juli. Hofmannsthal schrieb, Rilke habe »dem Gebiet des Kaum-zu-Sagenden einen neuen

Grenzstreifen abgewonnen«; die Sonette seien »Weisheit und rhythmisches Ornament in einem«. Manche Zeitgenossen taten sich schwer mit diesen edlen Versen, denn mittlerweile gab man einer neuen Sachlichkeit den Vorzug.

The Waste Land erschien im Herbst 1923 auch in England als Buch, in der Hogarth Press der Woolfs. Der Literaturnobelpreis ging an W.B. Yeats, Senator des Irischen Freistaats. Die Inflation in Deutschland wurde zur Hyperinflation und endete erst im November, als man für einen Dollar schon 4,2 Billionen Mark ausgeben musste, mit der Einführung der Rentenmark. Am 9. November unternahm der bekannte Anführer der Nationalsozialisten seinen sogenannten Marsch auf die Münchner Feldherrnhalle. Meine Großmutter Franziska Kemmerling verlobte sich mit Engelbert Strierath, den sie auf dem Friedhof kennengelernt hatte. Sie heirateten 1924, er zog zu ihr in die Schillerstraße, brachte seine Bücher mit und ein Regal dazu. Ihr erstes Kind, ein Junge, wurde nur wenige Wochen alt. Im Juli 1925 stürzte Franziskas Bruder Vinzenz, 21 Jahre alt, bei einem Arbeitseinsatz von einer Brücke und ertrank im Erftkanal. Man brachte Franziska seine nassen Kleider nach Hause. Im Oktober 1926 kam meine Mutter zur Welt, wenige Wochen, bevor Rilke starb. Er hatte in seinen letzten Lebensjahren vorwiegend auf Französisch geschrieben, angespornt durch die Übersetzungsarbeit an den Gedichten Paul Valérys, die er fortsetzte. Sein Grab in Raron liegt im deutschsprachigen Teil des Wallis, während Muzot zum französischsprachigen Teil dieses Kantons gehört. Es ist ein schönes, anmutiges Grab, an der Außenmauer eines Kirchleins, als einziges Grab auf einer Wiese gelegen, und wenn man durch das Altdorf von Raron dort hinaufsteigt, kommt man, je nachdem, welche Jahreszeit ist, an üppig blühenden Rosen in den Gärten und Vorgärten der alten Bauernhäuser vorüber. Von oben hat man einen weiten Blick über das Rhonetal. Links von dem zierlichen hellen Stein rankt ein Rosenstock, rechts wächst eine junge Eibe. Ein einfaches Holzkreuz gibt die Initialen RMR und die Geburts- und Sterbejahre an, 1875 und 1926. Dazu liest man den vom Dichter ersonnenen Grabspruch: »Rose, oh reiner Widerspruch, Lust, Niemandes Schlaf zu sein unter soviel Lidern.«

Von den drei großen Figuren der Klassischen Moderne, die das Jahr 1922 zu einem Einschnitt in der Literaturgeschichte machten, war einer, Ezra Pound, zweifellos Antisemit, ein zweiter, James Joyce, war es zweifellos nicht. Der dritte, T.S. Eliot, war es vielleicht. Schon zu seinen Lebzeiten wurde diese Anschuldigung erhoben, die besonders für diejenigen, denen Eliots Gedichte viel bedeuten, schmerzlich ist. Der Beweis ist weder in der einen noch in der anderen Richtung leicht zu führen. Die Anzahl belastbarer Stellen in Eliots Gedichten ist denkbar klein, sie betreffen insbesondere die Gedichte »Gerontion« und »Burbank with a Baedeker: Bleistein with a Cigar« aus den *Poems 1920*. Sie enthalten in der Tat perfide, ressentimentgeladene Stellen. Doch handelt es sich bei »Gerontion« um einen dramatischen Monolog und auch bei »Burbank« um Figurenrede, und es verbietet sich eigentlich, daraus Rückschlüsse auf die Haltung eines Autors zu ziehen. In der umfangreichen Korrespondenz Eliots wird man in dieser Richtung kaum fündig. Es bleibt ein Unbehagen wie bei anderen bedeutenden Dichtern der Moderne, wie bei Yeats, Benn, George, erst recht Pound; auch Rilke war von Mussolini angetan. Das Janusköpfige, Ambivalente, der ganze Horror dieser Zeit begegnet uns in ihren größten literarischen Werken. Es soll dennoch erwähnt werden, was Eliot 1941 in der Zeitschrift *Christian Newsletter* über die antisemitische Politik in Vichy-Frankreich schrieb: »Was uns in höchstem Maße beunruhigt, ist die Aussage, daß Juden einen Sonderstatus basierend auf den Nürnberger Rassegesetzen erhalten haben, der ihre Lage wenig besser als die von Leibeigenen macht. Wir können nur hoffen, daß es gegen ein solches Unrecht unorganisierte Proteste geben wird oder schon gegeben hat.« Das sollte im Grunde geeignet sein, ihn von dem Vorwurf zu entlasten, dem er all die Jahre über sprachlos begegnete. Pound wiederum, der fanatische Rundfunkreden für sein Idol Mussolini gehalten hatte, wurde wegen landesverräterischer Umtriebe bei Kriegsende von den Amerikanern verhaftet. Mehrere Wochen war er in Pisa in einen Käfig eingesperrt – dort entstanden die berühmten *Pisaner Cantos* –, bevor er vor Gericht gestellt und dann zwölf Jahre lang im St.-Elizabeth's-Krankenhaus, einer staatlichen Heilanstalt in Washington, D.C., verwahrt wurde.

Eliot gab bis 1939 den *Criterion* heraus, zwischenzeitlich sogar monatlich. Er blieb bis 1925 bei Lloyds Bank, dann wechselte er in den Verlag Faber & Gwyer, später Faber & Faber, und verlegte dort nicht zuletzt die Werke von Pound und Joyce, förderte aber auch die Dichter der jüngeren Generation, wie W.H. Auden und Stephen Spender. Eliot wurde 1927 britischer Staatsbürger und bekannte sich ein Jahr später als Anglo-Katholik, Royalist und Klassizist. Während des Zweiten Weltkriegs diente er als Luftschutzwart.

Sein lyrisches Werk blieb schmal, aber immer, wenn er etwas veröffentlichte, hatte er damit eine neue Stufe seiner Dichtung erreicht, die er mit den *Vier Quartetten* für abgeschlossen erklärte. Mit einigem Erfolg betätigte er sich als Dramatiker, er verfasste kulturkritische Essays und galt spätestens seit dem Nobelpreis 1948 als Instanz in Europa. Nicht ahnen konnte er, welchen Erfolg seine Katzengedichte haben würden, auf denen später das Musical *Cats* beruhen wird. Von seiner Frau Vivien trennte er sich 1932. Sie starb 1947 in einer psychiatrischen Klinik. 1957 heiratete Eliot seine Sekretärin Valerie Fletcher, die nach seinem Tod 1965 mit dem greisen, aus dem Irrenhaus entlassenen Ezra Pound die Faksimile-Ausgabe von *The Waste Land* edierte.

Radikal wie kein anderer Autor befolgte James Joyce die Devise, dass das nächste Buch anders werden müsse als das vorherige, vor allem aber schwieriger. War der *Ulysses* zumindest noch ein Buch für die Dichter geworden, das andere Autoren wie John Dos Passos und Alfred Döblin und auch Virginia Woolf mit seinen Techniken des inneren Monologs stark anregen konnte, so schrieb er im Anschluss daran ein Werk, das eigentlich gar niemand mehr lesen konnte, zumindest nicht allein. Siebzehn Jahre nach *Ulysses* erschien *Finnegans Wake* 1939 bei Faber & Faber. Ein Roman, in einem polyglotten Wortspielenglisch, bei dem eine Dornröschenhecke aus Anspielungen und verborgenen Bedeutungen jeden einzelnen Satz überwuchert. Wie schon bei *Ulysses* hatte Joyce etliche Kapitel vorveröffentlicht, in der Zeitschrift *transition,* die für den Ruhm von *work in progress* sorgten, während der Autor, unter der Last seines schwindenden Augenlichts, noch daran schrieb. Das sprachlich außerordentlich schöne Kapitel »Anna Livia Plurabelle« kann als das einzig lesbare gelten, während man gut und gern eine Oberseminarsitzung auf die kollektive Entzifferung einer halben Seite verwenden oder dies auch unterlassen kann. Ich kaufte mir dieses Buch im September 1985 in London mit dem Gedanken, läse ich jeden Tag nur eine Seite, dann wäre ich in knapp zwei Jahren damit durch. Angeregt hat *Finnegans Wake* jedoch Arno Schmidt, der mit *Zettels Traum* ebenfalls ein Buch geschrieben hat, das zu erhaben ist, um von irgendwem gelesen zu werden. Joyce lebte mit Nora, die er 1931 geheiratet hatte, bis 1940 in Paris. Große Sorgen bereitete ihnen in späteren Jahren ihre Tochter Lucia, die psychisch erkrankte und von C. G. Jung behandelt wurde. Als die Wehrmacht auf Paris vorrückte, kehrte Joyce mit seiner Familie nach Zürich zurück, wo er Anfang 1941 starb.

Virginia Woolf, die sich stets von Joyce abzugrenzen suchte, aber fast zugleich mit ihm zur Welt gekommen war, verließ diese Welt kurz nach ihm und wählte im März 1941 den Tod durch Ertrinken, in dem Flüsschen Ouse in der Nähe von Rodmell, der Sommerresidenz der Woolfs. Die sie lebenslang verfolgende Depression hatte am Ende die Oberhand behalten; der große Erfolg ihrer späten Romane und das internationale Renommee, das sie genoss, kamen nicht dagegen an. In ihrem Abschiedsbrief hinterließ sie ihrem Mann die Zeilen: »Bis diese Krankheit kam, waren wir vollkommen glücklich.« Ihr Werk aber blieb und wurde eine Ermutigung für schreibende Frauen späterer Zeiten. Dass sie, bei allem modernistischen Ehrgeiz, weder der Lesbarkeit noch der sprachlichen Schönheit abgeschworen hatte, erhielt ihre Romane zugänglich und frisch, so dass sie in den siebziger Jahren neu entdeckt und zu einer Kultautorin der neuen Frauenbewegung werden konnte. Auch ihre schonungslos offenen Tagebücher sind hochkarätig, und in dem brillanten und vielzitierten Essay *Ein Zimmer für sich allein,* einer kritischen Inventur all dessen, was Frauen bisher am Schreiben gehindert hatte, erschrieb Virginia Woolf sich und anderen einen dauerhaft freien Raum.

Den hilfreichen Kollegen T. S. Eliot nahm Joyce als Dichter von Rang übrigens bis zum Schluss nicht ernst. Dass er *The Waste Land* immerhin gelesen hatte, beweist die großartige Parodie, die er im Sommer 1925 verfasste, als er in Rouen stark eingeregnet wurde. »Rouen ist the rainiest place«, lautet Joyce' Antwort auf »April is the cruellest month«, aus Mr Eugenides wird »Mr. Anthologos, the local gardener«, und die Shantih-Formeln am Schluss kontert Joyce mit »Shan't we? Shan't we? Shan't we?« Parodiert werden können freilich nur die wirklich Großen, und so war dies auf eine Weise doch ein kollegiales, fast freundschaftliches Zeichen. Eliot, der nie darauf gekommen war, Rilke für den *Criterion* anzuwerben, befasste sich mit diesem Kollegen erst spät in seiner Laufbahn. In seiner Rede zum Hansischen Goethe-Preis, den er 1954 erhielt, heißt es über die *Duineser Elegien*: »Es würde mir im Grunde genügen, mich an der Schönheit der Worte zu freuen, mich von der Musik der Verse bewegen zu lassen, und ich muss mich dazu zwingen, wenigstens den Versuch zu machen, in Gedankengänge einzutreten, die für mich nicht nur schwierig, sondern auch fremd sind.« Schönheit und Fremdheit der großen Dichtungen von 1922 sind etwas, das uns heute noch bewegen kann, in einer Zeit, in der man vergeblich suchen wird, Vergleichbares zu finden.

ANHANG

AUSWAHLBIBLIOGRAPHIE

Das folgende Literaturverzeichnis listet die Textausgaben, Studien, Biographien und Nachschlagewerke auf, die ich für das vorliegende Buch benutzt habe, und enthält Anregungen zum vertiefenden Lesen. Den chronologischen Darstellungen von Kevin Jackson, Antonia Meiners und Ingeborg Schnack bin ich zu besonderem Dank verpflichtet.

Ackroyd, Peter: *T. S. Eliot. Eine Biographie.* Frankfurt am Main, Suhrkamp Verlag 1988.

Assmann, Aleida, »Annus mirabilis 1922«, in: *Schwellentexte der Weltliteratur,* hrsg. von Reingard M. Nischik und Caroline Rosenthal, Universitätsverlag Konstanz 2002, S. 233-248.

Aufenanger, Jörg: *Else Lasker-Schüler in Berlin.* Berlin, be.bra Verlag 2019.

Barnes, Djuna: *Paris, Joyce, Paris.* Berlin, Verlag Klaus Wagenbach 1988.

Beach, Sylvia: *Shakespeare and Company. Ein Buchladen in Paris.* Frankfurt am Main, Suhrkamp Verlag 1982.

Bell, Quentin: *Virginia Woolf. Eine Biographie.* Frankfurt am Main, Suhrkamp 1982.

Benn, Gottfried: *Ausgewählte Briefe.* Mit einem Nachwort von Max Rychner. Frankfurt am Main, Fischer Tb 1986.

Benn, Gottfried: *Gedichte in der Fassung der Erstdrucke.* Frankfurt am Main, Fischer Tb 1982.

Benn, Gottfried: *Prosa und Autobiographie in der Fassung der Erstdrucke.* Frankfurt am Main, Fischer Tb 1984.

Bienert, Michael (Hrsg.): *Joseph Roth in Berlin. Ein Lesebuch für Spaziergänger.* Köln, Kiepenheuer & Witsch 2010.

Blumenberg, Hans: *Arbeit am Mythos.* Frankfurt am Main, Suhrkamp Verlag 1979.

Brackman, Arnold C.: *Sie fanden den goldenen Gott. Das Grab des Tutanchamun und seine Entdeckung.* Aus dem Amerikanischen von Susanne Karges. Bergisch-Gladbach, Bastei-Lübbe 1976.

Brenner, Wolfgang: *Walther Rathenau. Deutscher und Jude.* München, Piper Verlag 2005.

Budgen, Frank: *James Joyce und die Entstehung des Ulysses.* Frankfurt am Main, Suhrkamp Verlag 1982.

Buelens, Geert: *Europas Dichter und der Erste Weltkrieg.* Berlin, Suhrkamp Verlag 2013.

Crawford, Robert: *Young Eliot. From St. Louis to The Waste Land*. London, Vintage 2015.
Czernin, Monika: Duino, Rilke und die Duineser Elegien. München, dtv 2004.

Decker, Gunnar: *Gottfried Benn. Genie und Barbar*. Berlin, Aufbau Verlag 2006.
Decker, Gunnar: *Hermann Hesse. Der Wanderer und sein Schatten*. München, Carl Hanser Verlag 2012.
Dyck, Joachim: *Benn in Berlin*. Berlin, Transit Verlag 2010.

Eilenberger, Wolfgang: *Zeit der Zauberer. Das große Jahrzehnt der Philosophie 1919 – 1929*. Stuttgart, Klett-Cotta 2019.
Ellmann, Richard: *James Joyce*. Oxford University Press 1982.
Eliot, T. S.: *Collected Poems 1909 – 1962*. New York, San Diego, London, Harcourt Brace & Company 1963.
Eliot, T. S.: *The Waste Land / Das öde Land*. Englisch und deutsch. Übertragen und mit einem Nachwort versehen von Norbert Hummelt. Frankfurt am Main, Suhrkamp Verlag 2008.
Eliot, T. S.: *Four Quartets / Vier Quartette*. Englisch und deutsch. Übertragen und mit einem Nachwort versehen von Norbert Hummelt. Berlin, Suhrkamp Verlag 2015.
Eliot, T. S.: *Über Dichtung und Dichter*. Frankfurt am Main, Bibliothek Suhrkamp 1988.
Eliot, T. S.: *The Waste Land. A Facsimile and Transcript of the Original Drafts including the Annotations of Ezra Pound*. Hrsg. von Valerie Eliot. London, Faber and Faber 1971.
Eliot, Valerie und Haughton, Hugh (Hrsg.): *The Letters of T. S. Eliot, Vol. I: 1898 – 1922*. Revised Edition. London, Faber and Faber 2009.

Foster, R. F.: *W. B. Yeats: A Life. Vol. II: The Arch-Poet*. Oxford University Press 2003.
Frazer, James: *The Golden Bough. A Study in Magic and Religion*. Ware, Hertfordshire, Wordsworth Reference 1993.
Freedman, Ralph: *Rainer Maria Rilke. Der junge Dichter*. Frankfurt am Main, Insel Verlag 2001.
Freedman, Ralph: *Rainer Maria Rilke. Der Meister*. Frankfurt am Main, Insel Verlag 2002.

George, Stefan: *Werke*, Bd. I. München, dtv 2000.
Gilbert, Stuart: *Das Rätsel Ulysses*. Frankfurt am Main, Suhrkamp Verlag 1977.
Goldstein, Bill: *The World Broke in Two. Virginia Woolf, T. S. Eliot, D. H. Lawrence, E. M. Forster, and the Year That Changed Literature*. New York, Picador 2017.

Gordon, Lyndall: *Eliot's Early Years*. Oxford University Press 1977.
Guardini, Romano: *Rainer Maria Rilkes Deutung des Daseins*. Paderborn, Grünewald/Schöningh 1996.

Hesse, Hermann: *Blick ins Chaos*. Bern, Verlag Seldwyla 1920.
Hesse, Hermann: *Siddhartha. Eine indische Dichtung*. Frankfurt am Main, Suhrkamp Verlag 1974.
Hölderlin, Friedrich: *Gedichte*. Hrsg. von Jochen Schmidt. Frankfurt am Main, Insel Verlag 1984.
Holthusen, Hans Egon: *Der späte Rilke*. Zürich, Verlag der Arche 1949.
Holthusen, Hans Egon: *Rainer Maria Rilke in Selbstzeugnissen und Bilddokumenten*. Reinbek bei Hamburg, Rowohlt 1958.
Holzhey, Magdalena: *De Chirico. Der moderne Mythos*. Köln, Taschen 2017.

Jackson, Kevin: *Constellation of Genius: 1922: Modernism Year One*. New York, Farrar, Straus and Giroux 2012.
Jaspers, Karl: *Die geistige Situation der Zeit*. Sammlung Göschen Bd. 1000. Berlin, de Gruyter 1998.
Joyce, James: *Ulysses*. Roman. Übersetzt von Hans Wollschläger. Frankfurt am Main, Suhrkamp Verlag 1979.
Julius, Anthony: *T. S. Eliot, Anti-Semitism and Literary Form*. Cambridge University Press 1995.

Kafka, Franz: *Das Schloß*. Frankfurt am Main, Suhrkamp Verlag 2006.
Kafka, Franz: *Eine Chronik*. Berlin, Verlag Klaus Wagenbach 1999.
Karlauf, Thomas: *Stefan George. Die Entdeckung des Charisma*. München, Blessing Verlag 2007.
Kirsch, Hans-Christian: *Ezra Pound*. Mit Selbstzeugnissen und Bilddokumenten. Reinbek bei Hamburg, Rowohlt Verlag 1992.
Kurzke, Hermann: *Thomas Mann. Das Leben als Kunstwerk*. München, C. H. Beck 1999.

Levenson, Michael: »On or about 1922: Annus Mirabilis and the Other 1920s«, in: *The Cambridge History of Modernism*. Hrsg. von Vincent B. Sherry. Cambridge University Press 2017.
Levin, Harry (Hrsg.): *The Essential James Joyce*. New York, Granada Publishing 1977.

Mansfield, Katherine: *Fliegen, tanzen, wirbeln, beben. Vignetten eines Frauenlebens 1903–1922*. Aus dem Englischen übersetzt von Irma Wehrli. Nachwort von Dörte Hansen. Hrsg. v. Horst Lauinger. München, Manesse Verlag 2018.
Mansfield, Katherine: *The Garden Party and Other Stories*. London, Penguin Books 1997.
Metzdorf, Jens: *Die Straßen von Neuss*. Lexikon zur Geschichte der Neusser

Stadtteile, der Straßen, Wege, Plätze und ihrer Namen. Schriftenreihe des Stadtarchivs Neuss 2019.

MacMahon, Sean: *A Short History of Ireland*. Cork, Mercier Press 1996.

Mann, Golo: *Deutsche Geschichte des 19. und 20. Jahrhunderts*. Frankfurt am Main, Büchergilde Gutenberg 1958.

Meiners, Antonia: *Chronik 1922. Tag für Tag in Wort und Bild*. Chronik Verlag im Bertelsmann Lexikon Verlag, Gütersloh, München 1989, 2002.

Piper, Ernst: *Nacht über Europa. Kulturgeschichte des Ersten Weltkriegs*. Berlin, Propyläen 2013.

Proust, Marcel: *Auf der Suche nach der verlorenen Zeit*. Deutsch von Eva Rechel-Mertens. Frankfurt am Main, Suhrkamp Verlag 1953.

Raine, Craig: *T. S. Eliot*. Oxford University Press 2006.

Ricks, Christopher und McCue, Jim: *The Poems of T. S. Eliot. The Annotated Text. Vol. I: Collected & Uncollected Poems*. London, Faber and Faber 2015.

Rilke, Rainer Maria: *Die Aufzeichnungen des Malte Laurids Brigge*. Frankfurt am Main, Insel Verlag 1982.

Rilke, Rainer Maria: *Die Gedichte*. Frankfurt am Main, Insel Verlag 1986.

Rilke, Rainer Maria: *Duineser Elegien. Die Sonette an Orpheus*. Berlin, Insel Verlag, 19. Aufl. 2017.

Schiwy, Günther: *Rilke und die Religion*. Frankfurt am Main, Insel Verlag 2006.

Schnack, Ingeborg: *Rilke. Chronik seines Lebens und seines Werkes 1875 – 1926*. Frankfurt am Main, Insel Verlag 1996.

Schöffling, Ida: *Katherine Mansfield. Leben und Werk in Texten und Bildern*. Frankfurt am Main, Insel Verlag 1996.

Stach, Rainer: *Franz Kafka. Die Jahre der Erkenntnis*. Frankfurt am Main, S. Fischer Verlag 2008.

Sternburg, Wilhelm von: *Joseph Roth. Eine Biographie*. Köln, Kiepenheuer & Witsch 2010.

Sünner, Rüdiger: *Engel über Europa. Rilke als Gottsucher*. München, Europa Verlag 2018.

Tadié, Jean-Yves: *Marcel Proust. Biographie*. Aus dem Französischen von Max Looser. Frankfurt am Main, Suhrkamp Verlag 2008.

Valéry, Paul: *Gedichte*. Übertragen durch Rainer Maria Rilke. Frankfurt am Main, Insel Verlag 1949.

Weston, Jessie L.: *From Ritual to Romance*. Princeton University Press 1993.

Wiggershaus, Renate: *Virginia Woolf. Leben und Werk in Texten und Bildern*. Frankfurt am Main, Insel Verlag 1987.

Wittgenstein, Ludwig: *Tractatus logico-philosophicus. Logisch-philosophische Abhandlung*. Frankfurt am Main, Suhrkamp Verlag 2003.

Woller, Hans: Mussolini: *Der erste Faschist. Eine Biografie*. München, C.H. Beck 2016.

Woolf, Virginia: *Ein Zimmer für sich allein*. Aus dem Englischen und mit einem Nachwort von Antje Rávik Strubel. Zürich, Kampa Verlag 2020.

Woolf, Virginia: *Gesammelte Werke: Tagebücher 2, 1920–1924*. Hrsg. Von Klaus Reichert. Deutsch von Claudia Wenner. Frankfurt am Main, S. Fischer Verlag 1994.

Woolf, Virginia: *Jacob's Room*. Oxford University Press 1999.

Woolf, Virginia: *Mrs Dalloway*. Penguin Random House 2000.

Yeats, William Butler: *Die Gedichte*. Hrsg. von Norbert Hummelt. München, Luchterhand Literaturverlag 2005.

Zweig, Stefan: *Die Welt von gestern*. Frankfurt am Main, S. Fischer Verlag 1958.

PERSONENREGISTER

Die Arbeit des Autors an diesem Buch wurde durch die
Kunststiftung NRW gefördert.

KUNST
STIFTUNG
NRW

Der Autor dankt außerdem der Konrad-Adenauer-Stiftung,
der Fondation Rilke in Sierre und dem Stadtarchiv Neuss
für die Unterstützung seiner Arbeit.

FSC
www.fsc.org
MIX
Papier aus verantwortungsvollen Quellen
FSC® C014496

Penguin Random House Verlagsgruppe FSC® N001967

1. Auflage
Originalveröffentlichung Februar 2022

Umschlaggestaltung buxdesign | Ruth Botzenhardt
unter Verwendung einer Postkarte »Westbrook Promenade/Pavilion«
von © margatelocalhistory.co.uk
Satz: Uhl + Massopust, Aalen
Druck und Einband: GGP Media GmbH, Pößneck

Printed in Germany
ISBN 978-3-630-87654-2

www.luchterhand-literaturverlag.de
www.facebook.com/luchterhandverlag
www.twitter.com/luchterhandlitww